स्मृतियों के मोती

स्मृतियों के मोती

प्रेमपाल शर्मा

सत्साहित्य प्रकाशन, दिल्ली

प्रकाशक : सत्साहित्य प्रकाशन,
694 (पहली मंजिल), चावड़ी बाजार, दिल्ली-110006
 / संस्करण : प्रथम, 2024 / पेपरबैक मूल्य : तीन सौ रुपए
मुद्रक : आर-टेक ऑफसेट प्रिंटर्स, दिल्ली ISBN 978-93-92573-65-1

SMRITIYON KE MOTI *by* Shri Prempal Sharma ₹ 300.00 (PB)
Published by **SATSAHITYA PRAKASHAN**
694 (First Floor), Chawri Bazar, Delhi-110006

पूज्य माँ–पिताजी

और

वंदनीय गुरुजनों

को

सादर...

येषां त्रीण्यवदातानि विद्या योनिश्च कर्म च।
तान् सेवेत्तैः समास्या हि शास्त्रेभ्योऽपि गरीयसी॥

(महा., वन. 1/26)

अर्थात् जिनके विद्या, कुल और कर्म—ये तीनों शुद्ध हों, उन साधु पुरुषों की ही सेवा में रहना चाहिए। उनके साथ बैठना, उठना, सान्निध्य में रहना शास्त्रों के स्वाध्याय से भी श्रेष्ठ होता है।

प्राक्कथन

हिंदी साहित्य में अनेक विधाएँ हैं, जिनमें विपुल साहित्य की रचना हुई है। हर विधा की अपनी अलग महत्ता तथा विशेषता होती है। कहानी, कविता, उपन्यास, नाटक, यात्रावृत्त, रेखाचित्र, रिपोर्ताज की तरह संस्मरण भी साहित्य की बड़ी प्यारी विधा है। संस्मरण अतीत से वर्तमान को जोड़ते हैं; गुमनाम को प्रकाश में ले आते हैं। अतीत का जीवन-व्यवहार, देश-काल-वातावरण पुनः साकार हो उठता है। अतीत की दुनिया नए रूप में जीवंत हो उठती है, और वर्तमान को कुछ नया करने की प्रेरणा दे जाती है, उसका रास्ता सुगम बना देती है। लिखने वाले को फिर से अतीत की मानस-यात्रा करा देते हैं संस्मरण।

संस्मरण लिखने की ओर मैं कैसे उन्मुख हुआ, यह वाकया भी अनोखा है। एक बार एक साहित्यिक पत्रिका में मेरा एक यात्रा-संस्मरण प्रकाशित हुआ। मेरे परिचय में डॉ. रामेश बेदी का भी जिक्र है। मेरे आदरणीय गुरु प्रकाश मनुजी ने उस यात्रा-संस्मरण को पढ़ने के बाद फोन पर पूछा कि तुम रामेश बेदी को कैसे जानते हो ? मैंने उन्हें बताया कि सर, मैंने रामेश बेदी के मार्गदर्शन में कई वर्षों तक काम किया, उनके द्वारा प्रणीत 'बेदी वनस्पति कोश' छह खंड का संपादन-प्रूफ संशोधन मैंने ही किया। तब मनु सर बोले कि रामेश बेदी तो बहुत बड़े और अलबेले लेखक थे, उन्होंने वानिकी और वन्य जीवों पर इतना सुरुचिपूर्ण साहित्य लिखा है कि कथा-कहानियों का-सा आनंद देता है। उनके बारे में कुछ बताओ।

तब मैंने मनु सर को बेदी साहब के व्यक्तित्व की दो-चार बातें बताईं, तो सर बोले, प्रेमपालजी, ये तो बड़े अद्भुत इनसान थे, आपने उनकी अच्छाई और बुराइयों को बड़ी ही निकटता से देखा है, तुम्हारे अंदर लेखक-दृष्टि है, इनकी बातों को मुझे लिखकर दिखाओ, तब मैंने रामेश बेदी पर 15-20 पृष्ठ का एक संस्मरण लिखा; मनु सर को यह बेहद पसंद आया और फिर बेदी साहब के जन्मदिन 20 जून पर 'साहित्य अमृत' पत्रिका के जून, 2018 अंक में प्रकाशित हुआ। इस संस्मरण पर पाठकों की बड़ी ही अजब-गजब प्रतिक्रियाएँ प्राप्त हुईं।

इसके बाद तो मनु सर लिखने के लिए मुझे बार-बार प्रोत्साहित करने लगे कि कुछ नहीं तो अपने गुरुजनों पर ही लिखो। इसी के परिणामस्वरूप मैंने अपनी प्राथमिक शाला के गुरुजनों पर 'मेरे उत्प्रेरक मास्साब' संस्मरण लिखा। 'शिक्षक दिवस' के अवसर पर यह 'साहित्य अमृत' के सितंबर, 2019 अंक में प्रकाशित हुआ। यह मनु सर और पाठकों को इतना पसंद आया कि इसे थोड़ा संक्षिप्त करके आदरणीय भैंरूलाल गर्गजी ने भी 'बालवाटिका' पत्रिका में प्रकाशित तो किया ही, खुश होकर उन्होंने इसको लेकर आधा घंटा मेरे से फोन पर वार्त्ता की कि प्रेमपालजी, आपने फिर एक बार मुझे अपने बचपन में पहुँचा दिया; मेरे बचपन में भी वैसा-वैसा ही कुछ हुआ, जैसा आपने लिखा है। इस संस्मरण की खासियत यह थी कि मेरे बचपन में गुरुजन ने जो कविता आदि उन दिनों सुनाई या सिखाईं, वे मैंने हूबहू लिख दी थीं, मुझे आज भी वे कंठाग्र हैं।

पाठकों के ढेरों प्रशंसा फोन, पत्र और इ-मेल प्राप्त हुए तो मेरा भी साहस बढ़ा और गुरुवर प्रकाश मनु सर का तो हर समय आग्रह रहता ही था। इस तरह मनु सर बराबर तकाजा करते रहे और मैं लिखता रहा। जो भी मैं लिखता हूँ, सबसे पहले मनु सर को भेजता हूँ और वे कितना भी व्यस्त हों, उसे पढ़कर अपनी प्रतिक्रिया जरूर देते हैं, मेरा मार्गदर्शन करते हैं। दु:खद है, स्वास्थ्य की गड़बड़ी तथा पारिवारिक अड़चनों के चलते पुस्तक को उनकी 'भूमिका' से वंचित रह जाना पड़ा, उनके अनंत सहयोग और मार्गदर्शन के लिए गुरुवर के श्रीचरणों में प्रणाम निवेदित करता हूँ। नाना रूप में मेरे लेखन में सहयोग के लिए सुश्री दीपालीजी तथा पुस्तक की सुंदर साज-सज्जा कर इसको चित्ताकर्षण बनाने के लिए श्री कस्ती बल्लभ तिवारीजी को हृदय की गहराई से साधुवाद!

इस पुस्तक के ज्यादातर संस्मरण हिंदी की विभिन्न पत्रिकाओं में प्रकाशित होकर पाठक बंधुओं की प्रशंसा प्राप्त कर चुके हैं। अब ये संस्मरण पुस्तक रूप में पुन: सुधी पाठकों के सामने आ रहे हैं तो पत्र-पत्रिकाओं से इतर पाठक भी इनका रसास्वादन सहजता से कर सकते हैं। आशा करता हूँ, पूर्व प्रकाशित पुस्तकों की तरह इस पुस्तक को भी पाठकों का भरपूर स्नेह और सराहना मिलेगी। सुधी पाठकों की प्रतिक्रियाओं का मुझे इंतजार रहेगा।

—प्रेमपाल शर्मा

जी-326, अध्यापक नगर
निकट पीर बाबा, नांगलोई
दिल्ली-110041
दूरभाष : 9868525741

अनुक्रम

अद्‌भुत जंतुविज्ञानी रामेश बेदी

कुछ भी बेकार नहीं होता

आयुर्वेदाचार्य, विश्वप्रसिद्ध जंतुविज्ञानी, बहुमुखी प्रतिभा से संपन्न, प्रकृति के कुशल फोटोग्राफर श्री रामेश बेदी का जन्म 20 जून, 1915 को कालाबाग, उत्तर-पश्चिम प्रांत (अब पाकिस्तान) में हुआ था। उनकी शिक्षा-दीक्षा गुरुकुल काँगड़ी विश्वविद्यालय, हरिद्वार में एक अंतेवासी के रूप में हुई। जड़ी-बूटियों की खोज में बेदी साहब ने हिमालय तथा भूटान के हरे-भरे पहाड़ों और हिमालय पार लद्‌दाख के उजाड़ पर्वतीय मरुस्थल में दुर्गम यात्राएँ कीं और अपनी खोज-यात्राओं में उन्होंने जड़ी-बूटियों के दस हजार से अधिक नमूने (स्पेशिमैन) संग्रह किए, जो राष्ट्रीय तथा अंतरराष्ट्रीय महत्त्व के हर्बेरियमों में सुरक्षित हैं।

आयुर्वेद, वन्यजीव, बाल-साहित्य, यात्रा-वृत्तांत विषयक अस्सी से अधिक पुस्तकें, जिनमें साँपों का संसार, प्रचंड धावक चीता, चरक संहिता के जीव-जंतु, आदमखोरों के बीच, गुणकारी फल, जंगल के उपयोगी वृक्ष, जंगल की जड़ी-बूटियाँ, हमारी पुष्पश्री आदि बेहद चर्चित रहीं। उनका ड्रीम प्रोजेक्ट था, 'बेदी वनस्पति कोश' (सचित्र छह खंड), जिस पर उन्होंने अपनी सारी जमापूँजी लगा दी। उनके लेख अंग्रेजी, रूसी, जर्मन, जापानी, इतालवी, नेपाली, पुर्तगाली के साथ-साथ कन्नड़, बँगला, उड़िया, पंजाबी, मराठी, गुजराती आदि भाषाओं में अनूदित हुए। अनुसंधान कार्य के लिए उन्होंने ब्रिटेन, ब्राजील, कनाडा, भूटान, श्रीलंका आदि देशों की यात्राएँ कीं। उनकी कई पुस्तकें सरकारी संस्थानों द्वारा पुरस्कृत हैं। उन्हें अनेक विशिष्ट पुरस्कार मिले, जिनमें हिंदी अकादमी दिल्ली द्वारा प्रशस्ति-पत्र तथा साहित्यिक कृति सम्मान आदि हैं।

20 जून, 1972 को स्वास्थ्य मंत्रालय में वरिष्ठ जड़ी बूटी विशेषज्ञ के पद से सेवा-निवृत्त होकर वे स्वतंत्र लेखन में जुट गए और अपने ड्रीम प्रोजेक्ट 'बेदी वनस्पति कोश' (छह खंड) का प्रणयन किया। साथ-साथ 'बेदी वानिकी कोश' पर

भी कार्य चल रहा था, जो उनके निधन से अधूरा ही रह गया। उनकी पुस्तकें भारत सरकार के प्रकाशन विभाग, नेशनल बुक ट्रस्ट, सस्ता साहित्य मंडल, किताबघर, राजकमल जैसे प्रसिद्ध प्रकाशन संस्थानों से प्रकाशित हुई हैं। उनके लेख भी 'स्वागत', 'स्पन' जैसी कई विदेशी पत्रिकाओं में बराबर प्रकाशित होते रहे।

संस्मरण भी कथा-कहानियों से कम रोचक नहीं होते हैं। बात बहुत पुरानी भी नहीं है, वर्ष कौन-सा था, यह मैं निश्चित तौर पर नहीं जानता। हाँ, इतना अच्छी तरह से याद है कि महीना सितंबर का था, और उन दिनों गुजरात के सूरत में भयंकर रूप से प्लेग फैल गया था, उसकी दस्तक राजधानी दिल्ली तक भी सुनाई पड़ रही थी। पूरे देश में इस महामारी का भय व्याप्त था और मैं रमेश नगर स्थित जे.पी.एच. प्रकाशन संस्थान में मामूली से वेतन पर एक प्रूफ-रीडर के रूप में काम कर रहा था। वेतन बेहद कम था, इसलिए यहाँ प्रातः साढ़े नौ बजे से सायं सात बजे तक लंबा समय देने के बाद घर आकर पहली से दसवीं तक के बच्चों को दो सत्र में ट्यूशन पढ़ाता था, तब कहीं गुजर-बसर होती थी। जे.पी.एच. में प्रूफ-रीडिंग के साथ-साथ मुझे प्रातः साइकिल से नारायणा, मायापुरी, टैगोर गार्डन में प्रेसों यानी प्रिंटिंग प्रेस, फ्रीलांसर प्रूफ-रीडरों और आर्टिस्ट के यहाँ एक चक्कर लगाना होता था। कभी-कभी, संभवतः महीने में दो बार मुझे विभिन्न लेखकों के पास गुड़गाँव, सोनीपत उनके द्वारा लिखी जा रही पुस्तक की पांडुलिपि लेने भी जाना होता था। कुल मिलाकर काम कमरतोड़ था और वेतन मजबूरी वाला। सो मैं मजबूरीवश या किसी दूसरे कार्य की व्यवस्था हो जाने तक मन मारकर इस नौकरी में लगा हुआ था। उन दिनों मैं किराए के मकान में रह रहा था, और हमारे डेढ़ साल का बेटा भी था।

उन्हीं दिनों श्रीमान कैलाशनाथ तिवारीजी जे.पी.एच. में अंग्रेजी के प्रूफ-रीडर के रूप में आए। उनकी टेबल मेरे ही साथ लगाई गई। वे मूलतः टीचर थे, और कलकत्ता में अंग्रेजी तथा विज्ञान विषय पढ़ाया करते थे। वे धाराप्रवाह अंग्रेजी बोल लेते थे तथा उनकी हैंडराइटिंग (हस्तलिपि) अत्यंत सुंदर थी। मैंने उन्हें थोड़ी प्रूफ-रीडिंग सिखाई और बस हम दोनों की मित्रता हो गई, जो उनके मृत्युपर्यंत चली। वे उम्र में मेरे से पाँच-छह साल बड़े थे, मुझे अनुजवत् स्नेह करते थे तथा राय-मशविरा देने में बेबाक थे। कटु बात भी सामने ही बड़ी सहजता से कह देते थे, इसलिए मैं उन्हें आज भी पसंद करता हूँ। वे नियमित अंग्रेजी अखबार पढ़ते तथा अपने पेशे से संबंधित सभी रिक्तियों को अपनी डायरी में नोट किया करते थे। कुछ दिनों बाद वे भी नई नौकरी की तलाश में रहने लगे। अब हम दोनों एक ही कुएँ के प्यासे थे।

एक दिन तिवारीजी ने बताया कि प्रेमपाल भैया, (वे मुझे ऐसे ही पुकारते थे, पर

हाय, 1 अक्तूबर, 2016 को हृदयाघात से उनका निधन हो गया।) राजौरी गार्डन में एक बेदी शोध संस्थान है, वहाँ प्रूफरीडर की एक वेकेंसी है, मैं कल वहाँ टेस्ट देने गया था, वहाँ के लिए संस्कृत का ज्ञान जरूरी है, मुझे संस्कृत नहीं आती, सो तुम कोशिश करो, तुम्हारा काम बन सकता है। मरता क्या नहीं करता, सो मैंने वहाँ का पता आदि ले लिया और लोकेशन भी उन्होंने ठीक से समझा दी। बेदी शोध संस्थान का कार्यालय डी-28, पत्थर कोठी, राजौरी गार्डन में था। कार्यालय क्या, आलीशान कोठी के पिछवाड़े बने सर्वेंट क्वार्टरों के ऊपर दो कमरों और बरामदे में अपने चार-छह शोध-सहायकों के साथ विश्वप्रसिद्ध जंतु-विज्ञानी एवं आयुर्वेदाचार्य डॉक्टर रामेश बेदी साधनारत रहकर 'बेदी वनस्पति कोश' का प्रणयन कर रहे थे।

वहाँ जाकर मैंने एक प्रूफ-रीडर के नाते अपना बायोडाटा दिया तो वहाँ के ऑफिस-असिस्टेंट श्रीमान भूपसिंहजी ने दो पृष्ठ प्रूफ-रीडिंग के लिए दिए। मैंने पूरे मनोयोग से उन्हें पढ़ा, संशोधित किया। उनके जाँचने पर गलतियाँ भी 'न' के बराबर निकलीं। रामेश बेदीजी संस्थान में नहीं थे, वे उन दिनों बीमार चल रहे थे और बतरा अस्पताल में भरती थे, सो मुझे एक सप्ताह बाद फोन पर अपनी नियुक्ति के बारे में पता कर लेने के लिए कहा गया। सप्ताह भर बाद मैंने पी.सी.ओ. से फोन किया तो निशि त्यागी नामक शोध सहायिका ने बताया कि मेरी नियुक्ति नहीं हो पाई है। मैं निराश-हताश पुनः अपनी दुनिया में रम गया। प्रिंटिंग प्रेस आदि में घूमने से मुझे एक लाभ यह हुआ कि मैं प्रिंटिंग उद्योग से अच्छी तरह परिचित हो गया। निगेटिव-पोजिटिव कैसे बनते हैं, कैसे प्लेट बनती है, कैसे कागज कटता है और छपता है, पुस्तक कैसे बनती और बाइंड होती है! इन सबका व्यावहारिक ज्ञान मुझे रोजाना प्रत्यक्ष देखते हुए हो गया। लैटर प्रेस के कार्य से मैं पहले ही अच्छी तरह परिचित था, ग्रैजुएशन की पढ़ाई के दौरान पार्ट टाइम हिंदी-अंग्रेजी की कंपोजिंग किया करता था। हालात ऐसे थे कि मैं हमेशा अखबार में रिक्तियाँ देखता, बायोडाटा भेजता, टेस्ट देने भी जाता, पर बात न बन पाती थी।

लगभग महीनेभर बाद एक दिन बड़ा सुखद आश्चर्य हुआ। डॉ. रामेश बेदी द्वारा लिखित एक पोस्टकार्ड मुझे मेरे घर के पते पर मिला। बेदी साहब ने लिखा था, "प्रिय शर्माजी, मैं जानता हूँ, आप अब तक खाली तो न बैठे होंगे, पर जहाँ भी काम कर रहे हों, कृपया एक बार मुझसे जरूर मिल लें।" मैंने वह पत्र ऑफिस आकर अपने मित्र तिवारीजी को दिखाया तो उन्होंने सलाह दी कि तुम अवश्य उनसे मिलो और आज ही मिलो। मैं साइकिल उठा सीधा बेदी शोध संस्थान जा पहुँचा। कोठी के विशाल गेट में एक बटन लगा था, उसे दबाते ही अंदर से आवाज आई, मेरे परिचय देने पर अंदर बैठे-बैठे बटन दबाते ही गेट खुल गया। मेरे लिए यह एक नया अजूबा था, आजकल तो ऐसे गेट लगवाना आम बात हो गई है।

तरह-तरह के पालतू कुत्तों के डर से मैं गैलरी में आगे न बढ़ सका। भूपसिंहजी मुझे आकर लिवा ले गए और फिर बेदी साहब से मिलवाया। प्रथम साक्षात्कार में मुझे बेदी साहब स्पष्टवादी, अत्यंत मेहनती, सिद्धांतप्रिय तथा कार्य के प्रति समर्पित व्यक्ति लगे। हल्की कद-काठी के बेदी साहब अस्सी पार कर चुके थे। मेरी शिक्षा-दीक्षा के बारे में भूपसिंहजी से उन्होंने पहले ही पता कर लिया था, तो उन्होंने गलती से स्नातकोत्तर की जगह स्नातक बता दिया था या बेदी साहब ने ही ऐसा समझ लिया था, सो उनके सामने पहुँचते ही उन्होंने पुकारा—'आइए स्नातकजी!' और फिर मेरे उनके सामने बैठते हुए बड़े ही साफ शब्दों में कहा, "मैंने अस्पताल से आने के बाद आपका टेस्ट तथा बायोडाटा देखा। मेरी अनुपस्थिति में मेरे सहायकों ने आपके साथ बड़ा अन्याय किया। क्या अब आप मेरे साथ काम करना चाहेंगे?" मेरे 'हाँ' कहने पर पुनः बोले, "आपको एक सप्ताह का ट्रायल देना होगा। और एक विशेष बात यह कि मैं यह सब कार्य अपनी जेब से कर रहा हूँ। अपनी सरकारी सेवा का सारा फंड इस कार्य में लगा दिया है। मेरी दूसरी कोई आमदनी नहीं है। मैं ज्यादा कुछ दे नहीं पाता हूँ। फिर सहज मुसकान के साथ बोले, शर्माजी, यहाँ तो सरस्वती यज्ञ हो रहा है। आप भी अपनी श्रम-आहुति डालिए, जो दक्षिणा बन पड़ेगी, मैं अवश्य दूँगा।" आखिरकार यह दक्षिणा 2200 रुपए मासिक निश्चित हुई।

खुशहाली का घोषणा-पत्र

आज मैं मानता हूँ कि बेदी साहब द्वारा भेजा गया वह मात्र पोस्ट-कार्ड नहीं था, मेरे जीवन का टर्निंग पॉइंट तथा आनेवाली खुशहाली का घोषणा-पत्र था। बेदी शोध संस्थान में कार्य का समय प्रातः नौ बजे से सायं साढ़े पाँच बजे तक था। अगले दिन से ही मैं जे.पी.एच. में कोई सूचना दिए बिना बेदी शोध संस्थान में काम करने लगा। बेदी साहब प्रूफ-शुद्धि के मामले में बड़े बेरहम थे, एक नुक्ते की गलती भी उन्हें बरदाश्त न थी। दिनभर जो प्रूफ पढ़ा जाता, रात्रि में वे उसकी बारीकी से जाँच करते थे। कार्य करते हुए मुझे अभी तीन-चार दिन ही बीते थे कि उन्होंने मुझे 10-12 पृष्ठों की एक भूमिका पढ़ने को दी और कहा कि आप इसे शुद्ध कर दीजिए तो आपका ट्रायल आज ही पूरा हो जाएगा। मैंने उसे मनोयोगपूर्वक पढ़कर शुद्ध कर दिया। जाँचने पर बेदी साहब को कोई गलती हाथ न लगी तो वे बेहद खुश होकर बोले, "शर्माजी, तुम हमारे काम के व्यक्ति हो, मुझे तुम्हारा काम पसंद है, मैंने तुम्हें पास कर दिया। पर मेरी इच्छा है कि आप कुछ दिन संस्थान को और दें।"

काम करते हुए धीरे-धीरे मुझे दो सप्ताह बीत गए, पर बेदी साहब मुझे छोड़ने को तैयार न थे। मैंने कहा, "पापाजी, (ऑफिस और घर में सब लोग उन्हें पापाजी ही कहते

थे।) सितंबर खत्म हो रहा है, अक्तूबर में दीपावली आनेवाली है। जे.पी.एच. में कुछ दिन काम करके मुझे अपना वेतन और बोनस भी लेना है। यहाँ पर और ज्यादा रुकने पर मेरा यह सब नुकसान हो जाएगा।" बेदी साहब को डर था कि जे.पी.एच. का मालिक वेतन बढ़ाने का लालच देकर मुझे रोक न ले या ज्यादा वेतन मिलने पर मैं कहीं दूसरी जगह न चला जाऊँ! उन्हें विश्वास दिलाने के लिए मैंने कहा, "पापाजी, आप मेरी ओर से निश्चिंत रहें, मैं जरूर आऊँगा। आपको आशंका है तो ये पंद्रह दिन के पैसे मैं आने पर ही लूँगा।" इतना भरोसा मिलने पर ही बेदी साहब को थोड़ी तसल्ली हुई।

बिना किसी सूचना के पंद्रह दिन छुट्टी मारने के बाद जब सोलहवें दिन मैं जे.पी. एच. यानी जीवन पब्लिशिंग हाउस प्रा.लि. में अपनी ड्यूटी पर पहुँचा तो मेरे प्रोडक्शन मैनेजर ने पूछा कि इतने दिनों से तुम कहाँ थे? तो मैं राशन-पानी लेकर उस पर चढ़ बैठा कि 'तुम्हारे यहाँ काम करने से क्या फायदा? तुम्हारे से तो कोई मरे या जीये! दस दिनों से मैं प्लेग की चपेट में आकर अस्पताल में पड़ा था, तुम लोगों ने कोई खोज-खबर तक नहीं ली।' बेचारे मैनेजर ने अपनी गलती मानी और जेपीएच के मालिक ने भी खेद जताया। मित्र तिवारीजी तो सबकुछ जानते ही थे। मैंने उन्हें यह खुशखबरी सुनाई। अक्तूबर के अंत में ही दीपावली थी। सबकुछ ठीक चल रहा था। दीवाली पर बोनस और वेतन लेकर मैं बेदी शोध संस्थान में नियमित काम करने लगा। इस बार भी मैंने यहाँ नौकरी छोड़ने की कोई सूचना नहीं दी। यहाँ ऐसी ही अंधेरगर्दी व्याप्त थी।

बेदी शोध संस्थान में उस समय चार शोध सहायक थे—इनमें भूपसिंह, जो हिंदी में एम.ए. और अमर उजाला दैनिक में काम कर चुके थे तथा मेरठ के पास स्थित अपने गाँव से रेल से नित्य आना-जाना करते थे। वे बेदी साहब के सचिव के रूप में, ऑफिस असिस्टेंट, फोटो, टी.पी. तथा बाहर के सभी काम किया करते थे। निशि त्यागी, जो संस्कृत में एम.फिल. थीं और संस्कृत ग्रंथों से संदर्भ आदि ढूँढ़कर बेदी साहब को देना उनका काम था। इमामुम रहमान, जो बॉटनी में एम.एससी. थे और बेदी साहब के लिखे को री-राइट कर उसे संबंधित फाइलों में पहुँचाते थे। अरविंद शुक्ला, जो बी.ए. पास थे और प्रविष्टियों को री-राइट के साथ साथ प्रविष्टियों की पर्चियों को अकारादि क्रम में छाँटना, फिर उन्हें गिनिंग करना तथा बाद में फाइनल चैकिंग हो जाने के बाद प्लेन कागज पर चिपकाकर पांडुलिपि तैयार करते थे।

न थकने का फॉर्मूला

बेदी साहब इस आयु में भी कठोर परिश्रम करते थे। प्रातः नौ बजे जब हम संस्थान में पहुँचते तो बेदी साहब को पहले से ही लेखन-कार्य में जुटा पाते और सायं साढ़े पाँच बजे जब छुट्टी करते तो उन्हें काम करते हुए ही छोड़कर जाते थे। जाने से पूर्व दिनभर

के कार्य की रिपोर्टिंग होती और अगले दिन क्या करना है, यह भी तय होता। गरमी में भी हमने उन्हें कभी पानी पीते हुए नहीं देखा, दस बजे नाश्ता जरूर करते थे, दिनभर में एक बार ही बाथरूम जाते थे। इतना ही नहीं, वे रात को भी प्रूफ की जाँच और लेखन-कार्य किया करते थे। फोन पर अपने किसी समकक्ष से बात करते हुए हमने कई बार सुना था, वे किसी से कह रहे होते थे—अरे, मेरी अभी उम्र ही क्या है, बहुत काम करना है। अपने लक्ष्य के प्रति ऐसा जुनून था कि काम करते हुए वे थकते ही न थे। पहले मैं बड़ी थकान महसूस किया करता था, मैंने देखा कि अस्सी पार का यह व्यक्ति जब इतना परिश्रम करने के बाद भी नहीं थकता तो मैं क्यों थकने लगा? सच में, अब मुझे कभी थकान महसूस नहीं होती है। बेदी साहब ने एक बार बताया भी था कि थकान तो मन के सोचने से होती है। आप जब सोचते हैं कि मैं बहुत थक गया हूँ, तो शरीर भी थकान महसूस करने लगता है और शिथिल हो जाता है। यह बड़ा सीधा-सा मनोविज्ञान है। किसी भी महान् कार्य को सिरे पर चढ़ाने के लिए कार्य के प्रति ऐसे ही जुनून की दरकार होती है, यह मैंने बेदी साहब से सीखा।

संस्थान का कड़ा अनुशासन

बेदी शोध संस्थान में अनुशासन बड़ा सख्त था। संस्थान में आवाज केवल पक्षियों की सुनाई देती थी। किसी की कलम अगर टेबल से नीचे गिर जाती तो बेदी साहब फौरन पूछ बैठते कि यह आवाज कैसी थी? टेबल के इर्दगिर्द एक आलपिन या साफ कागज का एक टुकड़ा भी नजर आ जाता तो यह भी अक्षम्य अपराध होता था। सायं को कार्य करने के बाद छुट्टी के समय सबको अपनी-अपनी फाइलें, संदर्भ-ग्रंथ, शब्दकोश आदि यथास्थान रखना जरूरी होता था। प्रात: ऑफिस आने में विलंब होने पर पाँच मिनट का आधा घंटा कटता था। लेकिन संस्थान की छुट्टी का समय भी अटल था। साढ़े पाँच बजे बेदी साहब निश्चित ही हम सबको विदा कर देते थे। समय के नियम पालन के मामले में 'न ऊधो का लेना, न माधो का देना' नियम के पाबंद थे। बेदी साहब किसी टेबल पर जाकर कभी ताक-झाँक नहीं करते थे, पूरी तरह रिपोर्टिंग पर भरोसा करते थे।

मित्रों की सलाह

अब तक मैं अपने लगभग सभी साथियों का विश्वासभाजक और सम्मान का पात्र बन गया था। एक दिन मेरे साथियों ने मुझे समझाया कि शर्माजी, आप बड़े भोले हैं, बेदी साहब को आप नहीं जानते। यहाँ पर कोई भी गलती अक्षम्य है। बेदी साहब अपनी सफाई का कोई मौका भी नहीं देते हैं। प्रूफ-रीडर विशेष रूप से उनकी हिंसा के शिकार होते हैं, उनकी सबसे ज्यादा मार प्रूफ-रीडर पर ही पड़ती है। अब तक बारह-तेरह

प्रूफ-रीडर इनके हाथों अपनी नौकरी गँवा चुके हैं। अधिकतम तीन महीने से ज्यादा यहाँ कोई चल नहीं पाया—लिहाजा आप पहले जहाँ काम कर रहे थे, वहाँ से रिजाइन अभी न दें। साथियों ने जो कहा, वह कोई अतिशयोक्ति नहीं थी, या मुझे डराने की नीयत से नहीं कहा था। बाद में मुझे वहाँ काम करते हुए पता चला था कि बेदी साहब चैक-बुक अपने कुरते की जेब में रखते थे। एक-दो उदाहरण ऐसे देखे कि व्यक्ति नियत समय पर अपने काम पर आया और किसी बात पर बेदी साहब ने सुबह ही सुबह उसे चैक थमाकर बैरंग लौटा दिया। खैर, मेरे लिए इधर कुआँ, उधर खाई वाली बात थी, इसलिए कोई डर नहीं था। मेरी सबसे बड़ी हसरत थी कि मैं 'डिक्शनरी-वर्क' करूँ, भले ही एक महीना ही सही!

बेदी साहब के रौद्र रूप के दर्शन

उन्हीं दिनों बेदी साहब को इलाहाबाद विश्वविद्यालय के आयुर्वेद विभाग से व्याख्यान देने के लिए निमंत्रण मिला, विषय था—'चरक संहिता के जीव-जंतु'। यह व्याख्यान लगभग 500 पृष्ठों का बन गया था। इसकी प्रूफ-रीडिंग का कार्य द्रुति गति से चल रहा था, समय लगभग करीब आ चुका था। फाइनल प्रूफ-रीडिंग के बाद इसे जिल्द भी कराना था। लगभग 60 पृष्ठ प्रूफ-रीडिंग के लिए बचे थे। आज इस कार्य को समाप्त करना जरूरी था। काम को नियंत्रण में लाने के लिए भूपसिंहजी ने कहा कि शर्माजी, लाओ कुछ पृष्ठ मैं पढ़ देता हूँ। इस तरह लगभग 25-30 पेज उन्होंने पढ़े और सायं तक काम पूरा हो गया। वह सब बेदी साहब को सौंपकर हम सब अपने घर चले गए।

अगले दिन प्रातः जब मैं काम पर आया तो बेदी साहब ने मुझे मेरी अपनी सीट पर नहीं जाने देते हुए नीचे ही रोक लिया और अत्यंत क्रोध में तमतमाते हुए बोले, "अरे शर्मा, तुम तो बड़े धोखेबाज निकले। पहले अच्छा माल दिखाकर फिर चालू माल देते हो—तुम्हें मेरे साथ धोखा नहीं करना चाहिए था।" आदि-आदि और भी बहुत कुछ सुनाया। बेदी साहब का चेहरा तमतमा रहा था। मुँह से लार और झाग निकल रहे तथा आँखों से पानी! उनका ऐसा रौद्र रूप मैं पहली बार देख रहा था। मैं तो हतप्रभ रह गया। आश्चर्यचकित हो साहस बटोरते हुए मैं इतना ही कह पाया—"आखिर बात क्या है, पापाजी? क्या हो गया?" बेदी साहब गुस्से में ही बोले, "अभी दिखाता हूँ तुम्हारी करतूत।" और पेंसिल से गोला लगाए हुए पृष्ठों को दिखाने लगे कि कितनी घटिया प्रूफ-रीडिंग की है। मैं लापरवाही से बोला, "इन्हें मैंने नहीं पढ़ा है।" बेदी साहब गुस्से में तमतमाए, "तब किसने पढ़े हैं? हमारे यहाँ तो तुम्हारे अलावा कोई और पढ़ता नहीं है?" मैंने थोड़ा हँसते हुए कहा, "भूपसिंहजी ने···।"

तुरत-फुरत भूपसिंहजी को बुलाया गया। उन्होंने अपनी सफाई में कहा, "पापाजी,

वो जल्दी की वजह से ये कुछ पृष्ठ मैंने देखे हैं।" इतना सुनते ही बेदी साहब का रौद्र रूप शांत हो गया। उनके मुँह से लार और आँखों से पानी आना थम गया। फिर अपने को संयत बनाते हुए सहज मुसकान के साथ बोले, "मैं भी सोच रहा था कि शर्माजी ने उतने ही पृष्ठों में गलती क्यों छोड़ी? खैर, चलो हमसे चूक हो गई।" पर इस अप्रत्याशित हमले से मैं तो हिल गया था। मित्रों द्वारा दी गई सलाह अभी-अभी साकार होते-होते रह गई। मैंने थोड़ा रुष्ट होते हुए कहा, "पापाजी, मेरे साथ यह आपका पहला वाकया है। भविष्य में यदि सच्चाई को जाने बिना आपने ऐसा व्यवहार किया तो मैं आपके साथ काम नहीं कर पाऊँगा। और आपको मेरे मान-सम्मान का भी ध्यान रखना होगा।" इसके बाद तो वर्षों तक तो हम दोनों की ऐसी पटी कि उनके घर वाले भी अचंभित! और वर्षों बाद भी बेदी मुझे छोड़ने के लिए तैयार न थे।

पापाजी, चूक हो गई

बेदी साहब क्षमाशील भी गजब के थे। बेदी शोध संस्थान में कोई कर्मचारी कितनी बड़ी गलती कर दे या प्रूफ-रीडर से कोई भारी भूल हो जाए तो बेदी साहब के सामने पेशी होने पर 'पापाजी, चूक हो गई' कहने भर से सबका परिमार्जन हो जाता था। सफाई देने या बहस करने का परिणाम भयंकर होता था। लिखते समय जब बेदी साहब से भी कोई भूल हो जाती और वह मेरी पकड़ में आ जाती तो मैं जानबूझकर उनसे पूछने जाता कि पापाजी, यह समझ नहीं आ रहा है, तो उसे ठीक करते हुए कह उठते थे कि 'अरे, मेरे से भी चूक हो गई।' जब हममें से किसी एक से कोई भूल हो जाती थी तो वे डाँटने-डपटने या गुसा होने के बजाय हम सबको अपने कमरे में बुलाकर अर्धवृत्त में खड़ा कर लेते और फिर उस गलती से संबंधित एक कहानी सुनाते थे। पहले तो कुछ पता न चलता था कि आखिर पापाजी सबका समय क्यों बरबाद कर रहे हैं। लेकिन जब कहानी का अंत होता तो यह सबके लिए एक सबक होता कि यह भूल दोबारा नहीं होनी चाहिए। वह भूल दोबारा होती भी नहीं थी। उनका कहानी सुनाने का मकसद भी यही होता था। गलतियों को जड़-मूल से मिटाने का यह उनका बहुत ही कारगर तरीका था।

एक दिलचस्प वाकया है। चरक संहिता के जीव-जंतु व्याख्यान को दो खंडों में जिल्द कराना था। पहले से ये सब काम भूपसिंह कराया करते थे। उन्होंने बेदी साहब को सलाह दी कि शर्माजी दिल्ली में ही रहते हैं। इन सब कामों की इन्हें अच्छी जानकारी है, अत: इन्हीं को जिल्द बनवाने भेजें तो अच्छा रहेगा। पुराने सब कर्मचारी ऐसे कार्यों से बचते थे। वे जानते थे कि बेदी साहब बहुत मीन-मेख निकालते हैं। मैं यहाँ अभी सबसे नया था, सो मुझे फँसा दिया गया। बसई-दारापुर के एक-दो बाइंडर जे.पी.एच. का काम

किया करते थे, सो उनसे मेरी थोड़ी जान-पहचान थी। ये बड़े बाइंडर एक-दो जिल्द के छोटे काम करने से साफ मना कर देते। थोड़ी खुशामद-दरामद के बाद एक बाइंडर ने दस-दस रुपए में दो जिल्द बनाकर दे दीं। इन्हें लेकर मैं संस्थान लौट आया और गीली होने के कारण सूखने के लिए दबाकर रख दिया।

अगले दिन बेदी साहब ने जिल्द उलट-पलटकर देखी तो एक जिल्द में दो पृष्ठ उलटे लगे हुए थे। बस फिर क्या था! उन्होंने सबको बुलाकर बहुत सारी बातें सुनाईं। और अंततः बोले, "मैं कुछ नहीं जानता, इसे ठीक कराकर लाओ।" मैं बुरा फँस गया था। मेरे सब साथी होंठों ही में मुसकरा रहे थे। पापाजी के कमरे से बाहर आकर मैंने भूपसिंह से कहा, "उसने (बाइंडर ने) पहले ही बड़ी मिन्नतों से जिल्द बनाकर दी है और इसमें बाइंडर की तो कोई गलती ही नहीं। आप लोगों ने जैसे पेज दिए थे, उसने वैसे ही जिल्द बना दी। आपसे या पापाजी से ही देखते समय पेज उलटे हो गए। वह दुबारा क्यों ठीक करने लगा? मैं इसे वहाँ किस मुँह से लेकर जाऊँ? आप लोगों ने मुझे बुरा फँसा दिया।"

इस पर दुखी होते हुए भूपसिंहजी बोले, "पंडितजी, इसीलिए तो कोई बेदी साहब का काम करने को तैयार नहीं होता। आपने भी मना नहीं किया। अब तो यह किसी भी तरह ठीक कराना ही पड़ेगा। पर आप चिंता मत कीजिए, कुछ रास्ता निकालते हैं।" मैं बड़ी साँसत में फँसा। कुछ देर अनमना सा सोचता रहा। चाय पीने के बाद मैंने भूपसिंह से कहा, "आप मुझे एक ब्लेड, फेवीकोल आदि दे दो, मैं इसे ठीक करके लाता हूँ।" जिल्द और ये चीजें लेकर मैंने अपनी साइकिल उठाई और राजागार्डन के अच्छे से पार्क में पहले लेटकर खूब धूप-स्नान किया। हमें तो सर्दियों में धूप के दर्शन छुट्टी के दिन ही नसीब हो पाते थे। अब मैंने इत्मीनान से ब्लेड की मदद से दोनों उल्टे पृष्ठों को सफाई से काटकर सीधा करके पुनः फेवीकोल से चिपका दिया। बाहर जो थोड़ा-बहुत पेज निकला भी रहा तो उसे ब्लेड से खुरचकर एकसमान कर दिया। अब पूरी जिल्द में उल्टे पृष्ठ कहाँ थे, यह पता लगा पाना भी मुश्किल था। एकदम नई जिल्द बन गई। मजे में आधा दिन बिताकर लंच के समय मैं ऑफिस लौट आया। बेदी साहब ने जिल्द देखी तो खुश होकर बोले, "जिल्द के डबल पैसे तो नहीं दिए?" मैंने कहा, "नहीं, मगर उसने बड़ी मुश्किल से बनाकर दी है।"

□

ऐसे ही एक बार और मैं फँस गया था। गरमियों के दिन थे। मोती नगर चौक, पुराने ताँगा स्टैंड के पास देशी जड़ी-बूटियों की एक बड़ी सी दुकान थी। शायद आज भी हो। बेदी साहब ने मुझे वहाँ से कुछ साबुत जड़ी-बूटियाँ खरीदकर लाने के लिए भेजा, जिनके फोटो खींचने थे। सब दो-दो रुपए की लानी थीं। उनमें कुछ तो ज्यादा ही कीमती

थीं। वहाँ मुझे दो-दो रुपए की जड़ी-बूटी कौन देने वाला था। उस दुकान पर हमेशा ही बहुत भीड़ रहती थी। दुकानदार ने मुझे मना कर दिया, लेकिन मैं खड़ा ही रहा। आखिर जब कुछ उछीर-सी हो गई तो मैंने उसके फिर निहोरे किए और बताया कि इनके फोटो खींचने हैं, जो किताब में छपेंगे। वह बड़ा उत्सुक हुआ कि आज तक तो सब ग्राहक बीमारियों के लिए ही जड़ी-बूटी लेने आते रहे हैं, अत: उसने अपने नौकर से जड़ी-बूटियाँ दे देने को कहा। उसने छोटी-छोटी पुड़ियाँ बनाकर मुझे दे दीं।

मैं उन्हें लेकर संस्थान लौट आया। बेदी साहब ने एक-दो को छोड़कर सब खराब बताईं और जिद करने लगे कि इन्हें वापस करके आओ। मैं फिर से बुरा फँस गया था। मैंने भी अपनी जान छुड़ाने की गरज से कहा कि बाद में किसी दिन वापस कर आऊँगा। लेकिन बाद में भी मैं किस मुँह से वापस करने जाता! लेकिन बाद में बात आई-गई हो गई। बेदी साहब हर बात-व्यवहार को सन् 1915 यानी अपने जमाने से आँकते थे। मैं भी ऐसा था कि औरों की तरह बहाना नहीं बना पाता था और बार-बार मुसीबन मोल ले लेता था। काफी समय बाद उन्होंने मुझे नारायण स्थित एमिल फार्मास्युटिकल कंपनी में वही जड़ी-बूटियाँ लेने भेजा। वहाँ उनके एक परिचित डॉक्टर जड़ी-बूटी विशेषज्ञ के नाते नौकरी करते थे। उनकी दी हुई जड़ी-बूटियाँ उम्दा किस्म की निकलीं और उनके फोटो भी बहुत शानदार खिंचे।

बेहद मितव्ययी इनसान

बेदी साहब जैसा मितव्ययी व्यक्ति मैंने आज तक नहीं देखा। गरीबी तथा साधनहीनता में मितव्ययी होना एक बात है, लेकिन धनी और साधन-संपन्न व्यक्ति की मितव्ययता के कुछ मायने होते हैं। मितव्ययता बेदी साहब की मजबूरी नहीं, उनके संस्कार और आदत में शामिल थी। कागज के मामले में वे अत्यधिक मितव्ययी थे। मेरी जानकारी में उन्होंने छोटी-बड़ी शताधिक पुस्तकें लिखीं, लगभग एक टैंपों में आ पाएँ, इतनी उनकी हस्तलिखित फाइलें थीं, पर उन्होंने लिखने के लिए कागज कभी नहीं खरीदा। उन्होंने सिगरेट की डिब्बी के कागज, पैंफलेट्स, बच्चों की पुरानी किताब-कॉपियों के रद्दी पन्नों, छपे अखबार के एक-डेढ़ इंची खाली हाशिए, कपड़े-जूतों आदि की पैकिंग आदि को सीधा कर सब पर लिख डाला। अखबार में आने वाले वन साइड पेपर को उन्होंने कभी बेकार नहीं जाने दिया। कागज केवल फाइनल पांडुलिपि के लिए रिम लेकर ए-फोर साइज में कटवा लिया जाता था।

इस बार कागज की जरूरत पड़ी तो मुझे ही बलि का बकरा बना दिया गया। वास्तव में बेदी साहब बहुत झंझट करते थे और चीजों के दाम आठ दशक पूर्व यानी अपने बचपन के समय से आँकते थे। राजा गार्डन चौराहे के पास कागज की दो-चार

दुकानें हुआ करती थीं। पहले कागज का सैंपल लेकर आओ, फिर बेदी साहब से सैंपल पास कराओ। इसमें भी यह नहीं तो वो वाला लेकर आओ! फाइनल होने पर कागज को बाइंडर के पास ले जाकर ए-फॉर साइज में कटवाकर लाओ। इस प्रक्रिया से गुजरने के बाद अंततः कागज कटवाने के लिए मैं उसे साइकिल पर लादकर बसई-दारापुर में अपने एक परिचित बाइंडर के पास ले गया। ये तेईस-छत्तीस साइज की 250 सीट, यानी आधा रिम कागज था। ए-फॉर साइज में काटने पर दोनों ओर ढाई इंची की पट्टियाँ निकल सकती थीं, मगर इसके लिए दो-तीन छुरी का दाम ज्यादा देना पड़ता।

मैंने बाइंडर से कहा कि कोई बात नहीं, आप पट्टियाँ निकाल दो, पर कागज का साइज छोटा नहीं होना चाहिए। उसने कहा कि कागज क्योंकर छोटा होगा! और उसने कागज काट दिया। मैंने बेदी साहब द्वारा दिए गए सैंपल कागज से अच्छी तरह नाप लिया। ए-फॉर साइज का कागज तथा वे पट्टियाँ लेकर मैं संस्थान लौट आया। बेदी साहब ने पुराने कागज से नए वाले कागज का साइज नापा तो संतुष्ट हो गए। फिर मैंने कागज की लंबी पट्टियाँ उनकी टेबल पर रख दीं। बेदी साहब चौंककर बोले, "इन्हें कहाँ से ले आए, शर्माजी?" मैंने कहा, "पापाजी, ये इन्हीं शीट में से निकली हैं। आपके लिखने के काम आएँगी।" बेदी साहब खुशी के मारे गद्गद हो गए और आँखों की दोनों कोर में आँसू छलक आए। सब कर्मचारियों को अपने कमरे में बुलाकर बोले, "देखो, मेरे लिखने के लिए छह महीने का कागज मिल गया। शर्माजी तो गांधीजी के प्यारेलाल हैं। इससे पहले भूपसिंह ही कागज कटवाकर लाते थे तो पूरा दिन ही लगा देते थे, पर ऐसी पट्टियाँ कभी लेकर नहीं आए।" वन साइड कागज के प्रति तो उनका ऐसा मोह था कि रास्ते में कोई परचे या पैंफलेट बाँट रहा होता था तो मैं उससे यह कहकर बहुत सारे परचे ले आया करता था कि मैं इन्हें आगे बाँट दूँगा, और वे सब लाकर बेदी साहब को दे दिया करता था। इससे बेदी साहब बड़े खुश होते थे। हम दोनों जुनून की हद तक इस काम में रम गए थे।

फिर उन्होंने हम सबको गांधीजी के प्यारेलाल का किस्सा सुनाया कि देश-दुनिया से गांधीजी के पास बहुत पत्र आया करते थे। गांधीजी सब पत्रों को न तो पढ़ पाते थे और न ही सबके उत्तर दे सकते थे; अतः गांधीजी की डाक का काम उनके सहायक प्यारेलालजी देखा करते थे। वे सब पत्रों को इतमीनान से पढ़ते और गांधीजी इसका क्या उत्तर देंगे, अपने अनुमान से वैसा उत्तर लिख दिया करते थे। गांधीजी के पास तो बस पत्रों पर उनके हस्ताक्षर कराने जाते थे। तब गांधीजी उन पत्रों को पढ़ते तो उनकी सराहना किए बिना न रहते कि भाई प्यारेलाल, कमाल है, तुमने तो मेरे मन को पढ़ लिया है। मैं भी इन पत्रों का बिल्कुल यही जवाब लिखता। सो मुझे भी शर्माजी के रूप में एक प्यारेलाल मिल गया है। शर्माजी ने मेरे मन को पढ़ लिया है। मैं जो और जैसा चाहता हूँ, ये बिल्कुल वैसा ही करते हैं।

कुछ भी बेकार नहीं होता

बेदी साहब के लिए कोई चीज कभी बेकार नहीं होती थी। घर में कोई सामान आता तो उसके डिब्बे, लिफाफे, गत्ते आदि सब बेदी साहब के पास पहुँचा दिए जाते। यहाँ मोटे गत्तों को काटकर सीधा कर लिया जाता और उनके फाइल-कवर बना लिए जाते। दीपावली पर पटाखों के छोटे-बड़े डिब्बों का ढेर लग जाता। उन सबको बड़े धैर्य के साथ काटकर संस्थान के कार्यों में उपयोग किया जाता। यहाँ तक डाक में जो लिफाफे आते थे, उनको बड़ी तरतीब से उलटकर पुनः चिपकाकर संस्थान की डाक भेजने में उपयोग कर लिया जाता। मेरी जानकारी में डाक के लिए नए लिफाफे उन्होंने कभी नहीं खरीदे। यह विद्या उन्होंने हम सबको भी सिखा दी थी।

एक बार ऐसा ही एक मजेदार वाकया पेश आया। बेदी साहब अपने छोटे पोते अजय बेदी को लेकर राजौरी गार्डन के पार्क में कुछ वनस्पनियों के फोटो खींचने के लिए गए। जून की भरी दोपहरी में फोटो शूट करते हुए पोता और हमारा एक चित्रकार धूप से व्याकुल हो गए तो पोते ने कहा, "पापाजी, गरमी बहुत है, आइसक्रीम खाते हैं।" और पोता सड़क पर जाकर आइसक्रीम की कटोरियाँ ले आया। आइसक्रीम खाई गई। पोते ने आइसक्रीम खाकर प्लास्टिक की कटोरी फेंक दी और जूते से दबाकर वह उसे तोड़ना ही चाहता था कि बेदी साहब ने रोक दिया, 'रुको बेटा!' और कटोरी उठाकर अपने कुरते की जेब में रख ली, फिर अपनी भी रख ली। इस पर पोता थोड़ा बिगड़ते हुए बोला, "पापाजी, इस पर लिखा है कि आइसक्रीम खाने के बाद इसे क्रश कर दें। यह बेकार है।" "नहीं बेटा", बेदी साहब बोले, "कोई चीज बेकार नहीं होती। हम इन्हें धोकर इनमें आलपिन रख लेंगे, ये हमारे बड़े काम की हैं।" और ऐसा ही हुआ, वहाँ से आकर उन्हें धो-सुखाकर उनमें आलपिन भर ली गईं। वे डिब्बियाँ भी संस्थान का हिस्सा बन गईं।

सेवा के बदले सेवा

मैं बेदी शोध संस्थान साइकिल से ही आया-जाया करता था। मेरी साइकिल भी बिल्कुल खटारा थी, बस चक्के सही-सलामत थे, ब्रेक नहीं थे। संस्थान के बाहर के कामकाज, जैसे बाजार से स्टेशनरी लेने जाना, पोस्ट ऑफिस, बैंक इत्यादि के लिए रिक्शा से जाना होता था। रिक्शा का भाड़ा संस्थान के दैनिक खर्च में लिखा जाता था। कोठी वाला पॉश इलाका होने के कारण रिक्शा जल्दी मिलता नहीं था, काफी-काफी देर इंतजार करना पड़ता था, सो इन कामों में भूपसिंहजी मेरी साइकिल का उपयोग कर लिया करते थे। दो महीने जब दैनिक खर्च में रिक्शा-भाड़ा नहीं लिखा गया तो बेदी साहब का ध्यान इस ओर गया। उन्होंने भूपसिंहजी से पूछा, "आजकल बाजार जाना नहीं होता क्या?"

भूपसिंह ने बताया, "हाँ पापाजी, बाजार जाना होता है।"

"परंतु तुमने रिक्शा-भाड़ा तो लिखा ही नहीं है, फिर कैसे जाते हो?"

"जी पापाजी, वो मैं शर्माजी की साइकिल ले जाता हूँ, वे मना नहीं करते।"

"देखो भूपसिंह, शर्माजी की अपनी व्यक्तिगत साइकिल है, उसे तुम संस्थान के कामों में इस्तेमाल करते हो। यह गलत है। क्या यह तुम्हारे लिए ज्यादा सुविधाजनक है? यदि ऐसा है तो हम इनकी साइकिल मुफ्त में इस्तेमाल नहीं करेंगे। हम हर महीने शर्माजी को 50 रुपए मेंटीनेंस के रूप में देंगे।" और फिर मेरे बहुत मना करने के बावजूद बेदी साहब ने उसी महीने से 50 रुपए मेरे वेतन में जोड़ दिए। निशुल्क कोई भी सेवा उन्हें स्वीकार्य नहीं थी।

दया-मया से परे

इस घटना से आप यह न समझ लें कि बेदी साहब बहुत दयालु थे। वे दया-मया से परे एक सिद्धांतप्रिय इनसान थे। भारत विभाजन के समय उन्होंने भी काफी परेशानियाँ झेली थीं। सरकारी सेवा में रहते हुए भी उन्हें परिवार को लेकर इधर-उधर भटकना पड़ा था। उन दिनों उनकी बड़ी पुत्रवधू यानी नरेश बेदीजी की पत्नी वंदना बेदीजी घर की संचालक थीं। वे बड़ी उदारमना, दयालु, दूसरों की मदद में तत्पर रहनेवाली एक कुशल मैनेजर थीं। घर का रसोइया रामू भी घरेलू सामान के लिए बाजार आता-जाता था, सो जल्दी के चक्कर में (कभी-कभी) वह भी मेरी साइकिल का उपयोग कर लिया करता था। एक दिन वह बाजार गया तो रोकते-रोकते भी साइकिल किसी के ऊपर चढ़ गई, चूँकि साइकिल में ब्रेक ही नहीं थे। लोगों ने उसकी पिटाई कर दी। घर आकर गुस्से में उसने सारी घटना मैडम (वंदनाजी) को बताई। मैडम ने उसे दिलासा दी कि जो हुआ सो हुआ, मैं कुछ करती हूँ।

उन्होंने भूपसिंहजी को बुलाकर कहा कि पापाजी (बेदी साहब) से कहो कि शर्माजी की साइकिल ठीक करवा दें। तब भूपसिंहजी ने पापाजी से कहा। तो वे बोले, "वंदना से कहो, हम शर्माजी को 50 रुपया महीना देते हैं। साइकिल ठीक रखना शर्माजी की जिम्मेदारी है। हम इसमें कुछ नहीं कर सकते।"

वंदनाजी ने सारी बात सुनी तो बोलीं कि शर्माजी क्यों ठीक कराने लगे? वे इस स्थिति में होते तो साइकिल को ऐसी रखते ही क्यों? भूपसिंहजी, आप ऐसा करो, अभी इसी समय इसे किसी मिस्त्री को देकर आओ, और कहना कि इसमें जो-जो खराब है, सब बदल दे; पर यह बात पापाजी को पता नहीं लगनी चाहिए। भूपसिंहजी उसी समय रमेश नगर में एक मिस्त्री के पास साइकिल डाल आए। मिस्त्री इसमें चार सौ रुपए का सामान डाल दिया, जबकि इतने रुपयों में एक अच्छी हालत की साइकिल आ जाती;

लेकिन साइकिल नई के माफिक हो गई। वंदनाजी ने रुपए दे दिए। पर उन्होंने कभी ऐसा भाव नहीं दिखाया कि मेरे लिए कुछ किया है। वे बहुत परोपकारी हैं। पर बेदी साहब यों ही न किसी को कुछ देते और न लेते थे। एकदम व्यावहारिक और सिद्धांत पर अटल!

सरस्वती के एकनिष्ठ उपासक

बेदी साहब लगभग सोलह-सत्रह घंटे काम करते थे। सेवा-निवृत्ति के बाद जब से वे बेदी वनस्पति कोश के प्रणयन में जुटे, सरस्वती की उपासना में ही लीन रहते थे। घर में कोई हारी-बीमारी, शादी-समारोह से उन्हें कोई लेना-देना नहीं था। यहाँ तक कि घर में कोई रिश्तेदार या मिलने-जुलने वाला आता था, तो उनसे दो मिनट से ज्यादा वार्त्तालाप नहीं करते थे। बल्कि बड़ी निष्ठुरता से कह दिया करते थे कि 'अच्छा तो अब आप जाएँ, मुझे बहुत काम करना है।' वे अपने कमरे या अध्ययन-कक्ष में लेखन में ही व्यस्त दिखाई पड़ते थे। हमारे साथ दिनभर काम करते, दोपहर में भोजन करने नीचे जाते और घंटा भर में वापस आ जाते। साल-दर-साल कोठी तो क्या, वे अपने कमरे से भी बाहर नहीं निकले थे। उनके बड़े बेटे नरेश बेदीजी उनकी बहुत फिक्र किया करते थे। जब कहीं शूटिंग नहीं हो रही होती और वे घर पर होते तो दिन में एक बार हमारे ऑफिस में पापाजी तथा हमारा हाल-चाल पूछने जरूर आया करते थे। वे बहुत कम बोलते थे, लेकिन उनका शारीरिक सौष्ठव और व्यक्तित्व बड़ा प्रभावशाली था। वन्यजीवों पर बनी उनकी अधिकतर डॉक्यूमेंटरी फिल्मों को बड़े-बड़े पुरस्कार मिले। हालाँकि वे देश-दुनिया के गिने-चुने फोटोग्राफर तथा अद्वितीय कैमरामैन हैं, पर बेदी साहब अपने एक मित्र गोखलेजी की फोटोग्राफी को उनसे ऊपर रखते थे। इससे उनके पोते चिढ़ जाया करते और कहते कि हमारे पापाजी (नरेश बेदी) से अच्छी फोटोग्राफी किसी की नहीं हो सकती।

मजदूरी समय पर देने के पाबंद

बेदी साहब ने अपने फंड आदि बचत का लगभग 25 लाख रुपया बेदी वनस्पति कोश के प्रणयन पर खर्च कर दिया। वे उसूल के पक्के थे। जब हम पहली तारीख को प्रातः उपस्थिति दर्ज करने के लिए रजिस्टर उठाते तो सबसे पहले उसमें हमें अपने वेतन के चैक रखे हुए मिलते। रात को चैक बनाकर वे प्रातः वहाँ रख दिया करते। जब वे बीमार होकर अस्पताल में होते तो भी वेतन के चैक 30 तारीख को ही भिजवा दिया करते। मेरे कार्य-काल में वेतन देने में कभी विलंब नहीं हुआ था। हाँ, बाद के दिनों में जब बेदी साहब के बैंक एकाउंट में पैसा खत्म हो गया तो नरेश बेदीजी ने हमारे वेतन तथा संस्थान के खर्च की जिम्मेदारी अपने ऊपर ले ली। उनका वर्क-शेड्यूल बड़ा

टाइट रहता था। उनकी व्यस्तता के चलते वेतन 5-6 तारीख को मिल पाता था, वह भी रिमाइंडर देने के बाद।

एक बार यह बात बेदी साहब को पता चल गई कि संस्थान के कर्मियों को वेतन समय पर नहीं मिल रहा है, तो उन्होंने कोई लिहाज न करते हुए फोन पर नरेश बेदीजी को फटकार लगाई, "नरेश, यह मैं क्या सुन रहा हूँ? मेरे बच्चों (यानी हम कर्मचारियों) को अभी तक वेतन नहीं मिला है। तुम्हारे ऑफिस में चाहे जो चलता हो, पर मेरे संस्थान में वेतन पहली तारीख को हर हालत में मिल जाना चाहिए। मेरे बच्चे वेतन के लिए तुम्हारे पीछे नहीं घूमेंगे। तुम ऐसा नहीं कर सकते हो तो कुछ लाख रुपए मेरे अकाउंट में डाल दो। बस, मैं कोई दलील सुनना नहीं चाहता।" उस दिन हम लोगों ने पहली बार देखा कि जिस बेटे को वे अतिशय प्यार करते थे, उस पर बेहिसाब बिगड़े।

अनन्य पशु-प्रेमी और हिमायती

बेदी साहब जड़ी-बूटी विशेषज्ञ होने के साथ-साथ जंतु-प्रेमी भी कमाल के थे। इस कोठी का परिसर एक छोटा-सा चिड़ियाघर ही था। इसमें झरना है, झील है, जिसमें रंग-बिरंगी मछलियाँ तथा कछुए किलोल करते थे। कोठी की पूरब दिशा में मैना, तोता आदि पक्षियों के प्राकृतिक आवास जैसे घोंसले थे। कोठी के एक ओर बने दड़बों में कई साँप तथा एक अजगर भी था। अजगर को लेकर घर का रसोइया रामू बड़ा दुखी रहता था, उसके भोजन के लिए उसे चूहे पकड़कर लाने पड़ते थे। पाँच-छह तरह के छोटे-बड़े कद के और अलग-अलग नस्ल के कुत्ते थे, जो भोंक--भोंककर रोज ही हमारा स्वागत करते थे। पहले तो तेंदुए का एक शावक भी पाला हुआ था। एक लोमड़ी भी थी, जिसकी शरारतों से आजिज आकर उसे बेदी फिल्म्स के ऑफिस में छोड़ दिया गया था। वहाँ भी वह अपनी हरकतों से बाज न आती थी। मौका मिलते ही वह चमड़े के बैग, जूते आदि उठा ले जाती। भोजनावकाश में हम अकसर मैना से बातें किया करते, हम जैसा और जो बोलते, वह वैसा ही दुहरा देती थी।

इनके साथ-साथ कोठी के लॉन तथा चहारदीवारी के गिर्द अनेक तरह की जड़ी-बूटियों के पेड़-पौधे तथा लताएँ फैली थीं। जनवरी का महीना था, कड़ाके की ठंड तथा कुहरा पड़ रहा था। एक दिन प्रातः जब हम ऑफिस पहुँचे तो देखा, कोठी में शोक सा छाया हुआ है। पता चला कि रात अजगर चल बसा। बेदी साहब ने बड़े दुखी मन से अपनी आँखों की कोरों को पोंछते हुए बताया कि अभागे का रात पिंजड़ा खुला रह गया, वह लॉन में टहलने निकल आया, कड़ाके की ठंड में अपनी जान गँवा बैठा। अरे, अभी था ही कितने दिन का, नन्हा ही तो था! बेदी साहब बहुत दुखी थे। हमने देखा, लगभग दो मीटर लंबा और मेरी कलाई से भी मोटा अजगर उलटा पड़ा था, उसकी सफेद त्वचा धूप में चमक रही थी।

एक और वाकया है। लगभग जनवरी समाप्त पर थी और अभी भी ठंड जवान थी। लगभग प्रात: के दस बजे मुलायम गुनगुनी धूप डरती-डरती सी फैल रही थी। सर्दियों में बेदी साहब कोठी के आगे वाले लॉन में बैठकर लिखा करते थे। मूढ़े तथा कुरसियाँ पास पड़ी रहतीं, लेकिन एक-दो कुत्ते उनके इर्दगिर्द जरूर बैठे रहते। एक दिन मुझे तथा भूपसिंह को फाइल लेकर वहीं बुला लिया। बेदी साहब टेबल के आगे कुरसी पर बैठे थे। सरकंडों के दो मूढ़े पड़े थे, एक पर लंबे कानों वाला भूटानी कुत्ता लेटा हुआ था। थोड़ा हटकर बरामदे में दो कुरसियाँ रखी थीं। मैं एक मूढ़े पर बैठ गया। भूपसिंहजी ने 'किट-किट' कर कुत्ते को भगा दिया और मूढ़े पर बैठना ही चाहते थे कि बेदी साहब ने लिखना रोककर गरदन ऊपर उठाई और भूपसिंह को खूब लताड़ा, "अरे, ये तुमने क्या किया, बच्चा कितने आराम से धूप सेंक रहा था, तुमने उसे क्यों भगाया ? तुम दूसरी कुरसी नहीं ले सकते थे क्या ? जानवरों को ऐसे सताता है कोई !" और भी बहुत कुछ कहा। यह सब सुनकर मैं तो सन्न रह गया और भूपसिंह को काटो तो खून नहीं।

इतना ही नहीं, जब वे ऊपर अपने ऑफिस में बैठे लिख रहे होते थे, तो दो कुत्ते तो रोजाना वहाँ भी उनका हाल-चाल लेने जरूर आते थे। बेदी साहब हाथ रोककर उनसे बातें करते और कहते, 'बच्चो, जाओ नीचे जाकर खेलो, अब मुझे काम करने दो।' और वे पूँछ हिलाते इठलाते आज्ञाकारी बालक की तरह नीचे चले जाते। जानवरों से वे दिल से प्यार करते थे। अपनी किसी एक पुस्तक के समर्पण में उन्होंने लिखा भी है—

'वे चाहे कितने ही हिंस्र और खूँखार हैं
खंजर सरीखे दाँतों से लैस हैं
फिर भी मैं उनकी कद्र करता हूँ।'

कला (हुनर) के पारखी

बेदी साहब के मार्गदर्शन में लगन से कार्य करते हुए मैं शीघ्र ही संस्थान के कार्यों, कार्य-पद्धति, संदर्भ-ग्रंथों से परिचित हो गया। विगत आठ वर्षों से बेदी साहब और उनके एक तरह से सब सहायक अंधी सुरंग में काम कर रहे थे। किसी को नहीं पता था कि पुस्तक का स्वरूप क्या होगा और किस प्रकार सामने आएगा, बस फाइलों की संख्या-वृद्धि करते चले जा रहे थे, कोश-कार्य कोई फाइनल स्वरूप नहीं ले पा रहा था। आपको बताता चलूँ कि उन कर्मचारियों में कोई भी व्यक्ति न तो प्रोफेशनल था और न ही इस कार्य से संबंधित, ज्यादातर अपनी सरकारी नौकरी लगने की प्रतीक्षा करते हुए केवल खर्च चलाने के लिए यह नौकरी कर रहे थे। जैसा और जो बेदी साहब कहते, वैसा वे करते चले जा रहे थे, बिल्कुल लकीर के फकीर।

एक दिन मैं अपने आप को रोक नहीं पाया तो उन्हें टोक ही दिया—"पापाजी,

आखिर इसको पुस्तक का आकार कब देंगे? इसका फॉण्ट साइज, पेज का साइज, उप-शीर्षक आदि का क्या साइज निश्चित किया है? जो प्रिंट निकलता है, अगले दिन उसमें आप नई प्रविष्टियाँ जोड़ देते हैं। ऐसे तो यह कार्य अनंत काल तक चलता रहेगा।" हालाँकि उनके बेटे भी पहले यह सलाह दे चुके थे, पर बेदी साहब ने कभी कान नहीं दिए। पर मेरी बात उनकी समझ में आ गई, बोले, "ऐसा है तो आप जैसा चाहते हैं, वैसा एक पेज सेट करवाकर लाओ।" कंप्यूटर का कार्य 'बेदी फिल्म्स' के ऑफिस में होता था, जो पार्क के दूसरी ओर स्थित है। वहाँ जाकर मैंने पेज सेट कराया तो पुराने वाले पाँच पृष्ठों का मेरा एक पेज बना। पौधों के लैटिन या बॉटेनिकल नाम लिखने की पद्धति मैं सीख चुका था। किसी भी वानस्पतिक नाम के तीन भाग होते हैं, पहला जीनस (गण), दूसरा स्पशीज (प्रजाति), तीसरा इन्वेंटर (खोजकर्ता)। पहले भाग का पहला अक्षर कैपिटल लैटर से, दूसरा भाग लोअर केस से, मगर दोनों बोल्ड तथा तीसरे भाग का पहला अक्षर कैपिटल तथा नाम लाइट टाइप में लिखने का नियम है। यह बॉटनी लिखने की अंतरराष्ट्रीय पद्धति है। मैंने उसी के अनुसार पेज बनवा दिए और प्रिंट लाकर बेदी साहब को दिखाया।

पेज को देखते ही बेदी साहब तो अचरज में पड़ गए, खुशी के मारे आँखों में पानी झलमलाने लगा। सभी कर्मचारियों को अपने कमरे में बुलाकर बोले, "देखो, किताब तो बिल्कुल ऐसे ही बनती है। सुनो, अब से शर्माजी के निर्देशन में काम होगा। बिल्कुल इसी पैटर्न पर काम करेंगे।" मगर इस पैटर्न से हमारा डी.टी.पी. ऑपरेटर दुःखी हो गया। पहले दिनभर के काम के उसके 25 पेज गिने जाते, वहीं अब ये पाँच पेज गिने जाते। वीरेंद्र नाम का यह ऑपरेटर आयु में बहुत छोटा, भोला और मासूम था। इसके बाद दो ऑपरेटर और रखे गए। कार्य युद्ध-स्तर पर शुरू हुआ। ऑपरेटरों को लगातार काम देने के लिए मुझे महीने के चार इतवार भी लगाने पड़े। पूरे तीस दिन काम किया। इसके साथ प्रूफ-रीडिंग का काम भी निरंतर चलता रहा। अपने सब साथियों में उम्र मैं सबसे बड़ा था, पर संस्थान में इन सबके बाद आया था, सो मैं उन्हें 'सर-मैडम' कहा करता था। उन सबने एक दिन मुझसे कहा, "प्लीज शर्माजी, आप हमारा नाम लेकर पुकारा करें। सर कहने पर हमें बड़ी शर्मिंदगी महसूस होती है। आप हर मामले में हमसे बड़े हैं।"

☐

बेदी साहब की पारखी नजर का एक और वाकया आपको सुनाना चाहता हूँ। वे व्यक्ति के हुनर की कद्र करते थे। एक बार संस्थान में कागज आदि काटने के लिए मैं एक लड़का लेकर आया। इसका नाम था राजकुमार लोहिया। यह दिल्ली के रंजीत नगर में रहता था। वह गृह-क्लेश से परेशान था, पिता डेसू में कर्मचारी थे और उनका

इंतकाल हो गया था। उनके स्थान पर उसके बड़े भाई को वह नौकरी मिल गई थी। भाई बड़ा पियक्कड़ और जल्लाद था, उसने पूरे घर को बरबाद करके रख दिया था, बल्कि घरवालों से मारता-पीट भी करता था। ऐसे हालात में घर में रोटी का सबाल सबसे बड़ा था। ज्यादा पढ़-लिख न पाने के कारण राजकुमार निठल्ला ही इधर-उधर घूमा करता था। लेकिन उसकी ड्राइंग बहुत अच्छी थी। यह कला उसे ऊपर वाले ने खुश होकर बख्शी थी कि बैठे हुए व्यक्ति की हूबहू तसवीर बना देता था।

एक दिन उसने कागज काटते हुए कागज के उल्टी साइड पेन से एक पुष्पगुच्छ बनाया। वह किसी तरह बेदी साहब के हाथ लग गया। उन्होंने मुझे बुलाकर वह दिखाया और फिर बोले, "शर्माजी, इस लड़के का हाथ बड़ा साफ है, इसके लिए ड्राइंग का सामान मँगवा दीजिए, इससे कुछ चित्र बनवाकर देखते हैं।" उसी दिन ड्राइंग के पेन, फट्टा उसे लाकर दे दिए गए। राजकुमार ने गजब के रेखा-चित्र बनाए। बस उसी दिन से वह आर्टिस्ट यानी चित्रकार बन गया, उसकी दुनिया बदल गई। बेदी साहब की सब पुस्तकों में उसी के बनाए हुए चित्र छपे हैं। मेरा वह बहुत सम्मान करता था, बल्कि जीवनपर्यंत करता रहा। (बड़ा ही दुखद है कि कोरोना की दूसरी लहर में उसकी युवावस्था में ही मौत हो गई) गुरुदक्षिणा-स्वरूप उसने मेरी पुस्तकों के लिए भी बहुत सारे रेखाचित्र बनाए, जो प्रकाशित हुए हैं। वहीं रहते हुए उसकी मनचाही लड़की से उसका विवाह हुआ। वह दो बेटों का पिता बना। एक बार किसी कारण से उसके पड़ोस में मेरा जाना हुआ, वह मुझे जबरिया अपने घर ले गया और अपनी माताजी, पत्नी तथा नन्हे बच्चों से मिलवाया। सबने मुझे सर-आँखों पर बिठाया। बाद में वह गुरुग्राम में एक मल्टी नेशनल कंपनी में ऊँचा वेतन पाने वाला आर्टिस्ट था। कभी-कभी फुरसत में फोन पर खूब देर बातें किया करता था और मुझे नसीहत दिया करता कि सर, आप नौकरी छोड़कर अपना काम शुरू कीजिए। मुझे उससे बातें करके बेहद खुशी होती कि किसी की जिंदगी सँवारने में ईश्वर ने मुझे निमित्त बनाया। बेदी साहब की पारखी दृष्टि से गुजरकर वह नगीने की तरह खूब चमका और नाम कमाया।

बच्चों जैसी शरारत

मैं संस्थान के लिए कितना अहम था, इसके बावजूद बेदी साहब को कभी-कभी बच्चों जैसी शरारत सूझती थी। होता यह था कि लिखते या अनुवाद करते समय उनसे कोई-न-कोई भूल जरूर हो जाया करती थी। मैं उसे शुद्ध न करके पांडुलिपि से मिलाकर पढ़ दिया करता था। इसका कारण यह रहा कि एक दिन काम करते हुए बेदी साहब ने मेरा वजन कम करने की गरज से कह दिया था कि प्रूफ-रीडिंग है क्या, बस इधर देखना और उधर मिलाना! इसे कोई भी कर सकता है। बस मैं भी उनकी बात पकड़कर

मिलान भर करने लगा। बेदी साहब मेरे पढ़े प्रूफ तो रात को रोजाना जाँचते ही थे। तब मेरी गैर-हाजिरी में भूपसिंह और बेदी साहब अपनी हस्तलिखित प्रति में उसी कलम से गलती को दुरुस्त कर देते और अगले दिन मुझे कठघरे में खड़ा करते। मैं असमंजस में पड़ जाता कि कल तो यहाँ यह शब्द गलत ही लिखा था, अब ठीक कैसे हो गया? पर एक-दो दिन में ही मैंने उनकी यह शरारत पकड़ ली। अब मैं प्रूफ-रीडिंग करते समय उनकी हस्तलिखित गलती को लाल कलम से घेर देता। आदतन उन्होंने पहले की तरह प्रूफ में गलती पकड़कर अपनी हस्तलिखित प्रति में ठीक करने के लिए निकाली तो उन शब्दों पर लाल घेरे लगे हुए देखे। अब वे इन गलतियों को ठीक नहीं कर सकते थे।

बाद में उन्होंने मुझे तथा भूपसिंह को अपने कमरे में बुलाया। फाइल खोलकर दिखाने लगे, "शर्माजी, देखो, दो गलतियाँ आपने छोड़ दीं, ऐसा क्यों?" मैंने कहा, "पापाजी, प्रूफ-रीडिंग तो इधर देखो, उधर मिलाना भर ही तो होती है। मैंने बस वही किया है।" इस पर बेदी साहब कहने लगे, "शर्माजी, आपने तो मेरी बात पकड़ ली। मेरे कहने का मतलब यह नहीं था, प्रूफ-रीडिंग तो बहुत मेहनत और जिम्मेदारी का काम है।" मैं बोला, "पापाजी, ऐसी बात है तो मैं अपनी जिम्मेदारी बखूबी निभाऊँगा। आपको प्रूफ की चिंता नहीं करनी पड़ेगी, यह काम मेरे ऊपर छोड़ दीजिए।" और इसके बाद बेदी साहब को कभी कोई गलती देखने को नहीं मिली। तो बेदी साहब उस उम्र में भी मेरे साथ बच्चों जैसी शरारतें करते थे। हमारी खूब बहस हुआ करती थी, जबकि अन्य लोग उनके सामने मुँह तक नहीं खोलते थे। बाद में बेदी साहब हाथ पर हाथ मारकर हँसते हुए कहते थे—'शर्माजी, तुम भी कम नहीं हो!'

वेतन-वृद्धि पर तनातनी

वेतन-वृद्धि के मामले में बेदी साहब ने संस्थान में ऐसा नियम बना रखा था कि जिस कर्मचारी का जब एक वर्ष पूरा हो जाता था, तो उसके वेतन में सौ रुपए की वृद्धि कर दी जाती। कम-ज्यादा वेतन-वृद्धि को लेकर कोई प्रश्न खड़ा नहीं कर सकता था। इतना ही नहीं, इस मामले में कोई उनसे सीधे बात भी नहीं कर सकता था, कोई भी बात भूपसिंहजी के माध्यम से ही कही जा सकती थी। इसलिए बोलना तो दूर, कर्मचारी पहले से ही इतना डरते थे कि बेदी साहब कहीं नाराज न हो जाएँ। साप्ताहिक अवकाश और मासिक वेतन के अलावा यहाँ अन्य कोई सुविधा न थी। संस्थान में विलंब से आने और अवकाश लेने पर वेतन से पैसे भी काट लिए जाते थे। यहाँ ज्यादातर कर्मचारी ऐसे थे, जो अपनी सरकारी नौकरी या किसी अन्य लक्ष्य को पाने के इंतजार में थे। यह कार्य तो वे समय बिताने तथा अपना खर्चा निकालने के लिए कर रहे थे। भूपसिंहजी का घर-परिवार खेती पर निर्भर था, एक मैं ही ऐसा था, जो इस नौकरी पर आश्रित था और समर्पित भाव

से काम कर रहा था। सितंबर माह में मुझे भी एक वर्ष पूरा होने वाला था। अब तक संपूर्ण कार्य एक तरह से मेरे ऊपर आश्रित था या हो गया था। उसका परिणाम भी दिख रहा था, 'बेदी वनस्पति कोश' का प्रथम खंड लगभग छपाई के लिए तैयार हो गया था। संस्थान में कार्य की प्रगति को देखकर बेदी साहब तथा उनके बेटे भी यह मान चुके थे कि शर्मा अपने कार्य में दक्ष है तथा इसे कार्य करना और कराना भी आता है। बेदी फिल्म्स ऑफिस के कई तरह के कार्यों में भी मैं अपनी सिद्धता प्रमाणित कर चुका था।

मेरी वेतन-वृद्धि का समय आया तो मैंने सौ रुपए की वेतन-वृद्धि लेने से इनकार कर दिया। भूपसिंहजी से मैंने कहा कि इस मामले में मैं बेदी साहब से बात करना चाहता हूँ। भूपसिंहजी ने मुझे समझाया कि बेदी साहब ने पहले से ही वेतन-वृद्धि का नियम बना रखा है, इसमें कोई दखल नहीं दे सकता। यह बात उन्हें नागवार गुजरेगी और आप सारा खेल बिगाड़ देंगे। मैंने अपना पक्ष रखते हुए कहा कि भूपसिंहजी, आज इतनी महँगाई में सौ रुपए क्या मायने रखते हैं? यहाँ दूसरी तरह का कोई लाभ भी तो नहीं है। मैं इस संबंध में बेदी साहब से बात करना चाहता हूँ। आप मुझे उनसे मिलने का समय दिलाइए। भूपसिंहजी ने जब यह बात बेदी साहब को बताई कि पापाजी, शर्माजी की इस महीने वेतन-वृद्धि है और वे सौ रुपए लेने से इनकार कर रहे हैं तथा इस संबंध में आपसे बात करना चाहते हैं। तो यह बात बेदी साहब को बहुत बुरी लगी और गुस्से में दो-चार बातें भूपसिंहजी को भी सुना दीं। अंततः अगले दिन शाम को छुट्टी के बाद मुझे मिलने का समय दिया गया।

इधर संस्थान में मेरे सभी सहयोगी उदास हो कहने लगे कि अब तो शर्माजी की छुट्टी हुई ही समझो। कोई उनके आगे अपनी जबान खोले, इसे बेदी साहब बरदाश्त नहीं कर सकते। और मैं भी अपनी नौकरी का अंतिम दिन समझकर अगले दिन भूपसिंहजी की उपस्थिति में बेदी साहब से मिलने गया। वे अपने स्टडी-रूम के बरामदे में कुरसी पर बैठे थे। मैं अभी उनसे लगभग दस फुट की दूरी पर ही था कि बेदी साहब ने गुस्से में तमतमाते हुए कहा, "शर्माजी, अब तुम हमें धमकी भी देने लगे। हम ज्यादा नहीं बढ़ाएँगे तो आप काम छोड़ दोगे? अरे! दुनिया में कोई धर्म-कानून है कि नहीं। मैंने पहले ही बता दिया था कि मेरे साधन सीमित हैं और…।" और भी बहुत कुछ कहा बेदी साहब ने, गुस्से के मारे आँख-नाक से पानी टपकने लगा। मैं हतप्रभ, स्तब्ध! मुझे तो साँप ही सूँघ गया। जब वे बहुत-कुछ अपनी भड़ास निकालकर शांत हो गए, तब मैंने बड़ी मुलायमियत से कहा, "पापाजी, आपसे किसने कहा कि मैं काम छोड़ दूँगा। मैं ऐसा कुछ नहीं करूँगा। मैं अब भी आप से कह रहा हूँ कि आप सौ रुपए भी नहीं बढ़ाएँगे, तो भी मैं संस्थान में अपनी सेवा दूँगा।"

मैंने भावुक होते हुए करुण स्वर में कहा, "पापाजी, आपका बाजार से तो कोई ताल्लुक रहता नहीं है। महँगाई कितनी बढ़ गई है, गैस के दाम कितने बढ़ गए हैं। आटा,

दाल, सब्जी सो अलग। पिछले सप्ताह आप ही बता रहे थे कि छोटी मेमसाहब डेढ़ सौ रुपए किलो का चावल लाई थीं, हमें तो बारह रुपए किलो का चावल भी खरीदना मुश्किल हो रहा है। पापाजी, आपको परेशान करना मेरा मकसद नहीं, यह मेरी विवशता है, हम लोग कैसे घर चलाएँ?" इतना कहना हुआ कि बेदी साहब भी भावुक हो गए और बोले, "शर्माजी, महँगाई तो बढ़ रही है, मैं रोज अखबार पढ़ता हूँ। मैं जानता हूँ कि मैं आप लोगों को ज्यादा वेतन नहीं दे पाता हूँ। आपकी बात जायज है। मुझे सोचने के लिए दो दिन का समय दीजिए। देखता हूँ कि मैं क्या कर सकता हूँ।"

इन दो दिनों में बेदी साहब ने अपने घरवालों तथा भूपसिंह के साथ मेरे चले जाने पर संस्थान पर पड़ने वाले प्रभाव पर खूब चर्चा की। मेरे सब साथियों को अलग-अलग बुलाकर उन्होंने पूछा कि हालाँकि आप सब शर्माजी से सीनियर हैं। अगर मैं शर्माजी के आपसे ज्यादा पैसे बढ़ा दूँ तो आपको कोई आपत्ति तो नहीं है? सभी ने एक स्वर में यही कहा कि प्लीज पापाजी, आप समर्थ नहीं हैं तो बेशक हमारे वेतन में से सौ-सौ रुपए काटकर शर्माजी को दे दीजिए, पर उन्हें जाने मत दीजिए। उनके ज्यादा बढ़ाने पर हमें कोई आपत्ति नहीं है। सब बातों पर विचार करने के बाद बेदी साहब ने भूपसिंहजी की उपस्थिति में मुझे बुलाकर कहा कि हम आपके तीन सौ रुपए बढ़ाते हैं, लेकिन अगले वर्ष आप इस तरह वेतन-वृद्धि के लिए विवश नहीं करेंगे। ऐसा वचन हमें दें। मैंने भी कह दिया कि ठीक है, मैं सोच-विचारकर कल आपको बता दूँगा। लेकिन भूपसिंहजी हस्तक्षेप कर इस तरह से समझाने लगे, "अरे पंडितजी, आप 'हाँ' कर दो, एक साल किसने देखा है। आपके 'न' करते ही सब खेल अभी बिगड़ जाएगा।" 'खेल बिगड़ने' से भूपसिंह का आशय यह था कि कोई भी गलती होने पर अब तक सब लोग मेरी आड़ लेकर साफ बच जाते थे। किसी ने कुछ गलत कर दिया तो कह देते, हमें तो शर्माजी ने ऐसे ही बताया था। क्योंकि सब लोग जान गए थे कि शर्माजी तो बेदी साहब से हर तरह से निबट लेते हैं, सो मेरे जाते ही एक-दो की छुट्टी हो जाना निश्चित था। आखिर उन सबके आग्रह पर मैंने 'हाँ' कर दी।

बेदी साहब द्वारा छींटाकशी

मैंने भी भूपसिंह से साफ-साफ कह दिया कि देख लेना, अगर मैं अगले वर्ष तक रहा तो मेरे बिना कुछ कहे ही बेदी साहब दूने से भी ज्यादा वेतन बढ़ाएँगे। अंततः मेरे वेतन में तीन सौ रुपए और जुड़ गए। दो ही दिन बीते थे कि बेदी साहब ने मुझे अपने स्टडी-रूम में बुलाया। मुझे मूढ़े पर बैठाकर सीधे-सीधे बोले, "शर्माजी, मैं इन पुराने सभी लोगों के लिए सौ-सौ रुपए की आकस्मिक वृद्धि कर दूँ तो आपको कोई एतराज

तो नहीं होगा ?" दरअसल वेतन को लेकर स्टाफ के बीच उठने वाले किसी भी असंतोष के प्रति बेदी साहब चिंतित थे। मैंने कहा, "पापाजी, भले आप उन लोगों के पाँच सौ रुपए बढ़ा दें। मुझे कोई आपत्ति नहीं है।" और इस तरह पुराने साथियों के वेतन में उसी दिन सौ-सौ रुपए की अतिरिक्त वृद्धि कर दी गई। इस घोषणा से सब साथी बड़े खुश हुए और कहने लगे कि शर्माजी तो हमारे लिए बहुत लक्की हैं, अपने साथ हमारे वेतन में भी वृद्धि करवा दी।

संस्थान का काम सुचारु रूप से चल रहा था, सब लोग बेहद खुश थे, पर बेदी साहब की हिंसा रह-रहकर जाग उठती थी। जब भी उनका मेरा मिलना होता तो मीठा-मीठा व्यंग्य-बाण चला देते, 'शर्माजी, अब तो आप सबसे सीनियर हो गए।' और जोर से ताली बजाकर हँसते। उन्हें पैसे बढ़ाने का इतना दुख नहीं था, बल्कि अपने नियम टूटने का भारी रंज था। मौका मिलते ही कोई-न-कोई ताना जरूर कस देते। मैं किंकर्तव्यविमूढ़ सा देखता रह जाता, पर कुछ कहता नहीं था। इसके बावजूद वे मुझे छोड़ने को तैयार न थे।

सत्य-वादन पर अविश्वास

मनुष्य में अनेक गुण-अवगुण होते ही हैं, परंतु बेदी साहब के व्यक्तित्व के विरोधाभाषी गुणों से मैं दो-चार हुआ और मैंने जाना कि वे किसी व्यक्ति पर किस हद तक अविश्वास करते थे। 28 दिसंबर को मेरी बेटी का जन्म हुआ। मेरी पत्नी जचगी के लिए अपने मायके चली गई थी। समाचार मिलते ही मैं प्रातः जच्चा-बच्चा को देखने ससुराल चला गया। वहाँ सबकुछ ठीक-ठाक था ही, सो मैंने सोचा कि मुझे कुछ करना तो है नहीं, इसलिए छुट्टी करने से कोई लाभ नहीं है, अतः मैं विलंब से ही सही, कार्यालय पहुँच गया। बेदी साहब से नमस्ते आदि के बाद मैंने स्वाभाविक रूप से विलंब से आने का कारण बता दिया, इसमें मेरे लिए छिपाने या हेरा-फेरी करने जैसी कोई बात थी ही नहीं, लेकिन बेदी साहब को मेरी बात गले नहीं उतरी, उन्हें यह बड़ी अनहोनी बात लगी, सो उन्होंने आदतन सभी कर्मचारियों को बुलाकर अर्धवृत्त में खड़ा कर लिया, जैसी कि उनकी आदत थी, हर गलती पर कहानी सुनाने की, सो उन्होंने बड़ी उत्सुकता से कहानी शुरू की—

आप जानते हैं, जब मैं परिवार सहित हरिद्वार में रहता था, तब एक गूजरी नियमित हमारे यहाँ दूध देने आया करती थी। वह समय की बड़ी पाबंद थी, हमेशा समय पर दूध लेकर पहुँच जाया करती थी। आँधी हो या पाला गिरे, उसका यह नियम अटूट था। एक दिन वह घंटाभर विलंब से दूध लेकर पहुँची तो हमने उसे विलंब से आने का कारण पूछा। वह बोली, "क्या करूँ, बाबूजी, मैं तो समय से ही घर से निकली थी, पर आधे रास्ते में

ही मेरे लड़का पैदा हो गया, तो उसे लेकर वापस घर लौट पड़ी, फिर उसे नहलाया-धुलाया और उसे खिला-पिलाकर अब आ पाई हूँ। इसीलिए इतनी देर हो गई।" यह कहानी सुनकर पहले तो हममें से कोई कुछ समझ नहीं पाया कि इस कहानी का आशय क्या है? फिर बेदी साहब बोले, "जानते हो, आज ऐसा ही कुछ शर्माजी ने किया है।" उनके कहने का आशय इतना ही था कि विलंब से आने के कारण में झूठ बोलना ही था, तो कोई गले उतरने वाला झूठ ही बोलना चाहिए था। मतलब शर्माजी कितना बड़ा झूठ बोल रहे हैं और मुझे बेवकूफ बना रहे हैं।

हिंसा के बारे में दार्शनिक ओशो ने कहा है कि अपढ़-गँवार की हिंसा शरीर पर चोट करती है, जो समय के साथ फीकी पड़ती जाती है, परंतु पढ़े-लिखों की हिंसा मर्म पर, कलेजे पर चोट करती है, जो कभी भी भुलाई नहीं जा सकती, बल्कि दिनोदिन उसका घाव तीखा होता जाता है। बेदी साहब की हिंसा इसी कोटि की थी। पढ़े-लिखों के लिए उनके पास एक और गाली थी। जब किसी से कोई गलती हो जाती और बताने के बावजूद पुनः दुहराई जाती तो वे कहते—'अरे, तुम तो कोरे ही हो।' यानी पूरे अपढ़-गँवार हो। उनके कमरे से बाहर आने के बाद हमारे सभी साथियों ने अपने-अपने तरीके से बेदी साहब को अपशब्द कहे। मैंने उन सब के सामने भीष्म प्रतिज्ञा की कि भाइयो, आज के बाद संस्थान में कभी सच नहीं बोलूँगा, क्योंकि अविश्वास करने वालों के साथ कभी सत्य नहीं बोलना चाहिए।

असत्य वादन को शाबाशी

अगले ही दिन मैं आधा घंटा विलंब से ऑफिस आया तो रास्ते में ही मैंने सड़क किनारे से बालमखीरा की फलदार शाखा तोड़कर रख ली। जब बेदी साहब के कमरे में उनसे नमस्ते करने गया तो मैंने खेद सहित वह फलदार शाखा दिखाते हुए कहा, "पापाजी, आज तो विलंब हो गया। जिज्ञासावश मैं भी क्या इस फल के चक्कर में पड़ गया। इसी के कारण इतनी देर हो गई!" फलदार शाखा देखकर बेदी साहब की आँखें खिल गईं। तुरंत बोले, "विलंब की चिंता मत करो शर्माजी, यह तो बड़े काम की है, इसकी तो बड़ी शानदार टीपी बनेगी। अजय (पोते) को बुलाकर इसके फोटो खिंचवा लो, और हाँ, भूपसिंह, सुनो, फोटो खींचने के बाद रिसर्च के लिए इसे क्यू हरबेरियम (लंदन) भेजने की व्यवस्था करो।" यहाँ मेरे झूठ को खूब शाबाशी मिली, अब तो मैं जब भी विलंब से आता तो कोई-न-कोई पेड़-रूख उखाड़कर या तोड़कर ले आता। इससे हुआ यह कि एक व्यक्ति के लिए रोज एक नया काम मिल गया और मुझे सराहना। मेरे सभी साथी दबी जबान से कहते—बेदी साहब को अब मिला है, जैसे को तैसा। ऐसी घटनाएँ तो अनेक हैं, लेकिन एक मजेदार घटना का जिक्र करना चाहता हूँ।

एक दिन हमारे श्वसुरजी ने कहा कि आप राजा गार्डन से होकर निकलते हैं तो हमारा टेलीफोन का बिल जमा करा दीजिए। मैं मना नहीं कर सका। विशाल सिनेमा के पास उन दिनों एम.टी.एन.एल. का ऑफिस हुआ करता था, शायद अब भी है। उन दिनों टेलीफोन बिल के लिए बड़ी लंबी-लंबी लाइनें लगा करती थीं। मैं भी एक पंक्ति में खड़ा हो गया। लेकिन बिल जमा करते-कराते मुझे लगभग डेढ़ घंटे का विलंब हो गया। बेदी साहब को दिखाने के लिए आज मेरे पास कुछ नहीं था, विलंब के लिए बेदी साहब से क्या कहूँगा? यह सोचते हुए मैं अपनी साइकिल उठाकर बस वहाँ से निकल ही रहा था कि देखा, कुछ बच्चे पके शहतूत झाड़कर खा रहे हैं। शहतूत के कई सारे बड़े-बड़े वृक्ष थे। उस समय यह लंबा-चौड़ा विशाल मैदान खाली पड़ा रहता था, उसी में सर्दियों में सर्कस लगा करता था। बस साइकिल खड़ी कर मैं एक पेड़ पर चढ़ गया। मैं एक पतली और खूब फलदार शाखा तोड़ना चाहता था, पर यह क्या, झटके के साथ खींचते ही मेरी कलाई जितनी मोटी टहनी टूट गई। यह टहनी कच्चे-पके बेशुमार शहतूत फलों से लदी हुई थी। मैं उसी को एक हाथ में हनुमान के पर्वत के मानिंद उठाकर तथा दूसरे हाथ से साइकिल पकड़कर पैदल-पैदल ही बेदी शोध संस्थान आ पहुँचा। उस टहनी को बड़ी मुश्किल से कोठी के फाटक के अंदर से निकाला। अब तक सब लोग मेरे ऐसे कौतुक देखने के आदी हो गए थे, पर आज का कौतुक बड़ा मजेदार था। साइकिल खड़ी कर दोनों हाथों में टहनी को उठाकर मैंने उसे खींच-खाँचकर बेदी साहब के कमरे में पेड़ की तरह खड़ा कर दिया। बेदी साहब लिखना छोड़ इसे बड़े कौतुक से देखने लगे। तभी मैंने दावँ चला, "पापाजी, इसके चक्कर में तो मेरा आधा दिन ही बरबाद हो गया। आठ किलोमीटर दूर से इसे पैदल लेकर आ रहा हूँ।"

बेदी साहब आँखों में खुशी के आँसू झलकाते हुए गद्‌गद कंठ से बोले, "कोई बात नहीं शर्माजी, इसकी तो बड़ी शानदार टीपी बनेगी। तुमने बड़े कमाल का काम किया है।" और फिर इसे दिखाने की गरज से सब कर्मियों को अपने कमरे में बुलाया। भूपसिंह स्वभाववश उस पर से पके शहतूत तोड़कर खाने लगे, तो बेदी साहब ने तुरत बरज दिया—"यह क्या करते हो, एक भी शहतूत मत तोड़ो, शर्माजी कितनी मेहनत से इसे लेकर आए हैं, और तुम खाने लगे। नीचे ले जाकर पहले इसका फोटो खिंचवाओ।" इस तरह के मेरे द्वारा लाए गए कितने ही स्पेसीमैन बेदी साहब के नाम से आज भी सीएसआईआर, पूसा (दिल्ली) के हर्बेरियम में रखे हुए हैं। जब तक मैं वहाँ रहा, यह सिलसिला बदस्तूर चलता रहा। मैं कभी समय पर ऑफिस नहीं आया, वहाँ रहते कभी सच नहीं बोला, विलंब से आने का कभी कोई पैसा भी नहीं कटवाया। हाँ, अनजाने में मैं कुछ वनस्पतियाँ ऐसी भी ले आया, जिनसे बेदी साहब को अपने जीवन-काल में कभी वास्ता नहीं पड़ा था। छोटी कचरी की एक बेल मैं ही लेकर आया था, जिस पर

एक सौ बारह फल लगे हुए थे, इसका चित्र बेदी वनस्पति कोश में इसकी प्रविष्टि के साथ छपा है, इसकी प्रविष्टि भी मैंने ही लिखवाई थी। वास्तव में इस द्वंद्व में भी कितना आनंद और जुनून था!

अगले वर्ष की वेतन-वृद्धि

पूर्व में मैंने बताया है कि मैं रिक्तियों के लिए आवेदन करता रहता था, सो यहाँ पर दूसरी वेतन-वृद्धि से पहले ही मैंने सिंटेक्स पब्लिकेशन, डिफेंस कॉलोनी में आवेदन किया। यहाँ कानून की पुस्तकों का प्रकाशन होता है। टेस्ट देने के बाद मैं बेदी शोध संस्थान से एक सप्ताह की छुट्टी करके वहाँ ट्रायल देने लगा। इधर जब मैं एक सप्ताह गायब रहा तो बेदी साहब को बेचैनी होनी ही थी। दूसरे, हमारे एक साथी अरविंद शुक्ला ने भी मजे लेते हुए बतला दिया कि शर्माजी अब नहीं आने वाले, वे तो एक बहुत बड़ी जगह पर काम कर रहे हैं। दो-चार बातें मिर्च-मसाला लगाकर और कह दीं। फिर क्या था, बेदी साहब ने भी गुस्से में बच्चों जैसी बात कह दी, 'शर्माजी बिना कोई सूचना दिए चले गए हैं तो हम उनका एक महीने का वेतन भी नहीं देंगे।' और सच में उन्होंने उस महीने मेरे वेतन का चैक नहीं बनाया। एक सप्ताह बाद, यानी आठ सितंबर को जब मैं संस्थान पहुँचा तो भूपसिंहजी ने मुझे बेदी साहब से मिलने से पूर्व बाहर ही समझाने की कोशिश की कि मैं बेदी साहब से कहूँ कि मेरी तबीयत खराब थी या कहीं बाहर गया था, इसलिए मैं आ नहीं सका। मगर भूपसिंहजी से पहले अरविंद ने मुझे सूचना दे दी थी कि मेरा वेतन-चैक नहीं बनाया गया है और बेदी साहब वेतन न देने का इरादा भी रखते हैं।

मैंने भूपसिंहजी को ठोक-बजाकर कहा, "मैं न तो बीमार था और न कहीं बाहर गया था, मैं तो अपना वेतन लेने आया हूँ। सुना है, बेदी साहब ने मेरा चैक भी नहीं बनाया है और वेतन देना भी नहीं चाहते हैं। यदि ऐसा है तो मैं अभी यहाँ से सीधा मोती नगर लेबर कोर्ट जाऊँगा। और हाँ, भूपसिंहजी, तुम बेदी साहब के सिपहसालार हो, वे तो बड़े आदमी हैं, कोर्ट-कचहरी के चक्कर तो तुम्हें ही लगाने पड़ेंगे। बाकी तुम खूब सोच लो, मैं अपनी मेहनत के पैसे छोड़ने वाला नहीं हूँ। आप मेरा वेतन दिलवाओ, नहीं तो मैं चलूँ।" इस पर भूपसिंहजी ने कहा कि आपका वेतन भी मिलेगा, पर पहले बेदी साहब से एक बार मिल तो लो।

मैं बेदी साहब से मिलने उनके कमरे में गया। दुआ-सलाम के बाद बेदी साहब बोले, "शर्माजी, नई जगह कैसी लगी?"

मैंने कहा, "बहुत अच्छी है, पापाजी!"

"कितने लोग काम करते हैं वहाँ?"

"लगभग अस्सी तो होंगे ही।"

"हाँ, बड़ी कंपनी है, कितना वेतन देते हैं?"

"जी, पंद्रह सौ से लेकर पंद्रह हजार तक, शायद ज्यादा भी।"

"आपको कितना देना निश्चित हुआ है?"

"जी, वे अभी मुझे 2900 रुपए देंगे।"

"अच्छा है, शर्माजी, तरक्की का अधिकार सबको है। खूब तरक्की करो। पर हमारा तो सब चौपट ही हो गया। आप आए तो हमारा काम कुछ आगे बढ़ा, उम्मीद बँधी थी, आपके साथ मेरा सपना पूरा हो जाएगा। पर अब तो मेरा जहाज मझधार में डूबता नजर आ रहा है।" और चेहरे पर बड़ी मासूमियत लिये डबडबाई आँखों से मेरी ओर देखने लगे। उनका दीन चेहरा देख मैं सहम गया और बिना कुछ बोले उनके कमरे से बाहर निकल आया।

मैं जैसे ही कमरे से बाहर आया तो उन्होंने फौरन भूपसिंह को अंदर बुलाया। बोले, "भूपसिंह, शर्माजी से बात करो, इतना वेतन हम ही उन्हें दे देंगे, कहाँ उतनी दूर जाएँगे। तुम किसी प्रकार उनको रोको।" इतना ही नहीं, उन्होंने बेदी फिल्म्स के ऑफिस में फोन करके दोनों साहब (बड़े पुत्र नरेश बेदी और छोटे राजेश बेदी) को भी बता दिया कि तुम बात करके किसी प्रकार शर्माजी को रोको! इन दोनों भाइयों से भी आपका परिचय कराता चलूँ। नरेश बेदी मूवी कैमरा के उस्ताद हैं तो राजेश बेदी स्टिल फोटोग्राफी के। दोनों भाई वाइल्ड लाइफ पर डॉक्यूमेंटरी फिल्में बनाते हैं। बी.बी.सी. का चैनल चार उनकी मूवी के लिए आरक्षित है। उनकी अनेक फिल्में पुरस्कृत हुई हैं। राजेश बेदी के खींचे गए चित्र दुनिया भर की मैगजीनों में प्रकाशित होकर सम्मानित हुए हैं। दोनों भाइयों में गजब का तालमेल है, एक-दूसरे की परछाईं की तरह हैं। भारतीय दूरदर्शन पर भी उनके इंटरव्यू और डॉक्यूमेंटरी फिल्में दिखाई गई हैं। वर्ष का दो-तिहाई समय उनका विदेश या शूटिंग में व्यतीत होता है। जब वे भारत में अपने घर पर होते थे तो एक बार बेदी शोध संस्थान में सबका हालचाल लेने तथा कार्य की प्रगति जानने के लिए जरूर आया करते थे। नरेश बेदी छोटे भाई की अपेक्षा पापाजी के कार्य में खासी दिलचस्पी लेते थे। इन दो वर्षों में नरेश बेदी मेरी वर्किंग के बारे में भलीभाँति जान गए थे। मैं उनके भी कुछ काम कर दिया करता था, और उन कामों में उन्होंने मुझे हमेशा अव्वल पाया था। यहाँ तक कि वे दोनों भाई मुझसे मजाक भी खूब करते थे, जबकि अन्य स्टाफ से बिना काम के वे बोलते भी नहीं थे।

भूपसिंह ने मुझे सूचना दी कि भाई साहब ने आपको बुलाया है, उनसे मिल लीजिए। उनके बुलावे पर मैं बेदी फिल्म्स के कार्यालय जा पहुँचा। मैंने उनसे गुडमॉर्निंग की तो छोटे भाई राजेश बेदी हँसते हुए बोले, "अरे शर्मा, भई तू हमें अनाथ करने पर क्यों तुला हुआ है! माँ तो हमारी पहले ही चली गई, ले-देकर एक बाप बचा है, सो तू उसे भी छीन

लेना चाहता है।" यह सुनते ही मैं अचकचा गया। फिर बोले, "तूने क्या जादू कर दिया है हमारे पापाजी पर? एक सप्ताह से परेशान कर रखा है। खाना-पीना छोड़ने की धमकी देते हैं, कहते हैं, तुम लोग शर्मा को बुलाकर लाने का वादा करो तो मैं खाना खाऊँगा। भई, बड़ी अजीब बात है, आज तक हमारे घर में कोई मरे या जीए, बीमार हो अस्पताल में हो, कभी किसी के लिए इतने फिक्रमंद नहीं हुए और न कभी खाना ही छोड़ा। तू पहला आदमी है, जिसके लिए हमारे बाप ने खाना-पीना छोड़ने का हठ किया।"

फिर मुझे समझाते हुए नरेश बेदी बोले, "शर्मा भई, हमारे कहने से एक साल और ठहर जा, इनका काम निकल जाएगा, नहीं तो पापाजी जान दे देंगे। तू हम पर यह मेहरबानी कर दे। मैं मानता हूँ कि यहाँ तुम्हें उतनी सुविधा और सैलरी नहीं मिलती है। लेकिन यह पापाजी का ड्रीम प्रोजेक्ट है, हम जानते हैं, इसे तुम ही पूरा करा सकते हो, सोचो-विचारो मत, बस एक साल और रुक जाओ, फिर हम तुम्हें नहीं रोकेंगे।" मैंने धीमे से कहा, "ठीक है सर, मैं कोशिश करता हूँ।" और फिर बेदी शोध संस्थान लौट आया।

मेरे वहाँ पहुँचते ही भूपसिंहजी ने बेदी साहब का प्रस्ताव मेरे सामने रखा। मैंने कहा, "भाई, मुझे इस झंझट से निकलने दो। मुझे बच्चे पालने हैं, आगे बढ़ना है। इस काम की एक निश्चित अवधि है, उसके बाद तो बेरोजगार होना ही है। यहाँ से निकल जाऊँगा तो ठीक ही रहूँगा।" बात बनती न देख बेदी साहब ने पुनः मुझे अपने कमरे में बुलाया तो बड़े करुण स्वर में आँखों में आँसू लाते हुए बोले, "शर्माजी, मैं बूढ़ा लाचार हूँ। आपसे उम्मीद बँधी थी कि मेरा सपना साकार कर दोगे। मेहरबानी करके इस प्रोजेक्ट को पूरा कर दीजिए, फिर चले जाइए, मैं तब नहीं रोकूँगा।" बेदी साहब को इस स्थिति में देखकर मैं तो हतप्रभ रह गया। मैंने कहा, "पापाजी, ऐसे निराश मत होइए, मैं यह कार्य पूरा करके ही जाऊँगा।" बस बेदी साहब खुश हो गए। मैं अगले दिन काम पर आ गया। अब वे मुझे रोजाना टोकते कि वहाँ (सिंटेक्स पब्लिकेशन) जाकर मना कर आइए और अपने एक सप्ताह के पैसे भी ले आइए।

कुछ समय बीतने के बाद एक दिन मैंने भूपसिंहजी को याद दिलाया—भाई भूपसिंह, इस बार मैंने वेतन बढ़ाने के लिए तो नहीं कहा, फिर भी बेदी साहब ने अपने आप पिछली बार से ज्यादा ही बढ़ाया है। भूपसिंहजी बोले, 'पंडितजी, तुम भी चाणक्य से कम नहीं हो।' एक बात और स्पष्ट करना चाहता हूँ कि आज तक जितने भी लोगों की किसी कारण से बेदी शोध संस्थान से छुट्टी कर दी गई या जिन्हें संस्थान छोड़कर जाना पड़ा, सभी ने एक स्वर में भूपसिंहजी को कारण माना या दोषी ठहराया, परंतु हकीकत यह थी कि भूपसिंह का इसमें कभी कोई हाथ नहीं रहा, सब निर्णय बेदी साहब ही लिया करते थे। मैंने भूपसिंहजी को लंबे समय तक परखकर काफी करीब से जाना कि वह

एक नेकदिल और सच्चे इनसान हैं। बेदी शोध संस्थान बंद होने के बाद भी वे बेदी साहब के फार्महाउस की कृषि-मैनेजर के रूप में देखभाल करते रहे।

बेदी साहब की छटपटाहट

मेरे सिंटेक्स पब्लिकेशन से हिसाब ले आने के कुछ दिनों बाद ही बेदी साहब की छटपटाहट उनके कार्यों से स्पष्ट दिखाई पड़ने लगी। दरअसल बेदी साहब ने कभी झुकना नहीं सीखा था, बेदी वनस्पति कोश के कार्य के मद्देनजर मेरी वेतन-वृद्धि पर उन्हें झुकना पड़ा, यह उन्हें बरदाश्त नहीं हुआ तो उन्होंने भूपसिंह के साथ मिलकर मुझे सबक सिखाने की योजना बनाई। मेरे स्थान पर या मेरे विकल्प में एक अच्छा प्रूफ-रीडर रखना उन्होंने तय कर लिया। सो एक दिन बेदी साहब ने बड़ी मीठी जबान में मुझे अपने कमरे में बुलाकर कहा, "शर्माजी, आपके ऊपर अत्यधिक भार है, अत: अपना एक सहायक रखने के लिए अखबार में प्रूफ-रीडर के लिए विज्ञापन दे आइए!" विज्ञापन बनाने, देकर आने आदि के कार्य मैं ही किया करता था। संभवत: जून का महीना था। हिंदी प्रूफ-रीडर के लिए विज्ञापन दिया गया। कुछ तो बेदी साहब के कॉमेंट और कुछ मेरे प्रति उनकी बेरुखी से मुझे आभास हो गया कि बेदी साहब मेरे प्रति कुछ गलत सोच रहे हैं। विज्ञापन छपने के बाद अभ्यर्थी भी खूब आ रहे थे। भर्ती के काम से मुझे दूर रख बेदी साहब तथा भूपसिंह ही उनका इंटरव्यू ले रहे थे। चौथे दिन एक अधेड़ उम्र का ऐसा केंडीडेट आया, जो ऊँचा सुनता था। जब उसे प्रूफ का एक पेज पढ़ने के लिए दिया गया तो वह कुछ प्रश्न बेदी साहब से कर बैठा। हालाँकि बेदी साहब अपने कार्य के बारे में उसे अच्छी तरह से समझा रहे थे, पर वह कुछ सुन ही नहीं पा रहा था। बेदी साहब की बात न सुनते हुए बस अपनी ही रामायण सुनाए चला जा रहा था। काफी माथा-पच्ची करने के बाद आखिर बेदी साहब का धैर्य जवाब दे गया और हारकर फिर उन्होंने मुझे अपने कमरे में बुलाया और मेरी ओर इंगित करते हुए बोले कि ये हमारे शर्माजी यहाँ का सब काम देखते हैं, और ये आपको सब समझा देंगे, आप इनके साथ चले जाइए।

मैं उसे अपने कमरे में लिवा लाया। भीषण गरमी पड़ रही थी, सो मैंने उसे एक गिलास ठंडा पानी लाकर पिलाया और फिर कुछ इशारों से तथा कुछ समझाकर संस्थान में हो रहे कार्य के बारे में बताया। जल्दी ही बात उसकी समझ में आ गई तो वह बोला, यह बूढ़ा क्या पागल है, इतनी सी बात मुझे नहीं बता पाया, क्यों रखा है इसे? मैंने कहा, ऐसा मत कहो, वे हमारे बॉस हैं। बड़ी होशियारी से मैंने उसे चलता किया और बेदी साहब की जान छूटी। अब मुझे अभ्यार्थियों की प्रूफ-रीडिंग के टेस्ट के प्रूफ जाँचने का काम दिया गया और भूपसिंह को उनका वायवा लेने का तथा वेतन आदि की बात बेदी साहब स्वयं करने लगे। मैं जानता था कि मैं जिस डाल पर बैठा हूँ, उसी को काट रहा

हूँ। बेदी साहब की यह कुचाल मेरे साथियों को भी बहुत बुरी लगी। अब मैं अपने स्टाफ का बहुत चहेता था।

मैंने भूपसिंह को सख्ती से चेताया कि तुम्हारे ज्यादा दवाब देने पर ही मैंने यहाँ रुकने का मन बनाया। अब तुम बेदी साहब के साथ मिलकर मेरे साथ यह पाप कर रहे हो। इस पर भूपसिंह ने कहा, "पंडितजी, आप चिंता मत करो, आप जो चाहोगे, वही होगा। आप मेरा साथ दो। बेदी साहब की जिद्द पर आदमी तो रखना ही है, पर हम लोग एक कालिदास की नियुक्ति करवाएँगे।" आखिर पाँचवें दिन सतनाम नाम का एक लड़का आया, उसने सकुचाते हुए पूछा, 'भाई साहब, ये प्रूफ-रीडिंग क्या होती है ? मैंने अखबार में विज्ञापन देखा, सो चला आया।' मैंने भूपसिंह से कहा कि हमें बेदी साहब के लिए कालिदास मिल गया है। उसका टेस्ट लिया गया। सप्ताह भर इंटरव्यू चले, लगभग पैंसठ बायोडाटा इकट्ठा हुए।

सप्ताह भर की मेहनत के बाद केवल निराशा हाथ लगी तो बेदी ने हम दोनों को बुलाकर कहा कि इन्हीं में से एक व्यक्ति चयन कर लो, इतने लोगों में कोई व्यक्ति काम का नहीं आया, सब मुँह फाड़कर पैसे माँगने वाले ही थे। आखिरकार हमने हिमाचल से ताजा-ताजा बारहवीं पास करके आए नए लड़के सतनाम को प्रूफ-रीडर के पद पर नियुक्त करवा दिया। एकदम कालिदास! बेदी साहब ने उसको मुझसे दूर रहने और न बोलने की सख्त ताकीद कर दी। बेदी साहब ने खुद मुझसे अलग रखकर उसे छह महीने तक प्रूफ-रीडिंग सिखाई। पर मिला क्या, वही ढाक के तीन पात! वह तो सच में ही कालिदास निकला। इतने प्रशिक्षण के बाद भी वह उन्नीस से बीस न हुआ। बेदी साहब ने हारकर उसे फील्ड का काम दे दिया। बेदी साहब मेरी शरण में आकर पूर्ववत् स्नेहिल व्यवहार करने लगे। बच्चों की तरह वे हर मात का बदला लेने की कोशिश जरूर करते थे। लेकिन हम दोनों का अजीब संयोग था। वे मुझसे लड़ते थे, पर मेरे संस्थान छोड़कर जाने के नाम पर अनशन कर देते थे।

बहुमूल्य एवं उपयोगी नसीहतें

बेदी साहब के व्यक्तित्व एवं कृतित्व से संबंधित संस्मरणों का मेरे पास अकूत खजाना है। उस पत्थर कोठी में अब भी बेदी साहब का जन्मदिन मनाया जाता था। घर के सब लोग, उनके मित्र तथा दोनों ऑफिस के सब कर्मचारी इसमें शामिल होते थे। एक बार उनकी जन्मदिन की पार्टी में गुरुकुल काँगड़ी के उनके हमउम्र पुराने मित्र भी आए हुए थे। पार्टी में समोसा, कचौड़ी, पकोड़े, गुलाबजामुन तथा कोल्ड ड्रिंक आदि सब था। बेदी शोध संस्थान की स्टाफ निशि त्यागी ने भोजन के प्रारंभ में ही गुलाबजामुन परोस दिए। बड़े जोशो-उल्लास से पार्टी संपन्न हुई, इसमें दोनों भाई नरेश बेदी और राजेश भी उपस्थित रहे। उस समय तो बेदी साहब ने कुछ नहीं कहा, लेकिन अगले दिन उन्होंने

हम सबको अपने कमरे में बुलाकर समझाया कि निशि ने प्रारंभ में ही मिष्टान्न परोस दिया, जबकि भोजन की समाप्ति पर ही मिष्टान्न परोसा या खाया जाना चाहिए। चरक, सुश्रुत तथा अन्य निघंटुकारों ने भोजन के विषय में क्या-क्या कहा है, इस पर उन्होंने एक अच्छा-खासा व्याख्यान दिया। चरक संहिता के बोले गए एक श्लोक की याद रही यह आधी पंक्ति मुझे आज भी नसीहत देती है, 'भोजने प्रथम कषाये मधु समाप्ते।'

ऊँच-नीच से ऊपर

बेदी साहब ऊँच-नीच को बिल्कुल नहीं मानते थे। जब वे भोजनावकाश में या अन्य कारण से नीचे जाते तो हम सब के चाय के जूठे गिलास खुद उठाकर ले जाते थे, जबकि इस कार्य के लिए कई-कई नौकर-नौकरानियाँ मौजूद होते थे। विश्वप्रसिद्ध व्यक्तित्व नरेश बेदी भी ऐसा ही करते थे, बल्कि कभी-कभी हम उन्हें मेन गेट की डस्टिंग करते हुए देख दंग रह जाते। बेदी साहब किसी कर्मचारी की टेबल पर जाकर ताका-झाँकी नहीं किया करते थे। छोटे से छोटा काम, यहाँ तक कि परची पर गोंद कितना और कैसे लगाना, यह भी सबको बताते थे। उनके बताए अनुसार गोंद न लगाने पर एक व्यक्ति की उन्होंने छुट्टी कर दी थी।

पुस्तकों के नामकरण

'बेदी वनस्पति कोश' बेदी साहब की जीवनभर की तपस्या की महत्त्वपूर्ण उपलब्धि है। इसके तहत वे बॉटनी जैसे विषय को हिंदी में लेकर आए। इसी पर उन्होंने अपनी समस्त जमा पूँजी लगा दी। रंगीन तथा श्याम-श्वेत चित्रों के साथ यह छह खंडों में किताबघर प्रकाशन, दिल्ली से प्रकाशित हुआ है। पुस्तकों को शीर्षक देने में बेदी साहब का कोई सानी नहीं था। बच्चों की पुस्तकों में 'अमर हो गया मगर', 'तेंदुए ने इनसान के बच्चे को पाल लिया', 'हाथी के पैर का ऑपरेशन', 'लैला की उँगलियाँ, मजनू की पसलियाँ', 'प्रचंड धावक चीता' आदि-आदि हैं। उनकी पुस्तक 'साँपों का संसार' तो इस विषय का इनसाइक्लोपीडिया ही है, जिसको पढ़कर अनेक लोग साँप पकड़ना सीख गए। एक बार तो राजस्थान के बाड़मेर के पास का एक व्यक्ति पुस्तक पढ़कर जब किसी भी तरह के साँप पकड़ने में माहिर हो गया तो नारियल आदि लेकर बेदी साहब की गुरुपूजा करने के लिए वहाँ से चलकर पत्थर कोठी आ पहुँचा था।

काम में परफेक्शन के आग्रही

मैंने बॉटनी, आयुर्वेद आदि कभी नहीं पढ़ा था, मुझे लैटिन भाषा भी नहीं आती थी। बेदी वनस्पति कोश का संपादन तथा प्रूफ-संशोधन का कार्य करते हुए मैं इन सबमें

पारंगत हो गया। इतने वर्षों में भोजनावकाश के समय में ज्यादातर संस्कृत ग्रंथों, निघंटुओं, चरक, सुश्रुत, रस रत्नाकर, अष्टांग योग, बाल्मीकि रामायण, महाभारत इत्यादि ग्रंथों को मैंने मनोयोगपूर्वक पढ़ डाला। एक शोध-छात्र की सीमा से बढ़कर जुनून की हद तक मैंने उस कार्य को अंगीकार किया। मैंने किसी कार्य में 'न' कहना तो सीखा ही नहीं था। हर कार्य की सफलता के बाद पूरे स्टाफ को बुलाकर बेदी साहब मुझे शाबाशी देते और कहते, 'शर्माजी तो हरफनमौला हैं, इन्हें कुछ भी काम दो, सब में अब्बल!' बेदी साहब सभी से हर कार्य में परफेक्शन की अपेक्षा करते थे। वे तो यहाँ तक कहते थे कि आप यदि घास भी काटने का काम करते हैं तो लगना चाहिए कि यह आपने काटी है, दूसरा कोई इतनी सफाई से घास नहीं काट सकता। अगर आज मैं आयुर्वेद या घरेलू चिकित्सा पर कुछ लिख रहा हूँ या चिकित्सा संबंधी पुस्तकों और कोशों का संपादन उतने कौशल से कर पा रहा हूँ तो यह उनके साथ सरस्वती यज्ञ करते हुए उनसे प्राप्त किए हुए कृपा-प्रसाद के कारण ही है।

अद्‌भुत जीवटता के धनी

वर्षों तक उनके साथ काम करते हुए मैंने उनके बहुत सारे रंग देखे, पर एक रंग उनका सबसे चटख है, अद्‌भुत जीवटता का, सरस्वती के अनन्य उपासक का। जब वे गंभीर रूप से बीमार हो जाते, अस्पताल में भरती के दौरान मरणासन्न स्थिति में पहुँच जाते, घर वाले भी उम्मीद छोड़ बैठते। हालत इतनी गंभीर हो जाती कि चेहरा सूजा हुआ, सूजी हुई आँखों से निरंतर पानी गिरता रहता, बीच-बीच में जब होश आ जाता, तो न जाने कब अखबार पढ़ लिया करते और जब भूपसिंहजी उनका हालचाल लेने अस्पताल जाते तो अपने तकिए के नीचे से जीव-जंतु या वनस्पति से संबंधित अखबार की कोई कटिंग निकालते और टूटे-फूटे शब्दों में कहते, 'इसे फाइल में जरूर लगा देना, आगे कभी काम आएगी।' एक बार नहीं, कई बार उन्होंने मौत से दो-दो हाथ कर बेदी वनस्पति कोश के कार्य को पूरा किया।

जब एक-दो खंड ही प्रकाशित हुए थे तो उन्हें अपने सामने की अलमारी में रखे देखते हुए बड़े खुश होकर कहा करते थे, शर्माजी, जब सारे खंड छप जाएँगे तो यहाँ रखे कितने सुंदर लगेंगे! तब हम कहा करते, 'पापाजी, तब तो वह नजारा देखने लायक होगा और इसमें अब ज्यादा समय नहीं लगेगा। वास्तव में आपने अद्वितीय काम किया है।' यह सुनकर बेदी साहब की आँखों की कोर खुशी के आँसुओं से भीग जातीं। फिर और भी खुश होते हुए अपनी बॉटनी की साहित्यिक भाषा में कहते, "लेखक तो प्रशंसा के पादप होते हैं, उन्हें प्रशंसा के जल से जितना सींचा जाता है, उतने ही वे पुष्पित-पल्लवित होते हैं।"

स्मृतियाँ बहुत हैं, कहाँ तक सुनाऊँ! बेदी वनस्पति कोश का प्रोजेक्ट पूरा होने पर मैं उन्हें बिना बताए ही संस्थान छोड़कर आया था, वे मुझे आने ही न देते थे। फोरेस्टरी पर एक 'बेदी वानिकी कोश' भी तैयार कर रहे थे, जो अधूरा ही रह गया। महीनों तक मेरा इंतजार करते रहे, भूपसिंह को मेरे घर दौड़ाते रहे। मेरे संस्थान छोड़ने के एक वर्ष बाद वे इस संसार को अलविदा कह गए। मैं श्मशान में उनकी अंत्येष्टि में शामिल हुआ और बार-बार उनसे क्षमा माँगता रहा। विद्वान् लोगों ने 'शिष्य' शब्द के मायने बताए हैं—जो गुरु से प्राप्त विद्या को सहस्त्र गुना बढ़ाए, उसका प्रसार करे, वही है शिष्य। मैं आज भी बेदी साहब का शिष्य बनने की कोशिश कर रहा हूँ।

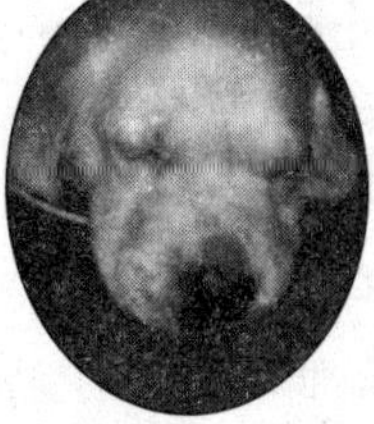

नन्हा फरिश्ता रफ्तार

हमारी विपदाओं को हरनेवाला

मनुष्य एक सामाजिक प्राणी है। सामाजिक दायरे में वह तरह-तरह के मनुष्य, पशु-पक्षियों के बीच रहता आया है। पालतू पशु उसकी जरूरत हैं। परंतु कुछ पालतू पशुओं, जैसे अश्व, श्वान आदि का मनुष्य के जीवन में विशेष स्थान रहा है। ये अपनी स्वामिभक्ति के लिए जाने जाते हैं। इतिहास में ऐसे बहुत से उदाहरण हैं, जब इन्होंने अपनी जान पर खेलकर और जान देकर भी अपने स्वामी को संकट से उबारा है। वफादारी के लिए इनकी मिसाल दी जाती है। मेरे जीवन नहीं, मेरे परिवार के जीवन में एक डॉगी ऐसे समय में ईश्वर का दूत बनकर आया, जब हमारा परिवार जीवन-मरण की मरणांतक पीड़ा से जूझ रहा था। कहा जाता है, भगवान् हर जगह सहायता के लिए नहीं पहुँच सकते हैं, वह अपना कार्य अपने फरिश्तों या स्वयं दूतों के रूप में उपस्थित होकर करते हैं। वैसा ही कुछ रफ्तार हमारे जीवन में संकटमोचक बनकर आया और अपना बलिदान कर हमें खुशहाल करके चला गया। कैसा था रफ्तार और उसने क्या-क्या किया हमारे लिए, वह सब आप भा जानिए।

25 मार्च, 2017 : निशा का अवशान हो रहा है, प्रातः होने को है। यह वेला ऐसी कही गई है कि बीमार भी चैतन्य महसूस करता है, यहाँ तक कि फूल भी हँसने लगते हैं। पर मेरे घर को शोक की घोर अँधियारी ने घेर लिया है। मंद-मृदुल समीर भी आज तीर सा चुभ रहा है। पक्षियों का कलरव भी कर्णकटु हो गया है। इसी वेला में रफ्तार नित्य छत पर दैनिक क्रिया से निवृत्त होने के लिए जाया करता था। एक पल भी शांत न बैठने वाला वह नन्हा फरिश्ता आज निःचेष्ट पड़ा है। हमारे नकली रोने पर वह विह्वल-अबोध बालक सा उद्विग्न हो जाया करता था, पर आज पूरा घर दहाड़ें मारकर जार-जार रो रहा है, इन सबसे बेखबर रफ्तार चिरनिद्रा में सो गया है। हमारे घर को खुशियों से भर देने वाला वह फरिश्ता उन खुशियों को साथ ले अनंत की यात्रा पर निकल पड़ा है। हम

उसे कहीं से लाए नहीं थे, किसी से माँगा भी नहीं था, ऊपर वाले ने भेजा था, अपने आप!

आज से लगभग दो साल पहले मेरे एक दबंग पड़ोसी की दबंगई से हमारा जीवन नरक सा बनकर रह गया था। पूरे घर में श्मशान सी मुर्दनी छाई रहती। मेरे बच्चे घर में रहना ही नहीं चाहते थे। प्रातः ही घर से निकल जाते, इधर-उधर समय बिताते। गृहस्वामिनी भी रोते-धोते पूरा दिन दुश्चिंता में निकाल देती। एक-दो मित्र और पिताजी के अलावा सांत्वना देने वाला भी कोई नहीं था। यार-दोस्त, रिश्तेदार, यहाँ तक कि रक्त-संबंधों ने भी दूरी बना ली थी। हँसना-खिलखिलाना हम पूरी तरह भूल गए थे। रात को ऑफिस से जब मैं घर पहुँचता तो बच्चे भी लौट आते, बेमन से हम सब आधा-अधूरा खाना खाते और सो जाते। जिंदगी को सब लोग बस जैसे-तैसे ढो रहे थे। पूरे छह माह से हम गहरे अवसाद में जी भर रहे थे। शायद ऊपर वाले से हमारा यह दुख देखा न गया और 2014 की दीपावली की पूर्व संध्या पर मेरी बेटी रिचा की एक सखी एक गिफ्ट-बास्केट लेकर हमारे घर पधारी—देवदूत सी। गिफ्ट-बास्केट में से निकला एक नन्हा सा गोल-मटोल मखमली फरिश्ता—लेब्रा डॉगी। नाम बताया, 'रफ्तार'।

दो दिन तक मुझे इस नन्हे मेहमान की भनक तक न लगी। मेरे बच्चों ने इसे मुझसे छिपाकर रखने की हर कोशिश की, पर एक दिन उसका-मेरा आमना-सामना हो ही गया। मेरे बेटा-बेटी ने बहाना बनाया कि यह हमारा नहीं है, मौसी का है। मैंने बच्चों को डाँटते हुए समझाया कि डॉगी पालने से आस-पड़ोस में झगड़े होते हैं, घर गंदा रहता है, और यहाँ तो इनसानों को रहने के लिए पर्याप्त जगह नहीं है, फिर डॉगी कहाँ रहेगा? मेरी डाँट-फटकार और समझाइश सब बेकार गई, कारण—विरोध करने वाला मैं अकेला, बाकी सब उसके तरफदार! वह नन्हा फरिश्ता गैलरी में शौच-पेशाब करता, तो मेरे बच्चे गहरी नींद से भी उठकर तुरत साफ-सफाई कर देते। पूरी-पूरी कोशिश करते कि मुझे चिल्लाने और शिकायत का कोई मौका न मिले। रफ्तार इतना छोटा था कि ठीक से कुछ ग्रहण भी नहीं कर पाता था, पतला करने पर बस शेरेलक ही चाट पाता था, पर रिचा और पीयूष उसकी ऐसी ममतामयी माँ बन गए कि कोई भी शिशु का पालन-पोषण करना इनसे सीख सकता है।

अब श्मशान सरीखे मेरे घर में मानव-गतिविधियाँ होने लगीं, देखते-ही-देखते घर का माहौल बदल गया। बच्चे स्कूल-कॉलेज जाते तो उन्हें घर लौटने की जल्दी रहती। उस नन्हे फरिश्ते की तीमारदारी में श्रीमतीजी को समय का कुछ पता ही न चलता! घर में पसरी मायूसी भाग खड़ी हुई। घर के कोने-कोने में दुबकी पड़ी खुशियाँ बाहर निकल आईं। अब पूरे घर में केवल नन्हे रफ्तार की पुकार सुनाई देती। बच्चों के चेहरों पर आई खुशी ने मुझे बाध्य कर दिया कि मैं इस नन्हे फरिश्ते का विरोध न करूँ।

परंतु इस विरोध का मेरा कारण दूसरा था। कुछ वर्ष पहले मेरे इन बच्चों ने दो सफेद

चूहे पाले थे। बेटी रिचा हमेशा उन्हें साबुन-शैंपू से नहलाती। तब वे बिल्कुल मखमल के गोले मालूम पड़ते! खूब अच्छी तरह प्रशिक्षित हो गए थे। दो पैरों पर खड़े हो बड़े मजेदार खेल करते। मैं जब कुछ लिख रहा होता तो वे दौड़ते आते और मेरे पैरों पर से चढ़ते हुए मेरी गोद में आ बैठते। मैं उन्हें बिस्कुट के टुकड़े देता, उनमें एक बड़ा सीधा-सरल स्वभाव का था, वहीं बैठा-बैठा मजे से बारीक दाँतों से कुतर-कुतरकर बिस्कुट खा लेता, पर दूसरा बड़ा चालाक और चंचल स्वभाव का था, दूर ले जाकर अपना हिस्सा निपटाता या और लेने की जल्दी में उसे कहीं छिपाकर तुरत लौट आता। कई बार तो उस बेचारे के मुँह से टुकड़ा छीन लेता, पूरी हेकड़ी दिखाता। खाने के लिए हम कहीं भी कटोरी की टन-टन आवाज कर देते, तो दोनों फौरन हाजिर हो जाते। सायं को साढ़े आठ बजे जब मैं ऑफिस से लौटता तो बाहर के दरवाजे पर बैठ मेरा इंतजार किया करते और फिर मेरा तब तक पीछा न छोड़ते थे, जब तक मैं उन्हें बिस्कुट न खिला देता।

वे दोनों हमारे घर के प्यारे सदस्य बन गए थे। बच्चों को उनसे बेहद लगाव हो गया था। साल भर के बाद एक-एक कर दोनों भगवान् को प्यारे हो गए, तब बच्चों का रो-रोकर बुरा हाल हो गया था। दूसरा वाला जब मृत्यु को प्राप्त हुआ तो दोनों बेटे उसे कोरे कपड़े में लपेटकर नम आँखों से एक खाली प्लॉट में भूमि-समाधि दे आए थे। छोटा बेटा पीयूष कई दिनों तक उसके वियोग के अवसाद में डूबा रहा। मैं इसी बात से ज्यादा डर रहा था।

□

मैं नहीं जानता कि उसे कैसे पता चला कि घर का मालिक और उसका विरोध करने वाला मैं ही हूँ। रफ्तार ने सबसे पहले मुझे ही अपने मोह-पाश में बाँधा। दिनोदिन उसका यह मोह-पाश कसता चला गया। मैं कुरसी की अपेक्षा स्टूल पर बैठकर लिखा करता हूँ। सर्दी हो या गरमी, वह मेरे पैरों में आकर बैठता। मैं अपना काम करता रहता, वह नीचे बैठा स्टूल की टाँगों पर अपने दाँतों की आजमाइश करता रहता। स्टूल की चारों टाँगों को जोड़ने वाला बीच का डंडा तो उसने दो बार कुतर-कुतरकर खा डाला। अब तो मेरे स्टूल पर उसके पैने दाँतों की छाप निशानी के तौर पर रह गई है। कभी मौज में आकर नीचे बराबर में रखी रैक में से फाइलों से कागज खींच लेता, मैं उसे मना करता, रफ्तार क्या करता है, नहीं, बिल्कुल नहीं, और वह मान जाता। शायद मेरा ध्यान आकर्षित करने के लिए ही वह ये शरारतें किया करता। खैर, अब तो मुझे भी उससे लगाव हो गया था। जब बच्चे घर पर नहीं होते थे और रफ्तार शौच कर देता, तो मैं उठाकर फेंक दिया करता।

शायद इस नस्ल के डॉगी जन्मजात समझदार होते हैं या फिर रफ्तार ही उतना समझदार था। नन्हे रफ्तार के लिए अंदर के लिविंग-रूम के एक कोने में उसके रहने-

सोने के लिए गद्दी लगा दी गई थी, वह रहता-सोता वहीं था, पर शौच और लघुशंका करने कमरे से बाहर गैलरी में ही जाता था। हालाँकि इनसान के इतने छोटे बच्चे तो बिस्तर या कहीं भी टट्टी-पेशाब कर दिया करते हैं। महीने भर बाद ही, सर्दियों में पीयूष तड़के ही उसे घुमाने के लिए सड़क पर ले जाने लगा तो वहाँ उसने रोज टहलने आने वाले एक अंकलजी से दोस्ती गाँठ ली। वे अपना डॉगी छोड़ देते और रफ्तार के साथ खेलने लग जाते। जो भी उसे देखता, बस प्यार करने लग जाता। वह था ही इतना भोला और मासूम। उसका चेहरा-मोहरा, चाल-ढाल सब चुंबकीय था।

वह दूसरे डॉगियों की तरह टाँग उठाकर पेशाब नहीं करता था और न ही शौच। ठीक एक बालक की तरह पेशाब करता और शौच करते हुए ऊँ-ऊँ की आवाज निकालता। कुछ महीने बाद उसके दूध के दाँत गिरने लगे, हम सब बड़े हैरान थे, पहले कभी कुत्ते के दाँत गिरते हुए नहीं देखे थे। एक-दो दाँत तो मेरे छोटे बेटे ने अभी भी सहेजकर रखे हुए हैं। उसके नए दाँत आ गए थे। कठोर चीजों पर वह अपने दाँतो की खुजली मिटाता रहता तो फिर हमने उसे बनावटी हड्डी लाकर दे दी। कई बार वह हड्डी छिपाकर भूल जाता और फिर दूसरी हड्डी ले लेता। हड्डी को दोनों पंजों में फँसाकर पूरी शक्ति लगाकर जद्दोजेहद करते हुए उसके परखच्चे उड़ाने में लगा रहता।

□

छोटे बच्चों से उसे बड़ा लगाव था। बच्चे भी उसके साथ खेलना चाहते थे। वह जब घर के अंदर होता तो मोहल्ले के बच्चे हमारे दरवाजे पर आकर उसे 'बाबू-बाबू' और 'रफ्तार-रफ्तार' कहकर पुकारते। वह बाहर निकल उनके साथ खेलने के लिए मचलता, पर हम लोग उसे बाहर जाने न देते थे। कारण—वह बच्चों के पीछे दौड़ता, उन्हें चाटकर अपना प्यार जताता तो बच्चे चीख-पुकार मचाने लगते थे। किसी का बच्चा डर न जाए या उसके दाँत न लग जाएँ, हमें इसी का डर लगा रहता। हालाँकि वह काटता बिल्कुल नहीं था। हमारा पूरा हाथ या पैर का पंजा अपने मुँह में ले लेता और ताज्जुब! अपना जबड़ा उतना ही दबाता कि दाँत न गढ़ें। उसकी समझदारी पर मुझे बड़ी हैरानी होती।

छोटा बेटा पीयूष रोजाना प्रातः उसे पार्क में घुमाने ले जाता। वहाँ तो उसने अपने चाहने वाले और दोस्तों की पूरी एक जमात खड़ी कर ली थी। बेटे के दोस्त उसके पक्के दोस्त बन गए थे। कई बार छुट्टी वाले दिन हम सब लोग छत पर होते या धूप सेंक रहे होते और रफ्तार भी ऊपर छत पर होता। दिन में बेटे का कोई दोस्त हमारे घर के आगे आकर पीयूष को पुकारता तो वह उसकी आवाज तुरत पहचान जाता। बिना भौंके ही छत से सीढ़ियों पर ऐसी दौड़ लगाता कि पल भर में नीचे आकर गली में उनके साथ मस्ती करने लगता। मस्ती और ऊधम का वह बड़ा शौकीन था। आधुनिक हीरो की भाँति चश्मा लगाकर उसने बेटे के सब दोस्तों के साथ अलग-अलग पोज में कितने ही फोटो खिंचवा

रखे हैं—किसी में जीभ निकाले, किसी में होंठ दबाए। उसे जैसा बोला जाता, वह वैसा ही स्टैच्यू सा बन जाता था।

स्कूटी पर बैठकर घूमने का उसे बड़ा चाव था। पीयूष जब कॉलेज या अन्यत्र कहीं से घर लौटता तो उसकी स्कूटी की आवाज वह तुरत पहचान जाता, जबकि हमें अभी तक स्कूटी की आवाज पहचानने में नहीं आती। जैसे ही दरवाजा खोला जाता, वह फौरन बाहर गली में निकल स्कूटी पर चढ़ बैठता और अंदर आकर खड़ी करने से पहले ही स्कूटी पर से कूद जाता। स्कूटी किसी की भी हो, उसे तो चड्डू खाने से मतलब। हमारे सामने वाले पड़ोसी वासू के पापा सुबह अपनी स्कूटी लेकर ड्यूटी के लिए निकलते और कभी हमारा दरवाजा खुला होता तो वह जिद्दी बालक की तरह दौड़कर झट से उनकी स्कूटी पर बैठ जाता, और फिर वे बेचारे उसे आगे सड़क या चौक तक घुमाकर लाते, तब ही वह स्कूटी पर से उतरता था।

एक बार दो तरुण बालक स्कूटी पर हमारे पड़ोस में किसी के यहाँ आए थे, सायं का समय था, किसी कारण से हमारा दरवाजा जैसे ही खुला, वह तुरत बाहर निकल पूँछ हिलाता हुआ उनकी स्कूटी पर चढ़ बैठा। दोनों तरुण हड़बड़ी में डरकर स्कूटी छोड़कर भाग खड़े हुए। पार्क में घूमने जाते हुए अपनी स्कूटी पर रफ्तार इस शान से बैठता कि गरदन टेढ़ी करके लोगों को देखता जाता। तब वह सबके आकर्षण का केंद्र बन जाता। हमारी श्रीमतीजी रात्रि में मिर्च जलाकर उसकी नजर जरूर उतार देतीं। भला अपने सबसे प्यारे बच्चे पर पड़ने वाली कुदृष्टि को वे कैसे बरदाश्त करतीं!

□

हमारे अड़ोस-पड़ोस में सब लोग कहा करते, 'यह कुत्ता तो कहीं से लगता ही नहीं है।' जैसे-जैसे रफ्तार बड़ा हुआ तो वह शौच के लिए छत पर जाने लगा। जितनी बार भी शौच या पेशाब लगता, वह छत पर ही जाता था। आस-पड़ोस या गली में उसने कभी शौच नहीं की। कई बार ऐसा होता कि मैं ध्यानमग्न हो प्रूफ-रीडिंग के काम में जुटा होता तो जब रफ्तार को शौच या पेशाब लगता तो ऊँ-ऊँ कर मेरी कोहनी पकड़कर खींचता। मैं उसे शांत रहने के लिए कहता तो वह कुछ पल रुककर फिर मेरा ध्यान अपनी ओर खींचता, तब मैं समझ जाता कि रफ्तार को शौच लगी है। मैं कलम रख इतना भर कहता, 'चलो भाई!' और वह तब तक दौड़कर चार सीढ़ियाँ चढ़ जाता और फिर पीछे मुड़कर देखता कि मैं आ भी रहा हूँ कि नहीं?

एक ब्राह्मण परिवार में पला-बड़ा होने के कारण वह जीवन-पर्यंत शुद्ध शाकाहारी रहा। हम जो भी खाते, सब वह बड़े शौक से खा लेता, कभी नखरे नहीं करता था। रोटी, चावल, खिचड़ी, दाल, सब्जी, दूध, लस्सी—सबकुछ रुचि के साथ खाता। गृहस्वामिनी उसे दिन में तीन बार भोजन करातीं। जब उसे भूख लगती तो रसोई के दरवाजे पर या

श्रीमतीजी के पैरों में बैठ जाता। यदि वह छत पर होता या दूसरे कमरे में, 'रफ्तार, रोटी खा ले', श्रीमतीजी के इतना पुकारने पर फौरन हाजिर हो जाता। पूरी साबुत रोटी सामने रख देने पर उसे सूँघता भी नहीं था, तोड़कर दूध-लस्सी या सब्जी में मिलाकर उसके बरतन में रख देने पर प्यार से खा लेता। पीयूष तो उसे अपने सामने बिठा छोटे बच्चे की मानिंद रोटी का एक-एक टुकड़ा सब्जी के साथ अपने हाथ से खिलाता, जैसे कोई माँ अपने छोटे बच्चे को खाना खिलाती है। इसमें वह बड़ा सुख मानता था। खाना खाने के बाद हम उससे कहते, 'रफ्तार, जाओ पानी पी लो,' तो वह अपने बरतन में पानी पीने लगता।

कभी-कभी रसोईघर से कच्चा आलू उसके हाथ लग जाता तो पहले बॉल की तरह उससे खेलता, फिर उसे कुतर-कुतरकर खा जाता। खीरा, गाजर भी बड़े शौक से खाता, लेकिन आम, चीकू और पपीते का वह बड़ा शौकीन था। जब मैं बेड पर बैठा आम खा रहा होता और वह नीचे बैठा देख रहा होता तो उसके मुँह के दोनों ओर से बेतहाशा लार टपकने लगती, वह आम देने के लिए कूँ-कूँ कर बार-बार मुझे ध्यान दिलाता, पर जब उसका धैर्य चुक जाता तो दो पैरों पर अकड़ू बालक-सा खड़ा होकर माँगता। मेरे आम देने पर वह आम खाने लगता तो उसके मुँह में से आम फिसल जाता, वह बड़ी फुरती से उसे अपने पंजों में दबा उस पर पिल पड़ता और फिर छिलके-गुठली तक का नाम-निशान मिटा देता, लेकिन रफ्तार की इस आम चुसाई से पूरा फर्श चिपचिपा हो जाता, तब श्रीमती जी को पोंछा लगाना पड़ता।

□

रफ्तार के पपीता प्रेम की कहानी भी बड़ी मजेदार है। एक बार रफ्तार को जबरदस्त पीलिया हो गया। तब वह कुछ भी खा नहीं रहा था। डॉक्टर ने दवाई दी, पथ्य में पपीता तथा आइसक्रीम खिलाने की हिदायत दी। सुबह-शाम एक-एक रसगुल्ला भी खिलाना था, जिससे उसके रक्त में प्लेटलेट्स कम न हो जाएँ। पपीता व आइसक्रीम बिना हील-हुज्जत के खा लेता। जब तक उसका इलाज चला, यानी कई दिनों तक उसका यही आहार रहा, फिर खीरा भी देने लगे, पर पपीते का स्वाद उसकी जुबान पर ऐसा चढ़ा कि बड़ा बेटा अंकुर अकसर अपने लिए पपीता लाया करता था। जब वह बाइक खड़ी कर पपीते की पोलीथीन लटकाए घर में प्रवेश करता, तो रफ्तार उसके हाथ में पपीता देखते ही खुशी के मारे उछलने-कूदने लगता और नदीदे बालक की तरह टेबल पर रखे पपीते को जीभ लपलपाकर एकटक देखता वहीं बैठ जाता, तब अंकुर उसे पपीता जरूर खिलाता। रफ्तार पपीता खाकर अपने स्थान पर आराम करने लगता।

छोटा बेटा पीयूष जिम जाया करता था, तो कसरत के बाद फलों में चीकू-केला आदि खाता था। अब तक रफ्तार को चीकू के स्वाद का पता न था। एक बार मैंने ऑफिस से घर पहुँचने के बाद चीकू खाया तो आधा चीकू रफ्तार को भी दिया। उसने बड़ा रस लेकर

खाया। एक दिन बड़ा मजेदार वाकया पेश आया, हुआ यह कि स्टील की फ्रूट टोकरी में आठ-दस चीकू नीचे ही रखे थे। सब लोग छत पर गए हुए थे कि रफ्तार ने सारे चीकू साफ कर दिए। प्रात: कसरत के बाद जब पीयूष ने अपने खाने के लिए चीकू देखे तो वहाँ दो-चार बीज और छिलके ही पड़े थे। वह सबसे पूछने लगा कि मेरे चीकू किसने खाए? पर चीकू किसने खाए, यह पता न चल सका। अब इतने चीकू एक साथ खाकर रफ्तार का हाजमा बिगड़ गया, उसकी शौच में चीकू के बीज निकले तो मामला खुला कि चीकू रफ्तार ने खाए थे। अंगूर, संतरा के अलावा कुलफी भी वह बड़े मजे लेकर खाता था।

□

वह नन्हा फरिश्ता ऊँच-नीच, घृणा-प्यार और मान-सम्मान भी खूब समझता था। प्यार पाने के मामले में वह बड़ा स्वार्थी था। जब श्रीमतीजी किसी का बच्चा अपनी गोद में लेकर उसके सामने 'बाबू-बाबू' कहकर प्यार-दुलार करतीं तो वह इसका बहुत बुरा मानता। पहले तो भौंककर अपनी नाराजगी व्यक्त करता, उसकी बात न सुनने पर वह रूठकर अपने बिस्तर पर अपने पैरों में मुँह गढ़ाकर बैठ जाता। लाख पुकारने पर मुँह उठाकर देखता भी नहीं था, इस दौरान उसकी भौंहें दाएँ-बाएँ जरूर चलती रहतीं। हारकर उसे मनाना पड़ता, जब श्रीमती जी उसे गोद में बिठा 'मेरा बाबू-मेरा बाबू' कह उसके सिर पर हाथ फेरतीं और देर तक मान-मनौवल करतीं तो फिर मान जाता। उनके साथ खेलने लगता।

रफ्तार इतना भावुक और संवेदनशील था कि उसे कोई जोर से दुत्कार देता तो भी वह मुँह फुला लेता, इतना ही नहीं, उसकी आँखों की कोरें भीग जातीं। एक बार जब रफ्तार बहुत ज्यादा शरारत कर रहा था, तो पीयूष ने उसकी शरारत पर डाँटते हुए उसे एक थप्पड़ लगा दिया। और फिर ऊपर कमरे में जाकर वह लैपटाप पर कुछ काम करने लगा। शाम को लगभग साढ़े आठ बजे मैं ऑफिस से घर पहुँचा तो रोज की तरह रफ्तार दरवाजे पर नहीं आया। मैंने अंदर आकर उसे पुकारा तो भी वह मेरे पास नहीं आया। पत्नी ने बताया कि पीयूष ने डाँट दिया है। मैंने उसके पास जाकर उसे मनाने की बहुत कोशिश की, पर उस दिन वह माना नहीं। मैंने देखा, उसकी आँख की कोर भीगी हुई है। मैंने ऊपर जाकर बेटे को डाँटकर कहा, "रफ्तार रो रहा है, तुमने उसे क्यों मारा? नीचे जाकर तुम्हीं उसे मनाओ!" बेटा फौरन नीचे आया, तरह-तरह से उसे मनाने लगा। बात बनती न देख बेटे ने उसे गोद में भर लिया और खुद भी रोते हुए बोला, "रफ्तार, मेरे बाबू! तू बुरा मान गया। तू भूल गया, मैं रात-रात भर तुझे गोद में लेकर बैठा हूँ, तेरी सेवा करता हूँ, तुझे सैर कराने लेकर जाता हूँ।" बेटा उसके मुख को अपनी दोनों हथेलियों में थाम, उसकी आँखों में आँखें डाल उसे मना रहा था। आखिर वह मान गया, फिर तो दोनों ने गिला-शिकबा भूलकर देर रात तक खूब मस्ती की।

□

दिन में घर के सब लोग उसे प्यार करते तो कभी पीट भी देते, तब बेचारा रफ्तार कुछ न बोलता। जब मैं शाम को घर पहुँच जाता तो फिर वह मेरा साथ न छोड़ता। मेरी उपस्थिति में कोई उसे कुछ बोलता या छेड़ता तो तुरंत भौंककर प्रतिरोध करता। तब मेरे बच्चे कहते, "दिन में इसे कितना ही पीटो, तब तो यह चूँ भी नहीं करता। पापा के आने पर तो शेर बन जाता है।" वह कितनी भी शरारत करता, मैं उसे कभी मारता नहीं था। बच्चे को डाँटने की तरह मैं थप्पड़ दिखाकर बस मारने का नाटक करता। वह अच्छी तरह जानता था कि मैं उसे मारूँगा नहीं। मेरी श्रीमतीजी शिकायत किया करतीं, "थप्पड़ ही दिखाते रहते हैं, मारते तो हैं नहीं।"

न जाने क्यों, वह मुझे कुछ अधिक ही चाहता था। ऑफिस से घर लौट अपनी साइकिल खड़ी कर जब मैं दरवाजे की कुंदी खटखटा इतना ही कहता, 'रफ्तार, दरवाजा खोलो!' मेरे बच्चे अब कहने लगे थे कि पापा हमारा किसी का नाम नहीं लेते, जैसे रफ्तार ही दरवाजा खोलेगा। पर रफ्तार तो साइकिल की आवाज सुनकर ही दरवाजे पर हाजिर हो जाता, उछल-उछलकर दरवाजे पर पैर मारता, सब लोग अंदर कमरे में सामने ही बैठे उसकी बेचैनी का मजा लेते। उसे चिढ़ाते, "तू ही पापा का लाड़ला बेटा है, अब तू ही दरवाजा खोल!" वह उन्हें बुलाने दौड़कर अंदर जाता, भौंककर अपनी भाषा में दरवाजा खोलने के लिए कहता। इतनी सी देर में वह अंदर-बाहर दरवाजे के तीन-चार चक्कर लगा देता। आखिर उनमें से कोई आकर दरवाजा खोलता। मेरे अंदर आने से पहले ही वह बाहर निकल आता, फिर मेरे ऊपर अपने दोनों पंजे जमा देता। मैं 'चलो-चलो, अंदर चलो' कहता उसे अंदर ले आता।

वह कोई चप्पल उठा लेता, तेजी से पूँछ हिलाता मेरे आगे-आगे चलता और खेलने की उसे इतनी उतावली होती कि मुझे कपड़े बदलना भी मुश्किल हो जाता। फिर मैं उसके साथ छुआछुई खेलता। खेल होता—उसके मुँह से चप्पल या कोई कपड़ा छीनने का। वह यहाँ-वहाँ, कभी सोफे पर दौड़ाकर मुझे नचा देता या कभी उसके मुँह से कपड़ा छीनने की रस्साखींच प्रतियोगिता होती। वह खूब जोर से हाँफने लगता। आखिर मैं उसके दोनों कान पकड़ लेता और वह तुरंत चारों खाने चित्त हो जाता। मैं उसकी गरदन के नीचे खरेरी करता, तब वह अपना एक पंजा मेरे हाथ पर रख लेता। खुजली करने के बाद वह आराम की अवस्था में आ जाता। तब मैं बाथरूम में हाथ-मुँह धोने जाता। वह मेरे पीछे-पीछे वहाँ भी पहुँच जाता और बच्चे की तरह मेरे चुल्लू से पानी पीता। यह सब तो हम दोनों का रोजाना का खेल था।

□

जिस दिन यानी रविवार को, रफ्तार को स्नान कराया जाता, तो उस दिन उसके प्राण गले में आ जाते। अघोरी बालक की तरह नहाने से बचने के लिए इधर-उधर छिपता

फिरता। आखिर कहीं शरण न मिलती तो मेरे स्टूल के पीछे आकर सिकुड़कर बैठ जाता। मेरी बेटी रिचा उसे डाँटती हुई आ पहुँचती, 'पापा क्या तुझे बचा लेंगे?' रिचा को जब वह पानी की बालटी, साबुन, शैंपू आदि जुटाते देख लेता तो फौरन समझ जाता कि उसके स्नान की तैयारी हो रही है, बस तभी से छिपना शुरू कर देता। आखिर रिचा के आगे उसका वश न चलता। वह लाचार-निरीह आँखों से मेरी ओर देखता, मैं भी इतना ही कहता, 'रफ्तार भाई! नहा लो, कुछ नहीं होगा। जाओ!' तब रिचा उसका पट्टा पकड़कर उसे खींच ले जाती और वह आज्ञाकारी पर ढीठ बालक की तरह बेमन से नहाने बैठ जाता। बेटी टूथ-ब्रुश से पहले उसके दाँत साफ करती। वह दाँती भींच डाँट खाते हुए अपने दाँत साफ करवाता। बेटी उसे डाँटती जाती, "रोज दाँत साफ किया कर, नहीं तो ये सड़ जाएँगे, समझा कि नहीं?" वह भौंहें ऊपर-नीचे कर देखता रहता। शैंपू से स्नान होता, कान साफ किए जाते। फिर सूती कपड़े से पोंछ छत पर धूप में खटोले पर बिठा दिया जाता। वहाँ वह अपना शरीर सुखाता। सूखने पर एकदम मखमली सफेद हो जाता।

हमारे आस-पड़ोस में उसने किसी को शिकायत का मौका नहीं दिया। हमारे सामने के दो तथा बाईं ओर बराबर में सुनीलजी के घर के अलावा वह चौथे घर में कभी नहीं घुसा। जब कभी हमारा दरवाजा खुला रह जाता और उसे बाहर निकलने का मौका मिल जाता तो दौड़ा-दौड़ा सामने नैतिक के घर में घुस जाता, कभी वासू के घर में तो कभी सुनीलजी के घर में। यहाँ उसकी बेरोकटोक आवाजाही थी। हमें तो तब पता चलता, जब पड़ोस से छोटे-बड़ों की चीख-पुकार की आवाज आती। तब हमारे घर से कोई वहाँ जाता और उसे पकड़कर ले आता। जिस घर में भी वह घुसता, उनकी कोई चप्पल मुँह में उठा लेता और फिर मानो कहता—इसे मेरे मुँह से छीनकर दिखाओ! यह उसका सबसे प्रिय खेल था।

हमारे घर कोई मेहमान आता तो भी चप्पल मुँह में दबाकर बड़ी फुरती से उनके आगे-पीछे दौड़ता। अतिथि के स्वागत का यह उसका अपना तरीका था। वह छोटे-बड़ों के साथ खूब मस्ती करता, पर किसी को काटा कभी नहीं। मेरे पिताजी जब हमारे घर आते और दरवाजा खटखटाते तो जोरों से भौंकता, उसकी आवाज इतनी बुलंद थी कि आदमी सुनकर ही दहल जाए। पिताजी उसका नाम पुकारते, तो सोफे पर बैठते न बैठते वह उनकी गोद में लेट जाता और इतना प्यार दिखाता कि क्या कहूँ! हम उसे डाँटते, 'रफ्तार, अब बस करो, नीचे बैठो।' पर वह हमारी कहाँ सुनता था! पिताजी उसके गले के नीचे खुजाते तो मगन होकर आराम में आकर चारों पैर ऊपर कर लेता। चाय-नाश्ता आने पर पिताजी पहले उसे बिस्कुट या नमकीन जरूर खिलाते। वह उनके साथ खूब हिल-मिल गया था। सर्दियों में पिताजी को छत पर लेकर जाता, वहाँ धूप में उनके पैरों में बैठा रहता।

□

हमारे घर के पीछे की ओर वाले पड़ोसी छोटे बच्चों से लेकर बड़ों तक सभी उसे बड़ा प्यार करते। इस बार सर्दियों में उन्होंने छत पर चूल्हे पर खाना बनाना शुरू किया तो वे उसे एक-दो रोटी जरूर खिलाते। रफ्तार ने उनसे भी अच्छी दोस्ती गाँठ ली। किसी कारण से जब वे दो-चार दिनों बाद छत पर दिखाई पड़ते तो उनपर खूब भौंककर अपनी शिकायत करता। तब वे कहते—भाई, कई दिन से छत पर नहीं आए। उनकी श्रीमतीजी नीचे जाकर रफ्तार के लिए रोटी ले आतीं। उनसे तो वह माँग-माँगकर रोटी खा लेता। उनके किराएदार की दो छोटी बच्चियाँ उसके साथ खेलती, और डरकर खूब चीखतीं भी।

अब तो ऐसी स्थिति हो गई थी कि रफ्तार जितनी बार भी छत पर जाता, उधर कोई हो या न हो, छत की मुंड़ेर पर अपने दोनों पैर टिकाकर पड़ोसी की छत की तरफ जरूर झाँक लेता। रात को ग्यारह-बारह बजे मैं उसे अंतिम बार शौच कराने ले जाता, तब भी वह पहले उनकी छत की तरफ जरूर झाँकता। मैं कहता—रफ्तार उधर कोई नहीं है। सर्दियों में रफ्तार छत पर धूप में अपने खटोले पर तकिया लगाकर बिल्कुल बच्चे की तरह सोता। होली वाले दिन मैं धूप में खटोले पर लेटा था कि रफ्तार खटोले पर चढ़ बैठा और मुझे खिसका-खिसकाकर मेरे समानांतर मेरे ऊपर पैर रखकर मजे से सो गया। हवा ठंडी थी, हम दोनों देर तक सोते रहे। जब वह मस्ती में आता तो खेलते-खेलते खटोले की दामन काट देता। फिर इससे बचने के लिए मैंने तार की दामन कस दी थी, उसने वह भी काट डाली। खेलने के लिए उसे कुछ भी मिल जाए, उसे उछाल-उछालकर अकेला ही मजे से खेलता रहता था।

छत पर हम लोगों ने गमलों में कुछ सब्जियों, कुछ फूल आदि के पौधे लगा रखे थे, बल्कि एक बगीचा जैसा ही बना रखा था, मैं हर साल कुछ गमलों में गेहूँ के दाने बो दिया करता हूँ। हर साल कम-से-कम आधे गमलों में से पौधों को गिलहरी खा जाती थी, लेकिन इस बार गेहूँ के जबारे जैसे ही बड़े होते, रफ्तार उन्हें खा जाता। पालक के पत्ते तो वह दो-चार ही खाता, पर जबारे सब ढूँढ़कर खा डाले। एक-दो पौधे बच गए तो उनमें बालें निकल आईं। अपनी बीमारी से दो-चार दिन पहले उसने गेहूँ की एक बाली खा ली थी। उसकी उल्टी में एक बाली निकली थी, हमने समझा कि इसी की वजह से शायद रफ्तार को उल्टियाँ हो रही थीं, अत: अब उल्टियाँ जरूर रुक जाएँगी।

सर्दियों में वह छत पर खूब धूप सेंकता। लेकिन नीचे दरवाजा खटकने पर अपनी ड्यूटी बजाने फौरन नीचे भागता। दरवाजा बंद होता तो नीचे वाले छज्जे की रेलिंग से गरदन बाहर निकाल बाहर की स्थिति का जायजा लेता। जब बच्चे गली में खेल रहे होते तो रेलिंग में से गरदन बाहर निकाल बच्चों का खेल देख-देखकर खुश होता। बच्चे भी गली से या अपनी छतों से 'रफ्तार-रफ्तार' पुकारते रहते।

शाम को वह छत पर बैठा चारों ओर टकटकी लगाकर देखता। आसमान में जहाज को वह टेढ़ी गरदन करके आँखों से ओझल होने तक देखता रहता था। सर्दियों में हम लोग मूँगफली चबा रहे होते, उसे देने के लिए मूँगफली का दाना ऊपर की ओर उछालते तो वह उसे ऊपर ही ऊपर लपक लेता और निगल जाता। उसकी शौच में साबुत मूँगफली के दाने निकलते। तली हुई चीजें उसे न के बराबर देते, पर होली पर उसने मेरे साथ पापड़ बहुत खाए।

□

रफ्तार की एक और आदत खास थी, जैसे छोटे बच्चे को अपना कपड़ा प्रिय होता है, किसी को लेने नहीं देता। उसी तरह उस नन्हे फरिश्ते को अपने ओढ़ने-बिछाने के कपड़ों की पक्की पहचान थी। जब हममें से कोई उसका कंबल और नीचे बिछाने के कपड़े धूप में सुखाने के लिए ले जा रहे होते और वह कहीं से देख लेता, तो दौड़कर अपना कंबल हमसे छीन लेता और अपने स्थान पर लाकर रख देता। हम कहते, 'अरे भाई! ये तेरे ही हैं, जरा धूप तो लगा दें।'

अच्छा जब कभी ऊधमबाजी या मस्ती करते हुए उससे कोई नुकसान हो जाता तो नीचे आकर अपने सोने के स्थान पर मासूम सा चुपचाप बैठ जाता। एक बार उसने बाहर वाले कमरे के दरवाजे की जाली तोड़ डाली, श्रीमतीजी ने उससे इतना ही कहा कि आज रफ्तार तेरी पिटाई जरूर होगी, तूने इतना नुकसान कर दिया। इतना सुनकर वह अपने कान गिराकर अंदर जाकर अपने ठिकाने पर शांत बैठ गया। जब वह छोटा था तो कुछ काम बिगाड़ने पर हम उसे वह दिखाकर डाँटते थे, तब वह नुकसान दुबारा नहीं करता था।

बीमारीरोधी, एंटी रेबीज टीके पीयूष ने उसे बचपन में ही लगवा दिए थे। उसका कार्ड भी बनवा लिया था। पीयूष अपने खर्चे दरकिनार करके कभी उसका पट्टा ले आता, कभी सर्दी के कपड़े। उसकी जंजीर भी स्टील की बढ़िया वाली लेकर आया। पर उसे जंजीर से बाँधकर नहीं रखा जाता था, पूरे घर में स्वच्छंद घूमता रहता। रात्रि को अंदर वाले कमरे में अपने गद्दे पर, और दिन निकलते ही बाहर वाले कमरे में सोफे पर बैठता या सो जाता।

बेटी सुबह जल्दी कॉलेज जाती थी तो तड़के ही झीने का दरवाजा खोल देती, वह छत पर शौच करने जाता, फिर वहीं खाली डिब्बा, छड़ी या कपड़े से खेलता रहता, जब मन भर जाता तो नीचे आ जाता। सोफे या बिस्तर पर कोई लकड़ी या कपड़ा उछाल-उछालकर अकेला ही खेलता रहता और खुशी में हल्की घुरघुराहट या दूसरी कोई आवाज निकालता रहता। कई बार मौका मिलते ही मेरी चारपाई पर चढ़ बिस्तर पर आ जाता और चुपचाप मेरे बराबर में सो जाता। इससे बचने के

लिए श्रीमतीजी बाहर से मेरे कमरे का दरवाजा बंद कर देतीं कि रफ्तार मुझे परेशान न करे। मैं साढ़े छह बजे जागता और अंदर से उँगली से कुंदी खोलता तो उसकी आवाज सुनकर ही रफ्तार फौरन दरवाजे पर हाजिर हो जाता।

शनि-रवि रिचा के कॉलेज की छुट्टी होती तो ये लोग देर तक सोते। मैं अपने समय पर उठता, रफ्तार मेरे उठने के इंतजार में ही रहता, उसे शौच लगी होती। मैं झटपट झीने का दरवाजा खोलता, वह दौड़ा-दौड़ा जाता और छत पर शौच करता। मैं उसकी शौच पोलीथीन में इकट्ठी कर देता। वह खेलने लगता तो मैं उसे वहीं छोड़कर आ जाता, मुझे भी तो शौच जाना होता। तब तक वह नीचे आ बाहर वाले सोफे पर बैठ जाता। मैं वहीं हल्का व्यायाम करता, वह मौन हो मुझे देखता रहता। इसके बाद मैं सोफे पर बैठ अखबार पढ़ता, वह मेरी बगल में से अपना मुँह निकाल मेरी जाँघ पर रखकर बैठ जाता, लगता जैसे वह अखबार पढ़ रहा हो! शुरू-शुरू में बच्चे कहते भी थे—मम्मी, देखो, रफ्तार पापा के साथ अखबार पढ़ रहा है।

फिर श्रीमतीजी चाय-नाश्ता दे जातीं या छुट्टी वाले दिन मैं खुद बनाकर ले आता। मैं चाय में बिस्कुट डुबोकर खाता तो जितना बिस्कुट चाय में भीग जाता, उतना मेरा और बाकी बचा रफ्तार का होता। चार बिस्कुट में हम दोनों आधा-आधा खाते, यह भी लगभग रोज का नियम था। मैं कुछ भी खाता, उसमें रफ्तार का हिस्सा जरूर होता था। अखबार पढ़ते समय कोई पैंफलेट नीचे गिर जाता तो रफ्तार खेल-खेल में उसकी चिंदी-चिंदी कर देता। मैं झूठमूठ उसे डाँटता—रफ्तार, तूने पूरे कमरे में कूड़ा कर दिया। और फिर मैं कागज के उन टुकड़ों को उठाने लगता तो वह पैंतरेबाजी कर उन-उन टुकड़ों पर फिर से झपट पड़ता। जबरिया अपने साथ खेलने के लिए मुझे बाध्य करता। चाहे थककर चूर हो जाता, जोर-जोर से हाँफने लगता, पर खेलने का, मस्ती करने का उसका जुनून कम न होता था।

□

रफ्तार घूमने का बहुत शौकीन रहा। रात्रि को खाना खाने के बाद हममें से कोई मजे लेने के लिए जरा सा कह भर देता, 'चलो-चलो, घूमने चलें' या 'पीयूष, रफ्तार को घुमा ला'। इतना सुनते ही फिर तो वह पीयूष का बैठना भी मुश्किल कर देता। भौंक-भौंककर उसे जल्दी चलने के लिए उकसाता, कभी उसकी पैंट पकड़कर खींचता, कभी उसका हाथ या कोहनी मुँह में पकड़ लेता। पीयूष भी मजे लेने के लिए खड़ा होकर बैठ जाता या लेट जाता, तब हठीले बालक की तरह वह ऊँ-ऊँ करके फैल जाता। उसकी अधीरता का सब लोग खूब आनंद उठाते। मजबूरन पीयूष जाने को तैयार होता तो वह दौड़कर उससे पहले दरवाजे पर पहुँच जाता। दरवाजा खोलते ही बेहद उमंग और खुशी में उछलता हुआ गरदन फुलाकर पीयूष के आगे-आगे चलता। घूमकर आने के बाद वह बड़ा चैतन्य और संतुष्ट दिखाई देता।

रफ्तार शौच कराने के लिए मुझे तथा घूमने के लिए पीयूष को पकड़ता। रात्रि को सोने से पहले शौच से आने के बाद वह मेरे कमरे में जिद्दी बालक सा अड़कर बैठ जाता। मैं कहता, 'रफ्तार, अब अपने बिस्तर पर जाओ, मुझे सोने दो।' पर वह मुझे छोड़कर जाने को तैयार न होता। आखिर बेटी रिचा के डाँटने पर अपने बिस्तर में जाकर दुबक जाता।

छोटा बेटा पीयूष उसे इतना प्यार करता कि उसकी उपस्थिति में उसे कोई कुत्ता नहीं कह सकता था। अच्छी परवरिश और प्यार-दुलार से छह-सात महीने में ही रफ्तार अच्छा सेहतमंद हो गया। एक दिन पार्क वाले उन अंकलजी ने पीयूष के सामने ही खुश होकर कह दिया कि अरे! रफ्तार तो इतना बड़ा हो गया! तब पीयूष तपाक से बोला—''अरे अंकल! ये इनसान का बच्चा थोड़ा ही है कि इंच-इंच भर बढ़ेगा, जानवर का बच्चा है, जल्दी तो बढ़ेगा ही।'' अंकल उसकी ओर मुसकराकर देखते रह गए।

इस बार राखी पर बेटी रिचा ने अपने भाइयों को राखी बाँधी तो रफ्तार भी वहाँ यह सब देख रहा था। बेटी ने रफ्तार के मस्तक पर तिलक करके उसके दाएँ पंजे में राखी बाँधी, उसने बड़े मजे से बँधवाई। फिर उसे एक रसगुल्ला खिलाया, वह तो मगन हो और भी खाने की जिद करने लगा। अच्छा उसे हम घर पर अकेला मजबूरी में ही छोड़कर जाते थे। अकेला होने पर वह बड़ा मासूम सा हो जाता। उसे खाना खिलाकर, उसके बरतन में पीने का पानी रखकर बाहर वाला कमरा भी उसके लिए खुला रखते थे। इस बार फरवरी में मेरी ममेरी बहन की शादी थी। मैं ऑफिस से ही उधर चला गया था, बाकी सब लोग रात नौ बजे के करीब शादी में जाने के लिए घर से निकले थे। शादी में भी सबको चिंता रफ्तार की ही थी।

करीब ग्यारह बजे मैं ही सबसे पहले घर लौटा। सामने वाली बहनजी से चाबी लेकर ज्यों ही दरवाजा खोला, वह अनाथ बालक सा ऊँ-ऊँ कर बड़ी करुण आवाज निकालता मेरे से बुरी तरह लिपट गया, जैसे शिकायत कर रहा हो कि मुझे यों अकेला छोड़कर क्यों गए? मैंने उसे गोद में भर लिया और फिर उसे अंदर लेकर आया। बाहर वाले कमरे में जैसे ही मैं घुसा, कमरे की हालत देखकर दंग रह गया। उसने गुस्से में सोफे की गद्दियाँ घायल कर फर्श पर बिछा दी थीं, सोफा-कवर भी नीचे पड़ा था। कुछ कागज भी चिंदी-चिंदी कर डाले थे। पहले भी हम लोग कई बार उसे अकेला छोड़कर गए थे, पर ऐसा गुस्सा उसने कभी नहीं दिखाया था, न ही कभी कोई चीज इधर-से-उधर की थी।

बचपन से ही वह हम लोगों के बीच रहा। जैसे और लोग डॉगी के गले में जंजीर डाल एकांत में बाँध छोड़ते हैं और वहीं पर उसे खाना-पानी दे दिया जाता है। पर रफ्तार को कभी बाँधकर नहीं रखा गया। जब कोई मेहमान या मिलने वाला हमारे घर आता तो

रफ्तार उसे चाटकर अपना प्यार प्रकट करता। कुछ लोगों को डॉगी से डर लगता है या कोई बुरा न मान जाए, अतः उतनी देर के लिए हम उसे जंजीर से बाँध देते थे।

□

रफ्तार में एक गुण खास था, घर का कोई सदस्य कुछ दिन उसे दिखाई न दे तो उसको याद करता। इस जनवरी में मैं अपने मित्रों के साथ आठ दिन के लिए द्वारका-सोमनाथ-डाकोर की तीर्थयात्रा पर गया था। तीसरे दिन ही श्रीमतीजी ने फोन पर बताया कि रफ्तार तुम्हें रोज तुम्हारे कमरे में देखने जाता है। ठीक साढ़े आठ बजे (मेरे ऑफिस से घर लौटने का समय) दरवाजे पर तुम्हारा इंतजार करता है। आज यह बहुत उदास बैठा है, लो इससे बात करो, और उन्होंने मोबाइल फोन रफ्तार के कान पर लगा दिया। मैंने कहा, "रफ्तार! कैसे हो? बाबू, चिंता मत करो, मैं तीन-चार दिन में आकर तुम्हारे साथ खेलूँगा।"

श्रीमतीजी ने बताया कि तुम्हारी आवाज सुनकर रफ्तार कनखियों से इधर-उधर देख रहा है कि आवाज कहाँ से आ रही है? अब यह उठ बैठा है और पूँछ हिला रहा है। मेरी आवाज वह खूब पहचानता था। इतने भर से वह काफी चैतन्य हो गया। मुंशी प्रेमचंद ने अपने एक उपन्यास में कहीं कहा है कि दुखी मन को सांत्वना के दो बोल भी कम प्यारे नहीं होते! प्यार की भाषा जानवर इनसानों से ज्यादा समझते हैं, फिर रफ्तार की तो बात ही क्या!

हमारे घर में दूसरी मंजिल के शौचालय की दुछत्ती में कबूतरों ने अपना बसेरा कर लिया। उनकी आबादी और उनके उत्पात इतनी तेजी से बढ़े कि हमें इन्हें भगाने के उपाय करने पर मजबूर होना पड़ा। कबूतरों का परिवार अपनी शौच से दिन-रात घर के आगे और वाश-बेशिन को तो गंदा करता ही, छज्जे पर स्थित बल्ब का होल्डर भी बैठ-बैठकर तोड़ डाला। अब दुछत्ती में ढक्कनदार खिड़की लगवा दी गई। पर ढीठ कबूतर कहाँ मानने वाले थे! जब कबूतर आपस में झगड़ते या एक-दूसरे में गुँथकर किलोल करते तो उनकी फड़फड़ाहट की आवाज रफ्तार को नागवार गुजरती और वह उन्हें सबक सिखाने के लिए नीचे से दौड़कर ऊपर जाता, उन पर झपटता। पर वे परिंदे थे, उड़कर ऊपर बैठ जाते। रफ्तार ज्यादा-से-ज्यादा उछल ही सकता था। रेलिंग पर दो पैरों से खड़ा हो उन्हें पकड़ने की कोशिश करता।

कई बार अचानक धावा बोलकर रफ्तार एकाद को धर दबोचता, परंतु तुरंत छोड़ भी देता, उन्हें मारता नहीं था। वह तो उसके घर पर अवैध रूप से किए गए अतिक्रमण से चिढ़ता था। खिड़की लगाने के बाद भी कबूतरों ने उस स्थान को नहीं छोड़ा। सर्दियों में हमने पूरे छज्जे को पोलीथीन से ढक दिया। लेकिन कबूतर भी कमअक्ल नहीं होते हैं। दिन या रात, जैसे ही छत का झीना खुलता, आँख बचाकर वे वहाँ से अंदर आ जाते।

छज्जा ही नहीं, अब तो वे अंदर के कमरे तक अपनी घुसपैठ बनाने लगे, पर रफ्तार उन्हें बराबर खदेड़ता रहता, आखिर वह इस घर का रखवाला था। रफ्तार के चले जाने से अब कबूतरों की फिर से मौज हो गई।

हमारे घर में रफ्तार ने कैसी-कैसी बाल-लीलाएँ की, कहाँ तक बताऊँ। घर में अकसर आस-पड़ोस से छोटी-छोटी चुहिया घुस आतीं। पत्नी और बच्चे तथा कभी-कभी मैं भी 'चुहिया पकड़ो' खेल में शामिल होता, परंतु इस खेल का सबसे बेस्ट खिलाड़ी था रफ्तार। श्रीमतीजी झाड़ू फटकारकर गैस सिलेंडर या डिब्बों आदि के पीछे से चुहिया को निकालतीं, हुस्स-हुस्स की आवाज करतीं, रफ्तार हम सबसे आगे कूदकर वहाँ अपना मुँह घुसेड़ देता। कई बार चुहिया बाहर निकल आती और रफ्तार पंजा मार देता, पर उसे जान से न मारता। कई बार हमारी पकड़ में आई चुहिया को अपनी उछल-कूद और उतावली में भागने का मौका दे देता। चुहिया पकड़ने का उसे बड़ा जुनून था। अगर कभी वह हमारे बहुत पुकारने पर भी ऊपर की मंजिल से नीचे नहीं आ रहा होता तो बस हमारे 'चुहिया-चुहिया' चिल्लाते ही वह सिर पर पैर रखकर आ पहुँचता और मना करने के बावजूद घर का कोना-कोना छान मारता।

इसी तरह वह हमारी श्रीमतीजी और बेटी के साथ छुपमछुपाई खेलता। श्रीमतीजी चुपचाप रसोईघर के दरवाजे के पीछे या कभी परदों के पीछे छिप जातीं और बड़ी बारीक आवाज में उसे पुकारतीं—'रफ्तार!' वह दौड़-दौड़कर अंदर वाले कमरे के परदों के पीछे, बेड के नीचे, फिर बाथरूम और फिर बाहर वाले कमरे में यानी हर कहीं उन्हें ढूँढ़ता। प्रथम प्रयास में वह गच्चा खा जाता, आवाज की दिशा का अनुमान न लगा पाता। परंतु दूसरे-तीसरे प्रयास में उन्हें जरूर ढूँढ़ निकालता। इस तरह अकसर वे दोनों यह छुपमछुपाई का खेल खेलते और हम लोग उन्हें देखते, कोड वर्ड में रफ्तार की मदद भी करते। श्रीमतीजी को जब वह ढूँढ़ लेता तो उनकी साड़ी पकड़कर उन्हें बाहर लाता और उछल-उछलकर खूब खुश होता। मतलब कि घर में खूब मस्ती का आलम रहता!

रफ्तार की एक आदत और मजेदार थी। जैसे छोटा बालक पालने या बिस्तर में पड़ा-पड़ा किलकारी मारकर अकेला ही खेलता रहता है। ठीक उसी तरह रफ्तार सोफे या अपने बिस्तर पर किसी कपड़े या लकड़ी का टुकड़ा अथवा खाली बोतल को उछाल-उछालकर खेलता और प्रसन्नता में हल्की घुरघुराहट की आवाज निकालता रहता। वह सोते समय खर्राटे भी लेता और नींद में चारों पैर ऊपर कर लेता, मानो नींद में कभी आसमान गिर पड़े तो उसे पैरों पर ही थाम ले।

गरमियों में रफ्तार छत पर छोटे बेटे पीयूष के साथ सोता, उसकी पूरी रखवाली करता। हमारे पड़ोसी भी रात को झाँककर देख लेते कि रफ्तार छत पर सो रहा है, तो वे भी अपनी छत पर सो जाते, परंतु जिस दिन रफ्तार नीचे सोता तो वे छत पर अकेले सोने

की हिम्मत नहीं जुटा पाते थे। रात में जब तक वह छत पर रहता तो वे भी अपने आप को सुरक्षित महसूस करते।

□

रफ्तार बड़े बेटे अंकुर से थोड़ा डरता था। अभी सप्ताह भर पहले रात्रि नौ बजे के करीब मैं एक जरूरी काम निबटा रहा था कि रफ्तार आकर मेरी कोहनी खींचने लगा। मैंने सोचा, रोज की तरह यह शौच के लिए जाना चाहता है। छोटा बेटा पीयूष जिम से अभी लौटा नहीं था, सो मैंने बड़े बेटे को आवाज देकर कहा कि अंकुर, रफ्तार शौच करेगा, इसे छत पर ले जाओ तो। उसने सीढ़ियों पर से उसे आवाज दी तो रफ्तार गया नहीं, बल्कि मेरे स्टूल के पीछे छिपकर बैठ गया। बेटा उसे लेने नीचे आया तो वह थर-थर काँपने लगा। हालाँकि बेटा उसे पुचकारकर दुलार रहा था। पर रफ्तार कान गिराकर और जोर से काँपने लगा।

मैंने कलम रख उसे देखा कि रफ्तार क्यों नहीं जा रहा है? वह काँप रहा था। मैंने बेटे से कहा कि तुम जाओ और फिर रफ्तार को गोद में बिठाकर प्यार से हाथ फेरकर पुचकारा। 'रफ्तार, क्या हुआ? बाबू, भैया तुझे मार थोड़ा रहा था। तू बेकार ही डर गया।' इतने पर भी उसका काँपना पूरी तरह बंद नहीं हुआ। तब मैं उसे छत पर लेकर गया। वहाँ भी काफी देर उसे गोद में बिठाया, लाड़-प्यार किया तो वह पेशाब करने गया, लेकिन उस दिन देर रात तक मेरे पास ही बैठा रहा। हालाँकि अंकुर उसे खिलाता-पिलाता, उसके साथ खेलता भी था, पर फिर भी न जाने क्यों, वह अंकुर से डरता था।

इस नस्ल के डॉगी बेशक बहुत समझदार, जल्दी सीखने वाले तथा ज्यादा वफादार होते हैं, पर नाजुक मिजाज भी बहुत होते हैं। उन्हें सर्दी-गरमी ज्यादा सताती है, बीमारियाँ भी जल्दी पकड़ लेती हैं, शायद इनमें रोग-प्रतिरोधक क्षमता देशी डॉगी के मुकाबले कम होती है। इनकी देखभाल अत्यंत सजगता के साथ करनी पड़ती है। रफ्तार जब आया था तो थोड़ा ज्यादा दूध पिलाने पर ही उसके दस्त लग जाते थे। कभी भी उसके कान गरम हो जाते, नाक सूख जाती। छोटे बच्चों की तरह हमें हमेशा उसकी दवाई घर में रखनी पड़ती थी।

□

जब रफ्तार को पीलिया हो गया था तो इतना कमजोर हो गया कि वह अपने ऊपर बैठी मक्खी भी उड़ाने में असमर्थ था। उसका इलाज सिंह डॉग क्लीनिक, रोहिणी से चल रहा था, मन बहलाव के लिए वह घर से बाहर निकलकर दरवाजे के सामने गली में बैठा चौराहे की ओर मुँह करके आने-जाने वालों को देखता रहता। हमारे पड़ोसी उसे पुकारते तो चीख-पुकार मचा देने वाला रफ्तार लाचार सा बस देखता रहता। सब लोग दुखी होकर कहते कि बेचारा रफ्तार बड़े कष्ट में है, इसे किसी अच्छे डॉक्टर को दिखाओ।

पीयूष उसे स्कूटी पर बैठाकर डॉग-क्लीनिक ले जाता। डॉक्टर ने इंजेक्शन लगाने के लिए उसे सींखचे में डालने के लिए कहा। पीयूष ने कहा—डॉक्टर साहब, मैं रफ्तार को इसमें नहीं डाल सकता, आप ऐसे ही इंजेक्शन लगा दो, यह कुछ नहीं कहेगा। डॉक्टर ने समझाया—अरे भाई! इंजेक्शन लगाते वक्त सीधे-सादे डॉगी भी पलटकर काट लेते हैं, इसीलिए तो हम हर डॉगी को इसमें खड़ा करके ही इंजेक्शन या मरहम-पट्टी आदि करते हैं। फिर भी पीयूष नहीं माना, आखिर पीयूष ने रफ्तार को अपनी गोद में बैठा लिया और डॉक्टर ने वहीं उसको चार इंजेक्शन लगाए। रफ्तार ने चूँ तक नहीं किया।

डॉक्टर भी हैरान था। बोला—ऐसा आज्ञाकारी डॉगी तो मैंने आज तक नहीं देखा। यह तो बड़ा ही समझदार है और तेरे इशारे पर चलता है। रफ्तार इंजेक्शन लगवाकर क्लीनिक में ए.सी. की ठंडक में चुपचाप लेट गया। डॉक्टर ने जब तक दवा बनाई और पीयूष को समझाई, रफ्तार मजे से लेटा रहा। फिर पीयूष ने कहा, 'रफ्तार, अब घर चलें' तो बस उठकर अपनी स्कूटी पर बैठ गया। वहाँ अन्य लोग जो अपने डॉगी लेकर आए थे, वे सब विस्मय से देखने लगे। घर आकर पीयूष ने अपनी मम्मी से कहा कि आज इसकी नजर जरूर उतार देना।

बीती सर्दियाँ अभी शुरू ही हुई थीं कि रफ्तार को जोरों के दस्त लगे। पानी जैसी शौच कब-कहाँ निकल जाती, उसे पता न चलता। खाना-पीना सब छोड़ दिया था, पूरा घर कई-कई बार फिनाइल से धोना पड़ता। परंतु रफ्तार बहुत कष्ट में था। उसकी पीड़ा और बेबसी उसकी आँखों में साफ दिखाई देती। हम सब उसकी हालत देखकर बहुत घबरा गए, पर पीयूष ने हिम्मत नहीं हारी। सिंह डॉग क्लीनिक पर बराबर ले जाता रहा। पूरी-पूरी रात जागकर उसकी साफ-सफाई और देखभाल कर समय पर दवाइयाँ देता रहा। उस समय बेटी और श्रीमतीजी नौ देवी की तीर्थयात्रा पर हिमाचल गई हुई थीं। वे बराबर फोन पर उसका हाल-चाल लेती रहतीं। वहाँ उन्होंने रफ्तार की सलामती के लिए हर तीर्थ पर दुआ माँगी।

इस बीमारी में रफ्तार इतना कमजोर हो गया था कि सीढ़ियाँ चढ़कर छत पर जाने में भी असमर्थ था। हम गोद में उठाकर उसे शौचादि कराने ले जाते। धीरे-धीरे दवा और शायद दुआ ने भी अपना असर दिखाया। चार-चार इंजेक्शन उसे रोज लग रहे थे। उसके दस्त रुक गए। दो दिन हमने उसे ग्लूकोज के पानी पर तथा दो दिन दाल के पानी पर रखा। उसके परहेज में हमने कोई चूक न होने दी। अगले दिन उसे पतली खिचड़ी बनाकर खिलाई, उसने पूरे मन से खाई। प्रातः मैं जल्दी उठकर रसोई बना देता, फिर ऑफिस चला जाता। दोपहर-शाम को पीयूष उसके लिए खिचड़ी बना लेता। धीरे-धीरे रफ्तार पूर्ण स्वस्थ हो गया और पहले की तरह मस्ती करने लगा।

□

कुछ दिनों बाद यानी सर्दियों में ही मस्ती करते हुए उसके पिछले बाएँ पैर में मोच आ गई। वह अपनी एक टाँग उठाकर कष्ट के साथ चलता। पहले तो घर पर ही पैर पर फिटकरी का पानी ढाला, पैर पर हल्दी-गुड़ बाँधा, इससे कुछ आराम जरूर आया, लेकिन एक दिन पीयूष उसे डॉक्टर के पास ले गया। डॉक्टर ने रफ्तार की जाँच की, फिर बोला, "पैर तो ठीक हो जाएगा, कोई विशेष बात नहीं है, लेकिन गंभीर बात यह है कि तुम लोग इसकी इतनी सेवा क्यों करते हो, इतना ज्यादा क्यों खिलाते हो ? जितनी इसकी उम्र है, उस हिसाब से इसका वजन आधा होना चाहिए। इसका हीमोग्लोबिन बहुत ज्यादा हो गया है। कुछ दिनों बाद यह अपनी चुस्ती-फुरती खो बैठेगा। देखो, इसके कान इतने लाल हैं कि रक्त अभी चू पड़ेगा।" हमने डॉक्टर की हिदायत पर तीनों समय उसकी एक-एक रोटी कम कर दी, पर रफ्तार को जोरों की भूख लगती। वह कुछ भी खाने के लिए लालायित रहता। सर्दियाँ बीत गईं। सबकुछ ठीक चल रहा था, मार्च में होली पर उसने खूब होली खेली, होली मिलने आनेवालों ने गुलाल से उसका चेहरा भी लाल-पीला कर दिया।

22 मार्च को वह थोड़ा सुस्त जरूर था, पर सायं को मेरे साथ खूब खेला और छत पर शौच करने भी गया, परंतु 23 मार्च को उसे उल्टियाँ होने लगीं, खाना उसने बिल्कुल त्याग दिया। पीयूष उसे रोहिणी स्थित सिंह डॉग क्लीनिक लेकर गया, डॉक्टर ने इंजेक्शन लगाए तथा रफ्तार को पानी न देने की हिदायत दी, लेकिन दवाई से कोई आराम नहीं आया, जरा सा ग्लूकोज का पानी भी पी लेता, तो फौरन उल्टी कर देता।

सुबह मैं पौधों में पानी लगाने गया और पाइप से पानी देने लगा, वह पीछे से कब छत पर पहुँच गया, मुझे पता ही न चला, मैंने देखा तो वह टोंटी से टपकता पानी पी रहा था, उसे प्यास बराबर लग रही थी। जब तक मैं उसे हटाता, वह काफी पानी पी चुका था। 24 मार्च को पीयूष अपने एक दोस्त के साथ रफ्तार को लेकर पुनः डॉक्टर के पास गया। उसने फिर इंजेक्शन लगाए और बताया कि इसे पपीता और आइसक्रीम खिलानी है। दो दिन में ही रफ्तार काफी कमजोर हो गया था।

जब पीयूष क्लीनिक से रफ्तार को लेकर लौट रहा था तो पंजाबी बस्ती (नांगलोई) में रफ्तार स्कूटी से उतरकर पंजे लंबे कर सड़क पर लेट गया। आसपास के दुकानदार इकट्ठा हो गए, बोले, इसको क्या हुआ है ? पीयूष ने बताया—यह बीमार है, इसे डॉक्टर से दिखाकर आ रहा हूँ। उन्होंने यह सुनकर आसपास झुक आए लोगों को दूर हटा दिया और बोले कि इसे थोड़ा आराम कर लेने दे। कुछ देर आराम करने के बाद भी रफ्तार बेहद थकान महसूस कर रहा था। बहुत कोशिश करने के बाद भी वह स्कूटी पर बैठने की हिम्मत नहीं जुटा सका। तब मार्केट वालों ने एक रिक्शा करवा दिया। पीयूष बड़ी कठिनाई से उसे रिक्शे में पकड़कर घर लेकर आया, पीयूष को यहाँ-वहाँ उसके पंजों की खरोंचें लग गईं। घर आकर रफ्तार फर्श पर लेटा रहा, तब भी वह काफी चैतन्य

था। पीयूष उसके लिए आइसक्रीम ले आया और फिर कसरत करने जिम चला गया।

साढ़े आठ बजे जब मैं ड्यूटी से घर पहुँचा तो श्रीमतीजी कहने लगीं कि कपड़े बाद में उतारना, पहले पपीता ले आओ, कल से रफ्तार ने कुछ नहीं खाया। मैं तुरंत बाजार गया और पौने दो किलो का एक पपीता ले आया। हमने थोड़ा सा पपीता काटकर उसके बरतन में डाला, पर रफ्तार ने सूँघा तक नहीं। जब पीयूष जिम से लौटा तो उसने भी उसे खिलाने की कोशिश की, नाममात्र को उसने आइसक्रीम जरूर चाट ली। आज रफ्तार को १०३ बुखार भी था। उसकी हालत देखकर पीयूष बहुत बेचैन हो रहा था। कल से अभी तक रफ्तार की हालत में कोई सुधार नहीं हुआ था। तब रात साढ़े नौ बजे पीयूष ने प्रेमनगर वाले चाचाजी सुनील शर्मा के बताने पर नांगलोई के सोनू क्लीनिक वाले डॉक्टर से फोन पर बात की और सारी स्थिति बताई। उसने उल्टी रोकने की दवा लिखवाई। दवा लेने पीयूष फौरन स्कूटी पर नांगलोई के लिए दौड़ गया।

दवाई एक पतला कागज जैसा था, इसे रफ्तार की जबान पर चिपकाया। यह मुँह में अपने आप गल जाता है और उल्टियाँ रुक जाती हैं। बुखार की टेबलेट भी खिलाई। पर ग्यारह बजे रफ्तार ने फिर उल्टी कर दी और काँपने लगा। उसकी हालत देख पीयूष विचलित हो रोने लगा, तुरंत डॉक्टर को फोन पर पुनः मरीज की ताजा स्थिति बताई। डॉक्टर ने सलाह दी कि इसे अस्पताल ले जाओ। रात के साढ़े ग्यारह बजे आनन-फानन में तैयार हो दोनों भाई रफ्तार को उसके कंबल में लपेट राजौरी गार्डन स्थित संजय गांधी एनीमल केयर सेंटर ले गए। वहाँ पहुँच पीयूष ने हमें फोन पर बताया कि रफ्तार को ग्लूकोज लगा दिया है, आप चिंता मत करो। फिर घंटा भर बाद फोन आया कि डॉक्टर कल सुबह नौ बजे इसका ब्लड टेस्ट करेंगे।

मैंने दोनों बच्चों को सलाह दी कि तुम्हें रात भर और सुबह नौ बजे तक वहाँ रुकना पड़ेगा। दिन भर तुम भागे-दौड़े हो, रफ्तार को घर ले आओ। तुम लोग भी थोड़ा आराम कर लोगे, सुबह इसे जल्दी लेकर चले जाना। रात के लगभग ढाई बज रहे थे, दोनों भाई रफ्तार को लेकर लौट आए। रात को हल्की सर्दी हो गई थी। रफ्तार ठंडे फर्श पर लेट गया, मेरे पुकारने पर पूँछ हिलाने लगा। रफ्तार अब काफी सचेत लग रहा था। अंदर वाले कमरे में उसके लिए कंबल बिछा दिया, ताकि रात को ठंड महसूस हो तो रफ्तार इस पर बैठ जाएगा। बड़ा बेटा अंकुर ऊपर वाले कमरे में सोने चला गया, पीयूष रफ्तार के पास ही अंदर बेड पर सोया। हम बाहर वाले कमरे में सो गए। रफ्तार रात को बाहर से उठकर अंदर कमरे में कब गया, यह किसी को पता नहीं।

□

लगभग पौने पाँच बजे पीयूष की आँख खुल गई, क्योंकि वह रफ्तार को अस्पताल जल्दी लेकर जाना चाहता था। जगते ही पीयूष ने रफ्तार को देखा तो रोते हुए चीखा,

'मम्मी! रफ्तार को क्या हो गया?' हम उठकर तुरंत अंदर दौड़े। मैंने रफ्तार के शरीर पर हाथ फेरा, वह नन्हा फरिश्ता शांत हो चुका था। मैं स्तब्ध रह गया। हा-हा! विधाता, यह क्या किया? रुँधे गले से इतना ही बोल पाया, 'बेटा, रफ्तार चला गया।' बड़ा बेटा भी नीचे आ चुका था। छोटे दोनों बहन-भाई दहाड़ें मारकर रोने लगे, श्रीमतीजी भी अपने आँसू नहीं रोक पाईं। घर का मुखिया होने के नाते मुझे बच्चों के सामने रोने की इजाजत नहीं। पर अंदर मेरे हाहाकार मचा हुआ था। शायद अंतिम बार आई हरी-पीली उल्टी उसके पास से बहकर सूख गई थी और पास में ही उसका कंबल ज्यों का त्यों बिछा हुआ था।

मन को कड़ा कर बच्चों को मैं बहुतेरी सांत्वना देने की कोशिश कर रहा था, पर बच्चे रो-रोकर बेसुध हो रहे थे। शोक और पीड़ा से विह्वल पीयूष अनर्गल प्रलाप करने लगा, भगवान् को अपशब्द कहने लगा, "भगवान् का मैंने क्या बिगाड़ा, जो उसने मेरा रफ्तार छीन लिया?" अपने आँसुओं को जब्त कर मैंने उसे समझाने की असफल कोशिश की, "बेटा, स्वार्थी न बनो, भगवान् बड़ा दयालु है। तुमसे ज्यादा किसी और को उसकी जरूरत आ पड़ी थी, इसीलिए भगवान् ने उसे किसी और रूप में वहाँ भेज दिया है, फरिश्तों का तो काम ही यही है। तुम पढ़े-लिखे समझदार हो, दोनों बहन-भाई चुप हो जाओ।" फिर दोनों को सीने से लगाकर चुप कराने की कोशिश की।

मैंने बड़े बेटे से पूछा कि बेटा, अब क्या करना चाहिए? जो भी करें, जल्दी करें, इन सबका रो-रोकर बुरा हाल हो रहा है। बेटा बोला, "पापा, मैंने अपने दोस्त मन्नू को बुलाया है, वह आता ही होगा।" श्रीमतीजी सामने आंटी के घर फावड़ा लेने गईं तो सब हाल सुनते ही आंटी फौरन हमारे घर दौड़ी आईं, दोनों बच्चों को अपने अंक में भरकर उन्हें सांत्वना दी, तरह-तरह से समझाकर चुप कराया। श्रीमतीजी दो-ढाई मीटर सफेद नया कपड़ा ढूँढ़कर ले आईं। मैंने कहा, थोड़ा गंगाजल और ले आओ! गंगाजल के छींटे देकर मैंने रफ्तार के पार्थिव शरीर को पवित्र किया, फिर बड़े बेटे और मैंने प्यारे रफ्तार को कफन में लपेट दिया। अभी थोड़ा अँधेरा ही है। अंकुर का दोस्त आ गया। अंकुर रफ्तार को गोद में लेकर स्कूटी पर बैठ गया। नमक की एक थैली साथ रख ली। रफ्तार को बेहद प्यारा कंबल भी उसके साथ रख दिया। हम सबने आँसुओं की सौगात दे नन्हे फरिश्ते को अंतिम विदाई दी। कैसा संयोग है कि स्कूटी पर घूमने का बेहद शौकीन रफ्तार आज अपनी अंतिम यात्रा के लिए स्कूटी पर ही जा रहा है। दोनों मित्र उसे ले जाकर बड़े पार्क के पास भूमि-समाधि दे आए।

□

रिचा और पीयूष रोते-रोते बेड पर अचेत से औंधे पड़े हैं। उनके किनारे श्रीमतीजी अपने पल्लू में मुँह छिपा सुबक रही हैं। बड़ा बेटा ऊपर है। मैं बाहर वाले कमरे में

आ सोफे पर बैठ गया हूँ। अब तक किसी तरह रोके रखा आँसुओं का सैलाब तटबंध तोड़कर फूट पड़ा। जितना मैं आँसुओं को रोकने की कोशिश कर रहा हूँ, हिचकी के साथ ये बार-बार उतने ही वेग से फूट पड़ते हैं, तब मैंने इन्हें बह जाने दिया। समय जैसे ठहर गया है। पूरे घर में डरावना सा सन्नाटा पसर गया है। लगभग घंटा भर बाद उठकर मैंने ही जैसे-तैसे चाय बनाई। घर के किसी सदस्य ने चाय नहीं ली। चाय लेकर मैं रोज की तरह अपने स्टूल पर बैठा। आज मैंने बिस्कुट नहीं लिये, मेरा बिस्कुट पार्टनर जो नहीं है। रफ्तार मेरे हर रोज के नाश्ते का पार्टनर था। चाय पीते हुए उस पर कुछ लिखने की कोशिश की, पर आँसुओं के वेग ने तीन पंक्तियों से ज्यादा नहीं लिखने दिया।

मैं यह लिखने को विवश हूँ कि पेट यानी पालतू पशुओं, खासकर कुत्ता, बिल्ली आदि के जो डॉक्टर और डॉगी क्लीनिक, चाहे वे प्राइवेट हैं या फिर चैरिटेबल, सब का एक ही मानना है कि डॉगी अमीर लोग पालते हैं, सो इस मानसिकता के चलते डॉगी या पेट के इलाज के लिए मुँह खोलकर पैसा लेते हैं; बीमारी में फायदा हो या न हो, उनकी फीस और इलाज के खर्च तगड़ा रहता है, उनका मन बिल्कुल नहीं पसीजता। अव्वल तो जो पेट के डॉक्टर है, वे अपने काम में माहिर नहीं हैं, होशियार नहीं हैं, बीमारियों के बारे में जानते नहीं है, बस तुक्के से इलाज करते हैं। उनका तो एकमात्र ध्येय धन कमाना है। क्लीनिक भी इसी उद्देश्य से खोले गए हैं। वे डॉक्टर जरूर हैं, पर उन्हें संवेदना छू तक नहीं गई हैं। पेट की बीमारी में फायदा न होने के बावजूद बेशर्म डॉक्टर बार-बार बुलाकर पैसा लूटते हैं। यह हमारा अपना भोगा गया कटु अनुभव है, मैं किसी ईर्ष्या-द्वेष वश ऐसा नहीं कह रहा हूँ।

नहा-धोकर ऊपर के कमरे में स्थित पूजा-स्थान में धूपबत्ती करने गया, रोज ही जाता हूँ। नटखट कृष्ण के सम्मुख हाथ जोड़ खड़ा हुआ कि जोरों की अश्रुधारा बह चली। अपने आँसुओं के सैलाब में मुझे भगवान् की मूरत भी दिखाई नहीं दे रही है। जैसे दुःख या घोर संकट की घड़ी में किसी हिमायती या संरक्षक के आने पर व्यक्ति फूट-फूटकर रोने लगता है, मेरी स्थिति ठीक वैसी ही है। मेरा हिमायती मेरा कन्हैया है। हाथ जोड़ मैंने उनसे इतना ही कहा, 'प्रभु! आप जो करते हैं, अच्छा ही करते हैं, आपकी लीला कोई समझ नहीं पाता है, पर इस फरिश्ते को मेरे घर में कुछ दिन और रहने देते तो अच्छा रहता। मैं किंकर्तव्यविमूढ़ हूँ, आप ही बताइए, मैं क्या करूँ? इन बच्चों को कैसे सांत्वना दूँ?' पूजा के बाद कपड़े पहन अपने रोजाना के समय पर मैं ऑफिस के लिए गया। आज घर में खाना नहीं बना, मैंने बनाने के लिए कहा भी नहीं।

ऑफिस से दिन में ग्यारह बजे पत्नी को फोन किया कि पीयूष के दोस्तों को फोन करके बुला लो। वे इसे अपने साथ ले जाएँगे, घर से बाहर इसका कुछ तो मन बहलेगा। उन्होंने ऐसा ही किया। उसके दोस्त यह खबर सुनकर दुखी हो गए, सब के सब दौड़े

चले आए, रफ्तार इन सबका भी दोस्त था। वे पीयूष को अपने साथ ले गए। बहुत तरह से समझाया भी। लेकिन पीयूष की पीड़ा गहरी है। शाम को मैं घर लौटा तो स्थिति जस-की-तस लगी। रात को खाना बना, सबने मुश्किल से एक-एक, दो-दो रोटी खाई। वह नन्हा फरिश्ता चित्त से हटता ही नहीं।

□

रात को पीयूष फर्श पर उसी स्थान पर सोया, जहाँ पर रफ्तार ने शरीर छोड़ा था। अब हालत यहाँ तक पहुँच गई है कि पीयूष तो सोते-सोते अचानक 'रफ्तार-रफ्तार' चिल्लाने लगता है। मैंने रफ्तार की जंजीर, पट्टा, खाने का बरतन उठाकर रख दिए थे, पीयूष ने ढूँढ़कर निकाल लिये। उसके बरतन में रोज पानी भरकर रखता है कि मेरा रफ्तार क्या प्यासा रहेगा? उसकी जंजीर, पट्टा भी अपनी आँखों के सामने रखता है, जिम जाना भी छोड़ दिया है। सुबह-शाम रफ्तार के लिए रोटियाँ बनवाता है, रात को खूब गाढ़ा दही जमवाता है, प्रातः दही के साथ रोटी ले जाकर सड़क पर कुत्तों-पिल्लों को अपने हाथ से खिलाता है। घर आकर बड़ा विह्वल होकर बताता है कि मम्मी, उन पिल्लों ने बिल्कुल रफ्तार की तरह मेरे हाथ से रोटी लेकर खाई!

मैंने पत्नी को भी कह दिया है कि पीयूष जो बताए, वैसा कर दिया करो, किसी तरह इसके मन को तसल्ली तो मिले! सयाने लोग सलाह देते हैं कि जल्दी-से-जल्दी एक डॉगी ले आओ। काँटे से ही काँटा निकलता है। चार दिन ऐसे ही निकल गए। पीयूष के चित्त से रफ्तार का ध्यान हटता ही नहीं है। दिन में लैपटॉप पर रफ्तार के फोटो और मोबाइल में बनाए उसके वीडियो देखता रहता है। अपने सभी दोस्तों से रफ्तार के कितने ही फोटो उसने कॉलेक्ट कर लिये हैं।

आखिर कोई उपाय न देख बड़ा बेटा अंकुर ३१ मार्च को मोती नगर से एक लेब्रा बेबी डॉगी खरीद लाया। मुश्किल से महीने भर का होगा। बहुत कमजोर भी है। अब पीयूष इसकी सेवा-शुश्रूषा में लग गया है। तीन-तीन घंटे बाद रात को जागकर भी उसे शेरेलक खिलाता है। अब काफी हद तक उस अवसाद से उबर गया है, जिम भी जाने लगा है। पर जूनियर रफ्तार को बाहर वाले किसी को देखने नहीं देता है, छिपाकर रखता है। घर की खुफियागीरी करता है कि मेरी अनुपस्थिति में कोई आया या आई तो नहीं, किसी ने इसे देखा तो नहीं? नजर आदि से बचाने के लिए जूनियर रफ्तार के मस्तक के बाईं ओर काजल का काला टीका लगा दिया है।

गली के छोटे बच्चों को पता चल गया है, जूनियर रफ्तार की एक झलक पाने के लिए वे हमारे दरवाजे के आगे से बार-बार गुजरते हैं। पीयूष से उसकी एक झलक दिखाने का आग्रह करते हैं, पीयूष कहता है—अभी नहीं, तीन महीने बाद दिखाऊँगा। बेटी कहती है—पापा, गली के बच्चे तो जूनियर रफ्तार की एक झलक पाने को तरस रहे हैं।

जूनियर रफ्तार भी पूरे घर में दौड़ा फिरता है और यह भी मेरे स्टूल पर अपने नन्हे-नन्हे दाँतों की आजमाइश करता है।

लेकिन उसमें और इसमें फर्क है—वह आया था अपने आप, भगवान् का भेजा हुआ, इसे लाया गया है सयत्न, रफ्तार की प्रतिपूर्ति के लिए। मेरे जेहन में अब भी ये पंक्तियाँ बराबर गूँजा करती हैं, 'ओ नन्हे से फरिश्ते! तुम से यह कैसा नाता, कैसे ये दिल के रिश्ते। ओ नन्हे से फरिश्ते! मुझे खुद पता नहीं है, मुझे तुम से प्यार क्यों है, ओ नन्हे से फरिश्ते!' रफ्तार की जगह कोई दूसरा डॉगी नहीं ले सकता। उसने हमें ढेरों खुशियाँ दीं, हम क्या दे रहे हैं उसे? चंद आँसू ही तो बहा रहे हैं उसकी याद में! ओ नन्हे फरिश्ते! मैं तुम्हारा कर्जदार रहना चाहता हूँ, ताउम्र''जीवन की आखिरी साँस तक!

रफ्तार : उत्तरकथा

प्यारे रफ्तार के भगवान् को प्यारा हो जाने के बाद बच्चे यानी बेटी रिचा और बेटा पीयूष गहरे अवसाद में चले गए थे तो पीयूष का मन बहलाने के लिए उसकी मम्मी उसे रिश्तेदारियों में घुमाने ले जाती थी। एक दिन वह पीयूष को उसी स्कूटी पर लेकर, जिस पर बैठ रफ्तार घूमने जाया करता था, (वह बाद में इसीलिए बेच देनी पड़ी कि उससे रफ्तार की यादें जुड़ी थीं), उसकी ननिहाल सुलतान पुरी लेकर गई। वहाँ पीयूष ने अपने नाना-नानी, मामा-मामी तथा ममेरे भाइयों के साथ चाय-नाश्ता किया, बातें की। घर लौटते समय एक अल्प वयस्क कुत्ता गली में बैठा था, एक दिन पूर्व किसी वाहन से पैर में चोट लगी थी, पैर में घाव था। पीयूष ने अनायास उसके पास से अपनी स्कूटी निकाली तो वह कुत्ता डरकर जोर से चिल्लाया और पीड़ा से भोंकने लगा। पीयूष ने स्कूटी रोक उसे गोद में उठाया, देखा उसे चोट लगी है, तो आठ-नौ साल के अपने ममेरे भाई को साथ ले, उसे डॉक्टर को दिखाने के लिए रोहिणी के डॉग क्लीनिक लेकर चला। अपनी माँ से बोला, "मम्मी, तुम कुछ देर और मामा के यहाँ बैठो, मैं इसकी पट्टी करवाकर और दवा दिलाकर आता हूँ।" हर जीवमात्र के लिए इसके मन में ऐसी ही दया-करुणा है।

अपने प्यारे रफ्तार को इलाज के लिए रोहिणी डॉग क्लीनिक ले जाते रहने के कारण वहाँ के डॉक्टर से काफी परिचय हो गया था। डॉक्टर साहब देखते ही बोले, अरे पीयूष, आज किसको ले आया? पीयूष ने सारी कहानी कह सुनाई। डॉक्टर साहब बोले, पीयूष, तू कैसा इनसान है! चल ला इधर बैठा इसे। उन्होंने घाव पर मरहम पट्टी बाँधी और एक इंजेक्शन भी लगा दिया, ताकि इंफेक्शन न फैले। फिर बोले—बेटा, यह इसी से ठीक हो जाएगा, तू ज्यादा फिक्र मत किया कर, और सुना, तेरे रफ्तार का क्या हाल है? पीयूष रोंआसा होकर बोला—डॉक्टर साहब, वह तो भगवान् के पास चला गया।

डॉक्टर साहब बोले—अरे-रे, यह तो बहुत बुरा हुआ, तेरा डॉगी बहुत अच्छा था। पर तू चिंता मत कर, मैं तेरे को एक अच्छा डॉगी दिलाऊँगा। उसके बाद पीयूष कुत्ते को लेकर सुलतानपुरी लौट आया। वहाँ आकर उस डॉगी को छोड़ दिया, दुकान से लेकर उसे बिस्कुट भी खिलाए।

जब पीयूष उसे बिस्कुट खिला रहा था, तब उस गली की कई औरतें इकट्ठा हो गईं और कहने लगीं—कुत्ते को मार-मारकर अब खिला-पिला रहा है। देखकर नहीं चला सकता। पीयूष कुछ कह पाता कि सामने पार्क के कोने पर बैठे एक अंकल यह सब नजारा देख रहे थे। वे उठकर आए और बोले, अरे, तुम्हें कुछ लाज-शर्म है, यह कुत्ता कल से घायल है, यह तो इस लड़के की शराफत है कि इसे डॉक्टर के पास ले गया और इसकी पट्टी करवाकर लाया है। यह सुन अपना सा मुँह ले औरतें अपने-अपने घरों में घुस गईं।

□

अब घर में जूनियर रफ्तार को आए पंद्रह दिन हो गए थे। एक दिन पीयूष के एक मित्र के यहाँ भंडारा था, सब मित्र वहाँ इकट्ठा हुए थे तो दो-तीन घनिष्ठ मित्र भंडारे के बाद बोले कि भाई, आज बड़े पार्क चलते हैं, जहाँ ये सब मित्र रफ्तार के साथ घूमने जाया करते थे। रफ्तार के चले जाने के बाद 15-20 दिनों से कोई भी दोस्त पार्क घूमने नहीं गया था। उस दिन पीयूष को लेकर दोनों-तीनों मित्र पार्क गए, वहाँ घूमे-फिरे; शाम होने को थी, सो घर की ओर लौटे। पार्क के गेट से थोड़ा पहले कूड़े का खत्ता सा है, पीयूष की नजर उस ओर चली गई। देखा तो एक बड़ा अल्शेसियन काला कुत्ता बड़ी दीन-हीन हालत में पड़ा है। कौवे उसे नोंच रहे हैं। उसके कंधे पर बड़ा घाव है, ढेरों मक्खियाँ भिनभिना रही हैं, कीड़े गिजगिजा रहे हैं, इतनी बदबू उठ रही है कि वहाँ ठहरना भी मुश्किल।

देखते ही पीयूष का मन करुणा से भर गया। उसे देखते ही विह्वल हो गया। अपने मित्रों से बोला—यार, इसको डॉक्टर के पास लेकर चलते हैं। मित्र बोले—अरे यार, तू ऐसे ही करता है, कितनी बुरी हालत है इसकी, यह बचेगा नहीं। पर पीयूष नहीं माना, बोला—अरे, कोशिश करके देखते हैं न, ठीक हो जाएगा तो अच्छा ही है। इतना सुन एक मित्र पीयूष को वहीं छोड़कर चलता बना; पर दूसरा कुछ दूर जाकर लौट आया। पीयूष वहीं दुकान से डिटॉल खरीद लाया, उसके घाव को साफ किया, बदबू कुछ कम हो गई। सामने ही एक दुकानदार ने खाली बोरी दे दी। बोरी पर रख कुत्ते को कूड़े से बाहर निकाल सड़क पर रख लिया। काले रंग का तीन फीट ऊँचा यह डॉगी किसी कोठी वाले का रहा होगा। कंधे में बड़ा घाव हो जाने की वजह से कोई इसे यहाँ छोड़ गया शायद। अब साफ-सूफ करके उसे बाहर तो निकाल लिया, पर कोई रिक्शेवाला उसे बैठाने को तैयार नहीं। रिक्शा नजदीक आता, पूछता और कुत्ते को देख तुरंत मना कर देता। दोनों

मित्र बड़े परेशान! पर पीयूष ने हार नहीं मानी। किसी ने बताया कि सामने गली के अंदर एक ई-रिक्शा वाला रहता है, देखो, उसका रिक्शा भी खड़ा है।

पीयूष चलकर उसके पास गया। घर के अंदर से पीयूष का हमउम्र एक लड़का बाहर आया। पीयूष ने रिक्शे के बारे में पूछा; बताया कि कुत्ते को डॉक्टर के पास लेकर रोहिणी जाना है। लड़का 50 रुपए में रिक्शा ले चलने को तैयार हो गया। पीयूष उस कुत्ते के साथ रिक्शे में बैठा और अपने मित्र से बोला कि तू मेरी स्कूटी ले और मेरे घर जा; मेरी मम्मी से 500 रुपए लेकर नांगलोई में मिल। रिक्शेवाला लड़का रास्ते में पूछताछ करने लगा, पीयूष ने बताया कि भाई, मैं तो पार्क में घूमने आया था, यहाँ कूड़े में यह कुत्ता पड़ा था; दूसरे कुत्ते इसे परेशान कर रहे थे, सो मैंने सोचा कि इस कुत्ते को डॉक्टर को दिखाना चाहिए। कोई रिक्शेवाला जाने को तैयार ही नहीं था।

रिक्शेवाला हमउम्र लड़का बोला—भैया, यह रिक्शा मेरे चाचा चलाते हैं, वे गाँव गए हुए हैं, मैं कभी-कभार शौकिया चला लेता हूँ। भैया, आप तो बड़ा नेक काम कर रहे हो, अब मैं किराए के पैसे नहीं लूँगा। और जब-जब आप इसे डॉक्टर के पास लेकर जाओगे, मैं आपके साथ चलूँगा। अभी दोनों मंगोलपुरी के पार पहुँचे थे कि पीयूष के मित्र का फोन आया कि भैया, रुपए तो मैं आंटी से ले आया हूँ। पर नांगलोई में पुलिस वाले चालान काट रहे हैं, मैं कैसे आऊँ? मेरे पास लाइसेंस नहीं है। अब तो बड़ी समस्या हो गई। पीयूष रिक्शेवाले के साथ रोहिणी डॉग क्लीनिक पहुँचा, वहाँ के डॉक्टर साहब देखते ही बोले—अरे पीयूष! यह नया डॉगी पाला है क्या? पीयूष ने डॉक्टर साहब को पूरी कहानी सुनाई कि किस हालत में और कैसे यह पड़ा मिला। डॉक्टर साहब बोले—पीयूष, तू भी खूब है। डॉक्टर साहब ने कंधे के घाव को धोया, कीड़े निकाले, दवा लगाई, इंजेक्शन लगाए। बोले—सप्ताह भर रोज लाना पड़ेगा, पर यह ठीक हो जाएगा। डॉक्टर साहब ने फीस के साढ़े तीन सौ रुपए बताए। पीयूष बोला—डॉक्टर साहब, यह पालतू थोड़ा ही है, मैं तो इसकी मदद कर रहा हूँ। आप भी तो कुछ मदद कीजिए। डॉक्टर साहब बोले, ऐसी बात है तो ढाई सौ रुपए दे दे।

फिर पीयूष बोला, डॉक्टर साहब, आज नहीं, कल दूँगा। कल भी तो इसे लेकर आना है। फिर बताया कि मेरा दोस्त रुपए लेकर नहीं आ पाया है। वह चालान के डर से नांगलोई से ही घर लौट गया। दवाई दिलवाकर पीयूष रिक्शेवाले लड़के के साथ लौट रहा था कि बीच रास्ते में ही रिक्शे की बैटरी बेदम हो गई। अब तो दोनों ही बारी-बारी से धक्का मार-मारकर रिक्शा घर तक लेकर आए। अब समस्या यह थी कि इसे कहाँ रखा जाए? रिक्शेवाले ने समाधान बताया—भैया, जहाँ हमारे रिक्शे खड़े होते हैं रात को, वहाँ इसे रख दो, पर सुबह पाँच बजे इसे लाना पड़ेगा, रिक्शेवाले सब सुबह-सुबह चले जाते हैं तो उस प्लॉट में ताला पड़ जाता है, फिर तो रात को ही खुलता है। उस लड़के

के सुझाव पर पीयूष कुत्ते को वहीं छोड़ आया। अब तक लगभग रात के साढ़े आठ बज गए थे। उसी समय मैं अपने ऑफिस से घर पहुँचा, तब पीयूष पाँच-छह रोटी तथा बोतल में आधा लीटर दूध और पानी का बरतन लेकर वहाँ जाने को तैयार था। प्लॉट में जाकर उस कुत्ते को रोटी-दूध खिलाया, रात भर के लिए पानी का बरतन भरकर रख आया।

तड़के रिक्शेवाले लड़के का फोन, कि भैया, डॉगी को ले जाओ। पीयूष दौड़ा-दौड़ा गया और डॉगी को ले आया। यह मई की शुरुआत थी, भयंकर गरमी पड़ रही थी, सो डॉगी के लिए घर के बाहर दीवार पर पंखा लगाया गया। उसे खिला-पिला पीयूष ने उसको डिटॉल से साफ कर दवा लगा दी। उसके पूरे शरीर के बाल साफ कर दिए, फिर नौ बजे उसे डॉक्टर के पास लेकर गया। वहाँ से वापस घर आकर पूरे दिन बाहर बैठ पीयूष उस की मक्खियाँ उड़ाता रहा। यह कुत्ता देखने में ही इतना भयंकर था कि जब वह भौंकता तो दिल दहल जाता। उसके डील-डौल को देखकर मन में दहशत बैठ जाती। पर पीयूष थोड़ा सा भी इधर-उधर होता तो वह चहलकदमी करने लगता; पीयूष दुकान पर कुछ लेने जाता तो उसके पीछे चल देता। अगर पीयूष भीतर कमरे में बैठा खाना खा रहा होता तो उसके पास जाने लगता। एक दिन में ही वह डॉगी समझ गया कि उसका हितैषी और उसे बचाने वाला कौन है। कुत्ता कभी नाफरमानी नहीं करता। इधर जूनियर रफ्तार बार-बार उसके पास पहुँचने की कोशिश करता। अगले दिन से गरमी को देखते हुए हमने अंदर गैलरी में उसे रख दिया तथा वहीं पर पंखा लगा दिया। दूध वाले विपिनजी अगले दिन दूध देने आए तो बोले—अरे पीयूष, दूसरा कुत्ता भी पाल लिया क्या ? पीयूष ने बताया कि मामा, यह ऐसे-ऐसे पड़ा मिला, इसका इलाज करवा रहा हूँ। आप भी तो कुछ मदद करो। विपिन जी बोले—चल, इसके लिए कल से आधा लीटर दूध मेरी तरफ से। इस तरह और लोग, खासकर गली के लोग पीयूष की बड़ी तारीफ करते और मदद भी।

कौन कहता है, आज की नई पीढ़ी में संवेदनशीलता नहीं है। बच्चों में ऐसे संस्कार होने ही चाहिए। जीवों के प्रति दया-भाव होना चाहिए। इस तरह इलाज एक सप्ताह तक चला। पीयूष हर रोज कुत्ते को रोहिणी डॉग क्लीनिक लेकर जाता रहा। पीयूष को भी अपने जैसा सेवाभावी रिक्शेवाला युवक मिल गया था, जो हर रोज स्वेच्छा से रिक्शा लेकर जाता रहा। यह लड़का बिहार का रहने वाला, गाँव में अभी पढ़ाई कर रहा था। छुट्टियों में चाचा के पास दिल्ली घूमने आया था। पीयूष की सेवाभक्ति देख उसका मन भी करुणा से भर गया। एक सप्ताह में यह डॉगी पूर्णत: स्वस्थ हो गया, गरदन का घाव पूरी तरह भर गया। तब पीयूष के रोहणी में रहने वाले एक मित्र ने उसे गोद ले लिया। उसके पास चार-पाँच डॉगी पहले से थे। वह और उसका परिवार डॉगी का बड़ा शौकीन है। अब वहाँ वह डॉगी ए.सी. में रहता। हफ्तों बाद भी वह अपने उद्धारक पीयूष को नहीं भूला। दस-पंद्रह दिन बाद जब पीयूष अपने उस मित्र के घर पर हालचाल लेने गया तो

वह डॉगी देखते ही चलकर पीयूष के पास आ गया—शायद आभार प्रकट करने या साथ लेकर चलने का आग्रह करने, कौन जाने! पीयूष ने उसे पुचकारा, प्यार किया। इतनी सुख-सुविधा में रहते हुए भी वह पीयूष को भूला नहीं। जब पीयूष घर के लिए लौटने लगा तो वह पीयूष के पीछे चलने लगा। शायद अब भी वह पीयूष के साथ ही रहना चाहता था; चूँकि पीयूष के लिए पहले ही जूनियर रफ्तार आ गया था, दोनों डॉगी को रख पाना संभव न था। पर पीयूष की सेवा, लगन और हिफाजत से वह भला-चंगा हो गया। आज भी वह डॉगी पीयूष के मित्र के बाड़े में शान से रह रहा है। कुछ लोग बडे निष्ठुर और क्रूर होते हैं कि मुसीबत में साथ छोड़ देते हैं। उस डॉगी के मालिक ने भी कंधे पर घाव के चलते उस डॉगी की वफादारी को भुला बड़ी क्रूरता दिखाई, उसे मरने के लिए कूड़े के ढेर में फेंक दिया था।

□

जूनियर रफ्तार पैदायशी ही बहुत शैतान था, वह नन्हा-सा भी जोर से काट लेता, कीले गढ़ा देता, पर था बहुत ही फुरतीला, गज भर जुबान बाहर निकाले रहता। एक-सवा महीने बाद उसे भी रफ्तार वाली बीमारी लग गई। उसका भी संजय गांधी एनिमल केयर सेंटर में इलाज कराया; रोहिणी डॉग क्लीनिक में दिखाया, नांगलोई डॉग क्लीनिक में भी दिखाया, पर कहीं भी बीमारी में आराम नहीं आया। पीड़ा से वह करुण-क्रंदन करता छटपटाता था। उसकी पीड़ा देखी नहीं जाती थी। बड़ी करुण आवाज में जोर-जोर से रोता-चिल्लाता था। आखिरकार डॉक्टर की सलाह पर उसे विश्राम-टीका लगवाना पड़ा। जूनियर रफ्तार भी भारी कष्ट-पीड़ा सहकर शांत हो गया। उसी दिन पीयूष और अंकुर, दोनों भाई टूटे दिल और भीगी आँखों से उसे भी भूमि-समाधि दे आए। लगातार दूसरे डॉगी की इस मौत ने बच्चों ही नहीं, हम बड़ों को भी झकझोरकर रख दिया; दोनों डॉगी की मौत से मन टूक-टूक हो गया। इसके बाद से बच्चों ने पालतू जीव रखने से तौबा कर ली। रफ्तार हमारे दिलों से इतना गहरा बसा है कि कभी-कभी मेरे सपनों में भी आता है। उसे भुला पाना किसी भी तरह संभव नहीं।

□

पीयूष के साथ अचानक एक वाकया और घटा। यह 10 सितंबर, 2020 की बात है। करीब नौ-दस बजे बिल्ली का एक बच्चा घर में घुस आया और बाहर के कमरे में बिना डरे पीयूष के पास पहुँच गया। पीयूष ने अपनी बहन रिचा को बुलाकर उसे दिखाया कि बिल्ली का बच्चा पालेगी ? बहन बोली कि यह तो कुछ बड़ा है। फिर भी दोनों ने उसे हाथों में लिया तो देखा, किसी कुत्ते ने शायद उसे झकझोर दिया था, दोनों ने उस बच्चे के घावों पर बीटाडिन दवा लगाई; दूध पिलाया, बिस्कुट खिलाए। वह दिनभर घर में रहा, खूब चैतन्य हो गया। शाम को न जाने कब वह घर से बाहर निकल गया। बच्चों ने सोचा,

जहाँ से आया था, शायद वहीं चला गया। परंतु प्रातः बिल्ली का वही बच्चा गहरी नाली में पड़ा था। एक बच्ची ने उसे निकालकर बाहर रख दिया। पर वह कीचड़ में लथपथ, चल पाने में भी असमर्थ था, लगता था, अंतिम घड़िया गिन रहा हो। सामने वाली बुढ़िया कह रही थी—रात इसने हमारे बाथरूम में गंदगी कर दी। बहुत बदबू आ रही थी। अब राम जाने, इस बुढ़िया ने उसे थपकी से मारा या और किसी ने, उसका पीछे का हिस्सा काम नहीं कर रहा था, धड़ टूट गया था।

फिर आमने-सामने घरों की दोनों बुढ़ियाँ चर्चा कर रही थीं कि यह यहीं मर जाएगा, फिर इसमें कीड़े पड़ जाएँगे, बदबू आएगी, सो दोनों बुढ़ियाओं ने उसे कूड़े की तरह उठाकर ऊँची बाउंड्री वाले प्लॉट में यह कहकर फेंक दिया कि मरेगा तो मर जाएगा, जीएगा तो जी जाएगा। जीएगा कैसे, मर ही तो जाएगा। जो बिल्ली का बच्चा खिचड़कर चल भी नहीं पा रहा है, भूख-प्यासा मर ही तो जाएगा। महिला, जिसके दिल में ममता-दया स्वाभाविक रूप से होती है, ये कैसी महिलाएँ हैं, जिन्हें उस निरीह, आसन्न मृत्यु प्राणी पर जरा भी दया नहीं आई। भगवान् के यहाँ हर प्राणी के जीवन का मोल बराबर है। धिक्कार है इनके महिला होने पर, धिक्कार है इनकी पाखंडी प्रकृति को, धिक्कार है इनके दोगले चरित्र को। पूरे समाज में ही पाखंड ऐसा फैल गया है कि इसका कोई ओर-छोर नहीं। ये पाखंडी महिलाएँ नवमी यानी रामनवमी को कन्या जिमाने के लिए भोर में छह बजे ही नन्ही बालिकाओं को जगाकर एक-दो पूड़ी में सबको जिमाकर दिन भर महिला मंडली में बैठ शेखी बघारती हैं कि हमने इतनी कन्याएँ जिमाईं। नवरात्रों में चंदा इकट्ठा कर कीर्तन के नाम पर भौंड़ा नाच-कूद करके कितना इतराती हैं, सो कैसे बताऊँ। किसी पड़ोसी के घर में कोई खुशी का अवसर हो तो इनके चेहरे पर ओले पड़ जाते हैं।

अब जब पीयूष ने इन महिलाओं की यह बिल्ली पुराण सुनी तो बिना कुछ सोचे उस खाली प्लॉट में कूद गया और बिल्ली के घायल बच्चे को उठाकर घर ले आया। साबुन से उसे नहलाया। बिल्ली का वह बच्चा जोरों से काँप रहा था, उसे पोंछकर थोड़ा धूप में सुखाया। कल से अब यह इतना मुरझा गया कि अपने आप से दूध भी नहीं निगल पा रहा है। पेट, टाँग, पीठ सब पर घाव हैं, इससे पता चल रहा है कि बड़ी बुरी तरह इसको मारा है, बड़ी दर्द भरी करुण आवाज रह-रहकर उसके अंदर से आ रही है। कभी-कभी वह आँखें खोलकर देख लेता है। पीयूष को युक्ति सूझी। खाली सिरिंज ले आया। उससे इसे दूध पिलाया। अपने मित्र भारत को फोन किया कि बिल्ली के एक घायल बच्चे को एनीमल शैल्टर में भेज दें। वह ऐसे काम करता रहता है। उसने कहा कि मैं डेढ़ घंटे में आऊँगा। इंतजार करते पूरा दिन निकल गया, पर वह न आया। सायं को रिचा ने ढूँढ़-ढाँढ़कर फोन किया एनिमल सैल में, उन्होंने कहा कि बाहरी दिल्ली

में हमारा इलाका नहीं लगता, इसलिए एंबुलेंस नहीं भेज सकते हैं। आखिर पीयूष ने अपने एक और मित्र सन्नी को यह घटना बताई। वह साथ चलने को तैयार हुआ। दोनों मित्र पौने दस बजे घायल बिल्ली के बच्चे को लेकर राजा गार्डन के संजय गांधी केयर सेंटर लेकर गए। रास्ते में ट्रैफिक पुलिस वालों ने रोक लिया, पूछा, यह क्या है? पीयूष ने बताया कि यह घायल बिल्ली का बच्चा है, इसे अस्पताल ले जा रहे हैं। उसने तुरंत छोड़ दिया—जाओ, तुम तो नेक काम कर रहे हो। दूसरे पुलिस वाले ने टोका, क्यों छोड़ दिया? साथी ने समझाया, अरे भले लड़के हैं, नेक काम करने जा रहे हैं। राजा गार्डन अस्पताल में 500 रुपए जमा करा उसका हेल्थ कार्ड बनवाया। डॉक्टर ने जाँच-परख की, बोला, अभी मैं इंजेक्शन लगाकर जख्मों पर मरहम लगाए देता हूँ। सवेरे लेकर आना, इसका एक्सरा करना पड़ेगा। करीब रात के साढ़े ग्यारह बजे दोनों मित्र वहाँ से उसे लेकर चले तो डॉक्टर ने बिल्ली के बच्चे को एक कार्टन में रखवा दिया। बोला, इसमें यह सुरक्षित रहेगा।

रात को दोनों मित्र जब घर आ गए तो मैंने कार्टन में लेटे बिल्ली के बच्चे को देखा। उसके चेहरे और आँखों से टपक रही उसकी पीड़ा को मैं शब्द देने में असमर्थ हूँ। बिल्ली के बच्चे को सिरिंज से दूध पिलाकर गैलरी में रख लिया। पीयूष साढ़े छह बजे जिम में ट्रेनिंग देने द्वारका जाता है। मैंने प्रातः फिर से उस निरीह-अशक्त प्राणी को देखा। मेरी दाढ़ में जोर का दर्द था, रातभर परेशान रहा। उसे देख मैं अपनी पीड़ा भूल गया। कितना अबोध, निष्कलंक चेहरा! दुनिया के सबसे शक्तिशाली जानवर शेर की मौसी आज कितनी अशक्त, पराश्रित और निरीह प्राणी बन गई है। जिम से आने के बाद पीयूष और सन्नी, दोनों मित्र उसे राजा गार्डन के एनिमल सेंटर ले गए। डेढ़ सौ रुपए की परची कटवाकर उसका एक्सरे कराया।

एक्सरे की रिपोर्ट आने पर पीयूष ने फोन किया। मैंने फोन उठाया, मैं फोन की प्रतीक्षा ही कर रहा था। पीयूष कुछ बोला नहीं, मैंने कहा—हाँ पीयूष, बोल! पीयूष फिर रुककर कुछ बोला पापा, डॉक्टर···मैंने कहा—हाँ···क्या कह रहा है डाक्टर? बोल बेटा, बोल, क्या कहा डॉक्टर ने? पर पीयूष बिना कुछ बोले रोने लगा, थोड़ा रुककर बोला—मैं दुबारा फोन करता हूँ। दुबारा जब फोन उधर से आया तो फोन पर उसका मित्र सन्नी बोल रहा था। सन्नी काफी समझदार है, दवाइयों की सप्लाई का काम करता है। बोला—अंकल, कुछ समझ नहीं आ रहा है? मैंने कहा, धैर्य रखो बेटा, जो भी है बताओ। तब सन्नी बोला—अंकल, इसकी रीढ़ की हड्डी टूट गई है, शरीर पर गहरे घाव हैं। यह टट्टी-पेशाब नॉर्मल तरीके से नहीं कर सकेगा, जब आँत पूरी तरह भर जाएगी, तब मल अपने आप निकलेगा, वैसे ही पेशाब बूँद-बूँद कर टपकता रहेगा। बहुत जल्दी ही इंफेक्शन फैल जाएगा, तब यह बहुत पीड़ा-कष्ट सहेगा और तिल-तिल कर इसका

दम निकलेगा। बेहतर है, इसे आराम का टीका लगवा दो। डॉक्टर ऐसा बोल रहा है।

मैंने कहा—बेटा, तुम दोनों पढ़े-लिखे हो, डॉक्टर ठीक ही कह रहा है। इस बेचारे को कष्ट से मुक्ति मिल जाएगी। सन्नी बोला—अंकल, इसकी व्हील चेयर नहीं बनवा सकते? तब यह उसके सहारे चल-फिर सके। मैंने समझाया—बेटा, ऐसी स्थिति में भी इसको फुल टाइम केयर की जरूरत रहेगी। तुम दोनों को अपना कॅरियर, काम भी तो देखना है, कैसे इसकी केयर कर पाओगे? यह बेचारा बच्चा उस स्थिति में पहुँच गया कि ज्यादा दिन जिंदा नहीं रह सकता है। तुम दोनों ने अपना फर्ज बखूबी निभाया, ऊपर वाले के खाते में तुम्हारा कृत्य जरूर दर्ज होगा। तुम दोनों ने हर संभव कोशिश की कि यह बिल्ली का बच्चा स्वस्थ हो जाए। पर बेटा, डॉक्टर लोग अच्छा-बुरा हमसे ज्यादा समझते हैं। तुम दोनों मन छोटा मत करो। किसी तरह की ग्लानि महसूस मत करो। डॉक्टर जो अच्छा और बेहतर समझ रहे हैं, उन्हें करने दो। तब सन्नी बोला—ठीक है अंकल, हम डॉक्टर से बात करते हैं। और फोन कट गया।

अंतत: डॉक्टर ने बिल्ली के उस बच्चे को सब कष्टों से मुक्ति देने, इस निर्मम दुनिया के बेहया पंजों से निकालने के लिए आराम-टीका लगा दिया। कुछ ही देर बाद वह नन्हीं जान चिरनिद्रा में सो गई; सब कष्टों से मुक्ति पा गई, दानवों की इस दुनिया को छोड़ अपने लोक में चली गई। लौटते में दोनों मित्र एक पार्क में उसे भूमि-समाधि दे खाली मन, खाली हाथ घर लौट आए।

हमारे घर से सन्नी जब अपने घर लौटा तब भी मैंने उसे समझाया। दोनों मित्र बेहद गमगीन थे। पीयूष दोनों हाथों से सिर थाम सोफे पर बैठ गया। मैंने उसे भी समझाया—बेटा, जितना तुम्हारे हाथ में था, वह तुमने किया, शोक मत करो, हाथ-मुँह धो खाना खा लो। पीयूष बहुत दु:खी है कि हम उसे बचा नहीं पाए। उसने खाना नहीं खाया और बिस्तर पर लेट गया। हाय रे विधाता! एक तरफ वे बुजुर्ग महिला हैं, जिनके व्यवहार में ममता, दया, प्रेम झलकना चाहिए, उनकी करतूत से बिल्ली का एक बच्चा असमय ही काल का ग्रास बन गया। दूसरी तरफ ये दो युवा हैं, जिन्होंने अपने अल्हड़पन को झटककर दया, प्रेम, सेवा और परोपकार की नई परिभाषा लिख दी है। मुझे स्वयं भी ऐसे पुत्र का पिता होने पर गर्व है। और गर्व इस बात पर भी है कि पुत्र की संगति सज्जन लोगों से है, मित्रों से है। सर्वशक्तिमान विधाता से इतनी ही विनती है कि उस नन्ही आत्मा को सद्गति जरूर मिले।

मेरे उत्प्रेरक मास्साब

जीवन में अज्ञान का तिमिर मिटानेवाले

हर बालक की प्रथम गुरु उसकी माता होती है या फिर पिता। घर के वातावरण में बालक पल-पोसकर विद्यार्जन के लिए विद्यालय में प्रवेश कर शिक्षक (गुरुजी) के शरणागत हो जाता है। गुरु अपने शिष्य को कच्चे घड़े के समान ठोक-पीटकर, बिना कोई हानि पहुँचाए उसके टेढ़ेपन, यानी अवगुणों को दूर कर अज्ञान के अँधेरे से निकालकर ज्ञान के उजाले में ले आते हैं। यह परम सत्य है कि गुरु के बिना ज्ञान नहीं होता है। पौराणिक ग्रंथों, संत-मुनियों ने एक स्वर से गुरु की महिमा का गान किया है, उसकी महत्ता बतलाई है।

गुरु (शिक्षक) अपने शिष्य के ज्ञानचक्षु खोल देते हैं। उसका संस्कार कर नया जीवन देते हैं, इसलिए गुरु को 'पारस' भी कहा जाता है। सांसारिक ज्ञान ही नहीं, सद्गुरु तो ईश्वर से भी मिला देता है। परंतु गुरु जीवनपर्यंत गुरु ही रहता है। बिना किसी अपेक्षा के ताउम्र विद्यादान करता रहता है। गुरु से ज्ञान प्राप्त शिष्य अपनी प्रवृत्ति और मेहनत के अनुसार कोई इंजीनियर बनता है, तो कोई न्यायाधीश, कोई वैज्ञानिक तो कोई मंत्री, संतरी और देश का नायक। यह लोक प्रहेलिका वैसे तो 'कुम्हार के चाक' के लिए कही गई है, परंतु गुरु के गुणों को बताने में यह ज्यादा मुखर है—'चलत चलत बूढ़े भए, चले न एकऊ कोस। उनके जाये ऐसे भए, जो पहुँचे देस-विदेस॥' गुरु के गुण अनंत हैं, उन्हें गिन पाना, लिख पाना असंभव है। संत कबीर ने कहा भी है, 'सब धरती कागद करूँ, लेखनि सब बनराय। सात समुद्र की मसि करूँ, गुरु गुन लिखा न जाय॥'

मेरे शिक्षा-काल में गुरु (मास्साब) तो बहुत से रहे, पर उनमें से बहुत थोड़े से गुरु ही मेरे हृदय में पूज्य स्थान बना पाए। आज भी उनका एक दर्शन पाने की मन में तीव्र अकुलाहट रहती है। उनका कहा एक-एक शब्द मेरे कानों में उसी रूप में आज भी सुनाई देता है। उनका स्मरण करते हुए मैं विह्वल हो जाता हूँ। किसी ने ठीक ही कहा है कि अच्छे गुरु और अच्छे मित्र भाग्य से ही मिलते हैं। मेरी प्राथमिक शिक्षा बेसिक

प्राइमरी पाठशाला जरारा (बुलंदशहर, उ.प्र.) में हुई। मेरा गाँव मीरपुर तनिक छोटा और जरारा गाँव बहुत विशाल है। दोनों के बीच से बंबा (राजबहा) बहता है, नहीं तो इन्हें जुड़वाँ कह सकते हैं। ये दोनों गाँव बुलंदशहर जनपद में अंतिम छोर पर हैं।

उन दिनों जरारा गाँव के मास्साब पं. सत्यदेव शर्मा गाँव की प्राथमिक शाला में ही पहली कक्षा को पढ़ाते थे। वे दोनों गाँवों में घूम-घूमकर पाँच साल के बच्चों के नाम पाठशाला की पहली कक्षा में लिख लिया करते थे। उन दिनों जो अभिभावक अपने बच्चों का नाम पाठशाला में लिखवाने आते थे, तो उस खुशी में पूरे विद्यालय में गुड़ या बताशे बाँटा करते थे। बालक गुरु के पास शिक्षा ग्रहण करने जाता था तो यह बड़ी खुशी का मौका होता था। नाटे और हलकी कद-काठी के सत्यदेव शर्मा मास्साब से ही मैंने अक्षर ज्ञान प्राप्त किया। वे हर समय अपनी जीभ निकाले रहते थे और किसी भी गलती पर बच्चे की टूँड़ी (नाभि) पकड़कर उठा देते थे। इससे बच्चे उनसे बहुत डरते थे।

आज की तरह उन दिनों के.जी., यू.के.जी. कक्षाएँ नहीं हुआ करती थीं, बल्कि पहली कक्षा में ही अक्षर-ज्ञान कराया जाता था। मास्साब हमारी पट्टी (तख्ती) पर खड़िया से एक ओर अ, आ, इ, ई वर्णमाला तो दूसरी ओर गिनती लिख देते। हम खड़िया के घोल से उन अक्षरों के ऊपर कलम चलाकर लिखना सीखते थे। दिन में कई बार तख्ती पोतकर फिर-फिर लिखने का अभ्यास चलता था। अपनी पट्टी को चिकना बनाने के लिए मैं तवे की कालिख और दूध के झाग लगाकर लेपन करता; कभी-कभी ग्वारपाठा से भी चिकना करता था। पट्टी को सुखाने के लिए हम बच्चे धूप में खड़े होकर पट्टी को दाएँ-बाएँ हिलाते हुए बड़ी लय में गाते थे—'सूख-सूख पट्टी, चंदन गट्टी, कारौ छोटा लाऊँगौ, तोईपे चढ़ाऊँगौ।' जिस दिन गुरुजी तहसील में तनख्वाह लेने जाते थे, तो शाला में देर से ही आते थे। तब शरारती बच्चे अपनी पट्टी (तख्ती) को सुखाते हुए गाते थे—'तख्ती पे तख्ती, तख्ती पे नौन, पंडितजी मर गए, पढ़ाए कौन?' पंडितजी (गुरुजी) ही हमें सरपत की कलम बनाकर देते थे, इसके लिए वे एक छोटा चाकू अपने कुरते की जेब में रखते थे। कक्षा एक के लिए कोई पुस्तक उन दिनों नहीं होती थी। पर वर्णमाला और गिनती की एक छोटी पुस्तिका बाजार में मिलती थी। जिसके पिछले कवर पर बंदर और दो बिल्लियों वाली कहानी छपी होती थी। इसकी कीमत दस नए पैसे थी। आज की अपेक्षा उन दिनों की प्राथमिक शिक्षा बेहद कारगर एवं सस्ती थी। उस समय यूनीफॉर्म का भी कोई खर्चा नहीं था। मेरे विद्यालय की अपनी कोई जगह तथा इमारत नहीं थी। जरारा गाँव के लगभग बीचोबीच एक ठाकुर साहब की कच्ची ईंटों की बनी ऊँची सी पुरानी चौपाल थी। उसमें एक लंबा कमरा तथा एक बरामदा तो था ही, पर चबूतरा काफी बड़ा और ऊँचा था। पाँचवीं कक्षा बरामदे में तो बाकी कक्षाएँ चबूतरे पर ही लगा करती थीं।

□

दो साल बाद बरसात में उस चौपाल के कमरे तथा बरामदे की छत गिर गई तो तीसरी कक्षा सत्यदेव शर्मा मास्साब के घेर (जहाँ गाय-भैंस रखी जाती हैं) में, कक्षा चार गाँव के सिरे पर एक ठाकुरजी के घेर पर नीम के पेड़ की छाँव में तथा कक्षा दो पंडितजी के घेर के सामने एक विशाल नीम का पेड़ था, उसकी छाया में लगने लगी। यहाँ पास में ही कुआँ था। प्यास लगने पर कुएँ पर जाते तो वहाँ पानी भरने वाला या वाली, कोई-न-कोई पानी पिला देता था। उस समय चुल्लू से पानी पीने में कितना आनंद आता था, हाथ कुहनी तक भीग जाते थे। बारिश होने पर सब बच्चों की छुट्टी कर दी जाती थी। पहले पढ़ाई आजकल की तरह नहीं थी कि बालक स्कूल जाए या न जाए, टीचरों को कोई परवाह नहीं। कोई बालक घर के जरूरी काम से छुट्टी कर लेता, तो गुरुजी दो-चार हट्टे-कट्टे लड़के भेजकर उसे पकड़वाकर मँगवा लेते थे। मास्साब पढ़ाई के प्रति गंभीर थे, बालकों की उपस्थिति तथा अनुशासन वे बनाए रखते थे।

उन दिनों गावों में शिक्षा की ललक तो थी, पर आज जैसे संसाधन नहीं थे। विद्यार्थियों के बैठने तक की व्यवस्था नहीं थी। हम बच्चे अपने घरों से टाट का एक-एक बोरा लेकर जाते, गुरुजी चारपाई पर बैठते थे, हम पंक्तिबद्ध अपने-अपने बोरे बिछा लेते। टाट के फर्श तो हमें छठी कक्षा में नसीब हुए थे। हमेशा चौथी कक्षा को पढ़ाने वाले पं. रामहेत शर्मा साक्षात् सांदीपनि गुरु के अवतार थे। वे साइकिल पर खुरियावली गाँव से आते थे। सादा सूती कमीज और पाजामा पहने गौर वर्ण के गुरुजी का ललाट तेज से देदीप्यमान रहता था। अब उनकी कमर हलकी सी झुक गई थी। वे कभी दुःखी नहीं होते थे। अपने शिक्षक जीवन में उन्होंने कभी किसी बालक की पिटाई नहीं की। पूरे विद्यालय में उनके बराबर सम्मान किसी गुरु का नहीं था। यहाँ तक कि उम्र में बड़े मुख्याध्यापकजी भी उनको सम्मान से 'बड़े बाबू' कहा करते थे।

किसी बालक को समझाते-बताते मास्साब जब हलकान हो जाते तो बस इतना ही कहते थे, 'तेरे दिमाग में क्या भूसा भरा है?' एक साधु पुरुष के सारे गुण उनमें थे। वे इस ढंग से पढ़ाते थे कि पाठ दिमाग में अमिट हो बैठ जाता। मेरा दावा है कि जो विद्यार्थी उनसे नहीं पढ़ सका तो दुनिया का कोई शिक्षक उस विद्यार्थी को नहीं पढ़ा सकता। अन्य शिक्षकों की तरह वे किसी से भेदभाव नहीं करते थे। केवल वे ही थे, जो समय-समय पर महापुरुषों, रामायण, महाभारत की प्रेरक कहानियाँ सुनाया करते थे। शायद संतकवि सुंदरदासजी ने यह दोहा मेरे इन्हीं गुरु के लिए रचा है—

सद्गुरु सुधा सागर है, सुधामयी हैं नैन।
नख-शिख सुधा स्वरूप पुनि, सुधा सु बरसत बैन॥

हम विद्यार्थी जब तक विद्यालय में रहते, कभी फुरसत नहीं होती थी। प्रातः स्कूल

में प्रार्थना के बाद ही इमला, फिर पुस्तक पाठ, उसके प्रश्न-उत्तर, बारी-बारी से दूसरे विषय, फिर गणित। हर सप्ताह अलग-अलग विषय का टेस्ट होता था। छुट्टी होने से आधा घंटा पहले हर कक्षा कतार में खड़ी होकर पहली कक्षा में गिनती तो दूसरी कक्षाओं में पहाड़े पढ़े जाते थे। पहले एक या दो नियत छात्र ऊँची आवाज में बोलते, बाद में पूरी कक्षा हाथ उठा-उठाकर फुल वॉल्यूम में पहाड़े दोहराती थी। इससे दूर-दूर हमारे घरवालों को भी पता लग जाता था कि अब स्कूल की छुट्टी होने वाली है। हर शनिवार को बालसभा जरूर होती थी। सभी कक्षाओं के बालक-बालिकाएँ इकट्ठा बैठते थे। कविता, गीत, चौपाई, हास्य, वाद-विवाद तथा बाद में अंत्याक्षरी होती थी। अंत्याक्षरी के लिए तो कई लड़के-लड़कियों ने रामचरितमानस का गुटका खरीद लिया था और बहुत सारी चौपाई-दोहा कंठस्थ कर लिए थे। मुझे याद है, चौथी कक्षा में पढ़ रहा मेरे गाँव का एक लड़का भूदेव 'रण बीच चौकड़ी भर-भर कर' कविता को तलवार की जगह हाथ में एक लकड़ी लेकर अभिनय करते हुए इस अंदाज में सुनाता था, जैसे वह खुद चेतक हो और हल्दीघाटी के मैदान में अपना पराक्रम दिखा रहा हो। उसकी इस अदा पर सब बच्चे ही नहीं, अध्यापक भी खूब हँसा करते थे।

सुरजाबली गाँव के कक्षा दो को पढ़ाने वाले मास्साब रमेशचंद्र सिंह राघव अत्यंत रुआबदार थे। उनसे बच्चे ही नहीं, बच्चों के पिता भी डरते थे। उन दिनों मासिक फीस दस पैसा लगती थी। गरीबी का आलम ऐसा था कि ज्यादातर बच्चे समय पर वह फीस नहीं दे पाते थे तो रमेश मास्साब हर तीसरे दिन बच्चों को फीस के लिए दौड़ाते थे।

जब मैं तीसरी कक्षा में आया तब दो-तीन मास्साब लगातार जल्दी-जल्दी बदलते रहे, इस बीच एक मैडम भी पढ़ाने आईं। अंत में लंबे समय तक रहे राजबीर सिंह मास्साब का मैं शिष्य रहा। वे बनैल गाँव, जहाँ के संघ के सरसंघचालक रज्जू भैया थे, से साइकिल पर आया करते थे। मास्साब मुझे प्यार से कालू कहते थे। वे भी बच्चों की पिटाई न कर, केवल पढ़ाई पर ध्यान देते थे। उनका पहनावा बड़ा सादा था, रंगीन कमीज और सफेद पायजामा। गरमियों में पसीने से लथपथ हो जाते थे, तो मेरे सहपाठी रवींद्र से एक लोटा पीने का पानी मँगाते थे, क्योंकि उसका घर पास में ही था। इसी दौरान हमारे विद्यालय में एक नए मास्टरजी आए। वे खूब मोटे थे, एकदम गोल-मटोल! नाम था शंकरलाल शर्मा। वे साबतगढ़ गाँव से साइकिल पर ही आते थे। उनकी साइकिल सबसे दुरुस्त हालत में होती थी। पाजामा साइकिल की चैन में न आ जाए, इसलिए उसे टाँगों पर लपेटकर उन पर लोहे की चूड़ियाँ चढ़ा लेते थे। वे काला चश्मा लगाते थे और बड़ी नजाकत से रहते थे। उनके कुरता-पाजामा स्पॉटलैस रहते थे। उनकी आवाज बड़ी सुरीली थी। वे आशुकवि थे, देखते-देखते ही कविता बना देते थे। वे हमारे विद्यालय में बहुत कम समय तक रहे, पर उन दिनों बालसभा की रौनक इतनी बढ़ गई थी कि क्या कहने!

उन्होंने रामायण, महाभारत और अच्छी सीख देने वाले लोक-प्रसंगों को इतने आसान गीत और कविताओं में रच दिया कि जो बच्चे विद्यालय आने से कतराते थे, बाल सभा की रौनक देखकर वे भी नियमित आने लगे। बालसभा में तो आसपास के घरों के औरत-मर्द भी इकट्ठा हो जाते थे। उन दिनों भादों के महीने में गणेश चतुर्थी मनाई जाती थी। यह गुरुपूजा और गुरुजी के सम्मान का पर्व होता था। गुरुजी बड़े उत्साह के साथ अपने शिष्यों के घर जाते थे। इस पर्व को हम बच्चे अपनी भाषा में 'चट्टा चौथ' कहते थे। चट्टा एक प्रकार की एक-डेढ़ फीट की दो लकड़ी होती थीं, जिन्हें रंग-बिरंगी रँगकर उस अवसर पर बजाया करते थे। कुछ बच्चे बाजार से बनी-बनाई ही खरीद लेते थे। हमारे घरों में इस अवसर पर माँ-बहनें आँगन लीपकर खूब साफ-सफाई करती थीं, उस दिन ज्यादातर घर वाले काम पर न जाकर अपने-अपने घर पर ही रहते थे, उनके बच्चों के गुरुजन जो आने वाले होते थे, तो उनके स्वागत और सेवा का अवसर मिलता था। श्रद्धा और सामर्थ्य के अनुसार गुरु दक्षिणा भेंट की जाती थी। जो मास्साब जिस कक्षा को पढ़ाते थे, उन सब बच्चों की गुरु दक्षिणा वही लेते थे। शिष्य यानी हम साफ-सुथरे थाल में हलदी-चावल से गुरुजी का तिलक कर उनके चरण-स्पर्श कर आशीष लेते, फिर घर वाले गुरुजी को दक्षिणा भेंट करते। जिसकी जैसी सामर्थ्य होती—एक रुपया, दो रुपया, पाँच रुपया भी। कम दक्षिणा पर गुरुजी रूठ भी जाते, पर मान-मनुहार करने पर जल्दी मान भी जाते थे। सही मायने में यह 'गुरुपूजा' का पर्व होता था। गुरुजी हर शिष्य के घर पूरे लाव-लश्कर के साथ जाते थे।

इस साल तो शंकरलाल मास्साब ने इस अवसर के लिए इतने गीत, कविता आदि तैयार करवाए थे कि जिस घर में जाते तो छात्रों की अलग-अलग टोलियाँ खड़े होकर अपने-अपने गीत, कविता आदि पूरा जोर लगाकर सुनातीं। शंकरलाल मास्साब ने छंदोबद्ध एक नई रामायण चौपाई-दोहों के साथ इतनी सरल भाषा में रच दी थी। इसकी कुछ पंक्तियाँ अभी तक मेरी स्मृति में हैं। लंका कांड का एक प्रसंग है

मेघनाद जूझन चला, मारी सान घुमाय।
लछिमन के तन में लगी, गिरा धरन गस खाय॥
लंका से एक वैद बुलाया। लछिमन भैया उसे दिखाया॥
देख वैद ने नाड़ी उसकी। हम पर दवा नहीं है इसकी॥
जल्दी से संजीवन लाओ। जरा घोंटकर इसे पिलाओ॥
संजीवन हम कहाँ से लावें। इसका पता आप बतलावें॥
संजीवन पर्वत पर होय। जैसे जले दीये की लोय॥
रात-रात में लाओ उखाड़। प्रात होत लछमन का काल॥

हनुमानजी संजीवन बूटी लाने के लिए उड़ चले—

हनूमान ने ऐसा कीना। सूरज पकड़ गाल में दीना॥
हनूमान ने मारी किलकार। आधा पर्वत लिया उखाड़॥
हाथ पे रखकर पर्वत लाए। अवधपुरी के रस्ते आए॥
भरत ने देखा यह क्या आया। उठा धनु एक बान चलाया॥
बान के मारे मैं लँगड़ाऊँ। अब पर्वत कैसे ले जाऊँ॥

भरतजी सारी व्यथा-कथा सुनकर कातर स्वर में बोले—

हनूमान तू मत कर शंका।
बैठ बान पहुँचाऊँ गढ़ लंका॥

इसी प्रकार कक्षा चार के दो छात्रों को काले-गोरे के भेदभाव और छूआछात करने पर सीख देने वाला एक गीत कंठस्थ कराया था, जो थोड़ा सा मेरी स्मृति में रह गया है—

एक पुरुष की दो थीं नारी,
पहली गोरी दूजी काली।
आया तीजों का त्योहार,
दोनों करन लगीं सिंगार।
गोरी कहे तेरे साथ न झूलूँ,
तेरा रंग है बहुत ही काला।
हे गोरी! तोय शरम न आवे,
काले रंग को बुरा बतावे।
काले हैं तेरे सिर के बाल,
इन्हें सिर से देय उतार।
काली हैं तेरी आँख की पुतली,
इन्हें फोड़कर हो जा अंधी।
काली भैंस बाँध ले द्वार,
जिसका दूध पिए घरबार।
काला हाथी हौदेदार,
इसको रखते इज्जतदार।

मेरी ही कक्षा के दो छात्रों को मास्टरजी ने हरिश्चंद्र-तारामती प्रसंग पर बनाई अपनी एक रचना कंठस्थ कराई थी; इसकी कुछ ही पंक्तियाँ मेरी स्मृति में हैं। काशी में रानी तारामती अपने पुत्र रोहताश्व का मृत शरीर लेकर श्मशान पर आती है, जहाँ राजा हरिश्चंद्र चंडाल की नौकरी कर रहे थे—

लेकर मुरद घाट पर आई,
ना कुछ देने को वह लाई।
पहले टका खोलकर रख दो,
पीछे गती कुमर की कर लो।
राजाजी यह चीर है, ओढ़े खड़ी अगार।
और तो मुझ पर कुछ नहीं, इसमें से लो आधा फार॥
तब राजा ने किया इरादा।
फाड़ चीर रानी का आधा॥

घर-घर जाते हुए हर एक विद्यार्थी के आँगन में ये सब गीत, नाट्य-गीत, कविता आदि पूरे जोश में गाए-सुनाए जाते। जलपान में गुरुजी को मीठा दूध पीने के लिए दिया जाता और सब बच्चों को गुड़ या बताशे बाँटे जाते। तब हमारी खुशी का ठिकाना न रहता था। एकदम साफ-सुथरे या नए कपड़े पहनकर गुरुजी के साथ गाँव-गाँव घूमने में कितना आनंद था, सो कैसे कहूँ! गुरुजी को दक्षिणा भेंट हो जाने के बाद सब मास्साब अपने शिष्य तथा उसके परिवार वालों को आशीर्वाद देते थे। इस बार तो नए मास्साबजी ने आशीर्वाद के वचन भी कविता में रच दिए थे, जिन्हें कक्षा पाँच के दो छात्र खड़े होकर गुरुजी की ओर से गाते थे—

चट्टा चौथ भादों में आई,
सबके मन में खुशी मनाई।
गणेश चौथ का दिन अलबेला,
खुशी रहे पंडितजी का चेला।
उमर बढ़े और विद्या आवे,
अपने बड़ों का नाम कमावे।
बढ़े कुटुम परिवार तुम्हारा,
तुमने रक्खा मान हमारा।

और ये आशीर्वचन होते ही हम सब बच्चे अगले घर की ओर दौड़ पड़ते थे। जिस लड़के का घर अगले क्रम में होता था, वह तैयारी के लिए पहले ही अपने घर चला जाता था। फिर यही गीत-गाने-स्वागत की सब प्रक्रिया वहाँ दोहराई जाती थी। इस तरह गाँव-गाँव घूमते हुए दो-तीन दिन बड़े आनंद के साथ व्यतीत हो जाते। हर शनिवार की बालसभा में नए मास्साब अपने नए बनाए गीत या कविता जरूर सुनाया करते थे। अब कहाँ हैं ऐसे रचनात्मक अध्यापक, जैसे हमारे शंकरलाल मास्साब थे। प्राथमिक शाला की ये तीनों विभूतियाँ आज भी मेरे मन-मंदिर में विराजमान हैं।

□

बेसिक प्राइमरी पाठशाला, जरारा से पाँचवीं कक्षा पास करके मैं जरारा गाँव के ही जूनियर हाई स्कूल में भरती हुआ। उन दिनों सर्वश्री केशव देव शर्मा, नानक चंद गुप्ता, धर्मपाल सिंह और बाबू खाँ अध्यापक गण वहाँ पढ़ाते थे। केशवदेव मास्साब 'मुनी' गाँव के रहने वाले थे, उनका बड़ा रुआब था, चारों ओर राजपूतों (ठाकुरों) के गाँव हैं, पर वे किसी से डरते नहीं थे, न ठकुरसुहाती कहते थे, पर नानक चंद गुप्ताजी ऐसा करते थे। नानक चंद गुप्ताजी हमें संस्कृत पढ़ाते थे। वे स्वाध्याय नहीं करते थे, इसलिए पुस्तक में कुंजी रखकर पढ़ाते थे। वे थोड़ा ज्यादा दूर नगर घटार गाँव से साइकिल पर आया करते थे। इसके विपरीत शाहपुर गाँव के धर्मपाल सिंह मास्साब खूब तैयारी करके आते थे। वे सबसे युवा एवं मेहतनी मास्साब थे। वे मेरे आदर्श एवं सर्वाधिक सम्मानित गुरु थे और आज भी हैं। वे सरकारी विद्यालय में नौकरी मिलने तक यहाँ पढ़ा रहे थे। बाबू खाँ मास्साब बहुत सीधे-सरल, समझदार और शांत स्वभाव के थे। छोटे कद और हल्की काठी के इन गुरुजन पर नील लगा सूती सफेद कुरता-पाजामा खूब फबता था। बच्चों को पढ़ाने में भी अव्वल थे। इन सब गुरुजनों में नानक चंद गुप्ताजी ही ऐसे थे, जो कक्षा में ज्यादातर समय बातों में जाया करते थे। बच्चों से ठिठोली करना उनका शगल था। इनमें आदरणीय धर्मपाल सिंह को मैं अपना आदर्श गुरु मानता हूँ। उनके प्रति मेरा पूज्य भाव आज भी बना हुआ है। वे डी.पी. सिंह नाम से बड़े सुंदर हस्ताक्षर किया करते थे। अपनी पढ़ाई पूरी करके वे सरकारी विद्यालय में नौकरी के इंतजार में थे। जब मैं छठी कक्षा में यहाँ पहुँचा, उसी वर्ष वे यहाँ पढ़ाने के लिए आए थे और छठी कक्षा के अध्यापक बनाए गए। जाति से वे धोबी थे, परंतु उनके जैसा सच्चरित्र, परिश्रमी, कर्तव्यपरायण और सदैव अपने शिष्यों के उत्थान की सोचने वाला कोई दूसरा न था। उनकी हस्तलिपि बड़ी सुंदर थी। वे स्वयं अपने विषय की पूरी तैयारी करके आते थे। कक्षा में एक मिनट का समय भी बरबाद नहीं होने देते थे।

मुझे अच्छी तरह स्मरण है, डी.पी. सिंह मास्साब जब मेज के पास खड़े होकर पढ़ाते थे तो उनके दोनों गालों में गड्ढे हो जाते थे। उनके पढ़ाते समय कक्षा में नीम शांति बनी रहती थी। उन्होंने मुझे कक्षा आठ तक पढ़ाया, पर मेरे हृदय में उनके प्रति आदर भाव कक्षा छठी से ही उमड़ने लगा था। पढ़ाते समय उनकी दृष्टि मेरे ऊपर ही रहती थी। मेरे जीवन में आए वे मेरे सबसे आदर्श गुरु हैं। मैंने उन्हें कभी निराश नहीं किया, हर कक्षा में अव्वल आता रहा। अब उनके एक बार दर्शन कैसे हों, इसकी हूक मेरे मन में हमेशा उठती है। वे मेरे जीवन में न आते तो मैं पढ़ाई में उतना अच्छा नहीं कर पाता। मैं बाद में जहाँ भी पढ़ने गया, हर कक्षा में अब्बल रहा तो इसका श्रेय उन्हीं को जाता है। अगली कक्षा में जाने पर सुंदर लिखावट वाली मेरी कॉपियाँ वे मुझसे ले लिया करते थे।

आदरणीय डी.पी. सिंह मास्साब जहाँ भी, जिस भी विद्यालय में अध्यापक बने होंगे, वे छात्र-छात्राएँ बड़े ही भाग्यशाली रहे होंगे, जिन्होंने उनसे शिक्षा प्राप्त की होगी।

हर कक्षा में यहाँ मैं ही प्रथम आता था। मेरे अगली कक्षा में जाने पर मेरे सब गुरुजन मेरी लिखी हुई कॉपियाँ मेरे से ले लिया करते थे। हालाँकि यहाँ कई गाँवों के विद्यार्थी पढ़ने आते थे। पढ़ाई में बड़ी स्पर्धा रहती थी; मैं भी अपना प्रथम स्थान बनाए रखने के लिए खूब मेहनत करता था। मेरे पढ़ने का तरीका और समय कुछ अलग सा था। हमारा आँगन तो खूब बड़ा था, पर रहने का स्थान बहुत छोटा था। पीछे कच्चा कोठरा और उसके आगे फूस का छप्पर। सर्दियों में छोटे भाई-बहन कोठरे के अंदर तथा मैं ओसारे (छप्पर) में सोता था। आँगन में एक ओर हम भैंस बाँधते थे। छप्पर को फूस की टटिया से ढककर पशुओं के ठंड से बचने का जुगाड़ कर दिया जाता था। मेरे छोटे भाई-बहन तथा चचेरे भाइयों की चीख-पुकार, रोना-धोना या खेलने से शोर होता था, तब मैं घर के बाहर पंडितजी के अलाव पर बैठ बड़े-बुगुर्जों की बातें सुनता रहता, जबकि इन पंडितजी के बच्चे शाम से ही अपनी बैठक में लालटेन जलाकर पढ़ने बैठ जाते।

उन दिनों हमारे घर में लालटेन नहीं थी, मिट्टी के तेल के अकेले दीये से सब काम होते थे। खाना खाने के बाद सब लोग सो जाते, तब मैं ओसारे में अपनी खाट बिछाता। मेरी खटिया के पास ही हाथ की चक्की थी। घर में कोई मेज या स्टूल न होने के कारण दीया ऊँचा करने के लिए चक्की पर डालडा घी का खाली डिब्बा, फिर उसके ऊपर एक और डिब्बा रखकर उस पर दीया रख लेता, तब मुझे पर्याप्त प्रकाश मिल जाता, इससे मुझे ज्यादा झुकना नहीं पड़ता था। पहले मैं अपना लिखने का काम निपटाता, फिर पाठ या प्रश्नोत्तर याद करने का। जब तक मुझे पाठ या प्रश्नोत्तर याद न हो जाएँ, तब तक मैं सोता नहीं था। सोने से पूर्व पूरे पाठ या उत्तर को फिर एक बार बिना देखे, मन-ही-मन में दुहराकर देखता था। इस तरह पढ़ते-पढ़ते मुझे काफी रात हो जाया करती थी। सर्दियों में अकसर मेरी माँ या दादी एक नींद लेने के बाद पेशाब करने या छोटे भाई-बहन को पेशाब कराने के लिए उठतीं तो मुझे पढ़ते हुए पातीं, और बड़े प्यार की मीठी झिड़की देकर सो जाने के लिए कहतीं।

हाड़ कँपा देनेवाली उन ठंडी रातों में पूरे गाँव में नीम सन्नाटा पसरा रहता। बस कभी-कभी कुत्तों के भौंकने और सियारों के रोने की आवाज ही उस सन्नाटे को भंग करती थी। मैं अपना ज्यादातर काम रात को ही निपटा लेता था, सुबह का कोई झंझट नहीं रखता था। एक बार की बात है। मैं कक्षा सातवीं में था, जोरों की सर्दी पड़ रही थी। रात के कोई ग्यारह ही बजे होंगे। मैं तन्मय होकर प्रश्नोत्तर याद कर रहा था कि जोर का शोर उठा—'ले गयौ···ले गयौ रे···'। हमारे गाँव में नाइयों का मोहल्ला गाँव के बाहर

पोखर के किनारे पर है। देर रात को पुन्ना (पूरन सिंह) नाई की घरवाली अपनी जेठानी के साथ अपनी छोटी बच्ची को गोद में ले शौच के लिए पोखर किनारे गई। दोनों ने बच्ची को अपने सामने बैठा लिया। फिर भी भेड़िया उस बच्ची को इन दोनों के आगे से उठा ले गया। मुहल्ले के लोग लाठी-बल्लम और लालटेन ले उसे ढूँढ़ने निकले, उसका कहीं पता न चला। प्रात: गाँव के बाहर नील की कोठी के पास उस बच्ची के कपड़े तथा शरीर के अवयव मिले। तब भेड़ियों का ऐसा ही आतंक व्याप्त था। इधर शोर सुनकर मेरी माँ-दादी भी जाग गईं और मुझे जल्दी सो जाने के लिए समझाने लगीं।

पढ़ने के लिए मुझे तो रात का यह समय ही अच्छा लगता था, मुझे कोई दिक्कत नहीं थी। बस एक ही भारी दिक्कत थी कि मैं बचपन से ही नजले और एलर्जी का रोगी था। जरा सी सर्दी लगने पर छींकें आकर जुकाम हो जाता था। पुस्तक हाथ में लेते ही छींकों की बौछार शुरू हो जाती। कम-से-कम 20-25 छींक लगातार आकर मेरी नाक और आँखों से पानी बहने लगता। श्वास लेने में दिक्कत होने लगती। सर्दी मुझे बहुत परेशान करती थी, अब भी करती है। किसी-न-किसी वैद्य-डॉक्टर की दवा हमेशा चलती रहती थी। सर्दी से बचाव के लिए खूब कपड़े भी लादे रहता, कानों पर मफलर बाँधता, लेकिन सर्दी फिर भी लग ही जाती थी। माँ रात को अपने सोने से पहले चूल्हे की गरम राख कपड़े में रखकर मेरे गले में बाँध देतीं, जिससे गले और सीने पर गरमाहट बनी रहती, इससे मुझे बड़ा आराम मिलता था।

माँ जब पशुओं को सानी-पानी करने के लिए भोर में जगतीं तो पढ़ने के लिए मुझे भी जगा देती थीं। माँ की चाहे कितनी भी तबीयत खराब हो, नित्य मुँह अँधेरे पशुओं की तसल्ली करके चक्की पीसने बैठ जाती थीं। बाद में तो इंजन वाली चक्की पर पिसवाने लगे थे। स्कूल से आने के बाद मैं माँ के कामों में हाथ बँटाता था, जैसे कुएँ से पानी भर लाता या माँ के साथ घास खोदने जाता, मशीन पर कुट्टी कटवाता था। माँ जब खेत पर गई होती थीं, तब घर और आँगन में झाड़ू लगा देता, पशुओं का गोबर इकट्ठा कर देता। इसमें से कुछ समय निकालकर अपने हमउम्रों के साथ थोड़ा खेलने भी जाता। इस तरह दिन में पढ़ाई के लिए पर्याप्त समय न होने से रात को ही पढ़ाई किया करता था। रात को जब मेरा सब काम अच्छी तरह पूरा हो जाता तो मुझे बड़ी अच्छी नींद आती थी। माँ बेशक पढ़ी-लिखी नहीं थीं, लेकिन अपनी संतानों को पढ़ाने की उनकी ललक कम न थी। वे पढ़ाई की अहमियत समझती थीं। पढ़ाई और संस्कारों पर उनका बड़ा जोर रहता था; हाँ, उनका त्याग और उनकी मेहनत बेकार नहीं गई।

अपने इन आदर्श गुरुजनों से मैंने यहाँ के विद्यालय में आठवीं तक की शिक्षा पूरी की। इन गुरुजनों से बिछड़ने की कल्पना से ही मन दुखता था। ऐसे गुरुओं के बारे में ही तो कहा गया है, 'गुरौ प्रणामो हि शिवाय जायते।' अर्थात् गुरु को किया गया प्रणाम भी

कल्याणकारी होता है। वेद-पुराण, ऋषि-मनीषियों ने गुरु की महिमा एक स्वर में ऐसे ही नहीं गाई है। स्कंद पुराण के अंतर्गत 'गुरुगीता' में ठीक ही कहा गया है—'ध्यान मूलं गुरोर्मूर्तिः पूजा मूलं गुरोः पदम्। मन्त्र मूलं गुरुवाक्यं मोक्ष मूलं गुरोः कृपा॥' अर्थात् ध्यान का आदि कारण गुरुमूर्ति है। गुरु के चरण पूजा के मुख्य स्थान हैं। गुरु का वाक्य सब मंत्रों का मूल है और गुरु की कृपा मुक्ति का कारण है। अपने जीवन में आए ऐसे महान् गुरुओं के चरणों में विनयावनत हो बारंबार प्रणाम निवेदित करता हूँ।

मेरे वंदनीय अध्यापकगण

असीम ज्ञान के द्वार खोलनेवाले

जरारा गाँव के जूनियर हाई स्कूल से कक्षा आठ में प्रथम स्थान प्राप्त कर मैं आगे की पढ़ाई के लिए अपने गाँव से 10-11 किलोमीटर दूर स्थित बरौली इंटर कॉलेज, बरौली राव (अलीगढ़) गया। यहाँ पर हमारे जरारा गाँव के श्री हरपाल सिंह राघवजी जूनियर कक्षाओं के अध्यापक थे। दो साल पहले उन्होंने अपने गाँव के कुछ लड़कों के यहाँ पर एडमीशन करवा दिए थे। वे लड़के ऐसे थे, जिन्हें पढ़ाई-लिखाई से कोई मतलब न था; दादागिरी कर मार-पीट करना उनका शगल था। अपने उद्दंड व्यवहार से इन लड़कों ने हरपाल सिंह मास्साब की बड़ी छीछालेदर कराई थी। जरारा गाँव का नाम बहुत बदनाम हो गया था। इसके बाद से इस कॉलेज के मैनेजमेंट के लिए हमारे गाँव, यानी जरारा जूनियर हाई स्कूल के छात्र-छात्राओं को दाखिला देने में छाछ पीने से भी मुँह जलता था। मैं जब यहाँ दाखिले के लिए पहुँचा तो मुझे भी संदेह की नजर से देखा गया। थोड़ा हीलाहवाली के बाद मुझे यहाँ कक्षा नौ के कला वर्ग में प्रवेश मिल गया।

विज्ञान वर्ग में मैंने इसलिए दाखिला लेने की कोशिश नहीं की कि 'विज्ञान वर्ग की पढ़ाई महँगी होती है; उसमें ज्यादा खर्च लगता है,' दूसरी बात यह थी कि हमारे परिवार की माली हालत बड़ी दयनीय थी। इस दृष्टि से मेरा मार्गदर्शन करने वाला कोई पढ़ा-लिखा भी घर में नहीं था। मेरे साथ वाले बैच में मेरे गाँव मीरपुर के मेरे दो सहपाठी अनुसूचित जाति के, जरारा गाँव के मास्साब हरपाल सिंह के एक भतीजा-भतीजी तथा यहीं का मेरा सहपाठी विनोद सिंह राघव ने भी यहाँ दाखिला लिया था। शुरू में तो मैं पैदल ही विद्यालय जाता था, बाद में साइकिल से जाने लगा। परंतु मेरे सब सहपाठी शुरू से ही साइकिल से स्कूल जाया करते थे। जुलाई के शुरू में हमारा दाखिला तो हो गया था, पर पढ़ाई शुरू नहीं हुई थी। उन दिनों जुलाई का पूरा महीना दाखिलों की भेंट चढ़ जाता था। मैं हमेशा पुरानी किताबें आधे मूल्य पर ले लिया करता

था। मेरे से पहले के जिन छात्रों ने कक्षा दसवीं पास की थी, उनसे मैंने कक्षा-9 की पुरानी किताबें खरीद ली थीं और उनको पिताजी की गत्ते की एक पुरानी अटैची में बड़े करीने से कवर चढ़ाकर रख दिया था।

उन्हीं दिनों हमारे परिवार पर एक बड़ी विपत्ति आन पड़ी। मेरी दादी ने पुराने कच्चे कोठरों की जगह छोटे-छोटे तीन पक्के कमरे बनवाए थे, कमरे तो तैयार हो गए थे, पर पलस्तर नहीं हुआ था। उनके आगे फूस का छप्पर डाल दिया गया था और उन्हीं में रहना-सहना शुरू कर दिया था। घर के पिछवाड़े में खेत थे। छोटे चाचाजी की शादी कुछ महीनों पहले ही हुई थी। चूँकि मेरी दादीजी के कोई भाई न था, सो जो थोड़ी-बहुत खेती की जमीन थी, वह उन्हें मिल गई थी, उसी की बोआई-कटाई के लिए दादी अपने मायके जाती रहती थीं। आँधी-बारिश के दिन थे। खेती के सिलसिले में दादी मेरे पिताजी को लेकर अपने मायके गई थीं। उसी रात जोरों की आँधी के साथ घनघोर बारिश हुई। वह रात कालरात्रि मालूम देती थी। अनेक पेड़ भूशायी हो गए थे; गरीबों के छप्पर और झोंपड़ियाँ उड़ गई थीं। उस अँधेरी रात में चोरों ने छोटे चाचाजी वाले कमरे की पिछवाड़े से दीवार फोड़ ली। इसमें चाचाजी के दहेज में मिला रेडियो, कपड़े, जेवर, बरतन सब पर चोरों ने हाथ साफ कर दिया था। इतना ही नहीं, न जाने क्या समझकर चोर मेरी किताबों की वह अटैची भी उठा ले गए और उसे बंबे (राजबहा) के घुटुअन पानी में फेंक दिया था।

प्रात: जब माँ ने देखा तो शोर मचाया। हम सब लोग घर के पीछे जाकर चोरों के निशान तलाश करने लगे तो खेत की मेंड़ पर पीतल का एक लोटा पड़ा मिला। मुहल्ले का एक व्यक्ति दिशा-मैदान के लिए बंबा पर गया था तो वहाँ उसने बंबे में अटैची पड़ी देखी। मैं दौड़ा-दौड़ा गया और अटैची उठाकर पानी से बाहर लाया। किताबें फूलकर गल गई थीं। मैं तो बस जोरों से रोए जा रहा था। कंगाली में आटा गीला हो गया था। अब मैं कैसे पढ़ पाऊँगा, मुझे तो यही फिक्र सता रही थी। चार भाई-बहनों के परिवार को पालना पिताजी के लिए पहले ही मुश्किल हो रहा था। मैं बहुत हताश और निराश था। पिताजी दिन-रात मेहनत करते थे। मेरे मुहल्ले में मेरे एक बाबा लगते थे। पूरे मुहल्ले के बच्चों में मैं उनका सबसे प्रिय पात्र था। नाम तो उनका डी.एल. शर्मा था, पर पूरा गाँव उन्हें 'दरोगाजी' कहता था। मुहल्ले के कोर्ट-कचहरी-थाने के सब काम वे ही निपटाते थे। गाँव के वे सयाने व्यक्ति थे। मेरे प्रति उनका विशेष अनुराग ही था कि एक दिन कहने लगे, 'बेटा, तू चिंता मत कर, मैं तेरे स्कूल चलूँगा और तेरे प्रिंसिपल से बात करूँगा। मैं तेरी पढ़ाई यों रुकने नहीं दूँगा, बस तू हौसला रख।'

और सचमुच एक दिन मुझे साथ लेकर वे मेरे स्कूल के प्रधानाचार्य आदरणीय मानवेंद्र सिंह राघवजी से मिले। इन दोनों का परिचय बस इतना ही था कि प्रिंसिपल साहब

कभी-कभार स्कूल के काम से अलीगढ़ की कोर्ट-कचहरी जाते और इधर दरोगाजी मुहल्ले में चल रहे एक मुकदमे की पैरवी के लिए इस कोर्ट में जाते रहते तो वहाँ दोनों की भेंट हो जाता करती थी। प्रधानाचार्य महोदय ने बड़ी गर्मजोशी के साथ उन्हें कुरसी पर बैठाया और आने का कारण पूछा। दरोगाजी ने मेरे घर का सारा दुखद किस्सा बयाँ कर कहा, "प्रिंसिपल साहब, यह लड़का बहुत होनहार है। गरीबी की मार से बेहाल है। आप इसकी मदद कीजिए। यह पढ़ने में बहुत होशियार है और मेरा दावा है, यह एक दिन आपके स्कूल का नाम रोशन करेगा।" प्रिंसिपल साहब हमारे यहाँ के लड़कों की शोहरत से पहले ही वाकिफ थे। प्रिंसिपल साहब ने अपनी असमर्थता व्यक्त करते हुए कहा, "मैं कुछ भी करने में असमर्थ हूँ; क्योंकि यह लड़का न तो एस.सी. है और न एस.टी.। जनरल कैटेगरी में मेरे पास मदद का कोई प्रावधान नहीं है।" लेकिन दरोगाजी अपनी बात पर अड़े रहे। और आखिरकार प्रिंसिपल साहब बोले, "देखो दरोगाजी, विद्यालयों में जनरल कैटेगरी के विद्यार्थियों के लिए एक व्यवस्था होती है कि त्रैमासिक परीक्षा में जिन विद्यार्थियों का प्रदर्शन अच्छा रहता है, उनकी योग्यता के आधार पर पी.एफ. फंड से चौथाई, आधी या पूरी फीस माफी की सुविधा मिलती है। यह मेरे अधिकार क्षेत्र में है। त्रैमासिक परीक्षा में इस लड़के के अंक अच्छे आए तो मैं इसकी पूरी फीस माफ कर दूँगा। बाकी दो महीने की बात है, तो इसकी फीस मैं अपनी जेब से भर दूँगा।"

और फिर मेरी ओर मुखातिब होकर बोले, "बेटा, जब तुम्हारे क्लास टीचर फीस जमा करते हैं, तब तुम मेरे से फीस लेकर वहाँ जमा करा देना।" एक चपरासी को बुलाकर उसे हिदायत दी—"सुनो, इस लड़के को दो पेन स्याही रोजाना देनी है।" (उन दिनों फाउंटेन पेन से लिखाई होती थी) बाद में स्कूल की लाइब्रेरी से पुरानी कुछ किताबें भी दिलवा दीं। प्रत्येक महीने की 10 तारीख को 'फी-डे' होता था। मैं जब फीस लेने उनके ऑफिस में उनके पास जाकर खड़ा हो जाता था, तब वे फीस के पैसे मुझे दे देते और मैं उन्हें अपने क्लास-टीचर के पास जमा करा देता था। ऐसे दयावान और दूसरे के दुःख को समझने वाले इनसान बिरले ही होते हैं, परंतु मेरे आदरणीय प्रिंसिपल महोदय ऐसे ही थे।

पढ़ाई अब शुरू हो गई थी, मैं बिना नागा स्कूल जाने लगा। स्कूल मेरे गाँव से ग्यारह किलोमीटर दूर है। पाजामा-बुश्शर्ट वाली पोशाक में नंगे पाँव खेतों की पगडंडी से, रास्ते में पड़ने वाले गाँवों के बीच से शॉर्टकट पैदल ही निकल जाता था। मन में पढ़ाई की ऐसी उमंग थी कि यह सब कष्ट महसूस नहीं होता था। कुछ महीनों बाद पिताजी ने एक पुरानी साइकिल खरीद दी थी, जो अकसर खराब होती रहती थी। मेरे पास विकल्प नहीं थे, जो कुछ करना था, वह त्रैमासिक परीक्षा पर ही निर्भर था। मैं पढ़ाई पर पूरा ध्यान दे रहा था, क्योंकि त्रैमासिक परीक्षा में मुझे बेहतर करके दिखाना था। मैं कक्षा नौ

के 'ए' सेक्सन में था और मेरे विषय थे—हिंदी, अँगरेजी, गणित, टेक्नीकल ड्राइंग और अर्थशास्त्र। हमारे क्लास-टीचर थे—श्री के.के. गौड़, यानी कृष्ण कुमार गौड़। अत्यंत सौम्य, अत्यंत शांत, पं. दीनदयाल उपाध्यायजी की तरह छोटी मूँछें। ललाट पर तेज देदीप्यमान रहता था। खुले मुख मैंने उन्हें कभी हँसते हुए नहीं देखा, उनके होंठों में आने वाली मुसकान हमें अभिभूत कर देती थी। वे जरूरत भर के लिए ही बोलते थे।

स्टाफ-रूम से बगल में हाजिरी रजिस्टर दबाए जब वे क्लास-रूम की ओर आते थे, तो उनकी चाल में एक लय होती थी, हड़बड़ी बिल्कुल नहीं, भागा-दौड़ी एकदम नहीं। वे अपना सब काम समय पर करने के पाबंद थे। उनका कद लंबा नहीं था, पर टेरीकॉट का धवल कुरता-पाजामा उन पर खूब फबता था। वे बड़े ध्यान और शांतिपूर्वक हमारी हाजिरी लेते। वे विद्यार्थियों को दंड के हिमायती नहीं थे। शायद ही उन्होंने कभी किसी को डाँटा हो; उनकी क्लास में बड़ी शांति रहती थी। वे टेक्नीकल ड्राइंग के बड़े उस्ताद अध्यापक थे। कक्षा में पढ़ाते समय वे बड़ी गंभीरता से ब्लैक बोर्ड पर निर्मेय-प्रमेय का आरेख बनाकर समझाते थे। मैं हमेशा अपनी कक्षा के दाहिनी ओर की पहली पंक्ति में सबसे आगे बैठता था; बाईं ओर लड़कियाँ बैठती थीं। पाठ को पढ़ाते और समझाते समय मैं उनकी दृष्टि के केंद्र में रहता था। मैं समझ जाता तो गरदन हिला देता, फिर वे आगे समझाने लगते थे। वे बरौली कसबे के ही किसान परिवार से थे, क्योंकि एक बार मैं रविवार को माँ की दवाई लेने वहाँ गया था, तब मैंने अपने इन मास्साब को सिर पर भूसे की गठरी ढोते हुए देखा था।

श्रीमान हरिस्वरूप पचौरीजी हमें हिंदी पढ़ाया करते थे। वे बड़े ही विद्वान् और अनुशासनप्रिय अध्यापक थे। हिंदी का हमारा पहला ही पीरियड होता था। पर मैं कई दिनों तक उनके पीरियड में अनुपस्थित रहा, कारण यह था कि शुरू-शुरू में वे हिंदी की गाइड लाने को कहते थे, जो काफी महँगी होती थी और मैं खरीद पाने में असमर्थ था, सो उनकी डाँट-डपट से बचने के लिए उनकी कक्षा में जाता ही नहीं था। वे कुरसी की अपेक्षा मेज पर बैठकर पढ़ाते और पूरी कक्षा पर पैनी नजर रखते। कुछ महीनों बाद उनका तबादला हो गया या उन्होंने खुद ही करा लिया था। उनका बड़ा ही भव्य विदाई समारोह हुआ। विद्यार्थियों में उनका सम्मान ऐसा था कि जब वे विदा होकर चले, विद्यार्थी उनके पैरों में लोट-लोट जा रहे थे, उनको उठाते-उठाते मास्साब का चेहरा भी आँसुओं से तर हो रहा था, उन्हें एक-एक कदम आगे बढ़ाना मुश्किल हो रहा था। हम सब विद्यार्थी इतने भाव-विह्वल हो रहे थे, जैसे हमारा पिता, हमारा संरक्षक हमें छोड़कर जा रहा हो। कक्षा में न पढ़ाने वाले आरामतलब अध्यापक उनसे बहुत चिढ़ते थे। पचौरीजी पढ़ाते नहीं, पाठ को नाना प्रकार से व्याख्या कर दिमाग में उतार देते थे।

उनके बाद साँवले-सलोने श्री अग्रवालजी हमें हिंदी पढ़ाने लगे। वे रोजाना अलीगढ़

शहर से आया करते थे और हमेशा पान चबाते रहते थे। कक्षा में भी वे गाल में पान दबाए रहते, उनका एक गाल हमेशा कुछ फूला रहता और होंठ लाल। पर वे पढ़ाते बहुत अच्छा थे। पद्य को लय-ताल में सुनाकर उसकी विभिन्न प्रकार से व्याख्या करते। वे भी छात्रों को मारते-पीटते नहीं थे। पढ़ाते हुए भी बड़ी मृदुल मुसकान उनके चेहरे पर रहती थी। उनके सिर के आगे के बाल थोड़े उड़ गए थे, सो उनका पूरा ललाट दमकता था, उनकी पेंट-बुश्शर्ट की क्रीज भी कभी खराब नहीं होती थी।

आदरणीय बी.एस. सिंह हमें गणित पढ़ाया करते थे। उनका कद लंबा नहीं था, एकदम शांत स्वभाव के, पर उनकी आवाज बड़ी ओज भरी और मीठी थी। गणित के वे जादूगर थे। खेल की तरह गणित के कठिन सवाल चुटकी बजाते हल कर देते और हमें सिखा भी देते थे। वैसे तो हम तीसरी कक्षा से ही गणित पढ़ते आ रहे थे, परंतु उनके जैसा गणित का विद्वान् शिक्षक मुझे नहीं मिला था। गणित पढ़ाने में अद्‍भुत थे वे। बहुत जल्दी ही मैं उनका स्नेहभाजक बन गया था। प्रश्नावली के एक-दो सवाल समझाकर वे पूरी कक्षा को बोल देते थे कि कोई दिक्कत आए तो प्रेमपाल से पूछ लेना। हम झुंड में बैठकर सवाल हल करते रहते और वे अपनी कुरसी पर बैठे हमें बड़े शांत भाव से देखते रहते। पर वे क्लास छोड़कर कहीं नहीं जाते थे। सर्दियों में वे हमें मैदान में धूप में बैठाकर पढ़ाते थे। मेरे ये मास्साब बड़े ही सहृदय और सदय थे। वैसे तो कक्षा छह से आठवीं तक मेरे गुरुजनों ने सुंदर लेखन के लिए मेरी कॉपी पर कई-कई बार गुड़, वैरी गुड लिखा था। पर यहाँ इन मास्साब ने मेरी आरेख की कॉपी पर गुड लिखा और पूरी कक्षा को बताया भी कि अपने अब तक के अध्यापक-जीवन में मैंने पहली बार इस छात्र की कॉपी पर गुड लिखा है। एक बार उन्होंने बताया था कि पहले वे बड़े गुस्सैल थे, यहाँ से पहले वाले स्कूल में एक बार थप्पड़ से एक विद्यार्थी के कान का परदा फट गया था, तब से उन्होंने छात्रों को पीटना तो दूर, डाँटना भी छोड़ दिया। अब वे बेहद शांत रहते थे। शायद उन्हें यह अपराध-बोध सताता रहता हो। कबीरजी ने कहा भी है—'गुरु कुम्हार सिस कुंभ है, गढ़ि-गढ़ि काढ़े खोट। अंतर हाथ सहार दे, बाहर बाहे चोट॥' पर उनसे गलती हो गई थी। उनका शांत चेहरा आज भी मेरी आँखों में चलचित्र सा दिखता है।

श्री शिशुपाल सिंहजी मेरे अर्थशास्त्र के अध्यापक थे—बड़े ही दिलखुश और छात्रों से दोस्ताना अंदाज में बात करने वाले। वे इटावा के पास के रहने वाले थे, बरौली में ही सपरिवार रहते थे। घुँघराले बाल, बड़ी-बड़ी मूँछ, गौर वर्ण के गुरुजी बड़े डील-डौल वाले थे। हम छात्रों को वे 'लला' कहकर पुकारते थे; सच में उनका यह संबोधन हमें बड़ा अपना सा और भला लगता था। आगे कक्षा 10 में वे मेरे क्लास टीचर रहे। कभी-कभी उनकी कक्षा में हँसी-मजाक का वातावरण भी बन जाता था। बिना नागा वे कक्षा में पढ़ाते और घर पर याद करने के लिए प्रश्न भी दिया करते थे। बहुत जल्दी ही मैं

उनका भी सबसे प्रिय विद्यार्थी बन गया। एक बार ऐसा हुआ कि अर्थशास्त्र के पहले ही अध्याय 'हिमालय से लाभ' में 25-26 उपशीर्षक वाले बिंदुओं में इसके लाभ बताए गए हैं। मास्साब ने कहा कि कल सब इनको याद करके आएँगे।

मैंने इन सब बिंदुओं को उपशीर्षक के साथ रात को ही कंठाग्र कर लिया था। अगले दिन मास्साब ने कक्षा में पूछा कि जिनको हिमालय के लाभ याद नहीं हुए हैं, वे खड़े हो जाएँ। देखते क्या हैं कि मेरे सिवाय पूरी कक्षा खड़ी हो गई। मास्साब ने मुझे कुछ न कहकर सबको बैठा दिया। फिर समझाने लगे कि किस तरह याद कर लेना चाहिए था। पूरे नहीं तो आधे-चौथाई तो याद होने चाहिए थे। फिर थोड़ी मीठी डाँट पिलाकर आगे पढ़ाने लगे। तो उसी समय कई छात्र एक साथ कहने लगे कि 'मास्साब, आपने इसको (मेरी ओर इशारा करके) तो पूछा ही नहीं। हमारा दावा है, इसको भी पूरे लाभ याद नहीं होंगे। यह झूठ कह रहा है।' मास्साब कहने लगे, 'ऐसा नहीं है, इसको जरूर याद होंगे, तभी यह बैठा रहा।' अधिकतर छात्र बोले कि आप इससे सुन तो लीजिए। सबको शांत करते हुए मास्साब मेरी ओर मुखातिब होकर बोले कि लला, तुम सुनाय देउ। खड़े होकर मैंने एक ही साँस में सबके सब लाभ गिनवा दिए। मास्साब बहुत खुश हुए, पर उन छात्रों की बोलती बंद हो गई। मास्साब समझाने लगे—मैं जानता हूँ, यह बहुत मेहनती लड़का है। तुम लोग इससे पाठ याद करने के तरीके सीख सकते हो। तब से कई सहपाठी मेरे दोस्त बन गए। अर्थशास्त्र विषय मैंने दसवीं तक ही पढ़ा, पर जब तक मैं उस विद्यालय में रहा, इन मास्साब का मुझे खूब स्नेह-प्यार मिला।

श्री भीकंभर शर्मा हमारे अँगरेजी के अध्यापक थे। मध्यम कद, पतले-दुबले और घुँघराले बाल, उनकी वेशभूषा साधारण ही रहती थी। पहनाव-बनाव पर वे ज्यादा ध्यान नहीं देते थे। उनकी उँगलियाँ सिगरेट की तरह पतली थीं। वे अलीगढ़ शहर से नित्य आना-जाना करते थे। उनके पढ़ाने का तरीका बड़ा अनोखा था। कक्षाएँ शुरू होने के प्रथम दो सप्ताह छात्र-छात्राओं के लिए कयामत के होते थे। इन दो सप्ताह मास्साब पढ़ाते नहीं थे, बल्कि आठवीं कक्षा में पढ़कर आए अँगरेजी विषय का मौखिक टेस्ट लेते थे। अँगरेजी शब्दों के मीनिंग, स्पैलिंग या टेंस के बारे में पूछते थे, जो छात्र नहीं बता पाते थे, उन छात्रों की अच्छी मरम्मत करते थे। कक्षा के दोनों दरवाजे वे पहले ही बंद कर देते। जब वे मारते तो पूरी कक्षा में चीख-पुकार मच जाती। मार के कारण छात्र हाय मैया...हाय मैया करके गाय की तरह डकराते थे। मास्साहब पिटने वाले को आँसू पोंछने का भी समय नहीं देते थे। पर मैं उनकी मार का स्वाद कभी नहीं चख पाया, एक बार भी नहीं।

इस मार-पीट से होता यह था कि जो विद्यार्थी अँगरेजी विषय को नहीं चला सकते थे, जो अँगरेजी में बहुत कमजोर होते थे, वे तुरंत अँगरेजी छोड़ दूसरा विषय ले लेते थे।

जो थोड़ा हिम्मत करके जमे रहते, वे अलगे सप्ताह निश्चित ही पराभूत हो जाते। इन दो सप्ताह में कच्चे-पक्के विद्यार्थियों की भली प्रकार छँटनी हो जाती थी। वे ही छात्र शेष बचते थे, जो अँगरेजी विषय पढ़ने का प्रण किए रहते। इन मास्साब का मार-पीट करने का मकसद भी यही होता था; फिर वे पूरे साल किसी छात्र को उँगली भी नहीं छुआते थे। हाँ, पढ़ाते बहुत अच्छा थे। उनका मानना था कि लद्धड़ छात्र पूरी कक्षा का अहित करते हैं। उनके चलते अध्यापक पढ़ने वाले छात्रों पर पर्याप्त ध्यान नहीं दे पाते, इससे अध्यापक का रिकॉर्ड भी खराब होता है। पहले दो सप्ताह तो छात्रों को वे जल्लाद सरीखे दिखाई देते थे। वास्तव में वे बहुत मेहनती और अच्छे इनसान थे, फिर पूरे वर्ष छात्रों की उन्नति में ही लगे रहते थे।

□

जैसा कि पूर्व में मैंने थोड़ा जिक्र किया है, उन दिनों इस इंटर कॉलेज के प्रधानाचार्य थे आदरणीय मानवेंद्र सिंह राघव। वे बहुत अनुशासनप्रिय, दूरदर्शी एवं सहृदय प्रधानाचार्य थे। यह इस कॉलेज का सौभाग्य रहा कि इसे उनके जैसा प्रधानाचार्य मिला। उनका रोब ऐसा था कि विद्यार्थी तो छोड़िए, कक्षाएँ शुरू हो जाने पर कोई अध्यापक भी क्लास-रूम से बाहर दिखाई नहीं दे सकता था। अपने ऑफिस की शीशे की खिड़की से चारों ओर बराबर नजर रखते थे। छात्र-छात्राएँ उनके ऑफिस के आगे से निकलने की हिम्मत नहीं करते थे। प्रातः प्रार्थना में सभी अध्यापक प्रार्थना-स्थल पर उपस्थित रहते थे। विलंब से आने वाले विद्यार्थियों को पीछे एक ओर खड़े होने का निर्देश था। विलंब का वाजिब कारण न होने पर मुरगा बनने की सजा मिलती थी। राघवजी के प्रधानाचार्य रहते इस कॉलेज की ख्याति दूर-दूर तक फैली। उनका कार्यकाल इस विद्यालय का स्वर्णकाल कहा जाता है। मेरे लिए तो वे देवदूत सरीखे थे। मेरे लिए उनके द्वारा किए गए अनुग्रह-उपकारों को मैं कभी भूल नहीं सकता।

दो-तीन महीनों में अपनी लगन और व्यवहार से मैंने इन सब गुरुजनों का दिल जीत लिया था। जितना सिलेबस पढ़ाया गया था, सब मुझे कंठाग्र हो गया था। सितंबर माह में त्रैमासिक परीक्षा संपन्न हुई। परीक्षा-परिणाम आया तो मैं ही नहीं, सब सहपाठी भी दंग रह गए। गुरुजनों से पता चला कि इस विद्यालय के इतिहास में इससे पूर्व किसी विद्यार्थी ने उतने अंक प्राप्त नहीं किए थे और न ही उतना साफ-सुंदर किसी ने लिखा था। मेरे अपने-अपने विषय के शिक्षकगण स्टाफ-रूम में मेरी लिखी परीक्षा-कॉपियाँ अन्य अध्यापकों को दिखा रहे थे और मेरी तारीफ कर रहे थे। इससे लाभ यह हुआ कि जो अध्यापक मुझे नहीं पढ़ाते थे, वे भी मुझे पहचान गए। मैं कभी स्टाफ-रूम की तरफ से निकलता और उन्हें दिख जाता तो तुरंत मुझे अपने पास बुला लेते और मेरे घर के बारे में पूछते।

इस परीक्षा-परिणाम से सबसे ज्यादा खुश हुए मेरे प्रिंसिपल साहब। उन्होंने मुझे अपने ऑफिस में बुलवाया। मेरे को शाबासी देते हुए बोले, ''बेटा, दरोगाजी ने तुम्हारे बारे में जो कहा था, तुम उससे बढ़कर हो। विद्यालय को तुम पर नाज है। अब तुम बिल्कुल चिंता मत करो। मैंने तुम्हारी पूरी फीस माफ कर दी है। तुम्हें किसी भी तरह की दिक्कत आए तो मुझे जरूर बताना।'' वहीं उसी समय मेरी आँखों में आँसू छलक आए—मैं नहीं जानता कि वे आँसू दु:ख के थे या खुशी के! मेरे शुभचिंतक दरोगाजी और मेरे माता-पिता तो खुश थे ही, मेरी इस उपलब्धि पर और एक सज्जन बेहद खुश थे। वे थे इसी विद्यालय में पढ़ाने वाले जरारा गाँव के हरपाल सिंह मास्साब।

स्कूल से छुट्टी होने के बाद मैं घर पहुँचने की जल्दी में रहता था। मुझे घर जल्दी पहुँच कामों में माँ का हाथ बँटाना होता था। पर मेरे गाँव के सहपाठी कसबे के बाजार में घूमते-टहलते घर लौटा करते थे। एक दिन मैं अपनी धुन में घर लौट रहा था और गाँव से एक-डेढ़ कि.मी. पहले बंबा की पटरी पर सरपट चला आ रहा था। पीछे आ रहे हरपाल सिंह मास्साब ने अपने भतीजे और भतीजी के साथ साइकिल पर मेरे बराबर आकर रोक दी और मेरे से बोले, "बेटा, तुमने विद्यालय में मेरा सिर गर्व से ऊँचा कर दिया है। सब अध्यापक मुझे कहते हैं—हरपाल भाई, तुम्हारे गाँव का लड़का बड़ा होशियार और विनम्र है। यह सब सुनकर मुझे कितनी खुशी होती है, तुम्हें कैसे बताऊँ। पहले मैंने अपने यहाँ के जितने भी लड़कों के दाखिले करवाए थे, सबने दंगा-फसाद करके मेरी मट्टी पलीद कर दी थी; पर तुमने हमारे गाँव का, स्कूल का नाम रोशन कर दिया।" फिर अपने भतीजे-भतीजी की तरफ इशारा करके बोले कि इनको अपनी कॉपी दे दिया करो; इनकी भी थोड़ी मदद कर दिया करो।

यह बरौली इंटर कॉलेज ऐसा था कि यहाँ आस-पास के गाँवों के पाँच-छह जूनियर विद्यालयों के विद्यार्थी पढ़ने आते थे। पढ़ाई में हम विद्यार्थियों में कड़ी प्रतिस्पर्धा रहती थी। जब परीक्षा या टेस्ट होते थे, तब हमारे गणित के अध्यापक हम सबके सामने ही कॉपियाँ जाँचते थे। तीन-चार विद्यार्थी ऐसे थे, जो मुझे मात देने की पूरी कोशिश करते थे। गुरुजी जब मेरी कॉपी जाँचते तो वे सब सहपाठी कॉपी यानी उत्तर पुस्तिका में गलतियाँ ढूँढ़कर, गुरुजी को बताकर मेरे अंक कटवा देते थे। जब उनकी कॉपियों को गुरुजी जाँचते थे, तब मैं अकेला ही उनकी खूब गलतियाँ पकड़कर उनके अंक कटवाता था। इतना सब होने के बाद अंतत: मेरे प्राप्तांक ही ज्यादा निकलते थे। वे भी अपने-अपने जूनियर विद्यालयों के प्रथम पंक्ति के होशियार विद्यार्थी रहे थे। पर यहाँ उन्हें दूसरे-तीसरे स्थान पर ही संतोष करना पड़ रहा था। हमारे बीच प्रतिस्पर्धा थी, पर मन-मुटाव या झगड़ा कभी नहीं हुआ।

एक मजेदार वाकया है, शायद आपको रोचक लगे। विद्यालय के मेरे रास्ते में एक

गाँव था—गाँवरी, जो बरौली से सोमना जानेवाली सड़क के किनारे बरौली कसबे से दो-ढाई कि.मी. पहले है। इस गाँव के पहली कक्षा से बारहवीं तक के विद्यार्थी बरौली के विद्यालयों में पढ़ने जाते थे। यहाँ के विद्यार्थियों की संख्या सबसे ज्यादा थी। छोटे-बड़े मिलाकर सब करीब 30-32 तो होंगे ही। बच्चे क्या, पूरी बेलगाम वानर सेना थी। वे सब पूरी सड़क को घेरकर चलते थे। वे सब बच्चे इतने ढीठ थे कि खूब घंटी बजाने पर भी साइकिल सवार को रास्ता नहीं देते थे, बल्कि उन्हें परेशान ही करते थे। मुझे भी उस झुंड के पास आकर साइकिल से उतर पैदल चलकर साइकिल आगे निकालनी पड़ती थी। इन सबके लीडर मेरी कक्षा के जयबीर और बिजेंद्र थे। एकदम अकड़ू और झगड़े पर उतारू। जब मैं त्रैमासिक परीक्षा में प्रथम आया तो ये दोनों लीडर मेरे मित्र बन गए।

इसका परिणाम यह हुआ कि अब जब मैं साइकिल पर झुंड के बराबर में पहुँचता तो सब बच्चे सड़क के दोनों ओर बँट जाते। मैं बड़ा अचंभे में था। अच्छा, साइकिल पर चढ़कर वे मुझे ही निकलने देते थे, न मेरे साथियों को और न ही दूसरे किसी राहगीर को। अब ये दोनों लीडर लिखाई का काम पूरा करने के लिए मेरी कॉपी भी माँगकर ले जाने लगे। हमारी आपस में खूब पटने लगी थी। मैंने एक दिन जयबीर से कहा, 'मेरे भाई, हम सब यहाँ पढ़ने के लिए आते हैं, पर काम अनपढ़ों जैसा करते हैं। जानते हो, इन शरारतों से तुम्हारे गाँव की कितनी बदनामी होती है, तुमने कभी सोचा है ? सब कहते हैं कि गाँवरी के बच्चे बहुत गंदे और गँवार हैं। आप लोग तो मास्साबजी को भी नहीं बख्शते हो।' जयबीर पर इसका असर हुआ। अगले दिन साइकिल पर जब मैं उनके झुंड के बराबर पहुँचा कि जयबीर ने मुझे रोक लिया और सब बच्चों को भी। उसने कप्तान की तरह सबके आगे खड़े होकर सभी बच्चों को ललकारकर कहा, 'आज से कोई बच्चा शरारत नहीं करेगा, सब लोग सड़क के किनारे चलेंगे; किसी यात्री को परेशान नहीं करेंगे। जो ऐसा करेगा तो उसकी खैर नहीं।' इतना कहकर उसने मुझे साइकिल पर चढ़ाया और सबसे आगे निकाल दिया।

□

बरसात में पिताजी गाँव लौट आते थे। साल भर के लिए थोड़े से खेत पट्टे पर ले लिया करते थे और कुछ किसानों के खेत में अधबँटाई पर धान की रोपाई कर लेते थे। मैं स्कूल से आकर और छुट्टी वाले दिन पिताजी के साथ धान की रोपाई करवाता था। किसी-किसी खेत में पानी इतना ज्यादा होता था कि जब में झुककर धान रोपाई करता तो मेरे मुँह में पानी भर जाता था। टाँगों से जोंक चिपट जाती थीं। शुरू में तो इनसे बहुत डर लगता था, पर इन्हें छुड़ाने का पिताजी ने एक नायाब नुसखा मुझे तथा रोपाई कर रहे अन्य मजदूरों को बताया था कि जोंक के मुँह पर अपना थूक लगाने से वह झट छूट जाती है। तो बाद में मैं अपने मुँह का थूक लगाकर इन्हें हाथ में ले दूर फेंक देता था। थूक लगाने

से ये तुरंत छूट जाती हैं, और अगर जोंक पर नमक लगा देते तो वह चूसा हुआ सारा खून उगल देती है। गरमियों, यानी मई-जून तथा बरसात के बाकी दिनों में मैं गाय-भैंस चराने जाता था। तब एक छाता तथा एक किताब साथ जरूर ले जाता था। गाय-भैंसें घास चरती रहतीं, मैं ऊँचे ढूह या मेंड़ पर बैठ छाते की छाँह में अपनी पुस्तक पढ़ता या प्रश्नोत्तर याद कर लेता था। गरमी की लंबी छुट्टियों में जब स्कूल बंद हो जाते थे, तब मुँह अँधेरे अपनी दादी के साथ घास खोदने जाया करता था। फिर अपने हमउम्र ग्वालों के साथ अपनी गाय-भैंस चराने जंगल में ले जाता था, तब हम लोग पूरा दिन जंगल में ही रहते थे, दुपहर में कोई एक गाँव आकर सब साथियों की रोटी ले जाता, जंगल में हम लोग रोटी और प्याज या फिर चटनी साथ बैठकर खाते तो ऐसा स्वाद आता था कि क्या कहूँ। रहँट के सहारे कुएँ में उतरकर बारी-बारी से पानी पीते थे।

जैसा कि मैंने पहले बताया है, सर्दियों में मैं रात को ही पढ़ता था। उन दिनों कभी-कभी गाँव में रामलीला या स्वाँग (नौटंकी) होता था, तो माँ की इजाजत लेकर मैं भी देखने चला जाता था। उन दिनों दशहरे पर जो रामलीला की मंडलियाँ आती थीं, तो दशहरे के बाद वापस नहीं जाती थीं, बल्कि पूरे जाड़े वे खाना-खुराकी पर ही गाँव-गाँव में रामलीला करती रहती थीं। तब गाँव में यह मनोरंजन का सबसे सस्ता और लोकप्रिय साधन था। रामलीलाएँ संस्कार देनेवाली होती थीं। उनका रामलीला शुरू करने का अंदाज मुझे बहुत भाता था। सूत्रधार दर्शकों को कसम खिलाकर शोर-शराबा या अड़चन न डालने के लिए बाँध देता था। सबसे पहले विदूषक गाकर कहता था—"अब लीला प्रारंभ होती है, भारतवासी आँखें खोलो। भारतवासी आँखें···। एक साथ सब मिलकर के सिया-रामचंद्र की जय बोलो। जो दर्शक आए लीला में, कृपा कर न शोर मचाएँगे। कृपा कर न शोर···। जो विघ्न करेंगे लीला में, वो नर निश्चर कहलाएँगे।" फिर वह गाकर ही बताया करता था कि आज कौन सी लीला दिखाई जाएगी।

मेरे लिए वह बड़ा मुसीबत का दौर था। बचपन से ही मैं नजले का रोगी था, हमेशा बीमार ही रहता था। ऐसा नहीं था कि हमारा ही परिवार गरीब था या मैं ही गरीबी की मार झेल रहा था, हमारे से भी कहीं ज्यादा गरीब परिवार गाँव में थे। सर्दियों का समय बड़े अभावों का समय होता था। सर्दियों भर गरीब लोग आलू और बथुआ पर गुजारा करते थे। हफ्ते तक रोटी के दर्शन नहीं होते थे। छोटे किसान भी बड़े किसानों या जमींदार से सवाए पर अनाज उधार लेकर परिवार की पालना करते थे।

मेरी पढ़ाई अच्छी चल रही थी। अर्धवार्षिक परीक्षा में भी मैंने किसी को निराश नहीं किया। मार्च-अप्रैल में नौवीं की वार्षिक परीक्षा भी संपन्न हो गई। मैं अच्छे अंकों से पास होकर कक्षा दस में आ गया। दसवीं कक्षा में बोर्ड की परीक्षा होनी थी, सो मैंने पढ़ाई पर पूरा ध्यान दिया, पढ़ाई में बाधा मेरा स्वास्थ्य खराब होने पर आ ही जाती थी।

माँ मुझे पढ़ने का ज्यादा-से-ज्यादा समय देती थीं। मैंने देखा और खूब महसूस किया कि जो बच्चे पढ़ने में होशियार होते हैं, उन्हें अपने गुरुजनों का अतिरिक्त प्यार ब्याज स्वरूप मिलता है। मेरे गुरुजनों की स्नेहच्छाया में मेरी पढ़ाई भली प्रकार से चल रही थी। मेरे पीछे बैठने वालों की कतार बढ़ती जा रही थी।

दसवीं की बोर्ड परीक्षा के फार्म भी भरवा दिए गए थे। वार्षिक परीक्षा से पहले टेक्नीकल ड्राइंग की कंप्लीट फाइल गुरुजी को दिखानी होती थी। मैंने फाइल तो बनाई थी, पर उसमें पाँच ही पेज थे। मेरे मास्साब के.के. गौड़जी ने पूछा कि पूरी फाइल कहाँ है? मैंने कहा कि मास्साब, जो कुछ है, यही है। वे बोले—तुम तो रोजाना अपना काम दिखाते थे, तब बाकी के पेज कहाँ हैं? मैंने डरते हुए कहा—मास्साब, ये ही पाँच पेज थे, मैं रोजाना रबर से मिटाकर नए चित्र बनाकर आपको दिखाता था। पर मास्साब, मुझे सब निर्मेय-प्रमेय याद हैं। गुरुजी कुछ देर मुझे देखते रहे, फिर कुछ सोचकर बोले—फाइल तो पूरी करनी पड़ेगी, बेटा! तुम्हें तो सब आता ही है, सप्ताह भर में फाइल तैयार कर लो। दरअसल, शुरू के दिनों में पैसे न होने की वजह से और पेज खरीद न सकता था, काम चलाने के लिए पाँच पेज खरीदे थे; उन्हीं पर रोज चित्र मिटाकर नए बनाकर अभ्यास कर लेता था। अब नए पेज खरीदकर मैंने सप्ताह भर में पूरी फाइल बनाकर मास्साब के पास जमा करा दी। मेरे गुरुजन मेरे हालात को समझते थे।

उन दिनों उ.प्र. बोर्ड परीक्षाओं में नकल के लिए कुख्यात था। दसवीं कक्षा का हमारा परीक्षा सेंटर निकट के सोंगरा गाँव के हाईस्कूल में पड़ा। यह सेंटर मेरे गाँव से उतनी ही दूरी पर था, जितना कि मेरा यह स्कूल। परीक्षा से पूर्व मुझे मलेरिया हो गया। जैसे-तैसे ठीक हुआ, पर कमजोरी बहुत ज्यादा थी, सो सोंगरा गाँव में एक जानकार के यहाँ पर रहकर परीक्षा देने का निश्चिय किया। मेरे सहपाठी सब गाँव से ही परीक्षा दे रहे थे। परीक्षा प्रारंभ हुई। प्रथम दिन से ही खूब नकल चली। मैंने तो पहले से ही निश्चिय कर लिया था कि नकल नहीं करूँगा, और मैंने अपना वचन ईमानदारी से निभाया। प्रथम पेपर के बाद मैं भी गाँव से परीक्षा देने जाने लगा। परीक्षा-केंद्र पर मेले जैसा वातावरण बन गया। जो भी विद्यार्थी परीक्षा दे रहे थे, उनके साथ दो-दो चार-चार लोग नकल कराने वाले आते थे। मैं तो हर रोज अपने मुहल्ले के सभी बुजुर्गों के पैर छू आशीर्वाद लेकर अकेला ही जाता था। आखिरकार परीक्षा समाप्त हो गई और परीक्षा-परिणाम का इंतजार होने लगा।

जून के मध्य में जब दसवीं का परीक्षा-परिणाम आया तो मैं दंग रह गया। जो कक्षा में सबसे फिसड्डी थे, हमेशा गुरुजी की डाँट-फटकार खाया करते थे, वे फर्स्ट डिवीजन में पास हुए थे। यह सब नकल का ही चमत्कार था। मेरी फर्स्ट डिवीजन चार अंक से रह गई थी। नकल की इस भयंकर बुराई ने विद्यार्थियों का बड़ा अहित किया है और प्रदेश

की शिक्षा-व्यवस्था पर कलंक लगाया है। जो विद्यार्थी मेहनत और लगन से पढ़ते हैं, उनके साथ नाइनसाफी होती है। वे हतोत्साहित होते हैं। प्रदेश भर में कुछ स्थान तो नकल के लिए बेहद कुख्यात हो गए थे, जहाँ मोटी रकम लेकर छात्रों को नकल करवाकर पास कराया जाता था। पूरे प्रदेश में नकल का यह कारोबार खूब फल-फूल रहा था। स्कूलों के प्रबंधन नकल करवाकर झूठी ख्याति फैलाते थे कि हमारे स्कूल में बहुत अच्छी पढ़ाई होती है और हमारा रिजल्ट बहुत अच्छा रहता है। इस नकल का दुष्परिणाम यह भी देखा जाता है कि प्रदेश के बाहर जाकर आगे की पढ़ाई करने वाले छात्र-छात्राओं को बड़ी हेय दृष्टि से देखा जाता था। छात्र भले ही खूब मेहनत कर पास हुआ हो, फिर भी बाहर उसे अपमानजनक स्थिति झेलनी पड़ती थी। दिल्ली विश्वविद्यालय में दाखिले के समय मैंने खुद यह अपमान झेला था।

□

अब मैं ग्यारहवीं कक्षा में आ गया था। मेरे विषय—हिंदी, अंग्रेजी, संस्कृत, भूगोल तथा राजनीति विज्ञान थे। आदरणीय प्रधानाचार्यजी ने बारहवीं कक्षा तक मेरी फीस माफ कर ही दी थी। इन दो-तीन सालों में अब पढ़ाई के लिए घर पर लैंप की व्यवस्था हो गई थी। मैं रोजाना इसका शीशा राख से घिस-घिसकर साफ करता था। ग्यारहवीं कक्षा में श्री ओ.पी. सोलंकी गुरुजी हमें अँगरेजी पढ़ाते थे। वे बेहद रुआबदार तथा छात्रों के परम हितैषी अध्यापक थे। पूरे विद्यालय में उनकी धाक थी। गुरुजी छह फीट लंबे, तंदुरुस्त तथा आकर्षक व्यक्तित्व के धनी थे। वे धाराप्रवाह अँगरेजी बोलते थे और खुर्जा शहर के पास चोला गाँव के रहने वाले थे। वे हमें घर के लिए बहुत काम देते थे। एक आदर्श शिक्षक के सारे गुण उनमें थे। इस कक्षा में भी श्री अग्रवाल मास्साब हमें हिंदी पढ़ा रहे थे। श्री शास्त्रीजी संस्कृत तो अच्छी पढ़ाते थे, पर मोटापे के कारण उनकी आवाज कम निकलती थी। रघुवंशम्, कादंबरी, अभिज्ञान शाकुंतलम् पुस्तकें हमारे पाठ्यक्रम में थीं। शास्त्रीजी अपने हाथों के नर्तन से श्लोकों के अर्थ पूरी तरह स्पष्ट करने की कोशिश करते थे। कुरता-पाजामा में वे बिल्कुल संस्कृत के आचार्य लगते थे।

श्री सूरजपाल सिंह मेरे भूगोल के अध्यापक थे। सीधी-सादी वेशभूषा, इकहरी कद काठी, विनम्र स्वभाव के ये गुरुजी पढ़ाने में गजब के कलाकार थे। इनकी आवाज बड़ी पतली थी, पर वे अपने विषय के आधिकारिक विद्वान् थे। इतनी विस्तृत व्याख्या करके उदाहरण देकर पढ़ाते थे कि मिट्टी के प्रकार, उसकी पहचान और गुण, वनस्पतियों के प्रकार और इनके ऐसा होने के कारण, मानसूनी वन, शंकवाधारी वन, मरुस्थलीय एवं सागरीय वन इत्यादि इस ढंग से उन्होंने पढ़ाए थे कि आज भी वे सब कंठाग्र हैं। जमीन की माप-तौल, पैमाइश करना, नक्शा बनाना आदि का प्रैक्टिकल ज्ञान हमारे साथ रहकर वे देते थे। मैंने बहुत ही जल्दी उनके दिल में जगह बना ली थी। वार्षिक परीक्षा में भूगोल

का प्रैक्टिकल होता है। इसके लिए परीक्षक बाहर से आते हैं। सबसे बाद में वायवा होता है। हमारा जब वायवा हुआ तो उन परीक्षक के साथ हमारे ये गुरुजी भी बैठे हुए थे। एक-एक कर छात्र को कमरे में बुलाया जा रहा था। हम कमरे की पीछेवाली खिड़की से चुपचाप झाँककर अंदर का नजारा देख रहे थे। परीक्षक महोदय अमूमन हर छात्र से पाँच-छह प्रश्न ही पूछ रहे थे। छात्र से उसके प्रैक्टिकल की फाइल लेकर उसका काम देख रहे थे। मेरा नंबर आया तो मैं अपनी प्रैक्टिकल फाइल ले उनके सामने उपस्थित हुआ। उन्होंने मेरी फाइल देखकर पूछा कि यह तुमने बनाई है? मैंने कहा, हाँ सर! फिर उन्होंने मेरे से प्रश्न पूछे और पूछते ही चले गए। लगभग 16-17 प्रश्न पूछ डाले। मैंने भी बिना किसी विलंब के फटाफट उत्तर दिए। गरदन के इशारे से मुझे बाहर जाने को कहा तो मैं ठिठक गया और बोला, 'सर, आप और भी चाहे जितने प्रश्न पूछ लें, पर मेरा एक भी नंबर न काटें।' परीक्षक महोदय और मेरे गुरुजी, दोनों हँसने लगे। फिर मेरे गुरुजी ने कहा, 'सर, यह हमारी क्लास का सबसे होशियार लड़का है।' इस तरह मुझे प्रैक्टिकल के तीस अंक में से 28 अंक उन्होंने दिए थे। पर अपनी इस बचकानी हरकत पर आज भी मुझे हँसी आए बिना नहीं रहती।

श्री आर.बी. सिंह मेरे राजनीति विज्ञान के अध्यापक थे। जब मैं दसवीं कक्षा में था, तब अपने एक सहपाठी के साथ इनकी कक्षा में बैठ जाया करता था। संसद् के कार्य, राष्ट्रपति, प्रधानमंत्री के कर्तव्य, संविधान, मौलिक अधिकार—ये विषय मुझे बहुत लुभाते थे, सो मुझे यह विषय पढ़ने का ऐसा चस्का लगा कि ग्यारहवीं कक्षा में मैंने राजनीति विज्ञान विषय ले लिया था। और यह विषय मुझे इतना भाया कि आगे चलकर मैंने राजनीति विज्ञान में ऑनर्स और एम.ए. भी राजनीति विज्ञान विषय ले किया। ये गुरुजी पढ़ाते भी बहुत अच्छा थे। इस प्रकार नौवीं से बारहवीं कक्षा तक मैंने विषय बदल-बदलकर पढ़ाई की। अब मैं इन सब गुरुजनों का भी स्नेहभाजक बन गया। इस विद्यालय में मेरी साख ऐसी बन गई कि इसी वर्ष मेरा छोटा भाई राजकुमार और उसके दो-तीन सहपाठी गाँव से आठवीं पास करके आगे की पढ़ाई के लिए यहाँ आए तो मेरे एक बार कहने भर से इन सब का साइंस साइड में दाखिला हो गया। जबकि यहाँ साइंस साइड (विज्ञान वर्ग) में दाखिला लेना बड़ी टेड़ी खीर होता था।

इसके पीछे एक कारण था। जब मैं नौवीं कक्षा में पढ़ रहा था, तब हमारे अंग्रेजी के अध्यापक छुट्टी पर होते थे तो नौवीं-दसवीं कक्षा को साइंस पढ़ाने वाले मास्साब प्रेमशंकरजी उनकी जगह उस दिन क्लास लेने आते। वे बड़े ही कड़क और तुनकमिजाज मास्साब थे। ऐसी स्कूल में चर्चा थी। हमारी क्लास में वे पढ़ाते तो नहीं थे, बल्कि समय पूरा करने के लिए अंग्रेजी और सामान्य ज्ञान की बातें पूछते थे और मैं खड़े होकर सबसे ज्यादा बार सही उत्तर देता था। तब उन्होंने पूरी कक्षा के सामने मुझसे कहा था कि तुम

इस आर्ट साइड में क्या कर रहे हो? साइंस साइड में दाखिला क्यों नहीं लिया? तुम अपना वर्ग बदलवाकर मेरी कक्षा में आ जाओ। तुम जैसे होशियार लड़के को साइंस साइड में होना चाहिए। बस उसी पुरानी साख के चलते मेरे इन भाइयों का दाखिला साइंस साइड में सहजता से हो गया था।

□

इन वर्षों में घर की स्थिति में भी कुछ सुधार हुआ। घर बहुत छोटा था, पशु और इनसान इसमें एक साथ रहते थे। तो पिताजी ने गाँव के बाहर एक प्लॉट ले लिया था। ग्राम प्रधान ने यह गरीबों को मिलने वाली जमीन के कोटे के तहत दिया था। पिताजी तो दिल्ली में मजदूरी करने गए थे। मैं और मेरी माँ ने गाँव में कच्ची ईंटें पथवाकर बरसात के डर से ठेकेदार से एक कोठरा बनवाना शुरू कर दिया था। इसमें चौखट तो थीं, पर दरवाजे नहीं चढ़ पाए थे। इसकी बाउंड्री बाल ज्यादा ऊँची नहीं थी। दरवाजों की जगह सरपत की टटिया बनाकर लगा दी थी। अब मैं, मेरा छोटा भाई तथा मेरे दादाजी रात्रि को यहीं सोया करते थे। यहीं पर अब गाय-भैंस रहती थीं। सर्दियों में गन्ना पेरने वाला कोल्हू बिल्कुल हमारे इस घेर के पीछे ही लगता था, उसके आगे गाँव की पोखर है। कोल्हू की वजह से यहाँ खूब चहल-पहल रहती थी, ताजा गरम गुड़ खाने को मिलता था। मेरे मोहल्ले के मेरे एक बाबा गुड़-शक्कर बनाने में माहिर थे। सर्दियों में जब हम दोनों भाई पढ़ रहे होते थे, तब रात्रि के बारह-एक बजे अंतिम कड़ाही का गुड़ बनाकर जब वे अपने घर जाते थे तो गरम गुड़ का एक बड़ा लड्डू बनाकर लाते और आवाज देकर हमें दे जाते, और यदि हम सो गए होते थे तो बाहर ऊपर की ताख में रख दिया करते थे। माँ मुँह अँधेरे घर से चलकर यहाँ गाय-भैंसों का सानी-पानी करने आतीं तो हमें पढ़ने के लिए जगा देती थीं।

□

इस तरह मैं ग्यारहवीं पास कर बारहवीं में तथा मेरा अनुज नौवीं से दसवीं कक्षा में आ गया था। इस बार हमारे स्कूल का बोर्ड परीक्षा सेंटर कासिमपुर पावर हाउस के इंटर कॉलेज में पड़ा। मेरा बारहवीं का और मेरे अनुज का दसवीं का सेंटर यहीं था। यह मेरे घर से लगभग 28-30 किमी. दूर है, अतः घर से परीक्षा दे पाना संभव न था, सो इस सेंटर के पास में ही स्थित रामपुर गाँव में हम अपने एक चाचाजी के यहाँ ठहरे। एक महीना यहीं रहकर परीक्षा दी। यह इंटर कॉलेज पूरे इलाके में कड़े अनुशासन के लिए प्रसिद्ध था। यहाँ पर नकल करना तो दूर, कोई छात्र या छात्रा पीछे मुड़कर भी नहीं देख सकता था। जो केवल नकल के भरोसे पढ़ाई करते थे, ऐसे कई छात्रों ने पहले पेपर के बाद ही पूरी परीक्षा छोड़ दी। इस बार मुझे बहुत अच्छा महसूस हो रहा था। पेपर देने के बाद हम जब परीक्षा भवन

से बाहर आते थे तो एक-दूसरे से पूछते थे कि कितने प्रश्न किए। तब मैं देखता कि ज्यादातर छात्र सिर पीटते नजर आते थे। नकल न होने के कारण परीक्षा-केंद्र और वहाँ के शिक्षकों को बुरा-भला कहते थे। मेरे पेपर बहुत अच्छे जा रहे थे, मैंने जो सब पढ़ा और याद किया था, पेपर में अधिकतम उसी में से आ रहा था।

परीक्षा देकर आने के बाद हम अगले पेपर के रिवीजन में जुट जाते थे, अपने कमरे से बाहर तब ही निकलते थे, जब सायं को खाना खाने के बाद छोटे चाचाजी के साथ खेतों की ओर टहलने जाते थे। ये हरिआम चाचाजी बड़े आजाद खयाल और हँसमुख इनसान थे। सबकुछ अच्छा चल रहा था कि अंतिम पेपर की पूर्व रात्रि को मुझे बुखार चढ़ बैठा। शरीर बुखार से तप रहा था, फिर भी मैं कॉपी हाथ में थामे प्रश्नोत्तर का रिवीजन करने की कोशिश कर रहा था। रात को ओम प्रकाश चाचाजी ने मेरे पूरे शरीर पर विक्स मल दी और बुखार उतारने की एक टिकिया खिला दी। मेरे हाथ से कॉपी छीनकर मुझे लिटाकर कपड़े से ढक दिया। रात को पसीना आकर मेरा बुखार हल्का हो गया। लगभग रात्रि के तीन बज रहे थे। मेरा मुँह सूख रहा था, सो पानी पीकर मैंने लैंप जलाया और पढ़ने बैठ गया। प्रातः में बुखार तो था, पर रात जैसा वेग नहीं था, मुझे चाचाजी ने पेपर छोड़ देने के लिए काफी समझाया, मैं सोच रहा था कि सारे पेपर मेरे बहुत अच्छे गए हैं, यह पेपर छोड़ने से मेरा साल खराब हो जाएगा। सो मैं न माना और परीक्षा देने चला गया। मैंने भरपूर लिखा, पूरी परीक्षा में केवल उस दिन मैंने कॉपी लिखते-लिखते दो बार पानी पिया। जो मैंने पढ़ा था, सब प्रश्न उसी में से आए थे। परीक्षा समाप्त कर उसी दिन हम गाँव लौट आए।

जून माह में ही परीक्षा-परिणाम आ गया। मैं परीक्षा-परिणाम देखने अपने विद्यालय गया तो परिणाम देखकर विस्मय में पड़ गया। दसवीं कक्षा में जिन छात्र-छात्राओं की फर्स्ट डिवीजन आई थी, वे सबके सब फेल हो गए थे, उनके नाम वहाँ लगाई गई सूची में नहीं थे, पर मैं सेकेंड डिवीजन से पास हो गया था और मेरा भाई भी।

□

मैं आगे की पढ़ाई के लिए दिल्ली आ गया और ग्रैजुएशन में अप्लाई करने के बाद कई कॉलेजों में मेरा नाम दूसरी सूची में आ गया। पर मैंने जाकिर कॉलेज (सांध्य) को चुना। दिन में मैंने पूसा आई.टी.आई. में स्टेनोग्राफी कोर्स में दाखिला ले लिया था। अब समस्या यह थी कि दिल्ली में दाखिले जून में ही हो रहे थे, मेरे पास बारहवीं का कोई डॉक्यूमेंट नहीं था। उ.प्र. में स्कूल जुलाई में खुलते थे। बिना कागजात के मेरा दाखिला नहीं हो सकता था। तब मैं तुरत-फुरत गाँव लौटा और अगले दिन ही अपने बरौली कॉलेज जा पहुँचा। सभी गुरुजन मुझे जानते ही थे। इस वर्ष प्रधानाचार्यजी ने अपना तबादला अपने गाँव के पास के कॉलेज में करा लिया था। छुट्टियों में बाइस प्रिंसिपल

तथा एक-दो क्लर्क आते थे। मैंने बाइस प्रिंसिपल महोदय को अपनी समस्या बताई कि सर, दिल्ली विश्वविद्यालय के एक कॉलेज में मेरा दाखिला हो रहा है; डॉक्यूमेंट जमा कराने के लिए तीन दिन ही बचे हैं।

वाइस प्रिंसिपल साहब बड़े खुश हुए, बोले—बेटा, यह तो बड़ी खुशी की बात है, हमारे एक होनहार विद्यार्थी का दिल्ली के कॉलेज में दाखिला हो रहा है। बड़े बाबू (हेड क्लर्क) इन दिनों नहीं आ रहे हैं। वे तो जुलाई से आना शुरू करेंगे। पर मैं चपरासी भेजकर कल उन्हें बुलवाता हूँ। तुम कल आ जाओ, तुम्हारे सब डाक्यूमेंट मैं तैयार करवा दूँगा। जून का महीना, भयंकर गरमी और तेज लू चल रही थी। अगले दिन बड़े बाबू कॉलेज आए, मैं भी वहाँ पहुँच गया। मेरी मार्क सीट, टांसफर सर्टिफिकेट, करेक्टर सर्टिफिकेट तथा प्रोविजनल सनद उन्होंने बनवाई और वाइस प्रिंसिपल साहब ने स्वयं मुहर लगाकर हस्ताक्षर करके तैयार कर दीं।

मैं ऐसी विभूतियों को कैसे भूल सकता हूँ, जिन्होंने विद्यालय की छुट्टियाँ होने के बावजूद इतनी भीषण गरमी में अपने जरूरी कार्यों को तिलांजलि देकर अपने एक विद्यार्थी की चिंता की; उनके इस विशेष अनुग्रह और उनकी कर्तव्यनिष्ठता के कारण मेरा दाखिला दिल्ली के कॉलेज में हो सका। वे चाहते तो मुझे नियमों का वास्ता देकर जुलाई में विद्यालय खुलने पर आने के लिए कह सकते थे। मेरे लिए यह गौरव की बात है कि मैं ऐसे गुरुजनों का शिष्य रहा। इन प्रात: स्मरणीय अध्यापकों के उपकारों का कोई मूल्य नहीं हो सकता। इसलिए तो हमारे पौराणिक ग्रंथों में, ऋषि-मुनियों ने गुरु शिक्षक की महिमा का गान किया है। ऐसे परदु:खकातर, तपोनिष्ठ अध्यापकों के श्रीचरणों में बारंबार प्रणाम निवेदित करता हूँ। कहा भी गया है—

एकमपि अक्षरमस्तु गुरुः शिष्यं प्रबोधयेत्।
पृथिव्यां नास्ति तद् द्रव्यं यद् दत्वा ह्यनृणी भवेत्॥

अर्थात् कोई गुरु (शिक्षक) अपने शिष्य (विद्यार्थी) को एक भी अक्षर का ज्ञान देता है तो पूरी पृथ्वी पर ऐसी कोई वस्तु या धन नहीं, जिसे देकर शिष्य अपने गुरु का ऋण उतार सके।

मजहब नहीं सिखाता...

उच्च शिक्षा का गुरुकुल

विद्यार्थी के जीवन में शिक्षकों का विशिष्ट स्थान होता है। शिक्षक ही विद्यार्थी के अंदर छुपे गुणों को उभारकर उसके जीवन में अपार संभावनाओं के द्वार खोल देते हैं। ज्ञान के अथाह संसार का विस्तार कर देते हैं। इसलिए शिक्षक गण वंदनीय है। शिक्षक हमेशा ही अपने शिष्य से कहते हैं कि मेरी अच्छी आतों को ही तुम ग्रहण करो। अच्छाइयों को ही आत्मसात् करो। हर विद्यार्थी के जीवन में कुछ ऐसे शिक्षक जरूर आते हैं, जो स्मरणीय और वंदनीय होते हैं। मेरे शिक्षा-काल में मुझे भी ऐसे शिक्षकों का सान्निध्य और स्नेह मिला, जो आज भी मेरे हृदय-पटल पर विराजमान हैं।

सन् 1982 की बात है। दिल्ली में एशियाड-82 की तैयारियों को अंतिम रूप दिया जा रहा था। दिल्ली दुनिया में चर्चा का केंद्र बनी हुई थी। मैं उ.प्र. के बरौली इंटर कॉलेज बरौली राव, अलीगढ़ से बारहवीं कक्षा उत्तीर्ण कर उच्च शिक्षा के लिए दिल्ली आ गया। वैसे अपनी तरुणावस्था में एक-दो बार गणतंत्र दिवस की परेड देखने दिल्ली आया जरूर था, पर यहाँ की भौगोलिक स्थिति से परिचित नहीं था। काफी लंबे समय से मेरे पिता तथा चाचा यहाँ मजदूरी करने के लिए बराबर आते रहते थे। फसल के समय वे गाँव लौट जाते थे, अतः यहाँ कोई बसेरा नहीं बनाया था। हाँ, करोल बाग में आर्य समाज रोड पर पटरी पर ही बना-खाकर, दुकानों के आगे पड़े तख्तों पर रात काटकर ही जिंदगी बसर कर लिया करते थे।

यहीं पर मेरे गाँव के जाटव समाज के दो भाई भी रहते थे। बड़े भाई सूरजपाल नीम वृक्ष के नीचे पटरी पर बैठ हज्जाम का काम करते थे, और उनसे छोटे विधुर थे, नाम तो उनका अर्जुन था, पर लोग उन्हें बादशाह कहते थे। मैं इन्हें चाचाजी कहता था। हम सब में बड़ा हेलमेल था। छुआछात का नामोनिशान तक न था। बादशाह चाचा चारपाई बुनने का काम किया करते थे, नाम से बादशाह थे तो चरस-गाँजा का शौक भी फरमाते थे। यहीं पर पिछली गली नं. 70 रैगर पुरा के एक पढ़े-लिखे सज्जन इनके

साथ चिलम पीने आया करते थे। ये भी अनुसूचित जाति के रैगर समाज से थे। इनका नाम भगवानदास था। बादशाह चाचा और मेरे चाचाजी से इनका दोस्ताना हो गया था। भगवानदासजी पारिवारिक स्थिति बिगड़ जाने के कारण छोटी उम्र में ही इन्हें नशे की बुरी लत लग गई थी। दिल्ली के कॉलेजों में मेरा दाखिला कराने के लिए मेरे चाचाजी ने मुझे इनके हवाले कर दिया।

भगवानदास जी मुझे अपने साथ लेकर दिल्ली विश्वविद्यालय के कई कॉलेजों में गए और चार कॉलेजों में प्रवेश-फॉर्म जमा करा दिए। दूसरी सूची में तीन कॉलेजों—खालसा, जाकिर हुसेन सांध्य तथा सत्यवती कॉलेज में मेरा नंबर आ गया। पर उनके सुझाव पर मैंने जाकिर हुसेन कॉलेज में दाखिला लिया। हालाँकि खालसा कॉलेज सबसे निकट देवनगर करौल बाग में ही था, जहाँ मैं रहा करता था; पर उन दिनों खालसा कॉलेज के विद्यार्थी जरा-जरा सी बात पर हंगामा करते, बसों को तोड़ते थे और सत्यवती कॉलेज अपेक्षाकृत दूर था। सांध्य कॉलेज में प्रवेश लेने का प्रमुख कारण यह था कि दिन के समय मैं पूसा आई.टी.आई. से स्टेनोग्राफी में एकवर्षीय डिप्लोमा कर रहा था।

फुटपाथ पर रहना-खाना-सोना-पढ़ना—प्रारंभ में इस तरह की जिंदगी से मन उखड़ा-उखड़ा रहता। कोई छुट्टी पड़ते ही मैं गाँव भाग जाता था। दूसरा कोई विकल्प न होने के कारण मुझे यहीं पर मन लगाना पड़ा। सब काम रात में ही करने होते। रात को कपड़े धोना, रात को ही सुखाना। प्रातः दुकानें खुलने से पूर्व अपना नहाना-धोना, खाना-पीना सब निपटा लेना पड़ता। रात को मैं सड़क की बड़ी-बड़ी ट्यूब लाइटों की रोशनी में बैठकर शोर्टहैंड की प्रैक्टिस करता या घूम-घूमकर अपनी बी.ए. ऑनर्स की किताब पढ़ता था। वैसे दिक्कत नहीं थी, पर बरसात में इधर-उधर सिर छिपाते बैठना पड़ता। सर्द-ठंडी रातों में खुले में सोना पड़ता। प्रचंड गरमी की तपिश और लू की मार झेलती पड़ती। बुखार या बीमार होने पर गाँव ही भागना पड़ता या आराम करने के लिए किसी पार्क में शरण लेनी पड़ती थी।

अलस्सुबह शौच के लिए रैगरपुरा के सरकारी शौचालय में लाइन लगानी पड़ती थी। इसके लिए भी प्रति व्यक्ति 50 पैसा जमादार को देना पड़ता था। शुरू में मुझे बड़ी जलालत महसूस होती थी। गाँव में भले ही खुले में शौच करने जाते, पर वहाँ खेतों में बहुत दूर-दूर बैठते थे। लेकिन यहाँ पर तो खुली नाली पर लोग एक-दूसरे से सटकर बैठते। पर धीरे-धीरे मुझे भी इसकी आदत हो गई। प्रातः में स्नान की समस्या थी। हाथी वाला चौक पर एक सरकारी टोंटी थी, यहाँ मजदूरों की काफी भीड़ हो जाती थी। मुझे सवेरे जल्दी तैयार होना पड़ता था। 6 से 7 स्टेनोग्राफी का ट्यूशन लेने जाता था। तब मैं इस चौक के उस पार स्थित जनता प्याऊ पर जाता। यहाँ बैलों-गाय-घोड़ों को पानी पीने के लिए एक बड़ी सी हौदी रखी होती थी। इसी में से ताबड़तोड़ चार-छह डिब्बा पानी

तन पर डाल दो मिनट में ही स्नान कर लेता। रात के गले–बर्फीले पानी से दाँत कटाकट बजने लगते। कँपकँपी छूट जाती। पर कोई अन्य उपाय न था। इतनी भी रियायत या सुविधा कहिए, मुँह अँधेरे ही मिल पाती थी। पर हाँ, मनुष्य जैसी परिस्थितियों में रहता है, वह वैसा ही बन या ढल जाता है। छुट्टी वाला पूरा दिन मैं अजमल खाँ पार्क में बिताता था। यहाँ दिन भर पढ़ता और घास पर आराम करता अथवा कभी डी.टी.सी. की बसों में सफर कर दर्शनीय स्थलों पर घूमता था। प्रातः साढ़े आठ बजे आई.टी.आई. और सायं पाँच बजे से कॉलेज—ऐसा क्रम चलता था।

□

उन दिनों विद्यार्थियों के लिए डी.टी.सी. का ऑल रूट पास साढ़े बारह रुपए में बनता था और डी.टी.सी. बस यात्रियों को समय पर गंतव्य तक पहुँचाने के लिए प्रतिबद्ध थी। किराया सस्ता तथा बस की सर्विस बहुत अच्छी थी। पूसा गेट तक तो बस से जाना होता, पर अंदर पैदल ही जाया करते थे। रास्ते में राष्ट्रीय भौतिकी प्रयोगशाला है, उन दिनों इसके गेट के अंदर ठंडे पानी की मशीन लगी थी। गरमियों में वहीं से ठंडा पानी पीते थे। आज की तरह बैग में पानी की बोतल लेकर चलने का प्रचलन तब नहीं था। यहाँ से आगे चलकर हमारा यानी आई.टी.आई. का कैंपस शुरू हो जाता था। फाटक में प्रवेश करते ही दाईं ओर रोजगार दफ्तर, फिर पोलिटेक्नीक, फिर आई.टी.आई. और फिर होटल मैनेजमेंट संस्थान की इमारतें थीं। हमारी कक्षा में लड़के–लड़कियाँ दोनों पढ़ते थे। प्रातः का एक घंटा अंग्रेजी विषय का था, श्री खन्नाजी हमारे अंग्रेजी के शिक्षक थे। वे बड़े हँसमुख और मजाकिया इनसान थे। पढ़ाते समय भी उनके मुख पर मुसकान रहती थी। वे अंग्रेजी शब्दों की स्पैलिंग, उच्चारण तथा मीनिंग अच्छी तरह समझाते तथा बाद में पूछते भी थे।

उनके बाद स्टेनोग्राफी की क्लास शुरू होती थी। श्री विनोद कुमार जोशी हमें स्टेनोग्राफी पढ़ाते थे। वे एक आदर्श शिक्षक थे। कोई भी छात्र कभी भी उनसे पूछ सकता था। विद्यार्थियों के साथ वे बड़ी मेहनत करते थे। इसके बाद हमारा टाइपिंग का पीरिएड शुरू होता था, हमारी क्लास के आधे भाग में पीछे की ओर टाइपराइटर रखे हुए थे। टाइपिंग सीखना भी अनिवार्य था। जोशी सर खुद टाइपराइटर पर बैठ हमें स्पीड बढ़ाने के गुर बताते थे। वे सभी विद्यार्थियों को समान दृष्टि से देखते थे, लेकिन वहाँ के दूसरे शिक्षक ऐसा नहीं करते थे। उन दिनों आज की तरह आई.टी.आई. में फीस नहीं लगती थी, बल्कि अधिकाधिक छात्र/छात्राओं को आकर्षित करने के लिए सरकार गरीब छात्र/छात्राओं को कुछ छात्रवृत्ति दिया करती थी। उन दिनों पूसा आई.टी.आई. के इस काम के लिए जिम्मेदार आधिकारी कितने हृदयहीन और दिशाहीन थे; ये अधिकारी बेहद लापरवाह और आरामपरस्त जीव थे। इसका एक उदाहरण मैं आपको बताना चाहता हूँ।

मैं तो गरीब-मजदूर परिवार से था, इसमें छुपाने वाली कोई बात नहीं थी। आर्थिक अभाव के चलते आई.टी.आई. के मेरे शिक्षकों द्वारा जब यह अल्टीमेटम दिया गया कि जिन छात्रों ने यूनीफॉर्म नहीं बनवाई है, वे कल से क्लास में न आएँ, तब जुगाड़ करके बड़ी कठिनाई से मेरी यूनीफॉर्म बन सकी थी।

चमड़े के नए जूते खरीद नहीं सकता था, अतः एक मोची से पुराने फौजी जूते इस लालच में खरीद लिये थे कि बहुत मजबूत होते हैं और ज्यादा दिन चलेंगे। भले ही मेरी कद-काठी के हिसाब से ये भारी थे, पर इन्हें पहनने की विवशता थी। आई.टी.आई. से जो छात्रवृत्ति मिलती थी, इसके निमित्त गरीब छात्र-छात्राओं के चयन के लिए अधिकारी छात्रों से पूछताछ कर उनकी परिवार की आर्थिक स्थिति जानने की कोशिश करते थे, यानी साक्षात्कार लेते थे। जिन छात्रों को यहाँ की परंपरा की पूर्व जानकारी थी, तो वे उस दिन उसके हिसाब से ही इस साक्षात्कार में आए थे, यानी जो छात्र ठाट-बाट से आते थे, वे पुराना कमीज-पाजामा और चप्पल पहनकर आए। मुझे ऐसी कोई जानकारी नहीं थी, तो मैं अपनी उसी यूनीफॉर्म और जूतों में साक्षात्कार में शामिल हुआ था। मेरा साक्षात्कार लेने वाले अधिकारी का तर्क था कि इसने फौजी जूते पहने हुए हैं, इसके घर में से कोई फौज की नौकरी में जरूर है, अतः यह गरीब नहीं हो सकता। मेरा एक सहपाठी कैलाश, जो रैगरपुरा में किराए के मकान में रहता था, मेरी स्थिति से परिचित था। उसने उस अधिकारी को मेरी स्थिति के बारे में बताया भी कि सर, यह तो फुटपाथ पर ही रहता है, इसके पिता मजदूर हैं, इसके घर में से कोई फौज में नहीं है। परंतु उस अधिकारी ने सब बातों को नकारकर मुझे छात्रवृत्ति की पात्रता-सूची से बाहर कर दिया। यहाँ पर उन दिनों चापलूसी चरम पर थी। सरकार ने जिन अधिकारियों को गरीब छात्रों को चुनकर उन तक यह आर्थिक मदद पहुँचाने का जिम्मा दिया था, वे अपनी बुद्धि तथा कर्तव्य-बोध अपने घर पर ही छोड़कर आते थे।

□

आई.टी.आई. से पढ़कर लौटने के बाद मैं सायं को अपने कॉलेज चला जाता। जाकिर हुसेन कॉलेज से मैं राजनीति विज्ञान में बी.ए. (ऑनर्स) कर रहा था। उन दिनों जाकिर हुसेन कॉलेज की अपनी इमारत नहीं थी, सो अजमेरी गेट पर स्थित ऐंग्लो-अरैबिक स्कूल की इमारत में दिन की पाली में स्कूल, सायं को कॉलेज की क्लासें लगती थीं। पुराने जमाने की इस इमारत में कुछ कमरे छोटे और कुछ बड़े, पर कलात्मक थे। अभी तक मैंने गाँव के स्कूल में जो शिक्षा पाई थी, वह थोड़ी अलग थी। स्कूल में अध्यापक गण पढ़ाते, साथ ही ब्लैकबोर्ड पर लिखकर समझाते भी थे, पर यहाँ तो लैक्चरर आते ही तूफानी गति से लैक्चर शुरू करते और समय-समाप्ति पर जय हिंद।

इन्हें इस बात से मतलब नहीं था कि विद्यार्थी को कुछ पल्ले पड़ा या नहीं, उनकी समझ में आया कि नहीं। हमारा पहला पीरिएड 'पोलिटिकिल थ्योरी' का था। एकदम युवा हैदर साहब बड़ी नजाकत और नफासत से यंत्र चालित से अपना लैक्चर शुरू कर बीच में रुकते नहीं थे। वे धुआँधार बोलते ही जाते थे। हाँ, वे रेगूलर क्लास लेते थे और कोई हीलाहवाली नहीं करते थे। उन्होंने पढ़ाने में कभी कोई बहाने बाजी नहीं की।

जाकिर हुसेन कॉलेज में कर्मचारी से लेकर अधिकारी तक अधिकतर मुसलमान थे, जो ज्यादातर आसपास के शहरों से ही थे। प्राध्यापकों में कुछ हिंदू भी थे। सांध्य कॉलेज में अधिकतर विद्यार्थी ऐसे थे, जो या तो कहीं जॉब करते थे या मेरी तरह दिन में कुछ और कर रहे थे। फर्स्ट ईयर में मेरा एक सब्सिडियरी विषय हिंदी था, हिंदी के प्राध्यापक एक बुजुर्ग से पाठकजी थे। वे कक्षा में कभी पढ़ाने नहीं आते थे। बेहद कामचोर इनसान थे। हम विद्यार्थी इकट्ठा होकर स्टाफ रूम से उन्हें बुलाने जाते तो भी वे अनेक बहाने बनाकर हमें वापस लौटा देते। पोलिटकल साइंस के हमारे एक लैक्चरर भी ऐसे ही थे, आधा पीरिएड समाप्ति पर वे क्लास में आते और आते ही बड़े परेशानी भरे अंदाज में कहते कि आज मेरा स्कूटर धोखा दे गया, आज मैं बाजार में फँस गया, आज तबीयत कुछ अच्छी नहीं है, ऐसे बहाने हमें सुनाते थे। एक महिला लैक्चरर श्रीमती मित्राजी बड़ी विदुषी और पढ़ाई के प्रति सजग थीं। वे हमें 'इंटरनेशनल रिलेशंस' विषय पढ़ाती थीं, इतना ही नहीं, इस विषय पर बाजार में आई नई और अच्छी किताबों के बारे में भी वे बताती थीं।

इस कॉलेज की लाइब्रेरी बड़ी समृद्ध थी। इससे पहले मैंने न तो लाइब्रेरी देखी थी और न ही लाइब्रेरी में बैठकर कभी पढ़ाई की थी। कॉलेज में इस लाइब्रेरी से पुस्तकें प्राप्त करने के लिए तीन कार्ड इशू किए गए थे, पर यहाँ बैठकर कितनी भी किताबें पढ़ सकते थे। हमारी लाइब्रेरी बिल्कुल अंदर की ओर जाकर बाईं ओर इमारत के प्रथम तल पर थी। समय मिलते ही या पीरिएड खाली होता तो मैं लाइब्रेरी में बैठकर किताबें पढ़ता था। मुझे तो पहली बार पुस्तकों का खजाना हाथ लगा था, ज्यादातर मुझे विश्वयुद्ध और आजादी की लड़ाई पर पुस्तकें पढ़ना अच्छा लगता था। यहाँ के लाइब्रेरियन एक बुजुर्ग मुसलमान थे, जो गोल टोपी लगाए ऊँचे आसन पर बैठे चारों ओर नजर रखते थे। किताबें पढ़ने में मैं इतना निमग्न हो जाता था कि समय का भान ही न रहता था। अकसर हर रोज ही लाइब्रेरी बंद करने का समय होने पर वे मुझे टोकते थे।

नया-नया गाँव से आया था तो अभी वेशभूषा से गाँव का ही लगता था। बाल छोटे-छोटे, सपाट पैंट-कमीज। एक दिन ऐसे ही लाइब्रेरी बंद करते हुए उन्होंने मुझे बड़े प्यार से पूछा—क्या नाम है तुम्हारा? मैंने अपना नाम बताया। फिर वे बोले—कहाँ के रहने वाले हो? मैंने कहा—सर, बुलंदशहर जिले में मीरपुर गाँव का। उन्होंने कहा—

बरखुरदार, एक बात कहूँ, अब तुम दिल्ली में पढ़ रहे हो, इसलिए जैसा देश, वैसा भेस होना चाहिए। अपने बाल थोड़ा बड़े रखा करो। नहीं तो यहाँ के लड़के तुम्हें देहाती समझकर तुम्हारा उपहास करेंगे। मैं उनकी वह सलाह मानकर थोड़ा बड़े-बड़े बाल रखने लगा और पैंट-शर्ट पर इस्तरी भी करवा लेता था।

उन दिनों डी.टी.सी. पास बनाने की सुविधा हमारे कॉलेज में उपलब्ध थी। नाम तो मैं उनका नहीं जानता, भारी बदन के अधेड़ावस्था पार कर चुके एक खान साहब खेल के मैदान की ओर तथा लाइब्रेरी बिल्डिंग के सामने अपनी मेज-कुरसी पर छोटा सा ट्रंक लेकर बैठते थे। वे विद्यार्थियों के डी.टी.सी. पास बनाया करते थे। कभी-कभी पास बनवाने वाले विद्यार्थियों की लंबी लाइन लग जाती थी। एक बार मैं अपना पीरिएड अटेंड करके पास बनवाने पहुँचा तो उनका समय समाप्त हो गया था। कागज-कलम आदि अपना सामान समेट ट्रंक में रख रहे थे। मैं उनसे विनती करने लगा। मेरी भाषा-बोली पहचानकर बोले, तुम तो बुलंदशहर के लगते हो। मैंने कहा, हाँ सर, मैं बुलंदशहर के मीरपुर गाँव का हूँ। फिर मुसकराकर बोले, मैं भी बुलंदशहर से हूँ। काला आम सुना है, वहीं का रहने वाला हूँ। मैं बोला, हाँ सर, देखा भी है। वहाँ टी.बी. रोग के मशहूर डॉक्टर के.के. शर्मा की क्लीनिक है। वे बोले, अरे, उसी गली में तो हमारा घर है। फिर अपना हाथ रोककर बोले—बरखुरदार, तुम तो अपने हो, अब कभी लाइन में मत लगना। लाओ, पहले तुम्हारा पास बनाता हूँ। और उन्होंने अपना वह छोटा संदूक दोबारा खोला और मेरा पास बनाकर मुझे दिया। उनकी इस आत्मीयता को मैं कैसे भूल सकता हूँ। वहाँ मुझे सब अपना ही समझते थे।

□

ऐसे ही वहाँ ऑफिस में जो युवा क्लर्क बंधु थे, वे अलीगढ़ के रहने वाले थे। जब कभी मैं अपने किसी काम से उनकी खिड़की पर गया, वे मुझे अंदर अपने ऑफिस में बुला मेरा काम तुरंत कर देते। यदि मैं भूल नहीं रहा तो उन दिनों जनाब मुश्ताक अली साहब प्रिंसिपल थे। मैं उनकी नजर में इतना शरीफ लड़का था कि यदि वे ऑफिस से बाहर रास्ते में भी होते तो मैं अपना कोई फॉर्म उनका हस्ताक्षर कराने के लिए उनके आगे कर देता तो वे मेरा ही पेन लेकर चलते-चलते उस पर हस्ताक्षर कर देते थे। मेरे सहपाठी कहते थे कि मेरी यहाँ सबसे जान-पहचान है। पर ऐसा नहीं था, यह सब उनका अपने इलाके से यहाँ पढ़ने आए एक लड़के प्रति उनका स्नेह था।

मेरी कक्षा में सभी तरह के विद्यार्थी थे, कुछ उद्दंड और शरारती भी थे, लेकिन शरारती लड़के दिल्ली के ही थे। वे कभी-कभी पास में स्थित बदनाम जी.बी. रोड जाया करते। सबको साथ ले जाने के लिए उन्होंने दंड की व्यवस्था कर दी थी कि जो वहाँ नहीं जाएगा, उसे पूरी कक्षा को चाय पिलानी पड़ेगी। मैं कभी उधर नहीं गया, एक बार

भी नहीं। पर एक बार मुझे उनको चाय पिलानी पड़ी। बाकी समय मेरे एक सहपाठी कमल किशोर ने मुझे इस दंड से बचा लिया। कमल किशोर गीता कॉलोनी में रहता था। वह बड़ा ही सहृदय और समझदार था। उसके घर की स्थिति अच्छी थी। वह खूब बन-ठनकर आता था। हम दोनों की थोड़ी मित्रता हो गई थी। इस वर्ष कॉलेज यूनियन के चुनाव में वह सी सी पद के लिए खड़ा हुआ। हम सभी ने उसे सपोर्ट किया और कमल किशोर भाई जीत गया। औरों की तरह इस मित्र ने भी मेरे ऊपर महती कृपा की। यूनियन की कार्यकरिणी की पहली ही मीटिंग में कई प्रस्तावों के बीच मेरी पूरी फीस माफी का भी प्रस्ताव रखा। परिणामस्वरूप मेरी पूरी फीस माफ हो गई, जो रुपए दाखिले के समय जमा कराए थे, वे भी वापस मिल गए।

□

उधर आई.टी.आई. में अच्छा चल रहा था। शुरू से मैं देवनगर के पिटमैन शॉर्टहैंड स्कूल में ट्यूशन ले रहा था। यहाँ टाइपिंग भी सीख रहा था। मेरी टाइपिंग स्पीड बहुत अच्छी हो गई थी। समय पर वार्षिक परीक्षा हुई। पर लापरवाह प्रबंधन के कारण इसमें गड़बड़ मच गई। हिंदी शॉर्टहैंड के विद्यार्थी ऊपर की मंजिल पर दो कमरों में बैठाए गए थे। हमारे वाले यानी अंग्रेजी शॉट हैंड के क्लासरूम में कुछ विद्यार्थी हिंदी के और कुछ अंग्रेजी के थे। परीक्षा के दौरान हिंदी के टाइपराटर ठीक से चल नहीं रहे थे तो हिंदी स्टेनोग्राफी के परीक्षार्थियों ने हंगामा कर दिया। फसाद के डर से परीक्षक के कहने पर सब कमरों के परीक्षार्थियों की कॉपियाँ समय से बहुत पहले ही छीन ली गईं। परिणामस्वरूप हमारे परीक्षा-कक्ष वाले सब विद्यार्थी भी फेल हो गए। मेरा मन बड़ा ही खिन्न हो गया था। लेकिन यहाँ कोई सुनवाई नहीं थी। जैसा कि मैं पहले भी यहाँ की अराजक व्यवस्था के बारे में बता चुका हूँ।

परीक्षा समाप्त हो गई, आई.टी.आई. जाना बंद हो गया, तो अब दिन के समय मैं खाली था, लेकिन स्टेनोग्राफी की ट्यूशन बेमन से ले रहा था। इधर कॉलेज में ज्यादातर मेरे सहपाठी कुछ-न-कुछ जॉब करके ही कॉलेज आते थे। सो मैं भी काम की तलाश में था। कमल किशोर भाई ने इसमें मेरी मदद की। उनके एक मित्र ने चंद्रनगर में सागर फाटो स्टूडियो के नाम से अपनी फोटो की दुकान खोली थी। उन्हें एक सहायक की जरूरत थी। कमल भाई ने मुझे यहाँ रखवा दिया। यहाँ वेतन के रूप में मुझे सौ रुपए मिलते थे। सायं चार बजे मैं यहाँ से छुट्टी पाकर कॉलेज के लिए निकल जाता था। यहाँ मैं फोटो खींचना, डार्करूम में फोटो बनाना, इन्हें डवलपर में डवलप करना आदि काम सीख गया था। सात-आठ महीने बाद मैंने काम छोड़ दिया, क्योंकि परीक्षा की तैयारी करनी थी।

जून में भीषण गरमी। परीक्षा की तैयारी मैं अजमल खाँ पार्क में किया करता था।

आखिर कॉलेज की परीक्षा भी ठीक से निबट गई। अब मुझे फिर से किसी काम की तलाश थी। मेरे एक मौसेरे भाई एक व्यापारिक समाचार-पत्र दैनिक 'हिंद व्यापार' में काम करते थे। यह दिल्ली के पंजाबी बाग चौक से निकला करता था। छुट्टी के दिन कभी-कभार मैं उधर जाता रहता था। यहाँ पर शौक-शौक में मैंने हिंदी-अंग्रेजी की कंपोजिंग सीख ली थी। बाद में यह प्रेस मादीपुर गाँव में शिफ्ट हो गया था। सन् 1984 के प्रारंभ में मेरे मौसेरे भाई मायापुरी के गुलाब हाउस में आ गए। यहाँ कांशीरामजी बहुजन समाज पार्टी का एक दैनिक 'बहुजन टाइम्स' हिंदी, अंग्रेजी तथा मराठी भाषा में निकाल रहे थे। हिंदी भाषा के अखबार का ठेका मेरे इन भाईसाहब के पास था। कांशीरामजी करोल बाग में हरध्यान सिंह रोड पर स्थित डी.एस.-4 तथा बहुजन समाज पार्टी के दफ्तर में बैठते थे। अखबार का संपादकीय कार्यालय भी यहीं पर था। सप्ताह में एक-दो बार कांशीरामजी मायापुरी प्रेस में भी आते थे। मैं दिन में प्रातः शांति टाइपिंग कॉलेज में स्टेनोग्राफी तथा टाइपिंग की प्रैक्टिस करता, सायं को कॉलेज जाता और यहीं से रात को नौ बजे इस अखबार में काम करने मायापुरी चला जाता था। मैं यहाँ हिंदी-अंग्रेजी की कंपोजिंग करता, रात को लगभग दो बजे अखबार तैयार होकर जब छपने चला जाता, तब हम लोग वहीं फर्श पर सो जाते और प्रातः उठकर अपने-अपने डेरों पर चले जाते थे। सन् 1984 में प्रधानमंत्री इंदिरा गांधी की हत्या के समय में जो दंगे हुए, तब मैं इसी अखबार में काम कर रहा था। उसी वर्ष यह अखबार बंद हो गया था।

कॉलेज के द्वितीय वर्ष की परीक्षा में अब दो-तीन महीने ही रह गए थे। 'अंतरराष्ट्रीय संबंध' विषय पर एक अच्छी नई पुस्तक की चार प्रतियाँ लाइब्रेरी में आई थीं। इस पुस्तक को प्राप्त करने के लिए मैं लाइब्रेरी में बार-बार डिमांड का कार्ड लगाता, पर वह पुस्तक मिल न पाती थी। एक दिन वही आदरणीय लाइब्रेरियन बोले—क्या यह पुस्तक तुम्हें जरूर चाहिए? मैंने कहा—सर, वह बहुत अच्छी पुस्तक है, ज्यादा महँगी होने के कारण मैं बाजार से इसे खरीद नहीं सकता, अतः इसी से मैं परीक्षा की तैयारी करना चाहता हूँ। लाइब्रेरियन सर बोले—इसीलिए तो बहुत से छात्रों ने इसकी डिमांड लगा रखी है। जिन छात्रों के पास यह पुस्तक है, वे इसे रिन्यू कराने भी नहीं ला रहे हैं। पर बरख़ुरदार, तुम चिंता मत करो। जैसे ही यह पुस्तक मेरे पास आएगी, एक प्रति मैं तुम्हारे लिए रख लूँगा। और फिर तीन दिन बाद ही वह पुस्तक रिन्यू होने के लिए आ गई। उन्होंने उस छात्र को यह कहकर पुनः रिन्यू करने से मना कर दिया। इस पुस्तक की डिमांड लगी है, अन्य छात्र भी इस पुस्तक को पढ़ना चाहते हैं। उन्होंने यह पुस्तक मुझे इशू करते हुए कहा, 'बरखुरदार, इसे ले जाओ और अपनी तैयारी करो, अब इसे परीक्षा के बाद ही लेकर आना। बाकी सब मैं देख लूँगा, तुम चिंता मत करना।' इतना जोखिम उठाकर उन्होंने वह

पुस्तक मुझे पढ़ने के लिए उपलब्ध कराई, अन्यथा वह पुस्तक कभी मेरे हाथ न लगती। अपने गाँव-जबार से शहर पढ़ने आए अपने एक लड़के के प्रति उनका कितना उत्कट प्रेम था, यह आप जान-समझ सकते हैं।

यह बताना मैं भूल गया कि उसी वर्ष सूरजपाल चाचाजी गाँव से अपने बेटे जोगेंद्र को दिल्ली ले आए और छठी कक्षा में यहाँ उसका दाखिला करवा दिया। मुझे तो गाँव से ही बच्चों को पढ़ाने का शौक था। रात को हम दोनों साथ-साथ पढ़ते। यह बड़ा ही जिज्ञासु बालक था। हमेशा कुछ न कुछ पूछता रहता। मैं उसके प्रश्नों के उत्तर देता, पढ़ाई में उसकी मदद करता। उसके सबसे छोटे चाचा बापा नगर में कमरा लेकर अपने परिवार के साथ रहते थे। दिन में स्कूल से आने के बाद जोगेंद्र वहीं उनके कमरे पर रहता। रात को मेरे पास पढ़ने के लिए आ जाता था। जब हम फुटपाथ पर स्ट्रीट लाइट में पढ़ते थे, तब यहीं चौक पर चाय की दुकान चलाकर गुजारा करने वाली विधवा लता बहनजी भी अपने बेटे दिलीप को पढ़ने मेरे पास भेज देतीं।

उत्कट प्रेम की एक हृदयग्राही घटना को सुनाए बिना मैं आगे नहीं बढ़ सकता। सूरजपाल चाचा जब भी मेरे बाल थोड़े से बढ़े हुए देखते कि कटिंग करने के लिए बैठा लेते। वे इतने तन्मय होकर मेरे बाल काटते कि अपना सारा हुनर मेरे बालों पर उतार देते। समय की उन्हें कोई परवाह न रहती, पर मेरी पीठ और गरदन दुखने लगतीं। अपने इस प्यारे भतीजे से उन्होंने कटिंग के पैसे कभी नहीं लिये। हमेशा कहते—बाबू शा, आपकी शादी पर इकट्ठे ही लूँगा। मैं कई वर्षों तक फुटपाथ पर रहा। वहाँ रहते जोगेंद्र ने भी बी.ए. पास कर लिया था। वह अपने परिवार ही नहीं, मुहल्ले का पहला ग्रैजुएट बना।

□

चौरासी के दंगों के बाद बहुजन टाइम्स बंद हो गया तो मैं दिन में एक और अखबार 'व्यापार केसरी' में जाने लगा। यह नागिया पार्क के पास चौकी नं. 2, शक्तिनगर से निकलता था। कॉलेज का यह मेरा अंतिम वर्ष था। अब तक के सब पेपर मेरे क्लीयर थे। ऑनर्स कोर्स में सब्सीडियरी सब्जेक्ट के अंक नहीं जुड़ते, पर इन्हें उत्तीर्ण करना अनिवार्य होता था, अन्यथा डिग्री नहीं मिलती थी। नौकरी की तलाश के चलते मैंने इसी वर्ष फर्स्ट ऐड की परीक्षा पास करके डीटीसी में नौकरी हेतु कंडक्टर का बैज भी बनवा लिया था। एस.एस.सी., बैंक भरती बोर्ड, रेलवे भरती बोर्ड की प्रतियोगी परीक्षाएँ भी बीच-बीच में देता रहा। पर आर्थिक स्थिति से उबरने की इच्छा हमेशा बलवती रहती।

बी.ए. के तृतीय वर्ष में एक नया-नया विषय जुड़ा था, 'पब्लिक एडमिनिस्ट्रेशन', यानी लोक प्रशासन'। वर्ष के अंत तक बाजार में इस विषय पर कोई संपूर्ण पुस्तक न आ सकी थी। हमारे प्राध्यापकजी ने अपने लैक्चर में इस विषय की थोड़ी-बहुत जानकारी दी तो थी, पर उतनी अपर्याप्त थी। बी.ए. की फाइनल परीक्षा में मेरी कक्षा के अधिकतर

छात्र इस कारण से इस पेपर का बहिष्कार कर रहे थे। परंतु हमारे शिक्षकों ने समझाया था कि परीक्षा में बैठो, जो भी तुम्हें आता, उतना लिखो। संभवतः विश्वविद्यालय की ओर से आपको इसमें कुछ रियायत मिले, परंतु परीक्षा में न बैठने से तो कुछ भी हासिल नहीं होगा। मैंने अपने शिक्षकों का कहना माना और परीक्षा में बैठा। इसका सुखद परिणाम यह रहा कि इस प्रश्नपत्र में मैं अच्छे अंकों से पास भी हो गया। पेपर छोड़ने वाले सहपाठियों को पछतावे के अलावा कुछ हाथ न लगा। हमारे शिक्षक, गुरुजन हमेशा विद्यार्थियों का भला ही चाहते हैं। उनको कोई गलत सलाह वे नहीं देते, अतः शिक्षकों की बातों को मन:पूर्वक मानना चाहिए।

तीन वर्षों तक मैं इस प्रतिष्ठित कॉलेज का विद्यार्थी रहा। चतुर्थ श्रेणी के कमचारी से लेकर प्रधानाचार्य तक सबका मुझे इतना सुविधा-सहयोग और अपनापन मिला, जो अन्य किसी कॉलेज में नहीं मिल सकता था। मैं एक हिंदू विद्यार्थी था, वे सब मुसलमान, पर वे सब यही मानते रहे कि हमारा अपना लड़का ही अपने गाँव से यहाँ पढ़ने आया है। इन सभी आदरणीयों ने अपनी सीमा से बाहर जाकर भी मेरी मदद की। कहाँ है हिंदू-मुसलमान का भेद। अगर ऐसा होता तो क्या वे मेरी मदद करते, मेरा हित करने वाली नसीहतें मुझे देते, मुझे अपने बच्चों जैसा स्नेह करते? सच है, मजहब नहीं सिखाता आपस में बैर रखना। यहाँ बिताए जीवन के उन तीन वर्षों तथा यहाँ के परोपकारी गुरुजनों, अधिकारियों और स्टाफ के स्नेह, प्यार और उपकारों को मैं भूल नहीं सकता। ये सब मेरे लिए वंदनीय और अभिनंदनीय हैं। इन सब माननीयों को मैं बारंबार प्रणाम निवेदित करता हूँ।

मेरे मार्गदर्शक भगवानदास भाई

एक जर्जर काया में दुर्लभ इनसान

हर व्यक्ति के जीवन-व्यवहार में कुछ ऐसे इनसान जरूर आते हैं, जो साधारण हों या विशिष्ट, पढ़े-लिखे हों या अपढ़, घर के हों या बाहर के, नजदीक के हों या दूर के, व्यक्ति के जीवन पर, मन पर अमिट छाप छोड़ जाते हैं। बात उन दिनों की है, जब मैं गाँव से बारहवीं कक्षा पास करके उच्च शिक्षा के लिए दिल्ली आया। यह सन् 1982 का समय था, दिल्ली में एशियाई खेलों की तैयारियों को अंतिम रूप दिया जा रहा था। मैं अपने बाल्यकाल में गणतंत्र दिवस की परेड देखने दिल्ली एक-दो बार आया जरूर था, पर इस महानगर के बारे में ज्यादा कुछ जानता नहीं था। काफी लंबे समय से मेरे पिता और दोनों चाचा भी दिल्ली में मजदूरी करने आते रहते थे। पर उन्होंने भी कोई स्थायी बसेरा नहीं बनाया था। दिन भर मजदूरी करने के बाद करोल बाग में आर्य समाज रोड की पटरी पर ही खाना बना-खाकर दुकानों के आगे पड़े तख्तों पर सो जाया करते थे।

यह स्थान कीकर वाला और हाथी वाला चौक के बीच में स्थित है। इस तरह मेरा भी फुटपाथ पर रहना और फुटपाथ पर ही खाना-सोना होता था। यहीं पर मेरे गाँव के अनुसूचित जाति (जाटव) के तीन भाई रहते थे, उनमें सबसे बड़े सूरजपाल सिंह नीम वृक्ष के नीचे पटरी पर नाई की दुकान लगाते, दिन भर हज्जाम का काम करते थे। इनसे छोटे भाई विधुर थे, नाम तो उनका अर्जुन था, पर सब लोग उन्हें बादशाह कहते थे; बादशाह थे तो गाँजा-चरस का शौक रखते थे। यहीं पर पिछली गली यानी गली नं. 70 रैगरपुरा के एक पढ़े-लिखे व्यक्ति भी इनके पास चिलम पीने आया करते थे, ये भी अनुसूचित जाति (रैगर) के थे—उनका नाम था—भगवानदास। भरपूर लंबाई के, दुबले-पतले भगवानदासजी को छोटी उम्र में ही गलत संगत में पड़कर नशा करने की लत पड़ गई थी। उनकी माताजी ने मेहनत-मजदूरी कर, सड़क पर पत्थर तोड़ किस-किस तरह से उन्हें पढ़ाया था। माँ को इनसे बड़ी उम्मीदें थीं, पर माँ को कैंसर हो गया और बेटे की नौकरी की ख्वाहिश लिये बेचारी भगवान् को प्यारी हो गईं।

इन भाईजी के घर की हालत बड़ी डाँवाँडोल हो गई थी। पिता रोजाना शराब पीने के आदी, बेटे को भी साथ बैठाकर पिलाते थे। इकलौती बहन घर का सब काम देखती। घर के बाहर की ओर का एक कमरा किराए पर उठा रखा था, जिससे जैसे-तैसे घर का खर्च चलता था।

दिल्ली के कॉलेजों में मेरा दाखिला कराने के लिए मेरे चाचाजी ने मुझे उनके हवाले कर दिया था। प्रारंभ में मुझे उनके साथ बड़ी दिक्कत पेश आई कि मैं इन सज्जन को क्या कहकर पुकारूँ, मैं कभी उन्हें उस्तादजी, कभी गुरुजी और कभी चाचाजी कह देता। अंततः उनके कहने पर मैं उन्हें 'भाई साहब' कहने लगा। वे मुझे साथ लेकर इस कॉलेज से उस कॉलेज घूमे। चार कॉलेजों में दाखिला फॉर्म जमा करवाए, परिणामस्वरूप तीन कॉलेजों—खालसा कॉलेज सांध्य, जाकिर हुसेन सांध्य कॉलेज और सत्यवती कॉलेज सांध्य में मेरा नंबर आ गया। पर उनके कहने पर मैंने जाकिर हुसेन कॉलेज का चुनाव किया। अंततः जाकिर हुसेन कॉलेज सांध्य में मेरा दाखिला हो गया था। उन दिनों यह कॉलेज एंग्लो-अरैबिक स्कूल की इमारत में चलता था, जो अजमेरी गेट पर जी.बी. रोड के पास स्थित है। बाहर से देखने पर यह लाल पत्थर की इमारत छोटा लालकिला मालूम देती है। सांध्य कॉलेज में प्रवेश लेने का प्रमुख कारण यह था कि दिन के समय पूसा आई.टी.आई. से एक वर्षीय अंग्रेजी स्टेनोग्राफी में डिप्लोमा कर रहा था। अतः साढ़े आठ बजे से आई.टी.आई. और सायं पाँच बजे से कॉलेज—इस तरह का क्रम चलता था।

भगवानदास भाईजी अपने घर में अकेले भाई-बहन थे, सो वे मुझे छोटे भाई की तरह प्यार करने लगे थे। मेरा भी कोई दोस्त या हमउम्र नहीं था, सो हम दोनों अच्छे साथी-दोस्त बन गए। भगवानदास भाई चाय की दुकान पर आकर इतनी बारीकी और ध्यान से अखबार बढ़ा करते थे कि कई दिनों बाद भी हम छोटे-से-छोटा समाचार उनसे पूछ सकते थे। उन्होंने मुझे अखबार पढ़ने की हिदायत दी और इसकी अहमियत भी बताई। तब से मैं भी अखबार पढ़ने लगा, जो बाद में मेरी आदत ही बन गया। प्रातः अखबार पढ़े बिना मुझे चैन नहीं आता है। बाद में मुझे उनके बारे में पता चला कि अपने विद्यार्थीकाल में वे प्रतिभावान छात्र रहे थे। कक्षा-8 में उन्होंने दिल्ली में टॉप किया था और तभी से उन्हें चरस-गाँजा पीने की बुरी लत लग गई थी।

शुरू-शुरू में रात्रि में हम लगभग रोज ही मिलते और एक-दो घंटा साथ-साथ बिताते थे। भगवानदास भाई बड़े ही आस्तिक थे। वे मंदिरों में दर्शन करने बहुत जाया करते और मुझे भी साथ ले जाते। वहाँ गाँजा पीनेवालों की महफिल जमती। ऐसे ही पहले-पहल करौल बाग के हनुमान मंदिर की महफिल के दौरान उन्होंने मुझसे कहा—'प्रेमपाल, तुम मेरे छोटे भाई हो। कसम खाओ कि तुम चिलम को कभी हाथ नहीं लगाओगे। मैं जानता हूँ, यह बहुत बुरी चीज है, पर आदत पड़ गई है, मैं इसे छोड़ नहीं

सकता। पर तुम कभी इसको पीने की कोशिश मत करना।' भाईजी का वह विनीत चेहरा आज भी मेरी आँखों में बसा है।

रविवार को जब भी मैं किसी मंदिर में उनके साथ जाता था और वहाँ चिलम का दौर चलता था, तो वे मुझे दूर बैठा देते। उनके कहने पर पुजारीजी मुझे खूब सारा प्रसाद दे देते और मैं उसे खाता रहता। या कभी वे मीठे दूध की बोतल अथवा कैंपा मेरे लिए मँगा देते, पर मुझे नशे की बुराई से दूर ही रखते। मैं कई वर्षों तक उनके सान्निध्य में रहा। एक इस नशे की लत को छोड़कर उनमें इतने सारे अच्छे गुण थे कि किसी संन्यासी में भी नहीं हो सकते। वे बड़ी आस्था से मंदिरों में मत्था टेकते, भगवान् में उनको बड़ा विश्वास था। मैं उनके साथ गुड़गाँव के शीतला माता मंदिर, मुरथल में बाबा गोरखनाथ की समाधि, बिरला मंदिर आदि अनेक धर्म-स्थलों पर घूमा। जब मैं उनके साथ ज्यादा घुल-मिल गया, तो गाँजे की महफिल में आए उनके चरसी भाइयों पर कभी-कभी व्यंग्य भी कर देता। उनमें से कोई-कोई बहुत नाराज हो जाता, तब भगवानदास भाई उसे ही समझाते, 'अरे यार, मेरा छोटा भाई है, इसकी बातों का बुरा मत मानो। हम गलत हैं, इसीलिए तो कह रहा है। यह हमें अच्छे इनसान के रूप में देखना चाहता है। यह तो हमारा भला ही चाहता है।' और वे लोग शांत हो जाते।

□

भगवानदास भाई ने बैंक भर्ती बोर्ड की परीक्षा पास कर ली थी। उनका साक्षात्कार भी अच्छे से हो चुका था। उन्हें अपना मेडिकल देना था। भाईजी चश्मा लगाते थे, उनकी एक आँख की नजर कमजोर थी। इसको लेकर नौकरी में कोई बाधा न आए, तो इसमें मदद के लिए भाईजी मुझे साथ लेकर उस समय के सांसद श्री सज्जन कुमारजी के मादीपुर वाले आवास पर गए। वे तो उस दिन घर पर नहीं मिल सके, पर श्रीमती सज्जन कुमार ने आश्वासन जरूर दिया कि जितना हो सकेगा, साहब आपकी इसमें मदद करेंगे। भाईजी का इनसे पुराना परिचय था, कभी सज्जन कुमारजी सपरिवार भगवानदास भाईजी के मकान में किराए पर रहे थे और उनकी पत्नी ने कह रखा था कि कभी जरूरत पड़े, तो हमारे पास जरूर आना। श्रीमती सज्जन कुमार ने अपने वचन को निभाया और भारी सुरक्षा के बावजूद हम दोनों को अंदर बुलाकर आवभगत की थी।

कुछ महीनों बाद ही भगवानदास भाई की बैंक में नौकरी लग गई। उसमें किसी की सिफारिश की जरूरत ही नहीं पड़ी। उन्हें करोल बाग के बैंक ऑफ बड़ौदा ब्रांच में पहली नियुक्ति मिली। उस दिन भगवानदास भाई बहुत खुश थे, पर उस दिन रोए भी बहुत। रोते-रोते हुए ही बोले, 'प्रेमपाल, मेरे भाई, आज मेरी माँ होती तो कितनी खुश होती। उसके जीवित रहते मैं उसे कोई सुख नहीं दे पाया। मैं अपनी माँ के लिए बहुत कुछ करना चाहता था। मेरी नौकरी की आस लिए वह इस दुनिया से चली गई। यह

नौकरी थोड़ा और पहले मिल जाती, तो वह भी थोड़ा सुख देख लेती, खुश हो लेती।' मैंने कहा—भाईजी, आप रोओ मत, वे जहाँ भी हैं, आज जरूर खुश हो रही होंगी। आपको आशीश दे रही होंगी। सच, भगवानदास भाई आज बहुत विह्वल थे।

छुट्टी वाले दिन या फिर सायं को ही जब हम दोनों कहीं जाते थे तो भगवानदास भाई मुझे एक रुपया भी खर्च नहीं करने देते थे। कहते, 'अरे, तू तो स्टूडेंट है। कमाता थोड़े ही है। मैं तो अब कमाता हूँ। इसलिए मैं ही खर्च करूँगा।' नौकरी लगने के बाद पहली दीपावली पर उन्हें अपने बैंक से एक ऐसा बैग-कम-थैला उपहार में मिला, जिसे फोल्ड करके पॉकेट में रखा जा सकता है। भाईजी बोले, 'प्रेमपाल, यह उपहार मैं किसको दूँ, तू मेरा सबसे प्रिय है, अतः तू इसे रख।' भगवानदास भाई आज इस संसार में नहीं हैं, उनका वह अनमोल उपहार मैंने आज भी सहेजकर रखा हुआ है। इसे मैं जब भी देखता या अपने हाथ में लेता हूँ, तो भगवानदास भाईजी की पतली उँगलियों का स्पर्श महसूस करता हूँ। समाज की दृष्टि में तो भगवानदास भाई चरसी, नशेड़ी थे, पर मेरी नजर में सर्वगुणसंपन्न इनसान। वे मेरे सच्चे मार्गदर्शक थे और हितैषी भी।

पहले-पहल बैंक में उन्हें कैशियर यानी कैश जमा लेने का दायित्व मिला। मुझे डर लगता कि नशे में भाईजी से रुपए कम-ज्यादा न हो जाएँ। तो मैं उन्हें सुबह चिलम या नशे की सिगरेट पीकर जाने के लिए मना करता। वे मुझे समझाते—प्यारे भाई, न पीऊँगा तो जरूर गड़बड़ हो जाएगी—तुम चिंता मत करो। सच में रुपए के लेने-देन में उनसे कभी कोई गड़बड़ नहीं हुई। जब कभी मेरे कॉलेज की छुट्टी होती तो अपनी ब्रांच में मुझे साथ ले जाते; अपने कैशियर के कैबिन में बिठाकर मुझसे नोटों की गिनती करवाते। कहते, 'तुम अभी से नोट गिनने की प्रैक्टिस करो, तुम्हें बैंक में ही नौकरी करनी है।' लालच तो उन्हें छू तक नहीं गया था। कमजोर की हमदर्दी करना उनका स्वभाव था। मजदूरों के प्रति उनकी बड़ी सहानुभूति थी। इसके एक-दो वाकये मैं आपको बताता हूँ।

□

करौल बाग की अजमल खाँ मार्केट उत्तर भारत की जानी-मानी मार्केट है। उस जमाने में रेडियो पर सबसे ज्यादा विज्ञापन यहीं के आया करते थे। यहाँ ख्याति प्राप्त साड़ियों के अनेक शोरूम हैं, जैसे रामचंद्र किशनचंद्र साड़ी, जोहरा साड़ी एंपोरियम। अपनी एक छुट्टी के दिन मैं उनके साथ उनके बैंक गया और उनके कैबिन में ही बैठा था। उन दिनों कैश जमा कराने के लिए लंबी लाइन लगा करती थी। बारी-बारी से सब लोग अपना कैश जमा कराते थे। इसमें काफी समय लग जाता था। उस दिन भगवानदास भाईजी ने बाहर नजर उठाकर झाँका तो पाँच-छह लोगों के बाद एक मजदूर भी लाइन में लगा था, उसे इशारे से पहले बुला लिया। उससे पंक्ति में आगे के लोग हंगामा करने लगे। इतना ही नहीं, बैंक मैनेजर को बुला लाए और शिकायत करते हुए बोले—यह

कैशियर लोगों को बीच-बीच में से बुलाकर उनका पैसा जमा कर रहा है, जबकि हम लोग पहले से यहाँ खड़े हैं। मैनेजर ने जवाब तलब किया, तो भगवानदास भाई बड़ी मासूमियत से बोले, 'सर, एक-दो मजदूर थे, इनको देर होगी तो इनकी आज की दिहाड़ी मारी जाएगी, नहीं तो इनका ठेकेदार देर से आने पर इनका पैसा जरूर काट लेगा। बाकी ये लोग तो बड़े-बड़े शोरूम से आए ही इस काम के लिए हैं, थोड़ी देर हो जाने से इनका कुछ नुकसान नहीं होगा। बस यही सोचकर...।' मैनेजर बाबू तो निरुत्तर हो भगवानदास भाई का मुँह ताकने लगे और जो लोग शोर मचा रहे थे, वे भी शांत हो गए। आम इनसान और मजदूरों के प्रति ऐसी ही हमदर्दी की भावना थी उनके मन में।

उन दिनों साड़ियाँ रखने के पोलीथिन के जो सुंदर बैग होते थे, उनका बड़ा आकर्षण होता था—वे बड़े-बड़े साड़ी शो-रूमों में ही मिला करते थे। एक और अपनी छुट्टी के दिन मैं भी उनके कैशियर कैबिन में बैठा था। रामचंद्र किशनचंद्र साड़ी शोरूम के चपरासी ने वैसे ही एक बैग में रखकर बहुत सारा कैश जमा कराया। कैश गिनने के बाद मैं उस पोलीथिन बैग को फोल्ड करने लगा, तो भगवानदास भाई ने वह बैग मेरे हाथ से ले लिया और काउंटर पर्ची के साथ बाहर खड़े उस चपरासी को वापस कर दिया। फिर मेरी ओर मुख़ातिब होकर बोले, 'प्रेमपाल, हम इनका यह बैग लेने का लालच करेंगे तो कल से यह लाइन में नहीं लगेगा, इस बैग की रिश्वत से यह लाइन में लगे बिना मुझसे अपना काम करवाएगा। तुम्हें ऐसा बैग चाहिए तो मैं बाजार से खरीद दूँगा।' लालच से बहुत दूर थे भगवानदास भाई। उनको इस ब्रांच में लगभग एक वर्ष हो गया था। उनके बैंक का स्टाफ उनसे बहुत खुश रहता था।

एक बार इस ब्रांच से पाँच करोड़ रुपया हरियाणा के जींद में वहाँ की बड़ौदा बैंक की ब्रांच में जाना था। पुराने ज्यादातर कर्मचारियों ने अपनी-अपनी पारिवारिक समस्याएँ बताकर कैश लेकर जाने में असमर्थता व्यक्त कर दी, रिस्क का काम जो था। आखिरकार भगवानदास भाई बिना ना-नुकर किए वहाँ जाने को तैयार हो गए। रेलवे के एक स्पेशल कोच में सुरक्षा गार्डों के साथ वे कैश लेकर गए—कई दिन वहाँ रहकर कैश गिनवाया, फिर ब्रांच मैनेजर को कैश सौंप दिल्ली लौट आए। कैश के ट्रंक पर जो ताले लगाए गए थे, वे बड़े मजबूत और अच्छी क्वालिटी के थे। ज्यादातर ऐसा होता था कि जो कैश लेकर जाता था, वही इन तालों को रख लेता था। परंतु भगवानदास भाई इन दो तालों को वापस लेकर लौटे तो मैंने कहा कि इनका घर में उपयोग हो सकता है। पर नहीं, भगवानदास भाई कहने लगे, 'प्रेमपाल, यह बैंक की प्रॉपर्टी है। कल मैं इन्हें बैंक मैनेजर को सौंप दूँगा, फिर वह चाहे जो करे। मैं जानता हूँ, वहाँ से कोई न कोई बैंककर्मी इन्हें अपने घर ले ही जाएगा, पर मुझे मुफ्त की चीज बिल्कुल नहीं चाहिए और तुम भी कभी मुफ्त की चीज का लालच मत करना।' भाईजी भले ही कितने फटेहाल रहते, पर अपना ईमान कभी डिगाते नहीं थे।

□

भले ही भगवानदास भाई बड़े ही पतले-दुबले थे, पर सच्चाई और ईमानदारी की ताकत उनमें बहुत थी। एक बार गंगा दशहरा के अवसर पर दो-तीन साधुओं के साथ गंगा-स्नान के लिए रेलगाड़ी से गढ़मुक्तेश्वर गए, तो मुझे भी साथ ले लिया। रात्रि में पैसेंजर ट्रेन में बैठ बहुत सवेरे ही हम गंगाघाट पहुँच गए। गंगा-स्नान किया, भाईजी ने साधुओं के साथ चिलम का भोग भी खूब लगाया, फक्कड़पन में खूब मेला घूमे। गंगाघाट पर ही एक भंडारे में हम सब ने भोजन किया। दोपहर के बाद बाकी लोग तो वहीं रह गए, पर मैं और भगवानदास भाई दिल्ली के लिए लौट पड़े। यू.पी. रोडवेज की बस नहीं मिली तो एक ट्रक में ही पंद्रह-पंद्रह रुपए किराया तय करके बैठ गए। हमारे साथ और यात्रियों को भी उसने दिल्ली बॉर्डर तक बैठा लिया। इस ट्रक में चीनी की बोरियाँ लदी थीं। हापुड़ के पहले एक गाँव के पास जंगल में एक दरोगाजी ने ट्रक रुकवाया, उन्हें गाजियाबाद आना था। हम दोनों मित्र ड्राइवर के साथ आगे बैठे थे तो दरोगाजी अपने पुलिसिया रुआब में बोले—तुम लोग ऊपर जाकर बैठो। भगवानदास भाई कहने लगे, 'हम क्यों बैठें? आप ऊपर जाकर बैठिए।' दरोगाजी रोब गालिब करते हुए ड्राइवर से बोले, इन्हें यहीं उतार दे। इस पर भगवानदास भाई तो भिड़ गए, 'तुम क्या हमें अनपढ़-गँवार समझ रहे हो, बेशक नीचे उतार दे, फिर तुम दोनों की खैर नहीं। मेरे पास ट्रक का नंबर है और दरोगाजी के बैज पर नाम तथा बेल्ट का नंबर भी। दिल्ली जाते ही कंप्लेन करूँगा कि तुम दोनों ने रास्ते में हमें लूट लिया और यह मेरा छोटा भाई भी दिल्ली यूनिवर्सिटी का स्टूडेंट है। हम कोई अनपढ़-गँवार नहीं। आपको अपनी करनी का परिणाम पता चल जाएगा।' पता नहीं क्या सोचकर भुनभुनाते हुए दरोगाजी अपने बिस्तर सहित ट्रक पर ऊपर चढ़कर बैठ गए। ट्रक ड्राइवर तो इतना डर गया कि जब हम यू.पी. बॉर्डर पर ट्रक से उतरे तो वह किराया भी नहीं ले रहा था। उस दिन मैंने देखा कि भगवानदास भाई कितने निडर हैं!

भगवानदास भाईजी की दयालुता और परोपकारिता का एक बड़ा ही मजेदार वाकिया है, जिसमें एक बार हम दोनों जेल जाने से बाल बाल बचे थे। अजताक भगवानदास भाई का तबादला जंतर मंतर पर स्थित बैंक ऑफ बड़ौदा की रीजनल ब्रांच में हो गया था। वे यहीं पर अपनी ड्यूटी कर रहे थे। जन्माष्टमी पर हम दोनों पैदल-पैदल बिरला मंदिर में कृष्ण जन्मोत्सव की सुंदर झाँकियाँ देखने के लिए निकले। भूलीभटियारी चौक से पहले, जहाँ आर्य समाज रोड समाप्त होता है, वहाँ पटरी पर एक व्यक्ति बेहोश पड़ा था। वह अधेड़ावस्था से कुछ कम रहा होगा। भगवानदास भाई कहने लगे—सुन भाई, उधर तो जा ही रहे हैं, इसे राम मनोहर लोहिया अस्पताल में भरती करवाते हुए चलते हैं। मैंने तो ना-नुकुर की, पर भगवानदास भाई कहाँ मानने वाले थे! वहीं से एक ऑटो पकड़ा। हम दोनों उसे ऑटो में डालकर ले गए और राम मनोहर लोहिया अस्पताल

के इमरजेंसी वार्ड में भरती करा दिया। कुछ लिखा-पढ़ी के बाद डॉक्टरों ने उसका इलाज शुरू कर दिया। हमारा नाम-पता सब नोट कर लिया।

पर देखते क्या हैं कि थोड़ी देर बाद ही डॉक्टरों ने पुलिस बुला ली। एक गोरा-चिट्टा खूँसट एस.आई. हमसे कड़ाई से पूछताछ करने लगा, 'तुमने इस व्यक्ति को क्यों मारा? तुम्हारा इससे क्या झगड़ा हुआ था, तुम्हारी इससे क्या रंजिश थी?' और बीच-बीच में वह हमें हड़का भी रहा था। मेरा पुलिस से कभी सामना नहीं हुआ था। इन पुलिसिया प्रश्नों से मैं तो बुरी तरह डर गया; पर भगवानदास भाई नहीं डरे। उस खूँसट एस.आई. ने जो रिपोर्ट लिखी, वह उर्दू में थी, और वह हमसे इस पर हस्ताक्षर करने को कह रहा था। भगवानदास भाई बोले कि मैं इस पर हस्ताक्षर नहीं करूँगा। मेरे बताए अनुसार रिपोर्ट हिंदी या अंग्रेजी में लिखो। बस फिर क्या था, उस एस.आई. का पारा चढ़ गया। वह हमें देख लेने की धमकी देने लगा। भगवानदास भाई भी यहीं नहीं रुके, उन्होंने उर्दूवाली वह रिपोर्ट फाड़कर फेंक दी और कैसे-कहाँ वह व्यक्ति मिला, कैसे-क्यों उठाकर उसे यहाँ तक लाए—वह सब रिपोर्ट में अपने हाथ से लिखकर हस्ताक्षर कर दिए।

डॉक्टरों ने बताया कि इसके सिर में चाकू का घाव है। पुलिस वाला सरासर हम पर इलजाम लगाने लगा कि आपसी झगड़े में तुम दोनों ने ही इसको चाकू मारा है। खूब बहसा-बहसी हुई, अंततः डॉक्टर और पुलिस वाले बोले कि जब तक इसको होश नहीं आ जाता, तब तक तुम लोग यहाँ से नहीं जा सकते हो। पुलिस की ऐसी हरकतों और इन्हीं सब मुसीबतों के कारण लोग सड़क पर पड़े बीमार या घायलों की मदद के लिए आगे नहीं आते। हम लोग सायं साढ़े पाँच बजे कृष्ण जन्मोत्सव की झाँकियाँ देखने निकले थे। धीरे-धीरे रात के आठ बजे, फिर दस बजे, पर उस नामुराद को होश नहीं आया। मैं भगवानदास भाई को उनकी परोपकारिता के लिए कोसने लगा कि आपने तो 'आ बैल मुझे मार' वाली मुसीबत मोल ले ली। वे मुझे समझाने लगे, 'अरे भाई, सोच जरा, हमारे थोड़ा मुसीबत उठाने से किसी की जान बच जाए तो इससे अच्छी जन्माष्टमी और क्या हो सकती है! चिंता मत कर, तू स्टूडेंट है, इस तरह घबराते नहीं हैं।' फिर बोले—अरे, छोड़ सब बातें, पहले कैंटीन से खाना ले आ। उन्होंने मुझे पैसे दिए। रात के ग्यारह बज रहे थे। जब मैं खाना लेने पहुँचा, कैंटीन उजड़ चुकी थी। कैंटीन वाले की मनुहार करने के बाद बेकार समझकर अलग रख दी गई दो जली रोटियाँ और पोंछ-पाँछ करने के बाद थोड़ी-सी दाल मिली। हम दोनों मित्रों ने एक-एक रोटी खाई। भाईजी ने मुझे तो बैंच पर लेट जाने को कहा, खुद उस 'मुसीबत' के पास बैठे रहे। मैं कभी बाहर लॉन में जाकर लेटता, मच्छर काटते तो अंदर आ जाता और बैंच पर लेट जाता। मैं मन-ही-मन भगवानदास भाई को कोस रहा था। उन्हें अकेला छोड़कर जा भी नहीं सकता

था। भाग तो बिल्कुल भी नहीं सकता था—एक तो पुलिस ने हमारे ठिकाने का पता नोट कर लिया था, दूसरे भागने पर मैं दोषी साबित हो सकता था। अब तो मैं बैंच पर पड़ा कल्पना में ही कृष्ण जन्माष्टमी की झाँकियाँ देख रहा था।

रात के लगभग ढाई बजे जैसे ही उस व्यक्ति को होश आया, पुलिस हरकत में आ गई। पुलिस और डॉक्टरों ने मुजरिम की तरह हम दोनों को उसके सामने हाजिर किया और पूछा, 'क्या तुम्हारा इन दोनों से झगड़ा हुआ था? क्या इन्होंने तुम्हें मारा-पीटा है?' उसने 'ना' में गरदन हिला दी। उस व्यक्ति के नकारने के बाद ही मुझे थोड़ी-सी तसल्ली हुई, होम करते हाथ जलते-जलते बच गए। पर उस खूँसट एस.आई. के तेवर वैसे के वैसे ही थे। जन्माष्टमी का उत्सव समाप्त हो गया था। इतनी रात को अब हम लोग कहाँ जा सकते थे, सो पूरी रात अस्पताल में ही बिताई। मुँह अँधेरे ही मैं अपने डेरे पर लौट आया। भगवानदास भाईजी को इतने से ही संतोष न हुआ, प्रात: जब वे अपनी ड्यूटी पर जाते तो नित्य उसके लिए जूस तथा रसगुल्ले लेकर जाते। जब तक वह व्यक्ति पूरी तरह ठीक नहीं हो गया, भाईजी दोनों जून उसका कुशलक्षेम लेने जाते रहे—बिना यह जाने कि वह कौन था, कहाँ का था!

☐

हम दोनों का अब छुट्टी वाले दिन ही मिलना होता या फिर रात्रि को। हम दोनों ज्यादा समय साथ-साथ रहते। उस मार्केट के सब लोग हमें देखते ही थे। वहाँ के दुकानदारों ने एक दिन मेरे चाचाजी को समझाया कि 'तुम लोगों ने गाँव के सीधे-सादे लड़के को इस नशेड़ी के साथ छोड़ दिया, सारा दिन वह इसके साथ घूमता है। अरे, बुरी संगत में तो अच्छा-अच्छा भी बिगड़ जाता है। इसके साथ वह लड़का अपनी जिंदगी बरबाद कर लेगा, तुम्हें इसका खयाल ही नहीं है। कैसे इनसान हो तुम लोग?' बस फिर क्या था, जब भी कभी भगवानदास भाई मेरे पास आते तो मेरे चाचा उनसे झगड़ा करते, उनकी बेइज्जती करते। यह सब देखकर मुझे बहुत बुरा लगता और दु:ख भी होता कि चाचाजी समझते क्यों नहीं। एक दिन मैं भी चाचाजी पर बिगड़ बैठा—आप इनसे झगड़ा क्यों करते हैं, क्यों इनकी बेइज्जती करते हैं। तुम्हें मेरे ऊपर भरोसा नहीं है? तुम चिंता मत करो, तुम्हारा नाम खराब नहीं करूँगा। परंतु चाचाजी मेरे से भी नाराज हो गए, मेरे से बोलना ही छोड़ दिया।

हमें साथ-साथ देखने वालों की चिंताएँ भी वाजिब थीं, क्योंकि जब भगवानदास भाई अकेले ही चिलम पीते थे, तो मैं ही उसमें तीली लगा दिया करता था। उनके साथ उन सब स्थानों पर भी जाता था, जहाँ चोरी छिपे ये नशीली चीजें बिकती थीं। मैंने देखा, जब इन चरसी भाइयों की मंडली जुटती थी, तो उनमें बड़ा अपनापन और भाईचारा होता था। वे एक-दूसरे से बड़ी ही तहजीब से बात किया करते। चिलम पीकर एक-एक कर

सब खिसकते जाते और अंत में भगवानदास भाईजी कहते, 'चरसी भाई किसके, दम लगाए खिसके।' मैंने उनके साथ रहकर देखा कि कोई नशाबाज अकेले नशा शायद ही करता था, ज्यादातर अपने समाज यानी मंडली में ही करते थे। सब गाँजे या चरस की अपनी-अपनी पुड़िया लेकर आते। नशे की इस 'अड़ी' का समय भी ज्यादातर नशेबाजों को पता होता। नशा करके सब अपने-अपने काम पर खिसक जाया करते—पीने-पिलाने की शिकायत आपस में नहीं करते थे।

फिल्मों के बारे में मेरी धारणा अच्छी नहीं थी। गाँव में बड़े-बुजुर्गों से यही सुना था कि फिल्में देखकर लड़के बिगड़ जाते हैं। अपने जीवन में पहली फिल्म मैंने बी.ए. के द्वितीय वर्ष में देखी थी। हुआ यों कि शुक्रवार को भगवानदास भाई और बादशाह चाचाजी का फिल्म देखने का कार्यक्रम बना, तो मुझे भी साथ ले लिया। फिल्म का नाम था 'मजदूर'। लिबर्टी सिनेमा हॉल पर भीड़ बहुत ज्यादा थी और टिकट ब्लैक में मिल रहे थे। मैंने हठ करके भाईजी को ब्लैक में टिकट लेने से मना कर दिया—'आप तो गलत काम नहीं करते हैं, ब्लैक में टिकट लेना भी तो गलत बात है।' भगवानदास भाई मान गए और रात्रि के 9 से 12 के शो के टिकट ले लिये। भगवानदास भाई और बादशाह चाचा, दोनों पक्के यार थे। बादशाह चाचा हमेशा मुझे बाबू शा कहते, उनकी मुसकान बड़ी प्यारी थी। बचपन में चेचक की बीमारी में उनकी एक आँख चली गई, लेकिन वे बड़े ही खुश मिजाज और भले इनसान थे। मैं इन दोनों के साथ रात्रि में भगवती जागरण देखने भी जाया करता था।

अब समस्या थी कि मैं चाचाजी को बिना बताए रात के बारह बजे तक गायब कैसे रहूँ। भगवानदास भाईजी ने मेरे चाचाजी से कहा कि हम लोग जागरण देखने जा रहे हैं। प्रेमपाल भी हमारे साथ जा रहा है। मैं जीवन में पहली बार सिनेमा हॉल में फिल्म देख रहा था, मुझे सबकुछ विचित्र और अनोखा लग रहा था। यह मजदूर फिल्म मजदूर-मालिकों के हितों के टकराव की समस्या पर केंद्रित है। इसमें व्यक्ति के बिगड़ने वाली तो कोई बात न थी। फिल्मों के माध्यम से किसी भी मुद्दे या समस्या को बड़ी आसानी से समझाया जा सकता है—दर्शकों के मन पर ये व्यापक असर करती हैं।

□

एक बार ऐसा हुआ कि चाचा और पिताजी गाँव गए हुए थे। मुझे रुपयों की जरूरत थी, कॉलेज की फीस भरनी थी। रुपए तो मुझे उधार मिल सकते थे। किसी दुकानदार से ले सकता था, भगवानदास भाईजी से भी ले सकता था, पर चिंता यह थी कि ये रुपए पिताजी को ही चुकाने पड़ेंगे। मैं डी.टी.सी. पास बनवाने के लिए साढ़े बारह रुपए भी पिताजी से बड़े संकोच के साथ लेता था। पॉकिटमनी तो मैं जानता ही नहीं था। मेरे मन में विचार आया कि मुझे कुछ दिनों मजदूरी करके जरूरत भर रुपए कमाने चाहिए। सो

मैं देवनगर के उस चौक पर गया, जहाँ काम पाने के लिए मजदूर इकट्ठा होते थे। मैंने देखा, यहाँ भी बेरोजगारी इतनी ज्यादा थी कि जैसे ही कोई स्कूटर या गाड़ी वहाँ आकर रुकती तो मजदूर उस पर टूट पड़ते और भाव-ताव कर काम पा उनके साथ चले जाते। मैं तो नया मजदूर था, वैसा मैं नहीं कर सका। समय काफी हो गया था, उस चौक पर अब गिने-चुने मजदूर ही बचे रह गए थे। आखिर लगभग दस बजे एक स्कूटर मेरे पास आकर रुका, वह राजमिस्त्री ठेकेदार था। उसने स्कूटर पर बैठे-बैठे ही मुझे इंगित करके पूछा—काम पर चलेगा ? मैंने कहा—चलूँगा। क्या लेगा ? मैंने कहा—जो सबको देते हो, वही दे देना। उसने मुझे अपने स्कूटर पर बैठाया और रैगरपुरा की सब्जीमंडी की ओर एक गली में ले गया।

जहाँ पर मुझे काम करना था, उस मकान में नीचे मालिक का परिवार रहता था—इसके ऊपर गत्ते के डिब्बे बनाने की फैक्टरी थी, तीसरी मंजिल पर यह निर्माण का काम चल रहा था। उसने मुझे स्कूटर से उतारकर कहा, 'चल, मसाला बना।' वहाँ और भी मजदूर थे। मैं मसाला बनाना नहीं जानता था। गाँव में मिट्टी का गारा बनते देखा था और बनाया भी था। मैं इधर-उधर देखने लगा। ठेकेदार का शागिर्द छूटते ही बोला, 'अरे, तुम किस बेवकूफ को पकड़ लाए। इसे कुछ नहीं आता।' ठेकेदार बोला—अरे बता दे, कर लेगा। ठेकेदार ने मेरी ओर इशारा करके कहा—ऐ लड़के! ऐसा कर, बदरपुर के छह तसले नापकर इधर डाल, इसमें एक तसला सीमेंट मिलाकर ढेर के बीच में पानी डालकर गीला कर, फावड़े से अच्छी तरह मिलाना। चल, लग जा काम पर। उसके बताए अनुसार मैंने सब काम सफाई से फटाफट कर डाला। इसके बाद खाली न बैठकर ईंट पकड़ाना, मलवा हटाना जैसे काम भी करता रहा।

दोपहर में एक बजे लंचब्रेक हो गया। ठेकेदार तथा अन्य मजदूर खाना खाने चले गए। मैं कहाँ जाता! मैं तो सुबह ही बना-खा लेता था, सो तीसरी मंजिल पर जाने वाली सीढ़ियों पर छाया में बैठ सुस्ताने लगा। गत्ता फैक्टरी में भी कारीगर खाना खाने लगे तो मालिक फैक्टरी के दरवाजे पर पड़ी कुरसी पर आ बैठा। सामने सीढ़ियों पर मैं बैठा ही था, सो मालिक पूछने लगा, तू तो मजदूर लगता नहीं है। क्या करता है ? मैंने कहा, अंकल, मैं पढ़ता हूँ, फीस के लिए रुपए चाहिए थे। फिर पूछा—कहाँ पढ़ता है ? मैंने बताया—जी, मैं जाकिर हुसेन कॉलेज में बी.ए. ऑनर्स कर रहा हूँ। मेरा फाइनल ईयर है। वह सज्जन तुरंत बोले—अरे, वहाँ तो मेरा बेटा भी पढ़ता है पास कोर्स में। फिर पता नहीं उन्हें क्या हुआ कि आवाज देकर अपने बेटे को ऊपर बुला लिया। फिर उसे डाँटते हुए बोले—इसे देख, फीस भरने के लिए मजदूरी कर रहा है। तेरे ही कॉलेज में ऑनर्स कोर्स में पढ़ता है। इसे अपने माँ-बाप से कोई शिकायत नहीं। एक तू है कि कभी तेरी शिकायतें खत्म नहीं होतीं। और भी न जाने क्या-क्या अपने बेटे को कहते रहे।

सायं को काम समाप्त हुआ तो ठेकेदार बोला—लड़का मेहनती है, खाली नहीं बैठता। फिर मेरी ओर मुखातिब होकर बोला—'कल टाइम से आ जाना, पैसा तो इकट्ठे ही लेगा।' ज्यादातर मजदूर और ठेकेदार सायं को पैग लगाकर जाते थे। दारू का गिलास मेरी ओर बढ़ाता हुआ वह बोला—ले चढ़ा ले, थकान उतर जाएगी। मैंने हाथ जोड़ दिए, तो बोला—जा फिर, कल आकर एक बोरी का मसाला बना लेना। मैंने कहा—ठीक है जी, आ जाऊँगा। पहले दिन से ही मकान मालिक की मेरे प्रति हमदर्दी सी हो गई थी। मैं ऊपर की मंजिल पर ईंट या मसाला लेकर जाता तो वह मुझे रोक लेते—'अरे, थोड़ा आराम कर ले।' ठेकेदार भी मेरे प्रति अलग तरह का भाव रखने लगा। इस तरह मैंने उनके यहाँ बारह दिन काम किया। चालीस रुपए प्रतिदिन के हिसाब से ठेकेदार ने खुशी-खुशी मेरा पूरा मेहनताना चुका दिया।

इतने दिनों तक भगवानदास भाईजी से मेरा मिलना न हो सका था। वे यही समझते रहे कि मैं भी गाँव चला गया हूँ। बारह दिन के बाद मिले तो बोले—'अरे भाई, गाँव गए तो बताया भी नहीं। कब आए?' मैंने बड़े संकोच के साथ कहा—भाईजी, मैं गाँव नहीं गया था, मजदूरी कर रहा था, फीस के लिए रुपयों की जरूरत थी। भगवानदास भाई कुछ देर सन्न से मुझे देखते रहे, फिर बोले—मुझे क्यों नहीं बताया, रुपए मैं दे देता। मैंने कहा—भाईजी, मैंने सोचा कि रुपए किसी से भी उधार लूँगा तो पिताजी को ही चुकाने पड़ेंगे। मुझे आइडिया आया कि खाली हूँ, तो मजदूरी ही कर लूँ कुछ दिन।

यह सुनते ही भगवानदास भाई ने मुझे अपने पास खींचकर बाँहों में भर लिया। फिर बोले—'प्रेमपाल, तू सबसे अलग है, तेरे अंदर खुद्दारी है। मैं तो अभी तक यही सोचता था कि इस ब्राह्मण युवक में ऊँच-नीच का थोड़ा गरूर जरूर होगा। पर नहीं, तुम वैसे नहीं हो। आज से मेरी नजरों में तुम्हारा कद और बढ़ गया। तुम्हारी सोच बिल्कुल अलग है।' फिर प्यार से बोले—चल चाय पीते हैं। उस दिन से भगवानदास भाई मुझे और ज्यादा प्यार करने लगे, मेरी बातों पर ध्यान देने लगे।

बैंक में भगवानदास भाईजी के अपने सब अधिकारियों से मधुर संबंध थे। जंतर-मंतर वाली इस रीजनल ब्रांच में उनका काम था नोट छाँटना, यानी गड्डियों में से अच्छे नोट एक तरफ और खराब फटे नोट दूसरी तरफ। इस ब्रांच के मैनेजर एक गुप्ताजी थे। यहाँ पर एक रुपए और दो रुपए की नई गड्डियाँ मिल जाती थीं। मेरे जानने वाले ज्यादातर लोग शादी-विवाह के लिए मुझसे नई गड्डियाँ मँगवाते रहते थे। मैं जब भी उस ब्रांच में जाता, भले भगवानदास भाई वहाँ हों या न हों, गुप्ताजी मुझे देखते ही कहते—अरे भाई, अब किसकी शादी करवा रहे हो? और मेरे बताने पर तुरंत नई गड्डियाँ निकालकर दे देते। यह मेरे प्रति उनकी आत्मीयता भगवानदास भाईजी के कारण ही तो थी। भगवानदास भाई फक्कड़ की तरह रहते थे। नहाने से कतराते थे, सर्दियों में कई-कई दिन बाद नहाते

थे। मैं करीब चार वर्ष तक उनके सान्निध्य में रहा। पहले वे चरस, गाँजा, भाँग, शराब, बीड़ी-सिगरेट सब पीते थे। मेरे बार-बार टोकते रहने पर अब वे केवल गाँजा पिया करते या बीड़ी-सिगरेट।

□

सन् 1985 में हमने शिवराम पार्क, नांगलोई में एक प्लॉट लेकर एक कमरा बनवा लिया था। मैं यहाँ आकर रहने लगा। यहीं रहकर मैंने एम.ए. किया। वह समय मेरे लिए बड़ा संघर्ष का था, मैं बीमारियों की मार झेल रहा था। कभी-कभी ही किसी काम से करोल बाग जा पाता था। भगवानदास भाईजी से भेंट होती थी, लेकिन बाद में काफी समय तक उधर जाना न हो सका। नशे के कारण भगवानदास भाई की काया जर्जर हो गई थी। इस बीच पिता का देहांत हो गया था। बहन ने घर से निकल किसी लड़के से शादी कर ली। नशे की लत के कारण सरकारी नौकरी होने के बावजूद भगवानदास भाई का विवाह न हो पाया था। उनका मानसिक संतुलन बिगड़ गया और कुछ महीनों वैसी स्थिति में रहकर उनका देहांत हो गया। यह सब मुझे बाद में पता चला, जब कई वर्षों के बाद मैं आर्य समाज रोड गया तो वहाँ पटरी पर सिलाई का काम करने वाले मेरे एक और मित्र मोहन ने विस्तार से बताया था।

उनके संग-साथ की और भी बहुत सारी स्मृतियाँ हैं, यादें हैं। भगवानदास भाई अनोखे थे। उस क्षीण-जर्जर काया में सदैव एक परोपकारी दिल धड़कता था। उनके मन में हमेशा दूसरों की भलाई की बातें ही आया करती थीं। भगवानदास भाई न जाने किस मिट्टी के बने थे, लोग उन्हें बुरा-भला कहते, उन्हें हिकारत की नजर से देखते, उनकी बेइज्जती करते, पर वे यह सब एक रिरिआती हँसी में उड़ा देते थे। उनसे मेरा कोई रिश्ता-नाता नहीं था, फिर भी वे मेरे बहुत अपने थे। इस अनजाने शहर में वे मेरे मार्गदर्शक बने। मैंने बहुत-कुछ उनसे सीखा। भगवानदास भाई एक शरीर में सबकुछ थे। समाज की नजर में भले ही वे नशेबाज थे, पर मेरे लिए नहीं, मैं तो सच्चाई जानता हूँ। भगवानदास भाई, आप जहाँ भी हो, जिस भी दुनिया में हो, मैं आपको कभी नहीं भूलूँगा।

□

गुरुवर श्री प्रकाश मनु

बालमन व बाल-साहित्य के शिखर लेखक

बाल-जगत् की मासिकी 'नंदन' के उप संपादक के नाते दशकों तक इसे पुष्पित-पल्लवित करने वाले तथा बाल-साहित्य के मूर्धन्य लेखक श्री प्रकाश मनुजी का परिचय देना तो वैसा ही है, जैसे दिनकर को दीप दिखाना। बहुत से लोग उन्हें उनकी रचनाओं के माध्यम से जानते हैं, और समकालीन अधिकतर साहित्यकार ऐसे हैं, जो किसी-न-किसी मंच पर उनका सान्निध्य, स्पर्श और स्नेह पा चुके हैं। मेरे पुण्य कर्मों का परिणाम रहा कि मुझे उनकी निकटता पाने, उनसे सीखने का सौभाग्य प्राप्त हुआ, जब वे प्रभात प्रकाशन संस्थान की हिंदी की प्रतिष्ठित पत्रिका 'साहित्य अमृत' के संयुक्त संपादक बनकर आए। अपने कार्य के प्रति उनकी लगन, मेहनत तथा कर्तव्यपरायणता देखकर मैं तो दंग रह गया था।

मैं प्रातः जब पत्रिका कार्यालय पहुँचता, तो मनु सर को हमेशा पहले से ही काम में जुटा हुआ पाता। नित्य आनेवाली रचनाओं को पढ़ना, उन्हें यथास्थान रखना, अलग-अलग अंकों के लिए समायोजित करना, जरूरत के अनुसार लेखकों से रचनाएँ मँगवाना इत्यादि सब काम इस तल्लीनता के साथ करते कि उनके आगे-पीछे, दाएँ-बाएँ से कोई कितनी बार निकल जाए, उन्हें पता ही नहीं चलता था। हम लोगों ने पहली बार जाना कि काम को किस प्रकार से व्यवस्थित किया जाता है। समय-समय पर 'साहित्य अमृत' के इनके पूर्ववर्ती जितने भी संयुक्त संपादक रहे, सब के सब निष्क्रिय और पद को ढोने वाले ही थे। वे लोग हमसे, मतलब स्टाफ से दूरी बनाकर रखते थे, मिलते भी थे तो अफसरी अंदाज में; पर मनु सर तो अपने अधीनस्थों से इतनी आत्मीयता और मधुपगी वाणी में नित्य ही बात किया करते थे। चल रहे काम में मार्गदर्शन करते। उनके स्नेहासिक्त व्यवहार के बारे में क्या कहूँ, यहाँ तक कि जब मनु सर चाय भी पीते तो हमें बड़े प्यार से एक-एक बिस्कुट जरूर खिलाते थे।

मनु सर प्रूफों की रीडिंग इतनी बारीकी से करते कि तथ्यात्मक, वर्तनीगत आदि

गलतियाँ तो छोड़ो, कहीं कोमा की गलती छूटने की भी कोई गुंजाइश न रहती। सायं में जब हम छुट्टी करके घर लौटते, तब भी मनु सर काम में मुस्तैदी से जुटे रहते। दीदी (मनु सर की बिटिया) का बार-बार फोन आता, तो वे कहते—'हाँ, बस निकल रहा हूँ।' दीदी कुछ देर बाद फिर फोन करतीं, मनु सर फिर वही उत्तर देते—'हाँ-हाँ, बस निकल ही रहा हूँ।' मैं खुद भी कभी-कभी कहता—'सर, आप जाइए, मैं कल आकर इसे देख लूँगा।' काम के प्रति ऐसे जुनून को देख मैं इस नतीजे पर पहुँचा कि मनु सर रात को भी शायद ही सो पाते हों।

हमारे आदरणीय संपादक श्री त्रिलोकीनाथ चतुर्वेदीजी की हस्तलिपि काफी हद तक पढ़ने में नहीं आती थी। संपादकीय लेख की प्रूफ शुद्धि करते हुए मैं खीज जाता था और मनु सर से शिकायत के लहजे में कहता कि ताऊजी (प्यार से हम उन्हें ताऊजी कहते थे) बहुत खराब लिखते हैं। तब मनुजी मेरा एक हाथ अपने हाथ में लेते हुए बड़े इत्मीनान और प्यार से कहते—'अरे तो क्या हुआ, हम भी भूत हैं, कैसा भी लिखें, हम सब ठीक कर देंगे।' मनु सर मेरे पढ़ने के बाद प्रूफ स्वयं पढ़ते, वाक्यों को इस सिलसिलेवार ढंग से धाराप्रवाह कर देते कि पढ़ने में विभ्रम और अटकाव की कोई गुंजाइश न रहती। कभी-कभी मुझे बुलाकर उन वाक्यों को दिखाते भी और कहते कि देखो, इसे इधर से उधर करें तो कैसा रहे? संपादकजी का संपादकीय लेख मैं मनु सर के जाने के बाद भी पढ़कर दुरुस्त करता हूँ, पर अब मुझे खीज नहीं होती, 'भूत' जो बन गया हूँ। इस उम्र में इतना मेहनती और काम को जुनून की हद तक करने वाला व्यक्ति इससे पूर्व मेरे व्यवहार में नहीं आया था। मनु सर शब्दों का प्रयोग बड़ा सोच-समझकर करते थे। मैं निरंतर उनकी बातों को ध्यान में रखकर काम करता और बाद के दिनों में तो सर मेरे ऊपर पूरा-पूरा भरोसा करने लगे थे। कई बार फरीदाबाद से ही फोन पर कह देते—'प्रेमपालजी, उस प्रूफ को तुम्हीं एक बार और देख लेना।' मैं हमेशा कोशिश करता कि मनु सर को मेरे काम से निराशा न हो।

मनु सर संभवतः सितंबर 2013 से हमारे यहाँ आए थे। अपने आने के पहले ही महीने से मनु सर ने पत्रिका की सूरत-सीरत दोनों बदलकर रख दी थीं। उनकी मेहनत की रंगत अलग ही दिखाई देती थी। उनके संपादन में निकले अंक एकदम अलग ही नजर आते हैं। 'साहित्य अमृत' के ऐसे सर्वांग सुंदर अंक न उनसे पहले कभी निकले और न बाद में। कितने ही नए कवि-साहित्यकारों को उन्होंने साहित्य अमृत से जोड़ा। प्रूफ और मैटर की सैटिंग तो छोड़ो, पत्रिका का कवर (मुखपृष्ठ) जब तक उनकी नजर में खरा न उतरता, तब तक उसमें संशोधन और बदलाव करवाते, इशारे से ही बता देते कि यहाँ थोड़ा लाइट कलर रखें तो कैसा रहे। हमारे सीनियर आर्टिस्ट मनोज गुप्ताजी उनकी हर बात, हर सुझाव पर गौर करते। मनु सर

के सान्निध्य में हमारी पूरी टीम ऊर्जा से लबालब भरी रहती। कारण कि मनु सर सबको प्रोत्साहित-प्रेरित करते थे। मनु सर के यहाँ से जाने के बाद आज भी सब उन्हें बड़ी शिद्दत से याद करते हैं।

□

मनु सर आगामी चार महीनों की सामग्री का समायोजन कर अलग-अलग फोल्डर्स में रख दिया करते थे। कलेवर की विविधता ऐसी होती कि लगभग सभी विधाओं की रचनाएँ उसमें रहतीं। मनु सर किसी रचना का चयन उसके स्तर एवं पठनीयता को देखकर ही किया करते थे। लेखक या रचनाकार कितने भी ऊँचे कद का या वरिष्ठ होता, अगर उसकी रचना या आलेख पत्रिका के स्तर का न होता तो उसे स्पष्ट, पर मुलायमियत से मना कर देते। एक बार का वाकया मुझे याद है कि यू.के. के जाने-माने कथाकार कृष्ण कुमार भारत आए हुए थे, तो हमारे कार्यालय में भी आए। उन्होंने एक कहानी साहित्य अमृत में प्रकाशन के लिए दी। मनु सर ने वह कहानी पढ़ी और बिल्कुल पसंद नहीं आई। मनु सर ने उसी समय कह दिया, 'कृष्ण कुमारजी, आप बहुत अच्छे लेखक हैं, पर यह कहानी साहित्य अमृत के लायक नहीं है। कृपया आप कोई दूसरी कहानी भेजिएगा।' सामने ही बैठे हमारे प्रबंध निदेशक यह देख-सुनकर अवाक् रह गए।

जो व्यक्ति ईमानदार एवं अपने कार्य के प्रति समर्पित होता है, वह निडर होता है। मनु सर बेहद उदार और सहनशील तथा संयत रहने वाले इनसान हैं। एक बार मैंने मनु सर को क्रोधित होते' उनका रौद्र रूप भी देखा। हुआ यों कि मनु सर प्रकाशित होने वाले आगामी अंक की सूची बना दिया करते थे। सामान्यतया उस सूची में कोई हेर-फेर नहीं करते थे, न करने देते थे। एक बार प्रभात कुमारजी (हमारे बॉस) ने उस सूची में एक नई रचना मेरे से जुड़वा दी। मनु सर को यह बात नागवार गुजरी। मनु सर ने मुझे बुलाकर पूछा कि इसमें यह छेड़छाड़ किसने की है? मैंने सहजता से बता दिया कि प्रभात सर ने यह करवाया है। मनु सर बड़े गुस्से में उन्हें सुनाते हुए मुझसे डाँटने के अंदाज में बोले कि 'प्रभातजी कौन होते हैं इसमें दखल देने वाले। उनकी हिम्मत कैसे हुई यह सब करने की?' हालाँकि प्रभातजी तीन फीट की दूरी पर ही बैठे अपनी टेबल पर काम कर रहे थे। मैं तो समझ ही रहा था कि मनु सर मेरे माध्यम से उन्हें ही सुना रहे हैं। डेढ़ साल के समय में मैंने पहली बार मनु सर को क्रोध करते हुए देखा था। कुछ घंटों बाद मौका देखकर प्रभात सर ने मुझे अपने कैबिन में बुलाया और पूछा कि तुम्हारे गुरुजी क्या कह रहे थे? मैंने कहा कि आप सुन तो रहे थे। फिर हँसते हुए बोले—प्रेमपालजी, तुम सँभाल लेना, अब मैं कोई दखल नहीं दूँगा। मनुजी तो कभी क्रोधित नहीं होते, पर आज अचानक इतना गुस्सा…। इसके बाद तो प्रभात सर किसी की कोई रचना छपवाते तो मनु सर को आग्रहपूर्वक सौंप देते थे।

□

मनु सर इतने परदुखकातर हैं कि उन्हें अपने कष्ट-तकलीफ की जरा भी फिक्र-परवाह नहीं होती, पर दूसरों के कष्ट देख-सुनकर ही द्रवित हो जाते हैं। अपने अधीनस्थों को पितृ-गुरु तुल्य प्यार करते हैं। बरसात के दिनों में मनु सर जहाँ भी जाते, एक जोड़ी कपड़े अपने थैले में डालकर चलते हैं। एक बार हमारा और मनु सर का प्यारा कंप्यूटर ऑपरेटर बाइक पर ऑफिस आते हुए भीग गया। वह सर के आगे से नमस्ते कर वॉशरूम की तरफ जा रहा था कि देखते ही तुरंत बोले—अरे बेटा मुकुल, तुम तो पूरे भीग गए। सुनो, और अपने थैले से कुरता तथा पेंट निकाली। लो, शर्ट उतारकर कुरता पहन लो, पैंट तो तुम्हारे आएगी नहीं। मुकुल संकोचवश मना करने लगा, पर मनु सर ने प्यार-मनुहार कर उसे कुरता पहना दिया, तब कहीं उन्हें कुछ चैन मिला। मनु सर का कोई प्रसंग आने पर मुकुल आज भी मनु सर के बारे में बातें करता है तो इतना ही कहता कि मेरे घर-रिश्तेदार आदि में भी ऐसा कोई व्यक्ति नहीं, जो दूसरों से इतना निस्स्वार्थ स्नेह करता हो। मनु सर एकदम अलग तरह के इनसान हैं—दयालु, परोपकारी, हर किसी की मदद के लिए तत्पर।

हर किसी की मदद करना मनु सर का स्वभाव है। कहा जाता है कि लेखक-कवि बड़े भावुक और सहृदय होते हैं, पर मनु सर से ज्यादा नहीं। नए लेखकों को प्रोत्साहित-प्रेरित कर उनको निखारना, उनकी प्रतिभा को चमकाना, उसकी रचना की सराहना कर उसे और अच्छा लिखने के टिप्स देना, यह सब वे बिना किसी अपेक्षा के, निस्स्वार्थ भाव से करते हैं। मनु सर शायद वर्ष 2013 के सितंबर में हमारे यहाँ आए थे। मैं जुलाई में उसी वर्ष पहली बार जगन्नाथ पुरी रथयात्रा में गया था। तब मैं लिखने को बहुत बड़ा और महान् कार्य समझता था, सो लिखने की हिम्मत नहीं जुटा पाता था, पर पहली बार मैंने उस यात्रा का विवरण लिखने की कोशिश की। मनु सर ने उसे पढ़कर ढंग से तराशा तो वह बहुत अच्छा लेख बन गया। उन्होंने उस यात्रा-संस्मरण को 'साहित्य अमृत' के सितंबर, 2013 अंक में प्रकाशित किया। साहित्य अमृत में प्रकाशन के बाद उस पर बहुत सारे पाठकों की प्रतिक्रियाएँ आईं। मैं भी प्रशंसा के फोन सुन-सुनकर फूला न समाया। कुछ महीनों बाद मनु सर ने मुझे टोका कि प्रेमपालजी तुमने और भी यात्राएँ की होंगी, उन पर लिखो। तुम तो बहुत अच्छा लिखते हो। अब तक क्यों नहीं लिखते रहे ? मैंने कहा कि सर, मैं जब दिल्ली विश्वविद्यालय में पढ़ रहा था, तब यानी 1984 में मैं रेलवे परीक्षा का पेपर देने के लिए अयोध्या गया था, और तो मैंने कोई यात्रा नहीं की। मनु सर बोले कि उसकी कुछ तो स्मृति होगी। मैंने कहा, हाँ सर, समृतियाँ तो ताजा हैं। मनु सर तुरंत बोले, तब तो फौरन लिख डालो, लिखकर मुझे दिखाओ। मैंने वह यात्रा-वृत्त ठीक तीस वर्ष बाद 2014 में लिखा तो मनु सर ने

उसे साहित्य अमृत के अप्रैल अंक में छापा। इस पर बहुत सारे पाठकों की प्रतिक्रियाएँ आईं। तब से मुझे भी लिखने का थोड़ा चस्का लग गया। मनु सर तो मुझे लिखने के लिए हमेशा ही उकसाते रहते थे।

अब मैं किसी यात्रा पर जाता हूँ, तो यात्रा से आते ही मनु सर तकादा शुरू कर देते हैं—तुरंत लिख डालो, देर होगी तो भूल जाओगे। मनु सर के मार्गदर्शन और प्रोत्साहन से अब तक मैं तेरह-चौदह यात्रा-संस्मरण लिख चुका हूँ। मनु सर ही मेरे प्रथम पाठक और आलोचक हैं। छपने से पूर्व अपनी रचना मनु सर को अवश्य भेजता हूँ। सर ने अपने कंप्यूटर में मेरे नाम से एक फोल्डर बना लिया है। कितने भी व्यस्त रहें, लेकिन मेरी रचना पढ़कर उस पर टिप्पणी अवश्य देते हैं। मनु सर की व्यस्तता को देखते हुए मैं महीने में एक बार उनसे बात जरूर करता हूँ। वह भी तब, जब साहित्य अमृत का नया अंक उनके पास पहुँच जाता है। मनु सर उसकी अच्छाई और कमियाँ, दोनों मुझे बेबाकी से बताते हैं। खास अवसर पर मुझे कोई खास रचना चाहिए होती है तो मैं हमेशा मनु सर से ही आग्रह करता हूँ। मनु सर उतनी ही तत्परता से अपने संपर्कों से अभीष्ट रचना भिजवा देते हैं। जब मेरे यात्रा-संस्मरण प्रकाशित होकर पाठकों में लोकप्रिय हो रहे थे, तब मनु सर ने कहा था, प्रेमपालजी, जब इन यात्रा-संस्मरण की पुस्तक बनेगी तो उसकी भूमिका मैं लिखूँगा। और सच में जब प्रभात प्रकाशन से मेरे यात्रा-संस्मरणों की पुस्तक 'नगरी-नगरी, द्वारे-द्वारे' प्रकाशित हुई तो इसकी भूमिका मनु सर ने लिखी, और ऐसी लिखी कि मेरी इस पुस्तक का महत्त्व काफी अधिक बढ़ गया और मेरे लेखन को भी मान्यता मिल गई। पुस्तक की भूमिका अपने आप में बेजोड़ और एक गुरु का अपने शिष्य को एक ऐसा आशीर्वाद है, जो मनु सर जैसा गुरु ही दे सकता है। अपना लेखन कार्य तो संभवत: सभी लेखक करते हैं, परंतु जो दूसरों को प्रोत्साहित कर सच्चा मार्गदर्शन करते हैं, वे गिनती के ही हैं। और मनु सर जैसे तो उँगलियों पर गिनने लायक ही होंगे।

आज के वातावरण में जहाँ लेखक-संपादक झूठी-सच्ची प्रशंसा-सम्मान पाने के लिए इतने लालायित रहते हैं कि इधर-उधर की जुगाड़ बिठाते हैं, परंतु मनु सर इतने प्रसिद्धि-पराङ्मुख हैं कि कोई संस्था उन्हें सम्मानित करने के लिए आग्रह करती है तो उसे शुभकामना देते हुए विनयपूर्वक मना कर देते हैं। अधिक-से-अधिक समय अपने लेखन को देना चाहते हैं। मनु सर खूब मेहनत कर कार्य को सिरे चढ़ाते हैं। उनकी एक आदत है, जो विरलों में ही होती है। अगर किसी काम में कुछ चूक हो जाए तो उसकी जिम्मेदारी स्वयं लेते थे और उस कार्य में बहुत अच्छा हुआ तो उसका श्रेय अपने अधीनस्थों को देते थे। सभी लोग जानते हैं कि उनके कार्यकाल में 'साहित्य अमृत' के जो उत्कृष्ट अंक निकले, उनका श्रेय उन्हीं को जाता है। पर जब मनु सर साहित्य अमृत के संपादन कार्य से मुक्त हुए, तब हमारे आदरणीय संपादकजी श्री त्रिलोकीनाथ चतुर्वेदीजी

ने साहित्य अमृत की उत्कृष्ट सेवा के लिए उन्हें एक धन्यवाद-पत्र मेल किया। मनु सर ने उसके आभार में जो पत्र हमारे बॉस को भेजा, उसे पढ़कर मैं इतना भाव-विह्वल हुआ कि अपने आँसू नहीं रोक सका। उन्होंने लिखा था—'प्रभातजी, साहित्य अमृत में मेरे रहते हुए अगर कुछ अच्छा हुआ तो इसका श्रेय प्रेमपालजी और मुकुल को जाता है। मैं तो आते हुए ठीक से इन दोनों का धन्यवाद भी नहीं कर पाया।' आज कहाँ देखने में आती है ऐसी प्रसिद्धि-पराङ्मुखता! लोग तो बिना कुछ किए का श्रेय लूटने में सबसे आगे रहते हैं।

मनु सर को मैं अपने गुरु के रूप में देखता हूँ। वही मेरे सच्चे साहित्यिक गुरु हैं। लेखन के क्षेत्र में मुझे उन्होंने उँगली पकड़कर चलाया और फिर सरपट दौड़ना सिखाया। आज की भागमभाग जिंदगी और प्रतियोगी वातावरण में किसको किसकी पड़ी है। सब अपने आपको व्यवस्थित करने, निखारने में लगे हैं, पर शरीरधारी कुछ पवित्र आत्माएँ ऐसी हैं, जो जमाने की बुराइयों से कोंसो दूर हैं, मनु सर उनमें से एक हैं। ऐसा नहीं है कि मनु सर मुझे ही प्यार-स्नेह करते हैं, वे हर किसी को धधाकर मिलते हैं और अपने स्नेह से पूरा भिगो देते हैं। उन्होंने कहा भी था एक बार—प्रेमपालजी, मेरे गुरुओं ने, मेरे वरिष्ठों ने दोनों हाथों से मेरे ऊपर प्यार-स्नेह लुटाया है, मैं भी अपने से छोटों पर यह स्नेह उड़ेल रहा हूँ। इसके सिवा मेरे पास कुछ नहीं है।

प्रसिद्ध संत कवि सुंदरदासजी ने यह दोहा शायद मनु सर के लिए ही कहा है—'सद् गुरु सुधा समुद्र है, सुधामयी हैं नैन। नख शिख सुधा स्वरूप पुनि, सुधा सु बरसत बैन॥' कई पत्रिकाओं ने मनु सर के व्यक्तित्व-कृतित्व पर केंद्रित अंक निकाले हैं। मुझे भी उनपर लिखने का सौभाग्य मिला है। लेखक-कवि तो प्रशंसा के पादप होते हैं, उन्हें सराहना-प्रशंसा के जल से जितना सींचा जाता है, वे उतने ही पुष्पित-पल्लवित होते हैं। मनु सर का बार-बार वंदन-अभिनंदन है। मेरी एक ही अभिलाषा है कि ईश्वर उन्हें स्वस्थ-नीरोग एवं कलम का धनी बनाए रखे।

चिकित्सा-विज्ञानी डॉ. स्मरजीत जैना

असंभव को संभव बनानेवाले

डॉ. स्मरजीत जैना एक ख्यातिप्राप्त एपिडेमिलॉजिस्ट एवं सोशल कम्युनिटी मेडिसिन विशेषज्ञ थे। उन्होंने जॉन हॉपकिंस यूनिवर्सिटी, मिशिगन यूनिवर्सिटी, वाशिंगटन यूनिवर्सिटी तथा अन्य कई विदेशी यूनिवर्सिटीज के साथ अंतरराष्ट्रीय मुद्दों पर लंबे समय तक कार्य किया। वे भारत में एचआईवी/एड्स नियंत्रण परियोजना के निदेशक, कलकत्ता के सोनागाछी अनुसंधान एवं प्रशिक्षण संस्थान में वैज्ञानिक चिकित्सक के रूप में कार्य करते हुए भारत में यौनकर्मियों के अधिकार आंदोलन के सूत्रधार बने। उन्होंने कलकत्ता की बदनाम बस्तियों में यौनकर्मियों के बीच रहकर सबसे सफल एचआईवी/एड्स नियंत्रण कार्यक्रम विकसित किया।

अपनी योग्यता और क्षमता के बल पर डॉ. जैना सन् 2012 में कोलकाता में आयोजित 19वें 'अंतरराष्ट्रीय एड्स सम्मेलन' के अध्यक्ष बने। उन्होंने बिल गेट्स एवं मेलिंडा गेट्स फाउंडेशन के भारतीय चैप्टर के सदस्य के रूप में काम किया। डॉ. जैना यूएन एड्स और यूएन एफपीए के तहत क्षेत्रीय भागीदारी फोरम के कार्यकारी सदस्य भी रहे। उन्होंने आल इंडिया नेटवर्क ऑफ सेक्स वर्कर्स के गठन में महत्त्वपूर्ण भूमिका निभाई। भारतीय ही नहीं, एशिया के सबसे बड़े यौनकर्मियों के संगठन 'दुर्बार महिला समन्वय समिति' (DMSC) की उन्होंने स्थापना की और जीवनपर्यंत इसके मुख्य सलाहकार रहे। उन्होंने महिला, विशेष रूप से यौनकर्मियों के सशक्तीकरण के लिए 'उषा मल्टीपर्पज कोऑपरेटिव लि.' की स्थापना करवाई। सहकारिता के क्षेत्र में यह एकमात्र ऐसा आंदोलन है, जो यौनकर्मियों द्वारा चलाया जा रहा है। डॉ. जैना के मार्गदर्शन में यह आंदोलन श्रमिकों के सहकारिता के इतिहास में मील का पत्थर बना। आज पैंसठ हजार से ज्यादा यौनकर्मियाँ उषा की सदस्य हैं। डॉ. जैना की उपलब्धियाँ अनगिनत हैं।

देश-समाज के कुछ ऐसे नर-रत्न असमय ही कोरोना महामारी की भेंट चढ़ गए, जिनसे पैदा हुई रिक्तता को कभी भरा नहीं जा सकता। उन्हीं में से एक थे भारत में यौनकर्मियों के अधिकार आंदोलन के प्रणेता और महामारी विशेषज्ञ, वैज्ञानिक चिकित्सक डॉक्टर स्मरजीत जैना। मेरे मित्र आनंद शर्मा के वे गुरु थे, फोन पर कभी-कभी मेरी भी उनसे बात हो जाया करती थी। डॉ. जैना हमेशा आग्रह किया करते थे कि शर्माजी के साथ आप कभी कोलकाता आइए। सो कोरोना की धीमी होती रफ्तार के बाद 23 फरवरी, 2021 को कोलकाता में उनसे भेंट का सुयोग बना। पूरे एक सप्ताह उनके साथ रहकर किए एक साक्षात्कार में मैंने उनकी जीवन-कहानी को विस्तार से सुना और फिर उनके व्यक्तित्व एवं कृतित्व पर मेरा एक पुस्तक लिखने का विचार बना। जुलाई में हमें उनसे दोबारा मिलना था, पर कोरोना की दूसरी लहर ने 8 मई, 2021 को उन्हें हमेशा के लिए हमसे छीन लिया। उस दिन जब मेरे मित्र ने सुबकते हुए फोन पर मुझे बताया कि भाई, डॉ. जैना नहीं रहे तो मैं सन्न रह गया। हाय विधाता! मजदूर, उपेक्षित, दीन-दुखियों के मसीहा को असमय छीनकर उन पर ऐसा वज्रपात क्यों किया?

जब मैं उनके बुलावे पर पहली बार कोलकाता गया तो डॉ. जैना से प्रथम भेंट हुई। वे सोनागाछी स्थित अपने कार्यालय की तीसरी मंजिल पर अपने कैबिन में कंप्यूटर पर काम कर रहे थे। पैंट के ऊपर सादा शर्ट, बिना कंघी किए सिर के छितरे बाल, तेज से देदीप्यमान चौड़ा ललाट, सामान्य मूँछें, सहज और जिज्ञासु स्वभाव, पैरों में स्पोर्ट शूज, फीते खुले हुए, अपने प्रति लापरवाह से, अधेड़ावस्था को पार कर चुके इस नामचीन वैज्ञानिक डॉक्टर की सादगी ने मुझे अचंभे में डाल दिया। अभिवादन के बाद हमें कुरसियों पर बैठाते हुए उन्होंने पूछा, यात्रा में कोई परेशानी तो नहीं हुई? फिर उन्होंने ब्लैक टी मँगवाई, डॉ. जैना ब्लैक टी ही पिया करते थे। चाय-पान के बाद बोले कि आज आप लोग थोड़ा घूम-फिर लो, कल से मैं आपको पूरा समय दूँगा और अपनी जीवन-यात्रा विस्तार से बताऊँगा। फिर पूछा कि खाने का कैसे रहेगा, इधर चपाती तो मिलता नहीं है। कार्यालय की कैंटीन में 20-25 लोगों का भोजन बनता है, आप चाहें तो दुपहर में यहीं भोजन कर लिया करें, पर ये लोग भी चपाती नहीं बनाता है; नहीं तो आप जैसा चाहें, कहीं भी भोजन कर लिया करें, हम उसका भुगतान कर देगा। फिर अपने ड्राइवर कन्हाई को फोन पर आदेश दिया कि शर्माजी को आज बेलूड़ आदि घुमा लाओ। इतना ही नहीं, सड़सठ वर्षीय डॉ. जैना तीसरे माले से पैदल सीढ़ियाँ चलकर हमें नीचे तक छोड़ने आए। अंतरराष्ट्रीय ख्याति प्राप्त व्यक्तित्व इतना सहज-सरल भी हो सकता है, सहसा विश्वास नहीं होता, पर प्रसिद्धि से दूर रहने वाले डॉ. जैना ऐसे ही थे।

पीड़ित-शोषित, अभावग्रस्त की सेवा को ही ईश्वर-सेवा माननेवाले डॉ. स्मरजीत

जैना का जन्म 21 जुलाई, 1952 को मिदनापुर जिले (प. बंगाल) के बौहुल्या गाँव में एक अत्यंत साधारण परिवार में हुआ। दादी के लाड़-प्यार के चलते उनकी स्कूली शिक्षा बहुत देर से शुरू हो पाई। उनके पिता सरकारी सेवा, यानी शिक्षा विभाग में थे, सो पिता के स्थानांतरण के चलते उनके स्कूल भी बदलते रहे। आलम यह रहा कि डॉ. जैना ने पाँचवीं कक्षा में ही स्कूल का मुँह देखा। जो बच्चे सीधे बड़ी कक्षा में पढ़ने जाते हैं, तो उन्हें कैसी दिक्कतों का सामना करना पड़ता है, इसका एक वाकया उन्होंने मुझे सुनाया था—

"पिताजी के डाँटने पर मैं स्कूल चला तो जाता, पर वहाँ कक्षा में बैठा रोता रहता; इतना ही नहीं, एक-दो घंटे में ही वहाँ से भाग आता था। समस्या यह भी थी कि मैं स्कूल के नियम-कायदों से परिचित ही नहीं था। मैं सीधे पाँचवीं कक्षा में पहुँचा था। क्लास-रूम में कैसे बैठते हैं, कैसे पढ़ते हैं, वहाँ क्या-क्या होता है, कुछ भी तो मैं नहीं जानता था। पहले पीरियड में छात्रों की अटेंडेंस (हाजिरी) ली जाती, रौल नंबर बोला जाता, अपनी-अपनी बारी आने पर छात्र 'प्रेजेंट सर' कहकर अपने स्थान पर बैठ जाते। मैं वह समझ नहीं पाया कि सब छात्र क्या बोल रहे हैं। मेरी बारी आती तो मैं 'हुसेन सर' बोल देता। प्रेजेंट सर की जगह पूरे एक साल तक मैं 'हुसेन सर' ही बोलता रहा। बाद में जब मुझे पता चला, तब मैंने अपनी यह गलती सुधारी।"

शुरू से ही डॉ. जैना कैमिस्ट्री के प्रोफेसर बनना चाहते थे, और उसमें बहुत अच्छा भी कर रहे थे, परंतु नियति को कुछ और ही मंजूर था। हुआ यह कि गाँव में अच्छे डॉक्टर के अभाव में डिप्थीरिया से छोटी बहन की मौत हो जाने के कारण पिता ने आग्रह किया कि समर, तुम्हें डॉक्टर बनना चाहिए। और आज्ञाकारी पुत्र ने पिता की इच्छा का मान रखते हुए कैमिस्ट्री छोड़ डॉक्टरी की पढ़ाई की और फिर वे एम.बी.बी.एस., एम.डी. डॉक्टर बने।

स्वाभिमानी व्यक्तित्व और परोपकारिता का गुण उन्हें शायद विरासत में मिला था। डॉ. जैना ने अपने दादाजी का एक वाकया मुझे सुनाया था—"मैंने देखा नहीं, दादी से सुना कि मेरे दादाजी बड़े अच्छे तैराक थे। उन दिनों दीघा कोई बड़ा टूरिस्ट स्पॉट नहीं था। दीघा का उतना विकास नहीं हुआ था। बहुत थोड़े लोग वहाँ समुद्र-स्नान करने, मस्ती करने जाते थे। दादा जी अलमस्त किस्म के इनसान थे, दिनभर मछली और केंकड़े पकड़ते घूमा करते थे। एक बार दीघा में दादाजी केंकड़े पकड़ने गए। वहाँ एक अंग्रेज का लड़का समुद्र में मस्ती कर रहा था, नहाते-नहाते वह डूबने लगा। मदद के लिए बच्चा चिल्ला रहा था, किनारे पर खड़े लोग भी शोर मचा रहे थे, पर कोई उसे बचाने के लिए आगे नहीं बढ़ा। तब दादाजी ने आव देखा न ताव, समुद्र में कूद गए और उसे बचाकर किनारे पर ले आए। बाद में पता चला कि वह लड़का वहाँ के डिस्ट्रिक्ट मजिस्ट्रेट का था।

"सारी कहानी सुनकर डिस्ट्रिक्ट मजिस्ट्रेट ने मेरे दादाजी को अपने दफ्तर में बुलाया और पुरस्कारस्वरूप कुछ माँगने को कहा। मेरे दादजी चुप रहे। मजिस्ट्रेट ने फिर आग्रह किया, तब मेरे दादाजी बोले कि मैंने आप पर कोई एहसान नहीं किया। यह तो मेरा फर्ज था। मैंने मानवता के नाते आपके लड़के को डूबने से बचाया। इनसान होने के नाते ऐसा हर व्यक्ति को करना चाहिए। इसके बावजूद मजिस्ट्रेट साहब बोले कि मैं तुम्हें एक सौ एक बीघा जमीन पुरस्कार के रूप में खुश होकर दे रहा हूँ। इस पर मेरे दादाजी कहने लगे, 'यह क्या साहब, यह सारी जमीन तो हम सब हिंदुस्तानियों की है, हमारी जमीन ही हमें दे रहे हैं, मैंने तो अपना काम किया, पुरस्कार या कुछ पाने की नीयत से नहीं किया।' इस पर मजिस्ट्रेट साहब निरुत्तर हो गए।"

□

डॉ. जैना स्वभाव से ही परोपकारी जीव थे। जब वे कलकत्ता मेडिकल कॉलेज में एम.बी.बी.एस. की पढ़ाई कर रहे थे, तब बाढ़, तूफान, अकाल आदि प्राकृतिक आपदाओं के समय अपने सहपाठियों के साथ पीड़ितों की सहायता के लिए उन इलाकों में जाकर चिकित्सा और राहत कैंप लगाया करते, जरूरत की चीजें; दवाइयाँ आदि राहत-सामग्री वितरित करते और करवाते थे। उन दिनों पुरुलिया जिला में पानी की कमी से भयंकर सूखा पड़ा तो जमीन ऊजड़ हो गई, अकाल के कारण चारों ओर भुखमरी फैल गई, तब डॉ. जैना ने अकाल पीड़ितों की मदद के लिए अपने सहपाठियों का एक ग्रुप बनाया, दो सप्ताह तक गाना-बजाना करके रुपया इकट्ठा किया और उन रुपयों से सूखा-अकाल पीड़ितों की मदद की।

सन् 1977 में आंध्र प्रदेश में 'भोला' नाम का भयंकर तूफान आया था। इसने दस हजार लोगों की जान ले ली थी। सत्ताईस हजार पशु इसकी चपेट में आकर मारे गए। जनधन की अपार हानि हुई थी। डॉ. जैना ने वहाँ रिलीफ कैंप लगाने का निश्चय किया। चार मेडिकल कॉलेजों के 65 विद्यार्थी रेल के एक डिब्बे में चावल, बिस्कुट इत्यादि जरूरत के सामान लेकर आंध्र प्रदेश गए। तूफान प्रभावित इलाके में एक गाँव था फ्रांसिसपुरम, यह पूरा गाँव तूफान में बरबाद हो गया था, वहाँ कुछ भी नहीं बचा था। इसे डॉ. जैना की राहत टीम ने अपना बेस कैंप बनाया था। यह कैंप सत्रह दिनों तक चला। राहत पहुँचाने का काम करने गई डॉ. जैना की टीम के पास अपने रहने तक का कुछ भी ठिकाना नहीं था। दूरदराज के गाँवों में पैदल चलकर जाते, वहाँ लोगों के बीच, तूफान पीड़ितों के बीच चावल, आलू इत्यादि जरूरत की चीजें बाँटते, लोगों का दुःख-दर्द कम करने की कोशिश करते थे। वहाँ खाने-पीने की चीजों का इतना अभाव था कि राहत टीम के सदस्य खुद एक गिलास सत्तू पीकर रिलीफ का काम करने निकलते थे। सबके सब लोग भूखे रहते थे। हालात ही इतने खराब थे। वहाँ का मंजर देखकर मन रोता था।

सन् 1975 में देश में इमरजेंसी लगी तो मेडिकल कॉलेज की कैंटीन का ठेकेदार काम छोड़कर भाग गया। उस समय भी डॉ. जैना ने अपने सहपाठियों के साथ कैंटीन का काम सँभाला, यहाँ तक कि कभी बाजार न जाने वाले डॉ. जैना सब्जी मंडी जाकर सब्जियाँ खरीदकर लाते, मछली बाजार जाते, राशन की व्यवस्था करते; पचास-साठ विद्यार्थियों का खाना खुद बनाते, उन्होंने कॉलेज के हॉस्टल में रहने वाले विद्यार्थियों को कोई परेशानी नहीं होने दी। नेतृत्व का गुण उनमें जन्मजात था। अपने शिक्षा काल में उन्होंने हर प्रकार की प्राकृतिक आपदाओं में आगे बढ़कर राहत शिविर लगाए, आम लोगों की परेशानियों को जाना-समझा।

□

दो टूक बात करने वाले डॉ. जैना को ठकुरसुहाती बिल्कुल नहीं सुहाती थी। यही कारण था कि उन्होंने कलकत्ता मेडिकल कॉलेज में प्रोफेसरों की ज्यादतियों के खिलाफ छात्र-आंदोलन का नेतृत्व किया। वे किसी छात्र-संगठन में शामिल नहीं हुए, बल्कि 'स्टूडेंट्स एसोसिएशन' नाम से अपना स्वतंत्र छात्र-संगठन बनाया। ये सारे अनुभव आगे के जीवन में उनके बड़े काम आए। डॉ. जैना का मस्तिष्क बड़ा ही उर्वर था, वे चिंतन किया करते कि हम जिन डेडबॉडीज पर परीक्षण किया करते हैं, आखिर ये डेडबॉडीज आती कहाँ से हैं ? ज्यादातर ये गरीब, असहाय, लावारिस और अभागे लोगों की ही होती हैं।

अपने स्टूडेंट लाइफ में ही डॉ. जैना अपनी बातें तथा होने वाले अनुभवों को लोगों तक पहुँचाने के लिए अखबारों और पत्रिकाओं में लिखा करते थे। इतना ही नहीं, लोगों को जागरूक करने तथा अपने चिकित्सीय अनुभवों से परिचित कराने के लिए उन्होंने 'हेल्थ ऐंड सोसाइटी' नामक पत्रिका भी निकाली, दूसरे जर्नल्स में भी बराबर लिखते रहे। डॉ. जैना का मानना था कि मेडिकल की पढ़ाई कर रहे छात्रों के लिए मेडिकल कैंप जरूर लगाए जाने चाहिए, इनसे उन्हें वास्तविक ज्ञान प्राप्त होता है।

उत्तम स्वास्थ्य के लिए 'क्या खाना चाहिए, क्या नहीं', इस पर भी उन्होंने छोटी-छोटी पुस्तकें लिखकर प्रकाशित कराईं, जो लोकल ट्रेनों में खूब बिका करती थीं। चूँकि डॉ. जैना कोविड-19 टास्क फोर्स के सदस्य थे, उन दिनों कोरोना रोकथाम पर उनका लिखा आर्टिकल बड़ा प्रसिद्ध हुआ था। समय-समय पर डॉ. जैना ने कई पुस्तकें भी लिखीं। कंपनियाँ अपने उत्पादों के झूठे या बढ़ा-चढ़ाकर कही बातों के विज्ञापनों के माध्यम से ग्राहकों को कैसे लूटती हैं, इनके खिलाफ लिखकर वे जन-जागरण किया करते थे। डॉ. जैना ने बहुत सारे देशों में काम किया, दुनिया के विभिन्न विश्वविद्यालयों में सेमिनार-चर्चा, गोष्ठी, बैठकों में भाग लिया। देश-विदेश की इन यात्राओं एवं अनुभवों को भी उन्होंने प्रकाशित कराया। विडंबना यह है, डॉ. जैना का सारा साहित्य या तो बांग्ला में है या अंग्रेजी में।

अपने छात्र-जीवन से ही डॉ. जैना को मजदूरों, मेहनतकश लोगों के प्रति बड़ी हमदर्दी थी। जब वे एम.डी. कर रहे थे, तब की बात है, उन दिनों सारे काम मजदूर ही किया करते थे, आज की तरह मशीनें नहीं थीं। उन दिनों कलकत्ता मेट्रो का काम चल रहा था, तब बड़ी तादात में मजदूर घायल-चोटिल होते थे, वे इलाज के लिए उनके मेडिकल कॉलेज में आया करते। जिन मजदूरों के इलाज में खर्चा लगता, वैसे मजदूरों को ठेकेदार लोग अस्पताल में छोड़कर भाग जाते थे; यहाँ फ्रैक्चर वाले मरीज भी भरती नहीं किए जाते थे, सीनियर डॉक्टर जिन मरीजों के परचे पर E यानी Emergency लिख दिया करते, उन्हीं को अस्पताल में भरती किया जाता, अन्यथा मरहमपट्टी कर दवाइयाँ देकर भेज दिया जाता था। ऐसी स्थिति में डॉ. जैना मजदूरों के दुःख-तकलीफों से द्रवित हो ज्यादातर मरीजों के परचे पर 'E' लिख दिया करते, इस तरह वे बहुत सारे घायल-पीड़ित मरीजों को भरती करवा देते थे। वहाँ रहते हुए डॉ. जैना ने देखा कि मजदूरों के साथ कैसी ज्यादती, धोखाधड़ी और अनदेखी की जाती थी। दिनोदिन वंचित-पीड़ित वर्ग के प्रति डॉ. जैना की संवेदना बढ़ती गई।

डॉ. जैना ने दिल को झकझोर देनेवाला एक वाकया सुनाया था कि उन दिनों अस्पताल में महिलाओं के आग से जलने के केस बहुत आते थे, यहाँ तक कि एक महीने में 25-30 भी। डॉक्टर के नाते जब वे उस महिला से पूछताछ करते कि कैसे जल गया ? तो वे यही कहा करतीं कि साब, स्टोव फट गया। वे पूछते, स्टोव सामने था तो पीठ कैसे जला ? डॉ. जैना ने बताया, मैं जानता था कि महिलाओं का बड़े स्तर पर उत्पीड़न हो रहा है। मर्द उन्हें जलाकर मारने की कोशिश करते थे और वे भोली-अभागी मरते-मरते भी अपने घरवालों को बचाती थीं। कैसा समर्पण था उनका। एक उनके मर्द थे कि उन्हें मिटा रहे थे।

डॉ. जैना गलत बात कभी बर्दाश्त नहीं करते थे। एम.डी. करते हुए डॉ. जैना ने अपने साथी डॉक्टरों के साथ 'ड्रग मेडिसिन फोरम' बनाया और इसके माध्यम से आवाज उठाई कि जो दवाइयाँ मानव शरीर के लिए हानिकारक हैं, उन्हें बंद कर दिया जाए। उन दिनों इतनी अंधेरगर्दी थी कि बाहर के देशों में जो दवाइयाँ ड्रग कंट्रोलर द्वारा प्रतिबंधित कर दी गई थीं, वे हमारे देश में धड़ल्ले से बेची और खाई जा रही थीं। इस विषय में जनता को जागरूक करने के लिए डॉ. जैना ने छोटी छोटी पुस्तिकाएँ प्रकाशित कर बँटवाईं, इसके खिलाफ अखबारों में लिखा। बाद में डॉ. जैना के प्रयास से यह एक आंदोलन ही बन गया। इस आंदोलन का ऐसा असर हुआ कि भारत के ड्रग कंट्रोलर ने ऐसी 28 दवाइयों को प्रतिबंधित कर इनकी बिक्री पर पाबंदी लगा दी।

□

ईमानदारी, काम के प्रति समर्पण और निडरता जैसे गुण डॉ. जैना में कूट-कूटकर भरे थे। वे मरीज का परफेक्ट इलाज हो, इसके हिमायती थे। एक डॉक्टर के रूप में डॉ.

जैना की पहली नियुक्ति नादिया जिले के श्यामनगर मेडिकल सेंटर में हुई। यहाँ आलम ऐसा था कि वर्षों से यहाँ के सेंटर पर कोई डॉक्टर नहीं था; यहाँ कोई डॉक्टर आना ही नहीं चाहता था। यहाँ का कंपाउंडर ही इसे सँभाल रहा था और वही आने वाले मरीजों को जैसे-तैसे दवाई दे दिया करता था। डॉ. जैना जब यहाँ पहुँचे तो लोगों ने उनका बड़ा स्वागत किया। लेकिन कुछ दिनों में ही यहाँ के जमींदार और दबंग लोग अपनी दबंगई दिखाने लगे। डॉ. जैना सब लोगों को लाइन में लगकर डॉक्टर को दिखाने को कहते थे, परंतु ये दबंग लोग कहते कि डॉक्टर, यदि हम लोग मजदूरों के साथ लाइन में लगेंगे तो हमारी क्या इज्जत रह जाएगी; हमें तो बिना लाइन के सबसे पहले देखना होगा। पर डॉ. जैना ने साफ कह दिया, आपको मेरे यहाँ इलाज कराना है तो लाइन में लगना ही पड़ेगा, मेरे यहाँ कोई छोटा-बड़ा नहीं है। इस पर वे लोग कहने लगे कि ऐसा नहीं करते हो तो हमें अपने घर पर अलग से देख लिया करो। डॉ. जैना ने साफ-साफ कह दिया, मैं घर पर मरीज नहीं देखता। तब उन लोगों ने डॉ. जैना को तरह-तरह से डराया, धमकी दी, इतना ही नहीं, वीडीओ से शिकायत कर दी। पर डॉ. जैना को न डरना था, सो न डरे, और बाद में विवश होकर वे लोग भी लाइन में लगकर अपना इलाज कराने लगे।

यहीं का और एक वाकया है, जो डॉक्टरी पेशेवालों के लिए अनुकरणीय है। डॉ. जैना ने बताया कि उन दिनों मेडिकल सेंटर में पेंसिलिन इंजेक्शन लगाए जाते थे। मैं कंपाउंडर को समझाता था कि पेंसिलिन की दूसरी डोज छह घंटे बाद मरीज को मिल जानी चाहिए, तभी वह असरदार होती है, लेकिन कंपाउंडर प्रातः दस बजे मरीज को इंजेक्शन लगाता तो गाँव-देहात के मरीज अगले दिन ही आते थे, तब उन्हें दूसरी डोज लगाता, दोनों डोज के बीच काफी लंबा अंतराल हो जाने से मरीज को अपेक्षित फायदा नहीं होता था। डॉ. जैना कहते कि जिन मरीजों को पेंसिलिन लगाया है, उन्हें दूसरी डोज के लिए सायं तक रोक लिया करो। एक तो अब मरीज इतनी बड़ी संख्या में आने लगे थे कि उन्हें देखते-निबटाते अपराह्न के 2-3 वैसे ही बज जाया करते। डॉ. जैना समय का वास्ता देकर कभी किसी मरीज को लौटाते नहीं थे। इससे कंपाउंडर चिढ़ गया, उसने दूसरे कर्मचारियों को भी भड़का दिया और हड़ताल कर दी, इतना ही नहीं, यूनियन में शिकायत भी कर दी कि डॉ. जैना हम लोगों से समय से ज्यादा काम लेते हैं, अपने स्टाफ को तंग करते हैं।

पर डॉ. जैना तो किसी तरह मरीजों का भला ही चाहते थे, उन्हें तो काम करने से मतलब था, सो वे खुद ही सब मरीजों को देखते, इंजेक्शन लगाते और फिर दवाई भी देते। डॉ. जैना ने मेडिकल सेंटर का कोई काम रुकने नहीं दिया। वे अकेले ही वह सेंटर चलाते रहे। सप्ताह भर में ही शर्मिंदा होकर पूरा स्टाफ काम पर लौट आया और यूनियन लीडर ने भी डॉक्टर साहब से समझौता करने में अपनी भलाई समझी। ऐसे बहुत सारे

वाकये डॉ. जैना के डॉक्टरी पेशे में आए, पर वे सदैव अपने कर्तव्य-पथ पर अडिग रहे। क्या डॉ. जैना जैसा समर्पण और सेवा-भाव अपने मरीजों के प्रति सब डॉक्टर रखते हैं?

इस मेडिकल सेंटर पर होने वाली घटनाओं का एक और वाकया डॉक्टर साहब ने बताया था है कि उस इलाके में किसान लोग या आम लोग घर में आपस में थोड़ा सा मनमुटाव हो जाने पर, यहाँ तक कि मियाँ-बीबी में झगड़ा हो जाने पर कृषि में इस्तेमाल होने वाला कीटनाशक पीकर आत्महत्या करने की कोशिश करते। ऐसे केस उनके सेंटर पर अकसर आते थे। कीटनाशक को निष्क्रिय करने के लिए एट्रोजिन इंजेक्शन का पूरा डोज दिया जाना चाहिए, तब तो मरीज की जान बच सकती है, अन्यथा नहीं। डॉक्टर जैना ऐसे केस में पेशंट को पूरा डोज देते तो वही कंपाउंडर कहता कि सर, यह क्या कर रहे हैं आप, इतना डोज मत दीजिए, नहीं तो मरीज मर जाएगा। डॉ. जैना के यहाँ जॉइन करने से पूर्व कंपाउंडर ही यहाँ सब तरह के मरीजों को अटेंड करता था, तब वह इंजेक्शन का हल्का (कम) डोज ही दिया करता था। लिहाजा ज्यादातर मरीज मर ही जाते थे। जब कंपाउंडर उनको बार-बार मना करता तो डॉ. जैना उसे समझाते थे—मैं जानता हूँ, मरीज को कितना डोज देना है। इन केसों में ऐसा होता है कि अगर मरीज को पूरा डोज नहीं देंगे तो मरीज के बचने की संभावना काफी कम हो जाती है। परंतु प्रॉपर डोज देने से मरीज की जान जरूर बच जाती है। अब ऐसे सब मरीज ठीक होने लगे, मौत तो शायद ही किसी की होती थी, इससे गाँवों के दूरदराज इलाकों में डॉ. जैना बहुत प्रसिद्ध हो गए। पहले यहाँ जो गाइनो, नाक-कान या सर्जरी के मरीज आते थे, तो उन्हें यही सलाह दी जाती थी कि आप डेंटल हॉस्पीटल चले जाइए, यहाँ यह इलाज नहीं हो पाएगा। लेकिन उन मरीजों को परेशानी से बचाने के लिए डॉ. जैना ने वह सब सीखा और नाक-कान का इलाज भी इसी सेंटर में करने लगे। एक साल के बाद जब डॉ. जैना वहाँ से आने लगे तो वहाँ के लोग मना करने लगे, रोने लगे कि डॉक्टर साहब, आप मत जाइए। डॉ. जैना कहा करते थे—मैंने देखा है कि जब हम इनसानों की मदद के लिए आगे आते हैं, तो सभी लोग हमें सपोर्ट करने लगते हैं। साथ खड़े होते हैं, वे आपको अपना मसीहा मानने लगते हैं।

कुछ समय तक डॉ. जैना हावड़ा स्थित उलूबेरिया के ई.एस.आई. अस्पताल में भी रहे। उनका कहना था कि ई.एस.आई. के बहुत सारे फायदे हैं, जिनकी ज्यादातर कर्मचारियों को जानकारी ही नहीं होती है। ई.एस.आई. में चार सुविधाएँ मुख्य रूप से मिलती हैं—हेल्थ इंश्योरेंस, आउटडोर ट्रीटमेंट, अनलिमिटेड ट्रीटमेंट और पूरी फैमिली को चिकित्सा-सुविधा। इसके अलावा दवाइयाँ बाहर से नहीं खरीदनी पड़तीं, मेडिकल लीव्स की सुविधा, यानी घायल या फ्रैक्चर होने पर दो-तिहाई वेतन मिलता रहेगा। उलूबेरिया के ई.एस.आई. अस्पताल में दो साल काम करने के बाद डॉक्टर जैना का

प्रमोशन हो गया। उन्हें मेडिकल इंस्पैक्टर बना दिया गया। पैनल के क्लीनिकों और अस्पतालों में जाँच-पड़ताल करना उनका काम था। डॉक्टरों के प्रैस्क्रिप्शन को ऑडिट करना होता था। डॉक्टर लोग क्या करते थे कि बाहर के लिए प्रैस्क्रिप्शन लिखते थे, उस स्थिति में अनाप-शनाप दवाइयाँ लिख दिया करते थे, जो जरूरी नहीं होती थीं। ऐसे ही एक केस के बारे में डॉ. जैना ने बताया था कि जब मैंने ऐसी ही एक क्लीनिक, यानी वहाँ के डॉक्टर से पूछा कि 'ऑडिट किया' आपने क्यों लिखा? जबकि आडिट तो हुआ ही नहीं। इतने पर वह डॉक्टर आग-बबूला हो गया। वह अपनी क्लीनिक में इन दवाइयों का इस्तेमाल करता था। मैंने उसकी क्लीनिक का इंस्पैक्शन किया। उसकी अनियमितताओं की रिपोर्ट बनाकर अपने हेड को दे दी। क्लीनिक का वह डॉक्टर एक गुंडा भी था, लोगों को अपने जाल में फँसाकर ठगता था। अगले दिन वह मेरे चैंबर में आ धमका। वह मुझे धमकाते हुए बोला, आगे से कभी मेरे क्लीनिक में इंस्पैक्शन के लिए मत आना, नहीं तो वापस नहीं आ पाओगे। तुझे शूट आउट कर दूँगा। वह मुझे गालियाँ देता धमकी देकर चला गया।

अगले दिन ई.एस.आई. सुपरिंटेंडेंट को इस घटना की जानकारी हुई तो सुपरिंटेंडेंट डॉ. जैना के पास आया और उनसे कहने लगा कि डॉ. जैना, तुम इंस्पैक्शन के लिए उसके क्लीनिक में मत जाना। यह बहुत खतरनाक व्यक्ति है। इससे बचकर रहना ही ठीक है। डॉक्टर साहब ने सुपरिंटेंडेंट से पूछा, आपने इसको पैनल में क्यों रखा है? इस तरह हर ओर करप्शन चल रहा है। अपने एक साक्षात्कार में डॉक्टर जैना ने मुझे बताया था कि मैंने हमेशा कोशिश की कि इनसान की मदद होनी चाहिए। करप्शन के चलते सरकार का पैसा बरबाद हो रहा है, उसका फायदा जरूरतमंदों को नहीं मिल पा रहा है। मेरा उद्देश्य रहा कि यह भ्रष्टाचार रुकना चाहिए। मेरे हाथ में जितना था, उतना मैंने जरूर किया। मैं मानता हूँ, देश में हर विभाग में पल रहा करप्शन यदि रुक जाए तो देश बहुत बड़ी और जल्दी तरक्की कर सकता है। संसाधनों का देश की तरक्की में उपयोग हो सकता है।

□

इसके बाद तो डॉ. जैना नई दिल्ली के एम्स में ऑक्यूपेशनल हेल्थ में असिस्टेंट प्रोफेसर हो गए। डॉ. जैना एक अच्छे शिक्षक के नाते ऑक्यूपेशनल हेल्थ की पढ़ाई कर रहे अपने स्टूडेंट्स को भूमिगत कोयला खदानों पर लेकर जाते, वहाँ उन्हें वे प्रत्यक्ष दिखाते कि मजदूर भीषण गरमी और घुप्प अँधेरे में खदान में किन हालात में काम करते हैं। उनके स्वास्थ्य पर क्या-क्या प्रभाव पड़ते हैं। डॉ. जैना अन्यान्य ऑक्यूपेशनल साइटों पर भी अपने स्टूडेंट्स को ले जाकर उन्हें वास्तविकता का ज्ञान कराते थे। उन दिनों आपदा प्रबंधन जैसा कोई विभाग नहीं था, यहीं रहते डॉ. जैना ने अपने अधिकारियों के

साथ विचार-विमर्श के दौरान एन.डी.आर.एफ. बनाने की सिफारिश की, जो सहज ही मान ली गई और देश में पहले-पहल आपदाओं से लड़ने के लिए एन.डी.आर.एफ. विभाग बना।

जब डॉ. जैना एम्स में एपेडेमिलॉजी पढ़ा रहे थे, तब वे भारत सरकार की ओर से विभिन्न विजिट्स पर जाया करते थे। उन्होंने मुझे दिल्ली के स्वतंत्र भारत मिल में विजिट का एक बड़ा ही मजेदार वाकया सुनाया। बोले कि मैं पूरी मिल का मुआयना कर आया, पर मुझे यहाँ के होने वाले प्रदूषण का जरा भी पता नहीं चला, जबकि कई एजेंसियों ने यहाँ की बहुत शिकायतें सरकार को भेजी थीं। मैं खुद अचंभे में था कि ऐसा कैसे हो सकता है। पर जब मैं मुआयना करके बाहर गेट पर आया तो वहाँ का गार्ड बोला कि सर, लाओ, मैं आपके कपड़े फींच दूँ। मैंने सोचा, यह मेरे कपड़े क्यों खींचना चाहता है। आखिर उसने मुझे सीधा खड़ा कर स्टीम रोलर से मेरा कोट-पैंट साफ किया। मैंने देखा, मेरा नीला कोट-पैंट धूल और रोओं से एकदम सफेद हो गया था। अब मैं समझा, जब मेरे कुछ मिनटों में अंदर जाकर बाहर आने में ही नीला कोट सफेद हो गया, तो जो कर्मचारी पूरे आठ घंटे मिल के अंदर काम करते हैं, उनके फेफड़ों में कितना गर्द-रेशा भर जाता होगा। दरअसल यहाँ के कर्मचारी अधेड़ावस्था में ही टी.बी., दमा जैसे भयंकर रोगों के शिकार हो असमय ही मृत्यु को प्राप्त हो जाते थे।

इस तरह डॉ. जैना ने सरकार के आदेश पर अनेक बार कपड़ा मिलों, कोयला खदानों, स्टोनक्रैशरों, सीमेंट फैक्टरियों, परमाणु बिजलीघरों इत्यादि का दौरा किया। वहाँ मजदूरों के जीवन से हो रही खिलवाड़, वहाँ के जानलेवा वातावरण के खिलाफ सख्त रिपोर्ट सरकार को पेश की, परिणामस्वरूप पुराने जमाने की ज्यादातर कपड़ा मिलें बंद कर देनी पड़ीं। कारखानों-मिलों में काम करने वाले कामगारों को अच्छा माहौल, सभी जरूरी सुविधाएँ मिलें, ऐसे सख्त कानून बने। मजदूरों को ग्लब्ज, मास्क, जूता, हैट आदि पहनना अनिवार्य कर दिया गया। आज मजदूरों को जो सुविधाएँ मिल रही हैं, वे डॉ. जैना के प्रयासों का ही सुफल हैं। उद्योगपतियों के अनेक लालच दिए जाने पर भी उन्होंने अपने जमीर को कभी मैला नहीं होने दिया।

डॉ. जैना ने एक बड़ा ही चौंकाने वाला सनसनीखेज तथ्य बताया कि सीमेंट फैक्टरी में काम करने वाले मजदूर 35 वर्ष की अवस्था में ही कार्य के लिए अक्षम हो जाते थे। उनके फेफडों में इतनी डस्ट भर जाती थी कि वे असमय ही मौत के मुँह में चले जाते थे, और मजे की बात यह कि इन सब खतरों से कर्मचारी बिल्कुल अनजान थे। विडंबना देखिए कि धूल से बचाने के लिए यहाँ मजदूरों को सायं को गुड़ खाने को दिया जाता था। उनका तर्क था कि गुड़ खाने से धूल-गर्द पेट में चली जाती है। इस तर्क ने तो मानव विज्ञान को भी फेल कर दिया। श्वास से ली जानेवाली धूल-गर्द पेट में कैसे

जा सकती है, वह तो सीधे फेफड़ों में ही जाएगी। तो ऐसा-ऐसा खिलवाड़ मजदूरों की जिंदगी के साथ हो रहा था।

भोपाल गैस कांड की जाँच का जिम्मा भी डॉ. जैना और उनकी टीम को सौंपा गया था। इस जाँच का उनका अनुभव बड़ा दुखद रहा। सरकार ने जान-बूझकर यूनियन कार्बाइड के मालिक एंडर्सन को भाग जाने दिया। सेवा-सहायता के नाम पर वहाँ अनेक संगठन अस्तित्व में आ गए, जिन्होंने खूब पैसा बनाया। जब सरकार ही कंपनी के मालिक को बचा रही थी तो कोई क्या कर सकता था। डॉक्टर जैना की टीम द्वारा इकट्ठा किए गए सबूत तथा आँकड़े भी म.प्र. पुलिस ने उनसे छीन लिये; होटल में आकर पुलिस ने टीम के साथ बदसलूकी की, डॉक्टरों को मारा-पीटा।

डॉ. जैना महामारी विशेषज्ञ थे। 1991 में जब सूरत शहर में प्लेग फैला, तब डॉ. जैना एम्स में ही थे। उनके नेतृत्व में डॉक्टरों की एक टीम सूरत के प्लेग प्रभावित इलाकों में हालात का अध्ययन कर रिपोर्ट तैयार करने के लिए भेजी गई। इसी तरह मणिपुर में प्लेग फैलने के समाचार आने पर सरकार ने वहाँ भी इन्वेस्टीगेशन के लिए डॉ. जैना के नेतृत्व में टीम भेजी। डॉ. जैना के अनुसार, यहाँ के अनुभव बड़े ही हास्यास्पद और मजेदार थे।

□

इसके करीब एक साल बाद ही देश-दुनिया में एचआईवी/एड्स का सनसनीखेज बोलबाला हुआ। भारत सरकार ने निश्चय किया कि इसे देश में फैलने से पहले ही रोकना चाहिए, सो तुरत-फुरत 'नेशनल एड्स कंट्रोलर बोर्ड' का गठन किया गया। आईएमसीआर के डायरेक्टर ने सुझाव दिया कि एचआईवी पर अलग से विभाग बनाया जाना चाहिए। विश्व स्वास्थ्य संगठन (WHO) और रेडक्रॉस सोसाइटी ने श्रीमान आर.आर. दास के नेतृत्व में इस पर एक ऑफिस शुरू किया। पर डब्ल्यूएचओ ने अपना सुझाव दिया कि कुछ भी करने से पहले यह सुनिश्चित करना चाहिए कि भारत में एचआईवी/एड्स है भी या नहीं? इस पर होने वाली रिसर्च पर डब्ल्यूएचओ धन उपलब्ध कराएगा।

फिर क्या था, देश के चार महानगरों दिल्ली, कलकत्ता, चेन्नई और मुंबई में एचआईवी/एड्स पर अध्ययन के लिए पायलट प्रोजेक्ट शुरू किया गया। डब्ल्यूएचओ ने दो कंसल्टेंट भी हायर किए, सबको साथ मिलकर काम करना था। रेडलाइट एरिया में जाकर यौनकर्मियों (सेक्स वर्कर्स) से जानकारी जुटानी थी, उनकी चिकित्सा जाँच करानी थी। इस तरह अन्य शहरों के लिए तो रिसर्चर डॉक्टर सुनिश्चित हो चुके थे, पर कलकत्ता आने को कोई तैयार न था। आखिर डिपार्टमेंट ने इस रिसर्च के लिए डॉ. जैना को तैयार किया, पर डॉ. जैना इस क्षेत्र में बिल्कुल नहीं आना चाहते थे, परंतु उनके

सीनियर ने एक तरह से उन्हें जबरदस्ती इस काम में धकेल दिया। तब डॉ. जैना आल इंडिया इंस्टीट्यूशन ऑफ हाइजीन ऐंड पब्लिक हेल्थ, कोलकाता में पब्लिक हेल्थ साइंटिस्ट के नाते एड्स पर रिसर्च करने लगे। उन्होंने सोनागाछी और दूसरे रेड लाइट एरिया में दौरे किए। वहाँ क्लीनिक खोले, यौनकर्मियों से व्यक्तिगत रूप से मिले, उनसे पूछताछ की, उनकी चिकित्सा जाँच कराई।

कुल मिलाकर मजा यह कि तीन महानगरों में जिन डॉक्टरों के नेतृत्व में यह पायलट प्रोजेक्ट शुरू हुआ, वह पूरी तरह फेल हो गया, वे रिसर्च का सारा रुपया चट कर गए, बाद में उन्हें जेल जाना पड़ा। केवल डॉ. जैना के नेतृत्व में यह अध्ययन सफल रहा। इससे डॉ. जैना रातोरात बहुत प्रसिद्ध हो गए, मीडिया में छा गए तब डॉ. जैना के नेतृत्व में एचआईवी/एड्स कंट्रोल का प्रोग्राम पूरे देश में लागू हुआ। डॉ. जैना के मार्गदर्शन में पहले सब रेड लाइट एरिया में छोटे-छोटे ग्रुप बनाए, फिर इनका एक बड़ा संगठन बनाया गया। सन् 1995 में 'सेक्सवर्कर्स ऑर्गेनाइजेशन' पूरे बंगाल में काम करने लगा। डॉ. जैना ने सोचा कि एचआईवी/एड्स नियंत्रण कार्यक्रम को हम अपने हाथ में क्यों रखें, हमें इसकी लीडरशिप यौनकर्मियों को ही देनी चाहिए, उन्हें ही समर्थ क्यों नहीं बनाना चाहिए। पर डॉ. जैना जिस इंस्टीट्यूट में कार्यरत थे, उसका डायरेक्टर कहने लगा कि इस कार्यक्रम को हम चलाएँगे, लेकिन डॉ. जैना का मानना था कि इसका नेतृत्व यौनकर्मियों को ही करना चाहिए, वे अपने बारे में बेहतर समझती हैं। अत: डॉ. जैना के मार्गदर्शन में यौनकर्मियों के सबसे बड़े एनजीओ DMSC यानी 'दुर्बार महिला समन्वय समिति' का गठन हुआ।

इस बात से इंस्टीट्यूट का डायरेक्टर नाराज हो गया और डॉ. जैना को बुरा-भला, यहाँ तक कि मीरजाफर कहकर बेइज्जत करने लगा। इससे क्षुब्ध होकर डॉ. जैना ने यह प्रतिष्ठित नौकरी छोड़ दी, जबकि वे स्वयं कुछ महीने बाद ही इस इंस्टीट्यूट के डायरेक्टर बनने वाले थे। डॉ. जैना के मार्गदर्शन में दुर्बार यानी DMSC यौनकर्मियों का एशिया का सबसे बड़ा संगठन बना। मैंने उनसे पूछा कि सर, यह 'दुर्बार' का क्या अर्थ हुआ? तो उन्होंने बताया कि दुर्बार बांग्ला भाषा का शब्द है, इसका अर्थ है 'रुकना नहीं, चलते जाना'।

हर समस्या का जड़-मूल से समाधान करना डॉ. जैना की आदत थी। डॉ. जैना अब दुर्बार के सलाहकार के नाते इसे बहुआयामी बना रहे थे तो वहीं दुनिया के विभिन्न संगठनों के साथ अलग-अलग मुद्दों पर भी काम कर रहे थे। उन्होंने अमेरिका की संस्था care जॉइन कर ली थी; बाद में NACO में काम करने लगे। बैंकॉक, फ्रांस, यूएसए, बांग्लादेश सहित कुल मिलाकर 41 देशों में एचआईवी तथा अन्य मुद्दों पर काम किया। आज दुर्बार यानी DMSC में 65 हजार यौनकर्मियाँ रजिस्टर्ड हैं और

कोलकाता महानगर में ही दुर्बार के अपने तीन बड़ी-बड़ी इमारतों में कार्यालय हैं, जिनमें सैकड़ों यौनकर्मियाँ और उनके बेटे-बेटियाँ बतौर कर्मचारी काम करते हैं।

दुर्बार के साथ-साथ यौनकर्मियों के सशक्तीकरण में उषा मल्टीपर्पज कोऑपरेटिव सोसाइटी लि. एक और मील का पत्थर बना, यौनकर्मियों का अपना बैंक, डॉ. जैना ने इसके माध्यम से सहकारिता आंदोलन को नई धार दी। 'उषा' ने यौनकर्मियों को आर्थिक संबल दिया। हालाँकि यौनकर्मियों को सूदखोरों के चंगुल से बाहर निकालने और उषा को खड़ा करने में डॉ. जैना को अपनी जान पर खेलना पड़ा। यौनकर्मियों के बीच काम करते हुए जैसे-जैसे नई समस्याएँ आती गईं, डॉ. जैना भी उनके समाधान में एक-एक नया संगठन खड़ा करते गए। यौनकर्मियों के बच्चों की शिक्षा-दीक्षा के लिए कोलकाता के बरईपुर में राहुल विद्या निकेतन, यानी चिल्ड्रन होम खड़ा किया, यहाँ उनका रहना-खाना बिल्कुल निशुल्क रखा, बच्चों के उत्तम स्वास्थ्य के लिए इसी के परिसर में दुग्ध के लिए गाय-बकरी पालन, मत्स्य पालन के लिए दो तालाब, चावल-सब्जी के लिए खेती की व्यवस्था की, जिससे यहाँ रहने वाले बच्चों को ताजा-पौष्टिक भोजन मिलता रहे।

यौनकर्मियों के जो बच्चे पढ़ने में रुचि नहीं रखते थे, पर जिनमें सांस्कृतिक प्रतिभा थी, उनके लिए 'कोमल गांधार' नामक सांस्कृतिक एकेडमी बनाई, आज इसके कलाकार नृत्य-गान में राष्ट्रीय ही नहीं, अंतरराष्ट्रीय स्तर पर अपनी उपस्थिति दर्ज करा रहे हैं। बंगाल में फुटबॉल बेहद लोकप्रिय है, अतः खेल में रुचि रखने वाले यौनकर्मियों के बच्चों के लिए दुर्बार स्पोर्टस एकेडमी ही नहीं बनाई, बल्कि होम परिसर में प्रैक्टिस के लिए शानदार फुटबॉल प्लेग्राउंड भी बनवाया, परिणाम यह हुआ कि बदनाम गलियों में अपराध की ओर भटक जाने वाले ये नौजवान आज भारत ही नहीं, दुनिया की बड़ी-बड़ी फुटबॉल टीमों में खेल रहे हैं। देश का नाम रोशन कर रहे हैं। अपनी एक विशिष्ट पहचान बना रहे हैं। इसी तरह नेशनल नेटवर्क ऑफ सेक्सवकर्स, सेल्फ रेगुलेटरी बोर्ड, यौनकर्मी गेस्टहाउस, यौनकर्मी ओल्ड एज होम, फुटबॉल प्लेयर स्टे होम, अमरा पदाति, श्रमजीवी महिला संघ, बलराम डे स्ट्रीट आनंदम्, ममता नेटवर्क ऑफ पॉजिटिव वूमेन, सोसाइटी फॉर हुमा डवलपमेंट ऐंड सोशल एक्शन, विनोदिनी श्रमिक यूनियन, दुर्बार दिशा, महिला गृहश्रमिक समन्वय संगठन, दुर्जोय दुर्बार, दुर्बार प्रकाशिनी, सोनागाछी रिसर्च ऐंड ट्रेनिंग इंस्टीट्यूट, मानभूम लोक संघर्ष कृति व नचिनी उन्नयन समिति, अमलासोल बिरसा मुंडा ग्राम उन्नयन कमेटी, लागाडोरी ग्राम कल्याण समिति आदि न जाने कितने संगठन खड़े किए। डॉ. जैना एक व्यक्ति नहीं, बल्कि संस्थाओं की शृंखला थे। जिन बदनाम बस्तियों की ओर दिन के उजाले में लोग जाना भी पसंद नहीं करते, शोषण और उत्पीड़न के दलदल में फँसी इन यौनकर्मियों के उत्थान में डॉ. जैना ने अपना पूरा जीवन लगा दिया।

□

डॉ. जैना को प्रकृति से बड़ा लगाव था, वे पेड़-पौधों को बच्चों की तरह प्यार करते थे। उन्होंने अपने कार्यालय से काफी दूर कोलकाता की नव आदर्श हाउसिंग कोऑपरेटिव सोसाइटी, बिराटी में जो मकान बनवाया, इसके पीछे उनका प्रकृति प्रेम ही था। दरअसल उस प्लॉट में बहुत सारे पेड़-पौधे थे, जबकि उन दिनों यहाँ कोई सुविधा नहीं थी, बल्कि उस क्षेत्र में बिजली भी नहीं थी। डॉक्टर साहब ने अपने प्लॉट में इस प्रकार से निर्माण कार्य कराया था कि वृक्षों को कोई हानि न पहुँचे। यहाँ तक कि ऊपर छत की ऊँची मुँड़ेर आम के वृक्ष की शाखाओं को नुकसान पहुँचाती थी, तो छत की मुँड़ेर को ही तुड़वाकर नीचा करवा दिया था, आज वह विशाल आम का वृक्ष घर की आधी छत पर अपनी भुजाएँ पसारे हुए है और खूब सारे आम देता है। पीछे का हिस्सा तो भरा पूरा एक बगीचा ही बन गया। इसमें आम के अलावा कटहल, सुपारी, चीकू, ताड़ और न जाने कितने तरह के वृक्ष हैं। बहुत सारे वृक्ष तो डॉक्टर जैना ने स्वयं अपने हाथों से लगाए। पूरी छत पर उन्होंने फुलवारी तथा दूसरे छोटे पौधे अपने हाथों से ही रोपे थे।

वे पेड़ लगाते ही नहीं थे, अपितु हर रोज पौधों को पानी देने का काम वे स्वयं करते थे। वृक्षों से गिरे पत्तों को कभी फेंकते या फेंकने नहीं देते थे। जब कभी उन्हें सहपरिवार दो-चार दिनों के लिए शहर से बाहर जाना होता था तो उन्हीं सूखे पत्तों से वृक्षों-पौधों की जड़ों को ढक दिया करते थे। उनका कहना था कि ऐसा करने से पौधों में नमी ज्यादा समय तक बनी रहती है। घर के अंदर भी उन्होंने पौधे गमलों में रोप रखे थे, मैंने खुद एक गमले में पान की बेल, तुलसी, बोगनबेलिया तथा अन्य पौधे लगे देखे।

डॉक्टर जैना की पत्नी श्रीमती मधूलिका जैना ने अपने साक्षात्कार में मुझे बताया कि डॉ. जैना को पेड़-पौधों से बहुत लगाव था। वे पौधों को स्वयं खाद-पानी दिया करते थे। हम अगर इस काम को करते भी थे, तो वे कहा करते थे कि तुम्हें नहीं पता, पौधों को पानी कैसे दिया जाता है। पहले थोड़ा-थोड़ा पानी गमले में डालना चाहिए, जब मिट्टी पानी सोख ले तो पुनः पानी डालना चाहिए। अपने रहते उन्होंने हमें यह सब काम कभी नहीं करने दिया। पेड़-पौधों के वे इतने हिमायती थे कि मोहल्ले में भी अगर कोई वृक्ष काटता और उन्हें पता चल जाता, तो वे वहाँ जाकर उसे डाँटते थे, यहाँ तक कि झगड़ा कर लेते थे और फिर उन्हें समझाते थे कि ये पेड़ तुमसे कुछ ले नहीं रहे हैं, बहुत कुछ तुम्हें देते ही हैं, फिर भी तुम बिना सोचे-समझे इनको काट रहे हो। पेड़ कभी नहीं काटने चाहिए, कोशिश रहनी चाहिए कि हम भी कुछ वृक्ष लगाएँ। ये हमें अमूल्य प्राणवायु ऑक्सीजन देते हैं, फल देते हैं, सब्जियाँ देते हैं, और भी बहुत कुछ देते हैं।

श्रीमती मधूलिका जैना ने बताया कि उनको पेड़-पौधों से इतना लगाव था कि हमेशा उनके बीच में रहना पसंद करते थे। प्रातः की चाय वे छत के पेड़-पौधों के बीच

बैठकर पीते थे। छुट्टी के दिन सायं को हम सब छत पर ही साथ-साथ चाय पिया करते थे। सबको पता था कि अगर डॉ. जैना घर पर हैं और नीचे या अपने रूम में नहीं हैं तो जरूर वे अपनी छत की बगिया में ही होंगे। हमारे नौकरों को भी पता होता था कि साहब छत पर अपने पेड़-पौधों के बीच बैठकर कुछ न कुछ कर रहे होंगे। वे लिखने-पढ़ने का काम हमेशा छत पर पौधों के बीच बैठकर ही किया करते थे। उन्हें पेड़-पौधों के बारे में बहुत जानकारी थी। समय-समय पर हमें तथा बच्चों को उनके बारे में बताया करते। श्रीमती जैना ने छत पर मुझे उँगली के इशारे से बताया कि कौन सा पौधा साहब ने कब लगाया था। साल में एक बार सब गमलों की मिट्टी निकाल उसमें खाद मिलाते थे, फिर मिट्टी गमलों में भर देते। श्रीमती जैना ने हमें दोपहर के भोजन में कटहल की सब्जी खिलाई, जिसे कभी डॉक्टर जैना ने रोपा और पाल-पोसकर बड़ा किया था, इन दिनों वे वृक्ष फलों से लदे हुए हैं।

श्रीमती जैना याद करती हैं कि आज भी सफाई वाली जो बूढ़ी माँ पेड़-पौधों की सफाई करती है, वह झाड़ू से इकट्ठा करने के बाद पत्तों को फेंकती नहीं है, कहती है कि बाबू ने मना किया था, पत्ते नहीं फेंकने चाहिए, इनका खाद बनाना चाहिए। वह आज भी इनका मान रखने के लिए पत्तों को बुहारकर इकट्ठा कर देती है। इन सब पेड़-पौधों से डॉक्टर जैना की बहुत सारी यादें जुड़ी हैं। कोई नहीं जानता कि विश्वविख्यात डॉक्टर स्मरजीत जैना एक बहुत बड़े प्रकृतिप्रेमी भी थे। इन दिनों तो उन्होंने पर्यावरण के मुद्दे को अपने हाथ में लिया था, इस विषय को लेकर कुछ ऑनलाइन कॉन्फ्रेंस भी हुई थीं। डॉक्टर जैना पर्यावरण को दुनिया का सबसे ज्वलंत मुद्दा मानते थे और अब इस पर काम भी शुरू कर चुके थे।

□

डॉ. जैना जो भी काम हाथ में लेते थे, तो उसमें जुनून की हद तक जुट जाते थे, इतना कि अपने परिवार के प्रति दायित्वों की भी अनदेखी कर दिया करते। अपनों से ज्यादा उन्हें दूसरों की फिक्र रहती थी। श्रीमती जैना बताती हैं कि जब उनकी बेटी, यानी उनकी पहली संतान, जो शायद 1992 में पैदा हुई थी, जब कभी उसकी तबीयत खराब हो जाती, तो श्रीमती जैना डॉक्टर जैना को फोन करतीं कि बच्ची की तबीयत खराब है, अपनी गाड़ी भिजवा दो, तो डॉ. जैना का बड़ी हड़बड़ी में जबाव होता, देखो, मैं एक जरूरी मीटिंग में हूँ, इसमें मेरा रहना बहुत जरूरी है। ऐसा करो, कोई ऑटो ले लो और बेटी को डॉक्टर के पास ले जाओ। शाम को गाड़ी से घर साथ निकल लेंगे। जब वे डॉक्टर के पास बच्ची को ले जातीं तो डॉक्टर लोग भी डॉ. जैना के बच्चों का इलाज करने से डरते थे। सब लोग जानते थे कि डॉक्टर जैना किस तरह के इनसान हैं। वे अपनी बिरादरी, यानी डॉक्टरों को भी नहीं बख्शते थे, कहते थे, यह टेस्ट आपने क्यों कराया, इसकी तो कोई जरूरत ही

नहीं थी। यह दवा अलग से क्यों लिखी, यह तो फालतू है, तुम लोग मरीज का पैसा क्यों बरबाद करते हो? उतनी ही दवा लिखो, जितनी कि बीमारी के लिए जरूरी है। तो इस तरह कलकत्ता के सारे डॉक्टर लोग डॉ. जैना के बच्चों को दवाई देने से कतराते थे, बल्कि एक-दूसरे को कहते थे, अरे, तुम देख लो न भाई, डॉ. जैना का बच्चा है।

डॉ. जैना की दो ही संतानें हैं—एक बेटी, एक बेटा। जब दोनों बच्चे थोड़ा बड़े हुए, स्कूल जाने लगे, तब मधूलिकाजी (डॉ. जैना की पत्नी) ही बच्चों को तैयार करतीं, स्कूल छोड़ने जातीं। डॉ. जैना घर के कामों में जरा भी समय नहीं दे पाते थे, उनकी व्यस्तता ही ऐसी थी। वे देश-विदेश के अनेक प्रोजेक्टस पर काम कर रहे थे। मधूलिकाजी बताती हैं कि उनकी बेटी स्मायता शुरू से ही पढ़ने में बहुत तेज रही, कक्षा में प्रथम आती थी, उसकी टीचर लोग उसको पूछती थीं, स्मायता, तुमको घर में कौन पढ़ाता है? बच्ची कहती, मेरा मम्मी ही मुझे पढ़ाती हैं। पापा तो दिल्ली चला जाता है। मीटिंग में रहता है, हमसे नहीं मिल पाता है। तो बच्चों को पालने, बड़ा करने में मधूलिकाजी ने ही सब परेशानियों को झेला।

श्रीमती मधूलिकाजी बताती हैं कि तब बहुत प्रॉब्लम आया, जब बेटा संबित दसवीं में आया। अब डिसीजन लेने की बारी थी। बेटे से पूछा, तुम किस लाइन में जाना चाहता है? तब डॉ. जैना का मार्गदर्शन नहीं मिल पाया, उनकी व्यस्तता की वजह से। तब मैं (मधूलिकाजी) ही सब निर्णय लिए, अच्छे या कम अच्छे। बेटे से पूछा, तुम आर्ट लेना चाहता है या साइंस? बेटे ने कॉमर्स को चुना, लेकिन माँ के कहने पर कॉमर्स छोड़, साइंस में दाखिला लिया। तो ऐसे समय में डिसीजन लेना मधूलिकाजी के लिए कितना कठिन होता था, जब माता-पिता मिलकर तय करते हैं कि बच्चे को क्या बनाना है, तब उनको अकेले ही यह सब करना पड़ा। बच्चों का जैसा बना, मार्गदर्शन किया। मधूलिकाजी कहती हैं कि मैंने बड़े साधारण तरीके से बच्चों की परवरिश की है। इन बच्चों की पढ़ाई के दौरान डॉ. जैना चाहकर भी कोई मदद नहीं कर पाए।

श्रीमती जैना बताने लगीं कि बेटा स्पोर्ट्स में बहुत अच्छा था। जब वह आठवीं-नौवीं कक्षा में ही पढ़ रहा था। हमारे पास गाड़ी नहीं थी। स्पोर्ट के लिए कलकत्ता में उसे दूर जाना पड़ता था, बच्चा वहाँ अकेला कैसे जाता! आखिरकार बहुत जद्दोजहद के बाद बेटे का सॉल्ट लेक स्पोर्ट एकेडमी में दाखिला करवाया। ऐसा नहीं है कि डॉ. जैना बच्चों को प्यार नहीं करते थे। बहुत प्यार करते थे वे अपने बच्चों से। समय मिलने पर उनके साथ खेलते थे। उनकी मनपसंद का खाना भी बनाते थे। पर मैं मानती हूँ कि दुनिया के कामों की भले कितनी भी बड़ी जिम्मेदारी हो, पर थोड़ा-बहुत समय अपने बच्चों और परिवार के लिए अवश्य निकालना चाहिए। कहा जाता है कि हर सफल व्यक्ति के पीछे एक महिला का हाथ जरूर होता है। डॉ. जैना की बेशुमार कामयाबी और इंटरनेशनल

पर्सनैलिटी बनने में उनकी पत्नी मधूलिका जैना का बहुत बड़ा योगदान रहा है। उन्होंने डॉ. जैना को घर के बहुत सारे कामों की चिंता से मुक्त रखा। डॉ. जैना को घरेलू या परिवार के कामों में समय जाया नहीं करना पड़ा।

□

डॉ. जैना तो अपने बचपन और विद्यार्थी काल से ही बड़े मितव्ययी थे। वे कम से कम में अपना खर्च चला लिया करते थे, फिजूलखर्ची की तो वे सोच भी नहीं सकते थे। श्रीमती जैना बताती हैं कि किसी महिला या पुरुष की जिंदगी में शादी कितना महत्त्वपूर्ण और खास अवसर होता है। मुझे बताने में बड़ा संकोच होता है कि डॉ. जैना हमारी शादी में एक साड़ी लेकर गए थे, जब कि मेरी बहनों की ससुराल से दर्जन भर साड़ियाँ आई थीं, हालाँकि मेरे पति तो एम.बी.बी.एस., एम.डी. डॉक्टर थे। जब यह बात उनके सामने आई तो उन्होंने बड़ी मासूमियत से समझाया था, अभी तो एक साड़ी से काम चल जाएगा न। दुलहन एक साड़ी ही तो पहनेगी, ढेर सारी साड़ी, जो केवल रखी रहेंगी, उन पर पैसा क्यों खराब करना? हमें दुनिया को क्या दिखाना और क्यों दिखाना? जरूरत के हिसाब से सब होगा।

आप सुनकर हैरान रह जाएँगे। अपनी शादी में वे तो सिंदूर-दान की रस्म भी नहीं कर रहे थे। कहने लगे, मैं तुम्हें (मधूलिका) गुलाम नहीं बना रहा हूँ, जो तुम्हें मंगलसूत्र और सिंदूर डालकर तुम्हारा मालिक होना महसूस कराऊँ। मैं यह सब नहीं मानता। तुम मेरी लाइफ पार्टनर हो, तुम्हें मेरे पर भरोसा है और मुझे तुम पर, फिर इन लोक-दिखावों के बंधनों की क्या जरूरत है। तुम्हारी तरफ से जिनता मैं आजाद हूँ, मेरी तरफ से तुम भी उतनी ही स्वतंत्र हो। तुम मेरी घर की स्वामिनी हो, नौकरानी नहीं। लेकिन मेरी नानी सिंदूर-दान के लिए अड़ गईं, तब मेरी खुशी के लिए उन्होंने वरमाला, मंगलसूत्र और सिंदूर-दान सब किया था। कहने लगे, आप सबको इससे खुशी मिलती है तो मैं वह सब करने को तैयार हूँ और फिर उन्होंने सब को खुश कर दिया था। दूसरों की खुशी का वे बहुत ध्यान रखते थे।

मेरी दोनों बहनें अच्छे घरों में ब्याहीं, वे खूब ठाट-बाट से रहतीं। वे मुझे ताने मारती थीं, तेरा पति तो इतना बड़ा डॉक्टर है, फिर भी गाड़ी नहीं है तुम्हारे पास, अच्छी साड़ियाँ नहीं, आखिर तुम कैसी जिंदगी जी रही हो? लेकिन डॉ. जैना समझा देते, हमें दूसरों की बराबरी नहीं करनी चाहिए, गहने पहनने से क्या होता है, आपका व्यक्तित्व ही इतना सुंदर होना चाहिए, वही तो असली गहना है, सादा रहने में कितना सुकून है! उन्होंने कभी न तो अपने, न ही घर के लोगों के लिए फिजूल का कुछ भी खरीदा।

श्रीमती मधूलिकाजी बताती हैं कि हम बिराटी में रहते थे, उन दिनों वहाँ कोई सुविधा नहीं थी। उनको 'दुर्बार' की गाड़ी आने-जाने यानी ऑफिस के काम के लिए

मिली हुई थी। मुझे बाजार जाना होता या बच्चे को डॉक्टर के पास ले जाना होता तो मैं उन्हें फोन करती थी कि अपनी गाड़ी भिजवा दीजिए। उस पर वे तुरंत कहते, देखो, तुम कोई ऑटो पकड़कर अपना काम कर लो, सायं को मेरे साथ गाड़ी में घर चलना। अभी गाड़ी घर तक खाली जाएगी तो दुर्बार का कितना नुकसान होगा। एक ओर जहाँ देश में सरकारी अफसरों को मिली गाड़ियाँ अफसरों के बच्चों और उनके रिश्तेदारों को सैर-सपाटा कराने में लगी रहती हैं, शॉपिंग कराती हैं, उधर एक डॉक्टर जैना थे कि अपने घर के कामों में भी ऑफिस की गाड़ी इस्तेमाल करने से बचते थे। ऐसा नहीं था कि उनकी आमदनी नहीं थी। उन दिनों वे कई देशों के साथ कई प्रोजेक्ट पर काम कर रहे थे और अच्छा पैसा कमा रहे थे, पर डॉ. जैना फिजूलखर्ची न तो करते थे और न ही करने देते थे।

□

डॉ. जैना दूसरों का कष्ट, दुःख, परेशानी देखकर ही पिघल जाते थे। जब वे सरकारी अस्पताल में नौकरी करते थे, तब भी उनकी कोशिश रहती थी कि अधिक से अधिक मरीजों का कष्ट दूर करें। अगर डॉ. जैना परदुखकातर नहीं होते तो यौनकर्मियों की दीनदशा को सुधारने का बीड़ा न उठाते। उनकी पत्नी श्रीमती जैना बताती हैं कि जब वे नौकरी कर रहे थे, तब हम लोग किराए के या सरकारी मकान में रहते थे। उन दिनों डॉ. जैना ने कुछ रुपए बच-बचाकर एक फ्लैट बुक कराया था। उनके छोटे भाई एक दिन कहने लगे कि भैया, आप तो सरकारी नौकरी में हैं, आगे अपना मकान बना ही सकते हो। पर मैं कभी अपना मकान बना नहीं पाऊँगा, यह फ्लैट मुझे दे दो। और डॉ. जैना ने बिना कुछ सोचे, वह फ्लैट अपने भाई को दे दिया। लेकिन भाई इतने एहसान-फरामोश निकले कि डॉ. जैना की मृत्यु के बाद उनके बच्चों का हालचाल मालूम करने भी नहीं आए। उन्हें डर था कि कहीं भाभी वह फ्लैट वापस न माँग ले। पर डॉ. जैना अद्भुत और बड़े दिल के इनसान थे।

श्रीमती मधूलिकाजी बताती हैं कि डॉ. जैना की मताजी, यानी मेरी सास पुस्तैनी जायदाद का बँटवारा करने लगीं तो बोलीं कि मैं लड़कियों को इसमें हिस्सा नहीं दूँगी। उनका हिस्सा हमने उनकी शादी में लगा दिया। पर डॉ. जैना ने कहा, माँ, यह गलत है, बेटी भी पुस्तैनी जायदाद में हकदार है, उन्हें भी हिस्सा मिलना चाहिए; परंतु माँ ने बेटी को हिस्सा देने से साफ मना कर दिया, तब डॉ. जैना ने अपना हिस्सा अपनी छोटी बहन को दे दिया। उसकी आर्थिक स्थिति कमजोर थी, पर डॉ. जैना ने एक क्षण गँवाए बिना वह संपत्ति अपनी बहन के नाम करवा दी। वह बहन आज भी डॉ. जैना के परिवार को बहुत मानती है। डॉ. जैना की मृत्यु के बाद वही एकमात्र रिश्तेदार हैं, जो डॉ. जैना के बच्चों के सुख-दुःख में शामिल होती हैं। बाकी रिश्तेदारों, सगे-संबंधियों ने तो डॉ. जैना के जाते ही उनके परिवार से मुँह मोड़ लिया।

डॉ. जैना ज्यादा पूजापाठ में विश्वास नहीं करते थे, दु:खी इनसानों की सेवा ही उनके लिए सबसे बड़ी पूजा थी। परंतु उनकी पत्नी मधूलिकाजी पूजापाठ और मंदिर में देवदर्शन में विश्वास करती हैं। वे घर में काली की पूजा करती हैं। डॉ. जैना के समय में तो बड़े हर्षोल्लास के साथ काली पूजा का आयोजन होता था, जिसमें सारे रिश्तेदार और सगे-संबंधी इकट्ठा हुआ करते थे। इस अवसर पर डॉ. जैना आने वाले सब अतिथियों को उपहार जरूर दिया करते थे। यों तो डॉ. जैना अपने परिवार के साथ त्रिपति बालाजी मंदिर और मीनाक्षी मंदिर देखने गए थे। परिवार के लोगों या मधूलिकाजी को मंदिर जाने या पूजा-पाठ करने से उन्होंने कभी नहीं रोका। श्रीमती मधूलिकाजी ने अन्य गृहणियों की तरह अपने घर की सारी जिम्मेदारियाँ पूरे साहस और निष्ठा के साथ निभाईं, आज भी निभा रही हैं, जब डॉ. जैना नहीं हैं। बल्कि अब उनकी जिम्मेदारियाँ पहले से ज्यादा बढ़ गई हैं।

श्रीमती मधूलिकाजी को डॉ. जैना की एक ही बात, यानी डॉ. जैना का अपनी नौकरी से इस्तीफा देने का फैसला जँचा नहीं। उन्होंने बिना सोचे-समझे अपनी नौकरी को ऐसे समय में लात मारी, जब वे उस संस्थान के डायरेक्टर बनने वाले थे। अगर वे अपने पद पर बने रहते तो उनकी अच्छी पहचान बनती; आर्थिक दृष्टि से परिवार की स्थिति डाँवाँडोल न होती। जिन यौनकर्मियों के लिए उन्होंने नौकरी छोड़ी, आज वे सब उनके परिवार के साथ कैसा बुरा व्यवहार कर रही हैं। दूसरा अफसोस इस बात का है कि दुर्बार के रूप में उन्होंने इतनी विशाल धरोहर सँजोई, समय रहते उसका कोई वारिस तय नहीं किया। डॉ. जैना ने दूसरों की इतनी सेवा की, पर उसके बदले उनके परिवार को क्या मिला? उनका परिवार कितनी तकलीफें झेल रहा है। श्रीमती जैना को हमेशा एक अज्ञात भय सताता रहता है कि मेरे बच्चों का क्या होगा, मेरा क्या होगा, जबकि बच्चे अभी पढ़ ही रहे हैं।

डॉ. जैना का अचानक यों चले जाना, उनके परिवार को भारी संकट में डाल गया। परिवार के लिए, भविष्य के लिए जो धन डॉ. जैना ने उषा कोऑपरेटिव बैंक में समय-समय पर जमा कराया, वह पैसा उनके परिवार को, बच्चों को देने में उषा बैंक आना-कानी कर रहा है। डॉ. जैना द्वारा कराई गई एफडी मैच्योर हो गई हैं, पर उषा बैंक उनका भुगतान भी नहीं कर रहा है। दूसरे रूप में भी उनके परिवार को दुर्बार से किसी प्रकार की मदद नहीं मिली, और भविष्य में कुछ भी मिलने की उम्मीद भी नहीं है।

□

डॉ. जैना तो महापुरुष थे, एक मानव नहीं, महामानव थे। उनके व्यक्तित्व के अनेक गुण हैं, जो उन्हें देवतुल्य बनाते हैं। डॉ. जैना की कथनी और करनी में कोई फर्क नहीं था। उन्होंने बड़े से बड़े काम किए, दुनिया के कितने ही देशों में अपनी सेवाएँ दीं,

दुनिया के बड़े-बड़े संस्थानों में काम किया, उनकी कर्तव्यपरायणता और ईमानदारी बेदाग रही। डॉ. जैना जैसे इनसान दुनिया में विरले ही पैदा होते हैं। लेकिन ऐसे इनसान अपने व्यक्तित्व से, अपने कार्यों से, विचारों से लाखों लोगों का सदियों तक मार्गदर्शन करते रहते हैं। डॉ. जैना का व्यक्तित्व इतना विराट् और उनके कार्य इतना विस्तार लिये हुए हैं कि एक छोटे से संस्मरण में उन्हें समेट पाना संभव नहीं है। हाँ, इतने भर से पाठकों को उनके व्यक्तित्व और कृतित्व की एक छोटी सी झलक जरूर मिल जाएगी।

डॉ. जैना ने यौनकर्मियों के लिए ही नहीं, घरों में काम करने वाले डोमेस्टिक वर्कर्स के अधिकारों के लिए भी काम किया। भले एचआईवी/एड्स नियंत्रण कार्यक्रम के लिए उन्हें 'नेशनल पब्लिक सर्विस एक्सीलेंस अवार्ड', मानवता की सेवा के लिए 'चिकित्सा ज्योति अवार्ड' मिले, पर ऐसा कोई अवार्ड नहीं, जिससे डॉ. जैना की सेवाओं को आँका जा सके। डॉ. जैना बड़े ही परदु:खकातर थे। जब कोरोना महामारी में लॉकडाउन के चलते यौनकर्मियों का धंधा ही चौपट हो गया था। दो गज की दूरी के चलते ग्राहक उनके पास आ ही नहीं सकते थे, ऐसी स्थिति में यौनकर्मियाँ भुखमरी के कगार पर पहुँच गईं। उनकी फिक्र करते डॉ. जैना एक दिन भी अपने घर पर नहीं बैठे, रोजाना अपने कार्यालय आते रहे। कोलकाता हाईकोर्ट में अर्जी लगवाकर बंगाल सरकार से यौनकर्मियों के लिए सूखे राशन की व्यवस्था करवाई, स्वयं उपस्थित रहकर डोर टू डोर राशन उनके घरों पर पहुँचवाया। गरीब लोगों का इलाज भी अपने घर पर करते रहे, उसी दौरान वे कोरोना की दूसरी लहर की चपेट में आ गए। कोरोना की भयावहता को वे जानते थे, आईसीएमआर द्वारा कोविड पर गठित नेशनल टास्क फोर्स के वे सदस्य भी थे, पर अपनी जिंदगी की परवाह न करते हुए यौनकर्मियों की हर प्रकार से मदद में लगे रहे, और दूसरों की मदद करते-करते अपनी जान गँवा बैठे।

मेरी पहली कोलकाता विजिट के दौरान चिल्ड्रिन होम परिसर में मेरे साथ-साथ टहलते हुए बातचीत में उन्होंने मुझसे कहा था—शर्माजी, अब मैं एनवारनमेंट पर भी काम करना चाहता हूँ। आज का और भविष्य का यह सबसे संवेदनशील मुद्दा है। आप जुलाई में दुबारा आ ही रहे हैं, तब इस पर विस्तार से डिसकस करेंगे। पर नियति को यह मंजूर न था और आठ मई को ही वे दूसरे मिशन पर निकल गए। पर जिन यौनकर्मियों के लिए उन्होंने अपना कॅरियर तथा अपना जीवन, दोनों निछावर कर दिए, उन यौनकर्मियों ने डॉ. जैना के अवदान को जल्दी ही भुला दिया। डॉ. जैना द्वारा उषा बैंक में जमा कराए गए रुपयों को प्राप्त करने के लिए उनके परिवार को कोर्ट-कचहरी के चक्कर लगाने पड़ रहे हैं। डॉ. जैना ने कभी कल्पना भी नहीं की होगी कि उनके जाने के बाद कभी ऐसा भी हो सकता है, पर डॉ. जैना महामानव थे; महापुरुषों के लिए कोई अपना या पराया नहीं होता।

डॉ. जैना जैसे महान् लोग कभी नहीं मर सकते, वे अपने कामों में, सोच में, विचारधारा में हमेशा जिंदा रहते हैं। मैं पहला ऐसा व्यक्ति हूँ, जिसे डॉ. जैना ने अपनी पूरी जीवन-कहानी सुनाई थी। ये सब बातें उन्होंने न तो कभी अपने परिवार वालों से साझा कीं और न ही अपने सहकर्मियों और स्टाफ से। मैंने अपनी आँखों से देखा था, डॉ. जैना दुपहर में लंच नहीं लाते थे, दुपहर में स्टाफ के साथ झाल-मूरी ही चबा लेते थे। कोलकाता में वैसे भी लंच बॉक्स काम पर ले जाने का रिवाज नहीं है, ज्यादातर कर्मचारी लंच में झाल-मूरी या कुछ हल्का-फुल्का खा लेते हैं। डॉ. जैना विश्वविख्यात व्यक्तित्व, परंतु एकदम सादा और बेहद सहज इनसान थे। मैं पूरी श्रद्धा और हृदय की गहराई से उन्हें अपनी श्रद्धांजलि अर्पित करते हुए प्रणाम निवेदित करता हूँ।

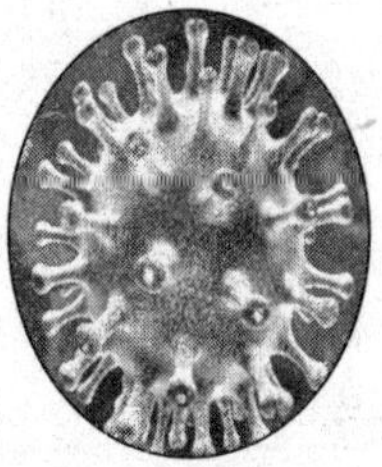

लॉकडाउन के वे दिन
खौफ और भयावहता से भरे

हाय रे कोरोना! पूरे विश्व में यह चर्चा रही कि वर्ष 2019 के अंतिम महीने में चीन के हुबोई प्रांत के बुहान नगर में कोरोना का जन्म हुआ। वैज्ञानिकों ने इस नवजात शिशु का नाम 'कोविड-19' रखा, पर सामान्य जन इसे कोरोना के नाम से पुकारते हैं। चीन में अपनी बाल-लीलाएँ दिखाकर कोरोना शिशु अवस्था में ही विश्व-भ्रमण पर निकल पड़ा। सुविधा-संपन्न यूरोप के कई देश इस कोरोना को बेहद भा गए। कोरोना की अवैध घुसपैठ पर बंदिश लगाने के लिए विश्वव्यापी लॉकडाउन हो पाता कि उससे भी द्रुतगति से कोरोना पूरी दुनिया में फैल गया। पृथ्वी पर ऐसा कोई देश न बचा, जहाँ कोरोना न पहुँचा हो। हाँ, यह बात जरूर है कि लोगों की लापरवाही के चलते यह कहीं ज्यादा दिनों तक रुका, तो कहीं कम। भारत में कोरोना ने अभी एंट्री मारी ही थी कि यहाँ के सयाने प्रधानमंत्री मोदी ने अपने देश की जनता के मन की थाह लेने के लिए 22 मार्च, 2020 को जनता लॉकडाउन, यानी जनता-कर्फ्यू का आह्वान किया। भारत की छुट्टी-प्रेमी जनता ने इसे हाथोहाथ लिया; सो अगले दिन सरकार ने भी रेल, बस और हवाई जहाजों का लॉकडाउन करके देखा। बस फिर क्या था, इसके सफल होते ही हमारे लोकप्रिय प्रधानमंत्री ने जनता से रूबरू हो 14 अप्रैल तक 21 दिन के राष्ट्रव्यापी लॉकडाउन की घोषणा कर दी और प्रशासन को भी हिदायत कर दी कि लॉकडाउन का कड़ाई से पालन हो। देश में घुस आए इस घुसपैठिए को पूरे देश में स्वच्छंद घूमने नहीं दे सकते। चाहे जो हो जाए, यह जहाँ है, वहीं इसे रोका जाए।

कोरोना का खौफ ऐसा था कि यह मारता तो है ही, घसीटता ज्यादा है। घर के एक सदस्य के संक्रमित होते ही पूरे घर की शामत आ जाती है। मरने वाले की अंतिम यात्रा में भी शामिल नहीं हो पाते। क्वारंटीन में कुनबा बारह बाट हो जाता है। सो जनता बिना प्रलाप के अपने घरों में बंद हो गई। दूरदर्शन तथा दूसरे सब चैनल चीख-चीखकर जनता को सचेत करते रहे कि यह कोरोना वायरस अपने आप आपके घर

नहीं आएगा। जब आप इसे लेने घर के बाहर जाओगे, तभी यह आपके घर आएगा। किसकी हिम्मत थी, जो जान-बूझकर इसे अपने घर लाए, पर यह तो चुपचाप सरक आता है, लाने वाले को खुद पता ही नहीं चलता।

जिन देशों ने इसे टेढ़ी नजर से नहीं देखा, बाद में वे पछताए। इटली तो इतराना भूल गया। अमरीका की हेकड़ी धरी रह गई। ब्रिटेन का खून पानी हो गया। रोम जार-जार रोता रहा। फ्रांस के गले में कोरोना की फाँस सी अटक गई; ब्राजील, जर्मनी तथा अन्य यूरोपीय देशों को दिन में तारे नजर आ गए। ईरान ने तौबा कर ली। कुवैत के राज परिवार ने भी इस मेहमान का भरपूर स्वागत किया। अपने कुछ भारतीयों ने भी विदेश में रहते हुए कोरोना से दोस्ताना संबंध बनाए; जब स्वदेश लौटे तो सरकार को बताया तक नहीं। सरकार को तो तब पता चला, जब कोरोना ने खुद बताया कि मैंने और दस-पाँच से दोस्ती कर ली है।

अब लॉकडाउन 21 दिन तक चलना था, कोरोना की कृपा कि और भी चले, सो लोग खरीदारी पर टूट पड़े। आटा, चावल, दाल, चीनी, मसाले और जरूरत की अन्य चीजों का स्टॉक करने लगे। भले सरकार कितना भी कह रही थी कि जरूरत की सब चीजें बराबर मिलती रहेंगी। राशन बराबर मिलता रहेगा। आप तो बस एक ही काम करें कि अपने घरों में रहें। प्रधानमंत्री हाथ जोड़-जोड़कर बार-बार कहते रहे कि आपको कुछ नहीं करना है, करना तो हमें और हमारी सरकार को है, आपको तो अपने घरों में रहना है। भला हो दूरदर्शन वालों का, जो उन्होंने अपने पुराने लोकप्रिय धारावाहिक रामायण और महाभारत दिखाने शुरू कर दिए। जनता इन्हें बार-बार देखना पसंद करती है। लॉकडाउन के उस दौर में सत्यं शिवं सुंदरम् वाले दूरदर्शन ने सब चर्चित चैनलों को धराशायी कर दिया। घर में समय काटना मुश्किल हो रहा था, किंतु इन दोनों धारावाहिकों ने लॉकडाउन के दौरान लोगों को बहुत संबल दिया। दिन के चार घंटों का पता ही नहीं चलता था।

एक-एक दिन करके लॉकडाउन के दिन बीत रहे थे; हर दिन कोरोना के नए केस सामने आ रहे थे। डॉक्टर्स, नर्सें, सफाईकर्मी, सुरक्षाकर्मी, सबके सब लँगोट कसकर कोरोना रोकने के लिए जी-जान से जुटे थे। परंतु कितना दुःखद था कि कोरोना के शिकार लोग इन कोरोना योद्धाओं पर थूक रहे थे; पत्थर, लाठी-डंडे बरसा रहे थे। डॉक्टर्स एवं नर्सों के साथ बदतमीजी कर रहे थे। कोरोना की जाँच नहीं करवा रहे थे। अफवाहों का बाजार गरम था। सोशल मीडिया पर ऊलजलूल बका जा रहा था; एक खास समुदाय को भड़काया जा रहा था। पड़ोसी पाकिस्तान आग में घी डालकर अफवाहों की आग को भड़का रहा था।

लॉकडाउन से पूर्व दुनिया के हर औरत-मर्द की आम शिकायत रहती थी कि उनके

पास धन है, रुतबा है, सम्मान है, पर समय नहीं है। कोरोना की मेहरबानी से अब उनके पास इतना समय था कि इसे बिताने की गंभीर समस्या पैदा हो गई। कोरोना के आगमन के पहले लोग पार्क में सैर-सपाटा करते थे; मॉल-बाजारों में घूम आते थे; सिनेमा-थियेटर देख आते थे; चौक या गली के नुक्कड़ पर बैठ ताश पीट लेते थे; रिश्ते-नाते निभाने या तीर्थ करने चले जाते थे, पर अब तो जो कुछ करना था, घर के अंदर रहकर ही करना था।

भारतीय लोग स्वभाव से ही प्रतिक्रियावादी होते हैं। इसके उदाहरण भी देखने में आते हैं। जैसे आप कहीं लिख दें—'यहाँ वाहन खड़ा न करें' तो व्यक्ति दाएँ-बाएँ खाली पड़ी जगह को छोड़कर उसी स्थान पर अपना वाहन खड़ा करेगा। आप दीवार पर कहीं लिख दें कि 'कृपया यहाँ पेशाब न करें' तो प्रतिक्रियावादी ऐसे कि 'अच्छा, अभी पेशाब करके दिखाता हूँ, कौन रोकेगा?' सरकार बराबर आग्रह कर रही थी कि घर से बाहर न निकलें, पर मूढ़ लोग झुंड के झुंड निकल पड़ते घरों से। गलियों, सड़कों पर घूमने से बाज न आते थे। पर पुलिस उन्हें लॉकडाउन का पालन करना सिखाती थी—मुर्गा बनाती थी, मेढक बनाती थी, उठक-बैठक करवाती थी, और अंत में लाठी की सेवा तो तैयार थी ही।

□

शैतान दिमाग और शैतान की औलादें भी शांत नहीं बैठी थीं। ठग-ढोंगी भी अपने पाजामे से बाहर हो रहे थे। आज सोशल मीड़िया का जमाना है। तरह-तरह की अफवाहों का बाजार गरम था। नमाजी मसजिद में नमाज पढ़ने से बाज नहीं आ रहे थे, जबकि मंदिर-गुरुद्वारे बंद थे। अफवाहों के चलते लोग अपनी-अपनी गलियों में फल-सब्जी वालों को फटकने नहीं देते थे। दुर्व्यवहार सहते तथा बिना आराम किए लगातार सेवा में लगे इन कोरोना वॉरियर्स का उत्साह बना रहना चाहिए, ऐसा सोचकर हमारे प्रधानमंत्री ने जनता का आह्वान किया कि नौ अप्रैल को ठीक रात के नौ बजे अपने घरों की बत्तियाँ बुझाकर नौ मिनट तक कोरोना वॉरियर्स के सम्मान में दीपक, टॉर्च, मोबाइल फ्लैश, मोमबत्ती जलाकर कोरोना के अँधेरे पर प्रकाश की विजय का पर्व मनाएँ; पर यह क्या, कश्मीर से लेकर कन्याकुमारी तक, कच्छ से लेकर खंभात तक भारतवासियों ने तो दीपावली ही मना डाली। क्या उमंग थी, क्या विश्वास था, हम कोरोना से जीतेंगे। प्रधानमंत्री ने तो कहा था नौ मिनट, पर यह दीवाली घंटों मनाई गई। निश्चित ही इससे कोरोना वॉरियर्स में उत्साह का संचार हुआ।

छुट्टी-प्रेमी जनता को यही चिंता थी कि 21 दिन की छुट्टियों में क्या-कुछ हो पाएगा? इतने से कैसे चलेगा? वह तो भला हो तबलीगी जमातियों का कि अपनी जान दाँव पर लगाकर सरकार को लॉकडाउन बढ़ाने को बाध्य किया। नहीं तो मोदी सरकार 21 दिन से एक भी ज्यादा छुट्टी देने को, लॉकडाउन बढ़ाने को तैयार न थी। जो महिलाएँ

हमेशा शिकायत किया करती थीं कि उनके 'वे' कभी घर पर नहीं टिकते। काम की दौड़ा-दौड़ी में घर को भूल ही गए, और यह भी भूल गए थे कि उनके बच्चे हैं; उनकी एक अदद बीवी है, सो ऐसी महिलाओं ने जमातियों को खूब दुआएँ दीं। सनडे वाले पापा भी कहाँ समय दे पाते थे, उनकी बीवियाँ और बच्चे भी शुक्रगुजार हुए मरकत-जमातियों के, कि बच्चों को अपने पिता से खूब मिलवाया और पत्नियों को पति से।

लॉकडाउन के दिन जैसे-जैसे आगे बढ़ रहे थे, वैसे-वैसे इन नजदीकियों के दुष्परिणाम भी सामने आते गए। घरेलू हिंसा की वारदातें चिंताजनक स्थिति तक बढ़ गईं। कुछ महिला-पुरुषों को लॉकडाउन रास नहीं आया तो जमकर एक-दूसरे पर अपनी हिंसा निकालने लगे; बर्बरता पर उतारू हो गए। घरेलू हिंसा को देखते हुए महिलाओं के लिए हेल्पलाइन शुरू करनी पड़ी। 9958467377, 8010381642 नंबरों पर पीड़ित महिलाओं ने कॉल कर मदद माँगी।

लॉकडाउन में रोजगार ठप्प, काम-धंधे बंद, यहाँ रहकर क्या करें? इस सोच के साथ मजदूर पैदल ही अपने गाँवों की ओर निकल पड़े। रेलवे लाइनों के किनारे-किनारे, वीरान राजमार्गों पर बाल-बच्चों के साथ पैदल, साइकिल, रिक्शा, ऑटो पर ही निकल पड़े। लॉकडाउन का तो उद्देश्य ही समाप्त हो गया था। कोरोना संक्रमण की चैन कैसे टूटेगी? शहर के मजदूर लोग कोरोना महामारी को गाँवों में ले गए। सब्जी मंडियों में, चाहे मुंबई हो, नागपुर हो, लखनऊ हो—भीड़ ही भीड़ उमड़ पड़ती थी; सोशल डिस्टेंसिंग की धज्जियाँ उड़ गईं। परिणामस्वरूप कोरोना के नए-नए हॉट स्पॉट सामने आने लगे। दिल्ली में अफवाह फैली या फैलाई गई कि बसें चल रही हैं, सो चहुँ ओर से दिल्ली के आनंद बिहार बस अड्डे पर 30-35 हजार यात्रियों की भीड़ इकट्ठा हो गई।

इक्कीसवीं सदी और विज्ञान के इस युग में तरह-तरह के अंधविश्वास अभी भी बने हुए हैं। इंदौर (म.प्र.) के पुलिसकर्मी भी इस अंधविश्वास के शिकार हो गए कि सिर के बालों से कोरोना का संक्रमण होता है। सो अफसर से लेकर सिपाही तक ने अपने सिर मुँड़वा डाले; और जब ऐसी खबरें मीडिया में आईं तो सिर मुँड़ाते ही ओले पड़ गए। महाराष्ट्र में एक जिला है थाणा। इस जिले के भिवंडी में एक फर्नीचर शोरूम के मालिक को इसलिए गिरफ्तार किया गया कि उसने बाकायदा विज्ञापन छपवाया था कि उसके गद्दे पर सोने से कोरोना संक्रमण ठीक हो जाता है। मुंबई के एक डॉक्टर सुभाष चंद्र यादव और वैद्य सरवर खान पर इसलिए केस दर्ज किया गया कि ये दोनों 300 रुपए में कोरोना की एक दवा बेच रहे थे, इनका दावा था कि उक्त दवा की तीन खुराकें खाने से कोरोना ठीक हो जाता है। कोलकाता में एक भाजपा कार्यकर्ता नारायण चटर्जी को भी गिरफ्तार किया गया, क्योंकि उसने कोरोना संक्रमण से बचाव के लिए 'गौ मूत्र सेवन' कार्यक्रम आयोजित किया था।

□

लॉकडाउन के वे दिन याद रहेंगे, जब सड़कों पर रामराज्य उतर आया था। दो हजार के बड़े नोट सड़कों पर बिखरे पड़े थे; इन्हें उठाने की बात तो दूर, रुककर कोई देखने की भी जहमत नहीं उठा रहा था। कोरोना के खौप में जनता पराए धन को मिट्टी के ढेले के समान देख रही थी। 11 अप्रैल को बुधविहार (प. दिल्ली) निवासी मृत्युंजय शर्मा ने यहाँ के एसबीआई एटीएम से बीस हजार के दो हजार के नोट निकाले। जल्दबाजी में दो हजार के कुछ नोट जेब में न जाकर सड़क पर लोगों की ईमानदारी परखने निकल पड़े। सड़क पर आराम करते इन नोटों को देख लोग बचकर इधर-उधर भागने लगे। अफवाहों की आँधी चल पड़ी। किसी ने इन नोटों की वीडियो बनाकर सोशल मीडिया पर वायरल कर दी। यहाँ पर अफरा-तफरी देख पुलिस हरकत में आई तो नोटों को बिना छुए ईंट से ढक दिया गया। बाद में नोटों का मालिक आया और नोट उठाकर चलता बना। इसके कुछ दिनों बाद तो पूरे देश में नोट सड़कों पर आवारागर्दी करने लगे। इंदौर की कई सड़कों पर नोट विश्राम करते देखे गए। कोरोना के खौफ में तब हालात ही ऐसे थे कि सोना भी सड़क पर गिर जाए तो कोई हाथ नहीं लगाता था। सबको जान प्यारी थी।

□

कोरोना के इस विकट काल में भी भारत अपना धर्म नहीं भूला था। दुनिया के संपन्न देश कोरोना की मार से भूशायी हो गए थे। वैसे तो क्लोरोक्यून मलेरियारोधी दवा है, पर अमरीका, ब्राजील सहित पैंतीस देशों के लिए यह 'हनुमान की संजीवनी' बन गई थी। वसुधैव कुटुंबकम् के अनुयायी भारत ने यह संजीवनी भेजने में देर नहीं लगाई। सोने के ढेर पर बैठा कुवैत भी कोरोना की मार से पस्त हो गया, सो कुवैत सरकार की गुहार पर भारत सरकार ने बिना कोई समय गँवाए वहाँ त्वरित प्रतिक्रिया दल भेज कोरोना से लड़ने में उसकी मदद की, भारतीय चिकित्सकों ने वहाँ के चिकित्सा कर्मियों को प्रशिक्षण दिया। सब देशों ने मुक्त कंठ से भारत का गौरव गान किया, उसे अपना दोस्त बताया। सच्चा दोस्त वही, जो मुसीबत में काम आए। भारत ने उस वैश्विक संकट में दुनिया के 150 देशों की मदद की। भारत के प्रति कृतज्ञता व्यक्त करते हुए स्विट्जरलैंड ने स्विज आल्परा के मैटरहॉर्न पर्वत पर रंग-बिरंगी रोशनी डालकर भारतीय तिरंगा ध्वज उकेरा।

कोरोना के उस विकट काल में मन को आह्लादित कर देने वाली कुछ ऐसी घटनाएँ हुईं, जिन्होंने पुरानी सब मान्यताओं को ध्वस्त कर दिया। भारत में पुलिस को क्रूरता तथा अत्याचार के लिए जाना जाता था, पर लॉकडाउन में पुलिसकर्मियों ने सेवा और सद्भावना के ऐसे काम किए कि उन्हें देवदूत माना गया। दिल्ली के ग्रैटर कैलास में बयासी वर्षीय एक बुजुर्ग महिला अस्पताल में भरती अपने पति के पास जरूरी सामान लेकर इसलिए नहीं जा पा रही थी कि उनकी बिल्डिंग की लिफ्ट खराब हो गई थी। इन

बुजुर्ग का एक बेटा भारतीय सेना में तथा दूसरा बेटा जांबिया में नौकरी करता है। बेटे ने जांबिया से फोन करके ग्रैटर कैलाश थाने से मदद माँगी तो यहाँ के एक हेड कांस्टेबल रविंद्र ने इस बाबत नोएडा में लिफ्ट ठीक करने वाली एक कंपनी से संपर्क किया; पर कंपनी ने लॉकडाउन के चलते लिफ्ट ठीक कर पाने में असमर्थता व्यक्त की। पर रविंद्र ने हार नहीं मानी; उसने अपने स्तर पर एक मैकेनिक को ढूँढ़ निकाला और उससे वह लिफ्ट ठीक कराई। फिर जांबिया में बुजुर्ग के बेटे को फोन पर सूचित किया कि आप चिंता न करें, यहाँ हम हैं न!

एक घटना ऐसी भी, जिसने लॉकडाउन के दौरान पुलिस के देवरूप के दर्शन कराए। बिहार का रहने वाला मजदूर रंजीत उन दिनों गाजियाबाद के खोड़ा इलाके में सपरिवार रह रहा था। पंद्रह अप्रैल को वह मजदूरी करने के लिए मुंबई गया। अचानक हुए लॉकडाउन के कारण वहीं फँस गया। इधर उसका परिवार भुखमरी के कगार पर पहुँच गया। इतना ही नहीं, उसका डेढ़ महीने का बेटा बिना इलाज के मरणासन्न हो गया। पत्नी ने फोन पर उसे सब हालात बताए तो परिवार तथा बेटे को बचाने के लिए वह मुंबई से पैदल ही निकल पड़ा, पर बेचारा गुजरात में पुलिस द्वारा पकड़ लिया गया। उसे क्वारंटीन सेंटर में रख दिया गया। विवश होकर रंजीत ने गाजियाबाद के सिटी एस.पी. मनीष कुमार मिश्र को मैसेज कर घर की स्थिति बताई और घर का पता भी लिख भेजा। एस.पी. सिटी ने तुरंत संज्ञान लेकर उसके परिवार को राशन सामग्री भिजवाकर और उसके बेटे का इलाज करवाकर बच्चे की जान बचाई। साथ ही उन्होंने रंजीत से उसके परिवार की फोन पर बात भी करवा दी। फरिश्ते ऐसे नहीं होते तो कैसे होते हैं!

दिल्ली के ही ख्याला इलाके में मिनी कुमार नाम की एक गर्भवती महिला प्रसवपीड़ा से छटपटा रही थी। कुछ सहारा न मिला तो वह अपने परिजनों के साथ थाने में आकर महिला कांस्टेबल से मिली और एंबुलेंस की मदद माँगी। महिला कांस्टेबल ने अपने अधिकारियों से बात करके मामले की पूरी जानकारी दी। कोरोना पेशंट के चलते बहुत कोशिश करने के बाद भी एंबुलेंस तो नहीं मिली, पर एक जिप्सी की व्यवस्था हो गई; परंतु ख्याला अस्पताल से एक किमी. पहले गाड़ी में ही महिला को प्रसव हो गया। महिला के पति तथा बहन ने बच्चे को बाहर निकाला; इस काम में महिला कांस्टेबल ने भी उनकी मदद की।

इतना ही नहीं, दिल्ली के नजफगढ़ थाने की महिला पुलिस कर्मियाँ लगभग बारह थाना क्षेत्रों में खाना बनाकर सैकड़ों भूखे लोगों की भूख मिटाती रहीं। दिल्ली के आर.के. पुरम् में सीआरपीएफ के पुलिसकर्मी मुस्तैदी से पीपीई किट सिलते रहे। दिल्ली पुलिस के हजारों कर्मी कई-कई हफ्तों तक अपने घर नहीं गए; वे ड्यूटी पर रहे या बैरक में, सरकारी एजेंसियों के साथ मिलकर प्रतिदिन एक लाख से ज्यादा भूखों को भोजन कराते

रहे; पुलिस क्वारंटीन में रखे गए हजारों कोरोना मरीजों को सुरक्षा प्रदान करती रही। कितने ही डॉक्टर्स, नर्सें, स्वास्थ्यकर्मी, सुरक्षाकर्मी अपने परिजनों तथा छोटे-छोटे बच्चों को घर पर छोड़ अपना फर्ज निभाते रहे। संकट के इस दौर में कर्तव्यपरायणता की मिशाल बनी विशाखापत्तनम की नगर निगम आयुक्त श्रीजना गुमला, जो अपने दफ्तर में एक हाथ में अपने दुधमुँहे बच्चे को, दूसरे हाथ में फोन थामे ड्यूटी को अंजाम देती रहीं।

कर्तव्य-बोध की मिशाल बने उ.प्र. के मुख्यमंत्री योगी आदित्यनाथ, जो 21 अप्रैल को अपने पिता की अंत्येष्टि में न जाकर कोरोना के विरुद्ध लड़ाई लड़ रहे उ.प्र. के करोड़ों भाई-बहनों की सेवा में लगे रहे। कोरोना अभियान को मॉनीटर करते रहे। नई दिल्ली रेलवे स्टेशन पर एक रेलवे पुलिस के जवान ने बड़ी ही जाँबाजी का काम किया। उ.प्र. जा रही एक मुसलिम महिला की बच्ची दो दिन से दूध न मिल पाने के कारण जार-जार रो रही थी। इस पुलिसकर्मी ने रोने का कारण पूछा तो स्टेशन के बाहर बाजार से दूध की थैली ढूढ़कर ले आया। इस बीच रेलगाड़ी चल पड़ी। पर उसने पूरी ताकत से दौड़ते हुए चलती ट्रेन पकड़ी और उस बच्ची को दूध उपलब्ध कराया। इस दौरान पुलिस की सेवा, सद्भावना तथा जाँबाजी के हजारों कारनामे देश भर में देखने में आए। जिनको भी अपने देश तथा देशवासियों से प्यार है, वे किसी-न-किसी रूप में कोरोना के विरुद्ध लड़ाई में अपना योगदान देते रहे।

□

कुछ लोग ऐसे भी होते हैं, जो कभी नहीं सुधरते। विश्वव्यापी महामारी के उस महासंकट काल में भी वे गलत काम करने से बाज नहीं आए। ऐसे कुछ पुलिस वालों ने अपने कुकर्मों से वरदी को शर्मसार किया। लॉकडाउन के दौरान अपने पदों का दुरुपयोग किया। मात्र कुछ रुपयों के लालच में दिल्ली पुलिस के कम्युनिकेशन विभाग में तैनात हवलदार मुहम्मद पंकज खान ने मेवात जाने वाले कई जमातियों को मोटी रिश्वत लेकर फरीदाबाद की ओर से बॉर्डर पार कराया। तो वहीं वर्ष 2016 में अपनी करतूतों से डिसमिस हो चुका उ.प्र. पुलिस का जवान सब इंस्पेक्टर की वरदी पहन रिश्वत लेकर कुछ लोगों को मुरादनगर छोड़ने जा रहा था कि दयालपुर (दिल्ली) थाने में तैनात हेड-कांस्टेबल संजय वृजपुरी ने पूछपाछ की तो वाजिब उत्तर न दे पाने पर उसे गिरफ्तार कर लिया। पंजाब के होशियारपुर का बलवीर चंद पंजाब के नंबर की एंबुलेंस में हिमाचल प्रदेश के काँगड़ा निवासी राजकुमार और राजू को 1300-1300 रुपए लेकर लॉकडाउन को धत्ता बता पंजाब जा रहा था कि दिल्ली के मुकरबा चौक पर सिपाही संदीप ने जाँच के दौरान उसे धर दबोचा। आठ अप्रैल को हरियाणा की हिसार पुलिस ने ऐसे छह लोगों को एंबुलेस के साथ गिरफ्तार किया, जो हेरोइन की तस्करी कर रहे थे। उनमें से एक व्यक्ति बीमार बनकर लेटा था, दूसरा ड्राइवर बना था और अन्य चार तस्कर बीमार होने

का नाटक कर रहे थे। परंतु 12 अप्रैल को तो सारी हदें पार हो गईं। पंजाब के पटियाला शहर की सनौर रोड स्थित सब्जी मंडी पर पुलिसवालों पर कसबा बलबेड़ा के गुरुद्वारे के निहंगों ने जानलेवा हमला कर दिया। कर्फ्यू-पास न मिलने से गुस्साए निहंगों ने बैरीकेट को तोड़ ड्यूटी पर तैनात पुलिस वालों पर तलवारों से धावा बोल दिया, जिसमें एएसआई हरजीत सिंह का हाथ काट दिया तथा चार अन्य पुलिसकर्मियों को बुरी तरह जख्मी कर दिया। हालाँकि बाद में पुलिस द्वारा ऑपरेशन चलाकर बारह निहंगों को गिरफ्तार कर लिया गया।

□

कोरोना के दौरान लॉकडाउन का कभी न भुलाया जाने वाला एक हृदयविदारक हादसा 12 अप्रैल को अमेरिका के न्यूयॉर्क शहर में घटा। तब कोरोना से सबसे ज्यादा लोग अमरीका में मर रहे थे। सो श्मशानों के कर्मचारियों को दिन-रात काम करना पड़ रहा था। न्यूयॉर्क के श्मशान में भी कुछ ऐसी ही स्थिति थी। 48 वर्षीय माइकल जॉन को लगातार काम करते हुए ऐसी झपकी आई कि बेचारा स्ट्रैचर पर ही सो गया। कुछ देर बाद कोरोना से मरे 52 वर्षीय कोरप्स का शव वहाँ अंतिम संस्कार के लिए लाया गया। श्मशान के एक कर्मी ने स्ट्रैचर पर सोए पड़े माइकल को ही डेड बॉडी समझ लिया और बिजली के शवदाहगृह में डाल बटन दबा दिया। हालाँकि पंद्रह सेकेंड बाद ही माइकल की चीख सुनी गई, पर अब क्या हो सकता था। 1400-1800 डिग्री तापमान वाले शवदाहगृह में उसका शरीर कुछ क्षणों में ही राख में बदल गया। यह भारी भूल उसी दिन श्मशान में नए रखे गए एक लड़के से हुई थी। बेचारा माइकल बेमौत मारा गया।

उ.प्र. के लखनऊ में एक-डेढ़ वर्ष पूर्व विवाहित महिला को प्रसव कराने के लिए जब अस्पताल लाया गया तो यहाँ उसके कोरोना संक्रमित होने की पुष्टि होते ही उसका पति सात जन्मों तक साथ निभाने के सारे वादे भूलकर अपनी नव-प्रसूता पत्नी को वहीं छोड़कर भाग गया।

कोरोना महामारी से लड़ने के लिए केंद्र सरकार और राज्य सरकारों ने लोगों की भूख मिटाने की भरपूर कोशिश की। भूखे, असहाय, बेरोजगार लोगों की मदद के लिए कुछ एनजीओ, सामाजिक संस्थाएँ, फाउंडेशन तथा मिशन आगे आए, जिनके सेवा-कार्यों को भुलाया नहीं जा सकता। कोरोना महामारी और विश्वव्यापी लॉकडाउन के दिनों में मिली खुशियों को लोगों ने तरह-तरह से यादगार बना लिया। जैसे सन् 75 के आपातकाल के दौरान आंतरिक सुरक्षा कानून, यानी 'मीसा' के तहत जेल में बंद लालू यादव ने उन्हीं दिनों में जनमी अपनी बेटी का नाम मीसा (भारती) रख दिया था, वैसे ही कोरोना महामारी के दौर में कुछ दंपतियों, जैसे बिहार में गया के बिगहा गाँव तथा छत्तीसगढ़ के रायपुर शहर की पुरानी बस्ती में दो दंपतियों ने अपने जुड़वाँ बच्चों के नाम

'कोविड' और 'कोरोना' रख लिये। इसी दौरान श्रमिक स्पेशल ट्रेनों में तीन दर्जन बच्चों ने जन्म लिया, जिनमें एक बच्चे का नाम उसके पिता ने 'लॉकडाउन यादव' तथा बेटी का नाम 'करुणा' रखा। दिल्ली के वजीरपुर इंडस्ट्रियल एरिया की अनुता ने अपने नवजात बेटे का नाम 'दयावीर' रख लिया, क्योंकि कोई मदद न मिलने पर कांस्टेबल दयावीर उसे अपनी गाड़ी में बैठा अस्पताल लेकर गया था।

कोरोना काल के वे दिन कयामत बनकर आए। इसकी मार से न किसान बच पाए, न मजदूर और न विद्यार्थी। छोटी-छोटी फैक्टरियों, ऑफिसों में काम करने वाले कर्मचारियों को लॉकडाउन में मालिकों ने वेतन नहीं दिया, भले सरकारें कितनी ही अपीलें करती रहीं कि मालिक लोग कर्मचारियों, मजदूरों का वेतन न काटें, पर कौन सुनने वाला था। इस देश में सामान्य दिनों में ही मालिक लोग कर्मचारियों के साथ उदारता से, ईमानदारी से पेश नहीं आते, जरा-जरा सी बात पर, बीमारी तक में मजदूरों की मजदूरी में कटौती करने से बाज नहीं आते, तब लॉकडाउन में वे पूरी मजदूरी किस प्रकार दे सकते थे; विवश होकर भुखमरी के कगार पर पहुँचे मजदूर कर्मचारी जान की बाजी लगाकर पैदल ही अपने गाँवों की ओर निकल पड़े।

ठेकेदार मजदूरों को भूखों मरने के लिए सड़क पर छोड़कर भाग खड़े हुए। देशभर में किराया न दे पाने की स्थिति में मकान मालिकों ने किराएदारों को बड़ी निर्ममता से घरों से बाहर निकाल दिया। सरकारें, खासकर राज्य सरकारें उनके भरण-पोषण की झूठी दलीलें देती रहीं; उनकी कथनी और करनी में भारी अंतर रहा, ज्यादातर राज्य सरकारों की यही कोशिश रही कि मजदूर उनके राज्य से किसी तरह भाग जाएँ। वहीं विदेशों में मानवता का एक बेहद घिनौना रूप भी देखने में आया कि वहाँ के मकान मालिक किराए के बदले महिलाओं और छात्राओं से सेक्स की माँग करने लगे थे। फ्रांस में तो सेक्स-एजरेंट एक फिनोमिना बन गया था। ब्रिटेन में बाकाइदा ऑनलाइन विज्ञापन छपे कि सेक्स के बदले घर में रहने की व्यवस्था मुफ्त। यहाँ तो प्रॉपर्टी मैनेजर खुलेआम महिलाओं से सेक्स की माँग कर रहे थे। इन दिनों में अमरीका, ब्रिटेन तथा अन्य यूरोपीय देशों में महिलाओं का उत्पीड़न बेहद बढ़ गया था।

दुधमुँहे बच्चों को गोद में लिये, जरूरी सामानों का बोझा सिर पर उठाए झुंड के झुंड मजदूर भूखे-प्यासे राजमार्गों से, रेलवे लाइनों के सहारे-सहारे जाते हृदय-विदारक हादसों के शिकार हुए, पूरे के पूरे परिवार रेलगाड़ी द्वारा कुचल दिए गए, ट्रक-टैंपो की चपेट में आकर सैकड़ों मजदूर अपनी जान गँवा बैठे। तब विवश होकर केंद्र सरकार को 'मजदूर-ट्रेनों' का परिचालन करना पड़ा। ये मजदूर जब तक अपना खून-पसीना बहाकर मालिकों की तिजोरियाँ भरते, उनके उद्योगों को चलाते रहे, तब तक ये उन्हें अच्छे लगे। लॉकडाउन में सबकुछ ठप्प हो जाने पर ये श्रमवीर, कर्मवीर, मेहनतकश

उन्हें बोझ लगने लगे, तब इन्हें अपनी किस्मत के सहारे मरने के लिए छोड़ दिया गया। उस दौर में मजदूरों का जैसा अपमान, तिरष्कार देखने में आया, वैसा पहले कभी नहीं हुआ; गरीब मजदूर को लूटने में ट्रक, टैंपो, एंबुलेंस तथा अन्य वाहन वाले भी पीछे नहीं रहे। सभी ने गिद्धों की तरह मजदूरों के मांस को नोंचा। भुखमरी और आफत के इस दौर में उद्योगपतियों ने मजदूरों-कर्मचारियों की छँटनी कर उनके मुँह का निवाला भी छीन लिया था।

ऐसे भी बहुत से लोग या माता-पिता थे, जो किसी आवश्यक कार्य से एक-दो दिन के लिए दूसरे शहर गए थे और अचानक लॉकडाउन हो जाने के चलते वहीं फँस गए, बच्चे इधर रोते थे, माँ-बाप उधर। कितनों के घर वीरान पड़े थे, ताला लगे घर चोरों के शिकार बने।

बड़े-बड़े शहरों और महानगरों में पढ़ रहे, कोचिंग ले रहे लड़के-लड़कियों को अनगिन मुसीबतें झेलनी पड़ीं, उनके पास रुपया-पैसा नहीं रहा, भुखमरी के कगार पर पहुँचे विद्यार्थी अपने परिवारों से मिलने के लिए तड़प रहे थे। देश ही नहीं, विदेश में भी ऐसे लोगों ने दुर्दिन झेले। कब स्वदेश जाने का रास्ता खुले, एक-एक दिन मौत को सामने देखते हुए गुजारा था। समस्या गंभीर थी। इसको देखते हुए केंद्र सरकार ने 'वंदे भारत मिशन' के तहत 31 देशों से, वहाँ फँसे 68000 भारतीयों को 149 उड़ानों के माध्यम से स्वदेश लाया गया। पहले चरण में एअर इंडिया ने अमरीका, ब्रिटेन, फिलीपींस, बांग्लादेश, मलेशिया, मालद्वीव तथा खाड़ी देशों से; द्वितीय चरण में कनाडा, ओमान, कजाकिस्तान, यूक्रेन, फ्रांस, ताजकिस्तान, सिंगापुर, सऊदी अरब, इंडोनेशिया, कतर, रूस, किर्मिस्तान, जापान, कुवैत, इटली, नेपाल, नाइजीरिया, वेलारूस, आर्मीनिया, थाईलैंड, आयरलैंड, जर्मनी, जार्जिया और ब्रिटेन के लिए उड़ानें भरीं। समुद्र के रास्ते भी कई देशों से अपने नागरिकों को स्वदेश लाया गया।

□

कोरोना महामारी के चलते लॉकडाउन में कुछ ऐसे नजारे भी देखे गए, जो कभी देखे नहीं जा सकते थे। फूल-सी नाजुक कोमलांगी मायानगरी की सिनेतारिकाएँ चौका-बरतन करती देखी गईं। व्योमबालाएँ भी अपनी माँ-बहनों के साथ घर के कार्यों में हाथ बँटाती देखी गईं। सिनेमा के हीरो अपने घरों में कैद कोरोना विलियन से फाइट करते देखे गए। गायक, संगीत-प्रेमी अपने सुरों को पैना करते, अपने शौक और हॉबी को निखारते देखे गए। कुछ भी हो, एक बात सच है, कोरोना ने सब वर्गों को समान रूप से कम-से-कम साधनों में जीवनयापन करना सिखा दिया। लॉकडाउन में सब लोग स्वैच्छिक गरीबी का जीवन जीने को मजबूर हुए। कैसे भुलाए जा सकते हैं कोरोना काल के वे दिन, जब कोरोना के खौप से कोई यार-दोस्त-संबंधी मदद के लिए न हमारे पास आ सकता था

और न हम ही उनके पास जा सकते थे!

लंबे लॉकडाउन में और सब बातों में तो तालमेल बिठाया जा सकता था, पर नाई का काम अपने आप कैसे किया जा सकता था? दाढ़ी अपने आप बनाई जा सकती है, पर सिर के बाल काटना कैसे संभव हो? मुझे याद आए प्यारे बापू के वे दिन, जब वे एक मुकदमे की पैरवी करने दक्षिण अफ्रीका गए थे। वहाँ नस्ल-भेद इस हद तक व्याप्त था कि वहाँ का गोरा नाई भी काले बैरिस्टर और जज के बाल काटने में अपनी हेठी समझता था। तब बापू ने बाजार से कैंची-उस्तुरा खरीद नाई के इंतजार में लंबी हो चुकी सिर की जटाओं को खुद ही काट-छाँट डाला। समतल न सही, पर सिर का बोझ तो हलका हो गया।

अगले दिन कोर्ट-परिसर में उनके साथी बैरिस्टरों ने मखौल बनाया कि मिस्टर गांधी, ये बाल कहाँ कटवाए, जरा हमें भी तो बताओ? तब मिस्टर गांधी ने हँसते हुए कहा था—डीयर फ्रेंड! जब आपके यहाँ का नाई काले लोगों के बाल काटने में अपनी बेइज्जती महसूस करता हो तो हमारे पास और उपाय ही क्या है? और फिर मैं यह न करता तो आपका इतना मनोरंजन कैसे होता! तब मेरे लिए भी शर्म की कौन सी बात थी! सो पहले दिन मेरी बेटी ने कैंची से बड़े बालों की गेहूँ की फसल की तरह कटाई कर दी, कटाई बेशक ऊबड-खाबड़ थी, पर अगले दिन मेरे छोटे बेटे ने अपने बुल्डोजर सरीखे ट्रीमर से पूरे सिर को समतल कर दिया। पूरे लॉकडाउन में चार-पाँच बार ऐसा हुआ, श्रीमतीजी ने भी इस पर अपने हाथ आजमाए। मैं तो सोच रहा था कि घर में मुंडन-संस्कार कराने वाला मैं अकेला ही हूँ, पर अगले दिन टीवी पर देखता क्या हूँ कि चिराग पासवान अपने प्यारे पापा रामविलास पासवान की हजामत बना रहे हैं। अनुष्का शर्मा भी अपने पति को कुरसी पर बिठा केस-कर्तन कर रही हैं। और न जाने कितने लोगों ने खुद की हजामत बनाई होगी, हज्जाम के इस काम को अंजाम दिया होगा! कोरोना काल के वे दिन कैसे भुलाए जा सकते हैं!

लॉकडाउन में मिलना-जुलना, आना-जाना तो लॉक हो ही गया था, पर इस मौके पर विज्ञान की अद्भुत खोज टेलीफोन बड़ा काम आया। इसने लोगों की दूरियाँ पाट दीं। देश भर के लेखक बंधु, मित्रों, रचनाकारों, शुभचिंतकों के साथ फोन पर विचारों का आदान-प्रदान बराबर होता रहा। सभी बंधु अपने-अपने शहर-कसबे में कोरोना के संक्रमण की स्थिति पर बातें करते, घर-परिवार की कुशल-क्षेम पूछते तथा कोरोना संकट में उपजी विभिन्न समस्याओं पर चर्चा करते। इस चर्चा से लिखने के लिए नए-नए विचार और विषय सामने आते रहे। लिखना-पढ़ना करने वाले कर्मवीरों कलमवीरों के लिए कोरोना स्वर्णिम अवसर लेकर आया। बिना किसी बाधा-विघ्न के, जितना चाहें समय लिखने में लगा सकते थे।

□

मानवता के लिए संकट बने जटिल प्रश्नों का समाधान भी अपने आप हो रहा है, जैसे भयावह स्थिति तक पहुँचा ओजोन का छेद काफी-कुछ भर गया, लॉकडाउन के चलते सब औद्योगिक गतिविधियाँ बंद थीं, इससे नदियों में स्वच्छ जल बह रहा था; आसमान में छाया रहनेवाला प्रदूषण हट गया था, जिससे आसमान स्वच्छ हो गया, दूर-दूर की पर्वत-श्रृंखलाएँ नग्न आँखों से दिखाई देने लगी थीं। जीव-जंतु, परिंदे स्वच्छंद विचरण कर रहे थे; प्रकृति हरी-भरी मनोहरी हो गई थी। उम्मीद थी, प्रकृति जब अपना संतुलन बना लेगी, तब सबकुछ सामान्य हो जाएगा। लॉकडाउन हमें बहुत-कुछ सिखा रहा था।

इक्कीस दिन का लॉकडाउन पूरा हो रहा था। विभिन्न राज्यों में कोरोना का कहर बढ़ता ही जा रहा था, क्योंकि एक समुदाय के लोग किसी प्रकार का सहयोग नहीं कर रहे थे। तबलीगी जमात के लोग छिपकर अपने लोगों के बीच रहकर कोरोना की भयावहता को बढ़ा रहे थे। प्रधानमंत्री मोदी ने 14 अप्रैल को पुनः राष्ट्र को संबोधित किया और लॉकडाउन की अवधि 3 मई तक बढ़ा दी। हालाँकि कई राज्य पहले ही लॉकडाउन बढ़ा चुके थे। लॉकडाउन का पालन करते हुए कोरोना महामारी को हराने के लिए प्रधानमंत्री मोदी ने जनता को 'सप्तपदी' का मंत्र दिया—

(1) अपने बड़े-बुजुर्गों का विशेष ध्यान रखें, खासकर जो बीमारियों से ग्रसित हैं। (2) सामाजिक दूरी का मुस्तैदी से पालन करें तथा मास्क का उपयोग जरूर करें। (3) अपनी रोग-प्रतिरोधक क्षमता बढ़ाने के लिए आयुष मंत्रालय द्वारा जारी की गई सलाह मानें। (4) अपने निकट के गरीब परिवार की देखभाल तथा उनके भोजन आदि की फिक्र करें। (5) आरोग्य सेतु एप्प को जरूर डाउनलोड करें तथा दूसरों को भी बताएँ, जिससे अफवाहों पर लगाम लगे। (6) उद्योगपति, फैक्टरी मालिक अपने किसी कर्मचारी को नौकरी से न निकालें। (7) डॉक्टरों, नर्सों, सफाईकर्मी, सुरक्षाकर्मियों का सहयोग-सम्मान करें; उनके सेवा-कार्य को सराहें। हालाँकि प्रधानमंत्री मोदी 'जान' और 'जहान', दोनों को बचाना चाहते थे, सो 20 अप्रैल से कोरोना मुक्त इलाकों (ग्रीन जोन) में कुछ शर्तों के साथ कुछ गतिविधियाँ करने की छूट दी गई। मोदी ने राष्ट्रीय ही नहीं, अंतरराष्ट्रीय स्तर पर पूरी मानवता का उत्साहवर्धन किया। बार-बार हाथ जोड़कर जनता से लॉकडाउन के नियमों का पालन करने की अपील वे करते रहे।

□

एक मायने में कोरोना संक्रमण काल इसलिए भी स्मरणीय बन गया था कि इस दौरान नए-नए शब्द प्रचलन में आए, जो पहले थे जरूर, पर सुने नहीं गए थे। यथा **क्वारंटीन** : यह इतालवी शब्द 'कोरांटेना' और लैटिन शब्द 'क्वाड्रिजिडा' से मिलकर

बना है, दोनों का आशय एक अवधि विशेष (संख्या 40) से है। भारतीय ग्रंथों में भी किसी महामारी या भयंकर बीमारी के प्रसार (फैलाव) को रोकने के लिए मरीज को 40 दिन तक (एक विशेष अवधि) बाकी सब लोगों से अलग रखने को क्वारंटीन कहा जाता है। फिलहाल भारत में यह क्वारंटीन 21+19=40, यानी 3 मई, 2020 तक जारी हो गया था। **हॉट-स्पॉट** : जिस इलाके में 3 या उससे अधिक कोरोना के मरीज या संक्रमित मिलें, उसे हॉट-स्पॉट घोषित कर सील कर दिया जाता है। **होटेस्ट स्पॉट/कंटोनमेंट** : यानी कोरोना की छावनी; जिस क्षेत्र में कोरोना के बहुत सारे संक्रमित हों, उस क्षेत्र को कोरोना कंटेनमेंट घोषित कर पूरी तरह लॉक्ड कर दिया जाता है। **रेडजोन** : कोरोना प्रभावित क्षेत्र। **आइसोलेशन** : यानी विलग, पृथक्। यानी कोरोना संदिग्ध को स्वस्थ लोगों से पृथक् कर देना; उसे एकांतवास में रखना। **पीपीई किट** : यानी पर्सनल प्रोटेक्शन इक्विपमेंट, ऐसी किट या यूनीफॉर्म, जो उसे पहनने वाले को बीमारी या संक्रमण से बचाव करती है। इस किट की कोरोना काल में सारी दुनिया में बड़ी माँग रही थी। **सेनिटाइज/सेनिटाइजेशन** : सफाई करके स्वास्थ्यकर बनाना। **म्यूटेशन** : किसी भी कोशिका में आनुवंशिक परिवर्तन। भारतीय आयुर्विज्ञान संस्थान परिषद् ने यह अध्ययन किया कि कोविड-19 के फैलने के दौरान क्या कोरोना वायरस में 'म्यूटेशन' हुआ है? **वीसी** : वीडियो कॉन्फेरेंस। **सोशल डिस्टेंशिंग** : सामाजिक दूरी। **लॉकडाउन** : बंदीकरण।

3 मई, 2020 को कोरोना महामारी के खिलाफ जंग लड़ रहे लाखों चिकित्साकर्मियों, सुरक्षाकर्मियों, सफाईकर्मियों के प्रति आभार व्यक्त करने तथा उनका हौसला बनाए रखने के लिए अमेरिका की तरह सैनिक विमानों मिग-29 सुखोई-30 तथा जगुआर ने दिल्ली के राजपथ से उड़ान भरी, हेलीकॉप्टरों ने अस्पताल परिसरों के ऊपर पुष्पवर्षा की। कुछ रियायतों के साथ तीसरा लॉकडाउन 4 मई से 17 मई तक बढ़ा दिया गया। इस दौरान भारतीय रेलवे की पार्सल ट्रेनें संकटमोचक बनीं, जिनकी वजह से पीपीई किट से लेकर दूध-दवाई तक लोगों तक निर्बाध पहुँचती रहीं।

11 मई को लॉकडाउन जारी रहे या इसमें ढील दी जाए, इस विषय पर प्रधानमंत्री मोदी ने छह घंटे तक चली वीडियो कॉन्फ्रेंस के जरिए राज्यों के मुख्यमंत्रियों से बात की। 12 मई को प्रधानमंत्री ने रात को आठ बजे देश को पाँचवीं बार, यानी लॉकडाउन के 50 दिनों में पाँचवीं बार संबोधित किया। साथ ही भारत को आत्मनिर्भर बनाने के लिए 20 लाख करोड़ रुपए के पैकेज की घोषणा की। 'लॉकल' से 'वॉकल' की बात ही। आत्मनिर्भरता के 5 पिलर बताए—अर्थव्यवस्था, इंफ्रास्ट्रक्चर, सिस्टम, डेमोग्राफी और डिमांड। प्रधानमंत्री ने इसे लैंड, लेबर, लिक्विडिटी और लॉस, यानी पाँच 'एल' पर आधारित पैकेज बताया। 18-31 मई का चौथा लॉकडाउन कुछ शर्तों के साथ शुरू हुआ।

□

उन दिनों कोरोना का खौप कुछ इस तरह हावी था कि जेलों से कैदियों को रिहा किया जा रहा था, हजारों को पैरोल पर छोड़ दिया गया था। इस दौरान कुछ अप्रत्याशित, पर मजेदार वाकये देखने को मिले। 20 जून को अमेठी (उ.प्र.) में एक विवाह समारोह में क्षण भर में ही रंग में भंग पड़ गई, जब गाजे-बाजे के साथ बारात लेकर निकला दूल्हा और दूल्हे के पिता तथा रिश्तेदार ढोल-बाजे पर नाच रहे थे कि उसी दिन बाप-बेटे की कोरोना रिपोर्ट पोजिटिव आ गई। बारात कमरौली गाँव से हैदरगढ़ जा रही थी। बाप-बेटा बीते दिनों दिल्ली से लौटे थे। यह सूचना पाकर इलाके की पुलिस हरकत में आई और पुलिस ने बीच रास्ते ही बारात को घेर लिया और स्वास्थ्यकर्मियों की टीम उन्हें पकड़कर इलाज के लिए अस्पताल ले गई। क्या दूल्हा और दूल्हा के सगे-संबंधी, कभी इस घटना को भूल पाएँगे?

पंजाब के पटियाला से कुछ लोग बारात लेकर उत्तराखंड पहुँचे तो जाँच के दौरान उनकी बस का ड्राइवर कोरोना संक्रमित पाया गया। फिर तो टिहरी प्रशासन ने घरात और बारात, दोनों पक्षों के 46 लोगों को वहीं क्वारंटीन कर दिया। बेचारे दूल्हा-दुलहन को सुहाग-कक्ष की जगह आइसोलेशन वार्डों में जाना पड़ा। एक और भी मजेदार घटना हुई। हरियाणा के जींद के नंदगढ़ गाँव के एक युवक की बंगाल के रायगंज में रहने वाली लड़की से फेसबुक पर दोस्ती हुई। दोनों की शादी होने वाली थी। पहले तो मार्च में लॉकडाउन के कारण शादी टल गई, जब लॉकडाउन खुला तो 10 जून को युवक जींद से चलकर रायगंज पहुँचा। मैरिज रजिस्ट्रार के कार्यालय में विवाह संपन्न होने से पूर्व उसकी कोरोना रिपोर्ट पोजिटिव आ गई; अब तो दूल्हे को दुलहन के घर में ही क्वारंटीन कर दिया गया।

वहीं पटना के एक इंजीनियर तथा उसके पिता ने अपने इंजीनियर बेटे को कोरोना होने की बात छुपाई। यह व्यक्ति गुरुग्राम में इंजीनियर था। पटना की एक इंजीनियर लड़की से उसकी शादी तय हुई। लड़के को कई दिन से बुखार था, पिता ने कहा कि शादी निपटा लो, इसके बाद कोरोना टेस्ट कराएँगे, नहीं तो शादी के रंग में भंग पड़ जाएगी। दूल्हा राजा बुखार की गोली खा-खाकर काम चलाता रहा। इस तरह शादी संपन्न हो गई। रिशेप्शन में सोशल डिस्टेंसिंग का पालन न करते हुए सैकड़ों लोगों को दावत में बुलाया। चार सौ लोगों की भीड़ जुटी। पुलिस तथा प्रशासन कान में तेल डालकर सोता रहा। सुहागरात के अगले दिन इंजीनियर दूल्हे की तबीयत ज्यादा बिगड़ी तो उसे अस्पताल ले जाने लगे। पर रास्ते में ही इंजीनियर साहब के प्राण-पखेरू उड़ गए। लड़की एक दिन बाद ही विधवा हो गई। शादी में आए अन्य लोगों की जब तबीयत खराब होने लगी तो सभी ने कोरोना के टेस्ट कराए, सैकड़ों लोग कोरोना पोजिटिव

निकले। देखिए, अक्ल बड़ी या भैंस! शादी इलाज के बाद भी हो सकती थी। पढ़े-लिखे भी नादानी करते हैं, इस तरह सैकड़ों परिवार बरबाद हो गए।

कोरोना काल में डॉक्टर्स, साइंटिस्ट बताते थे कि कोरोना वायरस से ज्यादातर बुज़ुर्गों की मौतें हो रही हैं, खासकर जिनको उच्च रक्तचाप-मधुमेह, अस्थमा, मोटापा है, कमजोर प्रतिरक्षा तथा धूम्रपान करने वाले ही इसके ग्रास बन रहे हैं; लेकिन यह जरूरी नहीं, क्योंकि रोम के लोसोना शहर की 103 वर्ष की वृद्धा अदा जानसो ने कोरोना वायरस को पटकनी दे दी। वे बिल्कुल स्वस्थ हो गईं। इतना ही नहीं, लंदन में भारतीय मूल की 98 वर्षीय डाफनी शाह ने कोरोना से दो-दो हाथ कर उसे धूल चटाई। अस्पताल से लौटकर वे अब अपने घर में सामान्य जिंदगी जी रही थीं। दिल्ली के लोकनायक जयप्रकाश नारायण अस्पताल में हैरान कर देने वाला करिश्मा हुआ। नजफगढ़ के अर्जुन पार्क में रहने वाले 64 वर्षीय बुजुर्ग राजदेव दीक्षित को कोरोना के साथ-साथ पाँच गंभीर बीमारियाँ कैंसर, मलटी ऑर्गन फैल्यिर, दो महीने से डायलिसिस पर थे, दिल पच्चीस फीसदी ही काम कर रहा था; टीबी की बीमारी तथा निमोनिया से भी पीड़ित थे, पर वे कोरोना को मात देने में सफल हुए, उनकी कोरोना रिपोर्ट नेगेटिव आई।

कर्नाटक राज्य के कोप्पल जिले में 105 वर्षीय कमला अम्मा, जो करतार गाँव की निवासी हैं, ने कोरोना से पीड़ित होने पर अपने बेटे के घर में पृथक् वास किया और डॉक्टर पोते श्रीनिवास हयाती की चिकित्सा देख-रेख में कोरोना को मात दी। बुजुर्ग कमला अम्माँ बिल्कुल स्वस्थ हो गईं। भारत में 75 पार के सुपर स्टार अमिताभ बच्चन कोरोना को मात देकर अपने घर लौट आए।

कोरोना महामारी का संकट और खतरा बहुत बड़ा था। कोरोना के विरुद्ध लड़ाई लड़ रहे कोरोना वॉरियर्स भयावह खतरे के बीच काम कर रहे थे। स्वास्थ्य कर्मियों को बिल्कुल आगे रहकर काम करना पड़ता है, उन्हें संक्रमित होने का खतरा ज्यादा था। भारत सरकार ने इस ओर ध्यान दिया। सभी स्वास्थ्यकर्मियों को कोरोना के विरुद्ध एक करोड़ रुपए का बीमा, मृत्यु होने की स्थिति में 50 लाख रुपए (बाद में एक करोड़) देने की व्यवस्था की। दिल्ली सरकार ने भी कोरोना के सैंपल उठाने वाले लैब टैक्निशियनों की सैलरी डबल कर दी। केंद्र सरकार ने एक और पहल की कि उद्योगों, मध्यम लघु औद्योगिक इकाइयों के कामगारों की सुरक्षा को ध्यान में रखकर सामाजिक सुरक्षा संहिता, औद्योगिक संबंध संहिता और व्यावसायिक स्वास्थ्य व सुरक्षा संहिता सबको एक साथ जोड़कर एक बनाया। कोरोना महामारी के चलते देश में नौकरियों में छँटनी होने से बेरोजगारी फैलने की आशंका थी।

□

वैसे तो कोरोना के खौफ से स्वास्थ्यकर्मी, डॉक्टर और नर्सें, वार्ड बॉय तक

आइसोलेशन सेंटर तथा अस्पतालों में भरती मरीजों से दूरी बनाए रखते, उन्हें छूते तक नहीं, मरीज लाख चिल्लाते रहें, कराहते रहें, डॉक्टर और नर्सें उन्हें देखने तक की जहमत नहीं उठाते; परंतु इन्हीं महिला मरीजों के साथ आपराधिक यौनाचरण करने में वे जरा भी नहीं डरते थे, तब उन्हें कोरोना से डर नहीं लगता था। 26 जून को छत्तीसगढ़ के कोरवा जिला अस्पताल के एक क्वारंटीन सेंटर में भरती संदिग्ध कोरोना संक्रमित महिला को बेहोशी का टीका लगाकर वहाँ के एक वार्ड बॉय ने उसके साथ बलात्कार करने का प्रयास किया; होश आने पर उस महिला ने शोर मचा दिया।

ऐसे ही 8 जुलाई को पटना मेडिकल कॉलेज के कोरोना वार्ड में भरती 15 वर्षीय एक नाबालिग लड़की से वहीं पर तैनात सुरक्षा गार्ड ने उसके साथ बलात्कार किया तथा किसी को न बताने के लिए उसे धमकाया। 16 जुलाई को महाराष्ट्र में पनवेल स्थित कौन गाँव के क्वारंटीन सेंटर में कोरोना संक्रमित एक महिला से उसी वार्ड में इलाज के लिए भरती एक अन्य कोरोना संक्रमित युवक ने बलात्कार कर डाला। 21 जुलाई को उत्तर प्रदेश के अलीगढ़ स्थित दीनदयाल अस्पताल के आइसोलेशन वार्ड में इलाज करा रही एक युवती के साथ रात में वहीं के एक डॉक्टर ने बलात्कार करने का प्रयास किया, जो बाद में पकड़ा गया। 23 जुलाई को दिल्ली के छतरपुर स्थित सरदार पटेल कोविड केयर सेंटर में इलाज करा रही एक 14 वर्षीय किशोरी से एक युवक ने बलात्कार किया—इतना ही नहीं, उसके दूसरे साथी ने उसका वीडियो बनाया; ये दोनों भी कोरोना संक्रमित थे।

31 अगस्त को चीन के बीजिंग में एक उईदगर मुसलिम महिला ने अदालत के समक्ष बताया कि शिनजियांग प्रांत के एक आइसोलेशन वार्ड/सेंटर में मुसलिम महिलाओं को सप्ताह में एक बार मुँह ढककर निर्वस्त्र होना पड़ता था, इसके बाद उनके नग्न शरीर पर रोगाणुनाशक रसायन का छिड़काव किया जाता था। 6 सितंबर को केरल के पथन मथिट्टा में, अडूर के अस्पताल में एक युवा एंबुलेंस चालक ने उन्नीस वर्ष की एक कोविड की मरीज युवती के साथ उस समय बलात्कार किया, जब युवती को इलाज के लिए अस्पताल ले जाया जा रहा था।

कोरोना काल में किसान, मजदूर, छोटे उद्यमी आदि ने भारी नुकसान झेला, परंतु विद्यार्थियों की पूरे वर्ष की पढ़ाई बरबाद हो गई। स्कूल-कॉलेज एवं शिक्षण संस्थान बंद रहे। छात्र-छात्राएँ विद्यालय नहीं जा सकते थे। सरकार के द्वारा उनकी ऑन लाइन शिक्षा की व्यवस्था की गई। विद्यार्थियों के लिए उनका होमवर्क उनके मोबाइल पर आ जाता था, इस व्यवस्था से महानगरीय और नगरीय विद्यार्थी तो लाभ उठा सकते थे, पर दूर-दराज के गाँवों-देहात में पढ़ रहे विद्यार्थियों का क्या, जिनके पास टच स्क्रीन मोबाइल था ही नहीं, अगर मोबाइल की व्यवस्था कर भी लेते तो वहाँ इंटरनेट नहीं चलता; वे

कैसे पढ़ाई करते? उनके साथ सरासर अन्याय हुआ। सरकार को उनकी पढ़ाई के बारे में भी तो सोचना चाहिए था।

इसी तरह कोरोना काल में विवाह-शादियों का व्यवसाय भी पूरी तरह ठप्प हो गया था। सामाजिक दूरी तथा अन्य प्रतिबंधों के चलते सब रस्मो-रिवाज नहीं हो सकते थे। उन्हें त्यागना पड़ा। विवाह समारोह में भीड़-भाड़, गीत-संगीत, नृत्य-गान के आयोजन छोड़ देने पड़े। शादी कार्ड छपवाने की जरूरत ही नहीं रही तो शादी कार्ड छापने और बनाने वालों का कारोबार भी ठप्प हो गया। इस क्षेत्र में काम करनेवाले हजारों कामगारों को नौकरी से हाथ धोना पड़ा। शादियों के लिए पंडितों की बुकिंग नहीं हो पाई। इसी तरह से दुलहनों का श्रृंगार, वैंक्विट, मैरिज प्लेस, होटल तथा हलवाइयों का काम-धंधा भी लगभग चौपट हो गया; इस व्यवसाय से जुड़े कर्मचारी बेरोजगार हो गए थे।

घोड़ी-बग्घी, बैंड-बाजा, ढोल वालों की ज्यादातर कमाई विवाह-शादी के दिनों में ही होती है, इनका कारोबार भी चौपट हो गया था। घोड़ा-बग्घी, बैंड-बाजा, डीजे वाले हजारों लोगों के सामने रोजी-रोटी का प्रश्न खड़ा हो गया था। मजबूरी के चलते ही सही, लोगों ने शादी-विवाह सादा तरीके से ही संपन्न किए, फिजूलखर्ची नहीं हो पाई। इससे लोगों की जीवन-शैली काफी हद तक बदल गई। कोरोना ने बहुत कुछ सिखा दिया।

□

कोरोना काल में हृदयहीनता, निष्ठुरता के भी दुर्दिन देखने पड़े। हैदराबाद के बंजारा हिल्स इलाके में एक जवान बेटा मुफलिसी में अपनी बीमार माँ की मृत्यु के बाद उसका शव फुटपाथ पर छोड़कर भाग गया। जब कुछ लोगों की इस लाश पर नजर पड़ी तो पुलिस को सूचना दी। पुलिस ने जाँच-पड़ताल की तो पता चला कि उक्त बुढ़िया (मृतक) का बेटा चौकीदार का काम करता है। आर्थिक तंगी के चलते उसके पास अंतिम संस्कार के लिए रुपए नहीं थे, सो वह दिल पर पत्थर रख माँ के शव को फुटपाथ पर छोड़कर चला गया।

दिल्ली की द्वारका निवासी एक महिला को 28 अगस्त को गनीपाल अस्पताल में सर्जरी के द्वारा शिशु को जन्म देने के बाद डॉक्टरों को पता चला कि माँ कोरोना पॉजिटिव है, अतः यह सोचकर कि बच्चे को कोरोना संक्रमण न हो जाए, सो माँ को अलग आइसोलेट कर दिया गया। महिला मातृत्व के लिए तरसती रही; अपने जिगर के टुकड़े की एक झलक पाने को तरसती रही; लेकिन खुशी और गम के बीच झूलती वह माँ सत्रह दिनों तक अपना दूध बोतल में इकट्ठा कर अपने लाड़ले को भेजती रही।

कोरोना काल में बहुत कुछ ऐसा भी हुआ, जिसे अप्रत्याशित कहा जा सकता है। जिस देश में कभी दूध की नदियाँ बहती थीं, वहाँ दारू की ऐसी तड़फ देखी कि पियक्कड़ सेनिटाइजर तक पी गए और जहरीली शराब पीकर सैकड़ों दारूखोर दारू के लिए

पत्नियों, माँओं और अपनी संतानों को पीटते-झगड़ा करते देखे गए। कोरोना के खौफ से बेफिक्र नशेबाजों ने दारू पी-पीकर अपना मन भरा तो सरकारों ने अपना खजाना। कुछ राज्य सरकारें तो दो कदम आगे बढ़कर दारू की होम डिलीवरी करने को तैयार हो गईं। पर सुप्रीम कोर्ट ने उनके इरादों पर दारू फेर दी।

□

लेकिन इन सबसे अलग कोरोना बीमारी की मायूसी के बीच खुशी का एक ऐसा पल भी आया कि 5 अगस्त का दिन हिंदू-गौरव का प्रतीक बन गया, जब पाँच सौ वर्षों का कलंक मिटाकर भारत के लोकप्रिय प्रधानमंत्री नरेंद्र मोदी द्वारा राष्ट्रीय स्वयंसेवक संघ के सरसंघचालक मोहन भागवत, उत्तर प्रदेश के क्रांतिकारी मुख्यमंत्री योगी आदित्यनाथ, प्रदेश की राज्यपाल आनंदी बेन पटेल एवं अयोध्या मंदिर के महंत नृत्यगोपाल दास के सान्निध्य तथा देश भर से आए शताधिक गण्यमान्य अतिथियों की उपस्थिति में भव्य राममंदिर निर्माण के लिए भूमि-पूजन किया गया। दुनिया के अनेक देशों में इस ऐतिहासिक कार्यक्रम का सीधा प्रसारण किया गया। पूरे देश में सायं को दीप जलाकर भव्य दीपावली मनाई गई।

कुछ कर्मजलों ने अंतिम क्षण तक कार्यक्रम के मुहूर्त का बखेड़ा खड़ा करके इस आयोजन को टालने की जी-तोड़ कोशिश की, पर राम के आगे किसकी चली है। रामकाज कभी नहीं रुकता। इस अवसर पर प्रधानमंत्री मोदी द्वारा दिया गया भाषण अद्भुत, अलौकिक और जन-मन को आह्लादित करने वाला था।

अमरीका भले ही पढ़े-लिखे, सभ्य लोगों का देश माना जाता है, पर वहाँ अश्वेत लोगों को आज भी इनसान नहीं माना जाता। नस्ल भेद के चलते वहाँ के सब बड़े शहरों में भीषण दंगे हुए, जिनसे निपटने में अमेरिका के प्राण गले में आ गए। थोड़ी-बहुत कसर बाकी रह गई तो अमेरिका में आए भयंकर समुद्री तूफानों ने पूरी कर दी।

□

लॉकडाउन की शुरुआत में स्वास्थ्यकर्मियों की टीमें कॉलोनियों में घर-घर जाकर कोरोना संक्रमितों का पता लगाकर उनका इलाज करने की कोशिश कर रही थीं, पर वे लोग इन कोरोना वारियर्स पर पत्थर, लाठी-डंडे बरसा रहे थे, गोली तक चला रहे थे; सरकार भी इनकी मिन्नतें कर रही थी, पर जून आते-आते, कोरोना की दूसरी लहर में प्रथम सप्ताह में ही हालात ऐसे भयानक हो गए कि कोरोना के मरीज अस्पतालों के बाहर पड़े-पड़े इलाज के लिए विवश गिड़गिड़ाने लगे; डॉक्टरों की मिन्नतें करने लगे। कोरोना मरीजों से अस्पताल खचाखच भर गए, बिस्तर खाली नहीं थे—न सरकारी अस्पतालों में, न प्राइवेट में। मरीज बिना इलाज के दम तोड़ने लगे; कोरोना का संक्रमण बेलगाम फैल रहा था; स्थिति बेकाबू हो गई, सरकारें असहाय

स्थिति में आ गईं। दिल्ली और बंबई नगर न्यूयॉर्क से होड़ करने लगे; सरकार निजी अस्पतालों को चेतावनी देने लगीं, उनके खिलाफ एफआईआर दर्ज कराने लगीं। अब कोरोना का खौफ लोगों की समझ में आने लगा; नेता, मंत्री, अधिकारी भी पट-पट मरने लगे। कोरोना के खूनी पंजे से न डॉक्टर बचे, न नर्स, न सुरक्षाकर्मी, न सफाईकर्मी। इन बेचारे कर्मियों की कौन कहे, बड़े-बड़े मंत्री तक कोरोना के ग्रास बन गए।

जितनी तीव्र गति से कोरोना का संक्रमण फैला, पर उससे ज्यादा तेज गति से कोरोना के नए-नए इलाज बाजार में आ गए। सोशल मीडिया और यू-ट्यूब पर सैकड़ों तरह के सस्ते इलाज की आँधी आ गई। गंडा-ताबीज, झाड़-फूँक करने वाले तो 10-10 रुपए में शर्तिया कोरोना का इलाज करने लगे थे। हवन-पूजन कर कोरोना भगाया जाने लगा। यू-ट्यूब पर प्रचलित सैकड़ों काढ़े-सीरफ आजमाए जाने लगे। मौके की ताक में बैठे योगगुरु बाबा रामदेव ने भी पतंजलि की 'कोरोनिल-किट' लांच कर दी। पर बाबा की दवाई (नुसखा) आयुष मंत्रालय को समझ में न आई, सो बाबा की दवाई आई-गई कर दी गई। खैर, शरीर की इम्यून शक्ति बढ़ाने वाली पतंजलि की दवाइयाँ रेबड़ी की तरह हाथोहाथ बिकीं।

डर-खौप व्यक्ति से क्या-क्या नहीं कराता। देश भर की जनता अपनी इम्यून शक्ति बढ़ाने पर पिल पड़ी। मेडिकल स्टोर्स पर इन दवाइयाँ का अकाल पड़ गया। इतना ही नहीं, बहुत से लोग आयुर्वेदिक जड़ी-बूटियों के पौधों को अपने घर-आँगन, यहाँ तक कि गमलों में रोपने लगे। तुलसी, गिलोय, सदाबहार, अश्वगंधा के पौधे डेढ़ सौ रुपए में बिकने लगे। चलो, डर से ही सही, अपनी घेरलू चिकित्सा की याद तो आई।

इन सबसे इतर इनसान की जीवन-शैली बदल गई; दो गज की दूरी मजबूरी नहीं, जरूरी हो गई; हाथ मिलाना छोड़ नमस्ते जरूरी हो गया। पहले के समय में मास्क वायु प्रदूषण से बचाव में लगाते थे, अब जीवन शैली में शुमार हो गया। बुरे से बुरे में भी कुछ-न-कुछ अच्छा जरूर होता है। क्या यह जरूरी नहीं कि हर दस वर्ष में एक लॉकडाउन की परंपरा शुरू हो।

☐

ऐसा नहीं कि लॉकडाउन में सबकुछ ठहर गया था, वे दिन भी बड़ी उपलब्धियाँ लेकर आए थे। मई के अंत में मोदी सरकार के सब मंत्रियों ने अपने छह वर्ष के कार्यों का हिसाब-किताब जनता-जनार्दन के सम्मुख रखा। एक जून को सरकार ने देश में 'वन नेशन, वन राशन कार्ड' योजना शुरू कर दी। दो जून को विश्व स्वास्थ्य संगठन ने मान लिया कि चीन ने दुनिया को कोरोना संक्रमण के बारे में बताने में देर की। तीन जून का कलकत्ता बंदरगाह ट्रस्ट का नाम 'श्यामा प्रसाद मुखर्जी ट्रस्ट' कर दिया गया। सत्रह जून को लद्दाख की गलवान घाटी में चीनी सैनिकों की नपुंसकता सामने आई, जब भारतीय

सैनिकों ने पैंतालीस चीनी सैनिकों की गरदनें तोड़ डालीं। दो जुलाई को दिल्ली में पहला 'प्लाज्मा बैंक' शुरू हुआ।

कोरोना काल में सैनिटाइजर, डेटॉल, सेवलॉन, मास्क, पीपीई किट इत्यादि की माँग बेहद बढ़ गई थी। बाजारों में इन चीजों का शुरू में तो अकाल सा पड़ गया था, तब नकली सैनिटाइजर, पीपीई किट तथा मास्क बनाने वाली फैक्टरियाँ जोरों से चल पड़ी थीं। जैसे-जैसे कोरोना का संक्रमण आगे बढ़ा तो अनलॉक में भी प्रशासन द्वारा मास्क लगाना अनिवार्य कर दिया गया था; मास्क न लगाए जाने पर चालान काटा जाने लगा।

कोरोना मात्र बीमारी लेकर ही नहीं आया, अपने साथ घृणा से भरी छुआछूत भी लेकर आया था। उस बुरे समय में जिस घर में कोई सदस्य कोरोना पॉजिटिव निकल आता था तो प्रशासन उस घर के बाहर कोरोना अलर्ट का पोस्टर चस्पाँ कर देता था। तब सबको पता चल जाता था कि कोरोना का भूत इस घर में है। लोग उस घर को, उस परिवार को हिकारत की नजर से देखते थे। यहाँ तक कि मरीज के स्वस्थ हो जाने पर भी आस-पड़ोस तथा मोहल्ले के लोग उस परिवार से सामान्य व्यवहार नहीं करते थे। एक जन शिकायत पर दिल्ली हाई कोर्ट ने दिल्ली सरकार से जवाब माँगा कि कोविड-19 संक्रमित लोगों के घरों के बाहर पोस्टर चिपकाना क्या उचित है ? न्यायालय ने आदेश दिया कि सरकार अपने अधिकारियों, कर्मचारियों और प्रतिनिधियों को निर्देश दे कि कोरोना संक्रमित लोगों के नाम किसी को प्रसारित न करें, उन्हें गुप्त रखें।

□

लॉकडाउन में बेरोजगारी की मार ऐसी पड़ी कि लाखों कमाने वाले अचानक सड़क पर आ गए। कंप्यूटर साइंस में ग्रैजुएट लुधियाना (पंजाब) की एक युवती अपने परिवार के पालन-पोषण के लिए आइसक्रीम का ठेला लगाने लगी थी। लुधियाना की ही एक और लड़की सैलून में नौकरी छूट जाने के बाद एक पेट्रोल पंप पर काम करने लगी। बाजार ठप्प हो जाने से वाराणसी के अनेक बुनकरों ने अपना यह पुस्तैनी धंधा ही छोड़ दिया। अपने पिता और दादा से विरासत में इस कला को सीखने वाले वे हाथ, जो कभी रेशमी साड़ियों पर सोने और चाँदी के तारों की बुनाई किया करते थे, लॉकडाउन में अपने हथकरघे खड़े करके सब्जियाँ तथा चाय बेचने पर मजबूर हुए।

लिनेन और रेशम की साड़ियों के लिए विख्यात भागलपुर के अनेक कारीगर अपना रोजगार खो बैठने के बाद बेचारे रिक्शा खींचने को विवश हुए; उनमें से कुछ तो पेट-पालन के लिए 'झालमूरी' बेचने लगे। इतना ही नहीं, कभी सऊदी अरब में अच्छी कमाई करने वाले 450 मजदूर (भारतीय) बेरोजगार हो सड़कों पर भीख माँगने को विवश हुए। वहाँ के स्थानीय प्रशासन ने इन लाचारों को पकड़कर जेद्दा के शुमैसी डिटेंशन सेंटर में रख छोड़ा, जहाँ पर वे रोते-बिलखते देखे गए।

लॉकडाउन में महीनों घर में बंद रहने के कारण लाखों लोगों की दुनिया बदल गई थी। वे घर और संसार के बीच सामंजस्य नहीं बिठा पा रहे थे। कोरोना और लॉकडाउन उन्हें अवसाद और आत्महत्या की ओर धकेल रहा था; उन दिनों स्वास्थ्य और मन को दुरुस्त रख पाना अत्यंत कठिन हो रहा था; इस दौरान आत्महत्या के मामले तेजी से बढ़ रहे थे, तब 24 सितंबर को 'फिट इंडिया' की वर्षगाँठ पर प्रधानमंत्री मोदी ने एक मंत्र दिया था—'फिटनेस की डोज, आधा घंटा रोज।' सितंबर के मध्य तक कोरोना संक्रमण अपने चरम पर पहुँच गया। पर दिल्ली में कारोबार, बाजार, बस, मेट्रो, ऑटो, साप्ताहिक बाजार, होटल, मॉल, जिम आदि को खोल दिया गया।

अक्तूबर में यूरोप के देशों में कोविड़-19 की दूसरी लहर ने तेजी पकड़ ली, तो कर्फ्यू लगाना अनिवार्य हो गया था। आस्ट्रिया, बेल्जियम, चैक गणराज्य, फ्रांस के नौ महानगरों के बासिंदों पर रात नौ बजे के बाद घर से बाहर निकलने पर भारी जुरमाना लगाया गया; चैक में शिक्षा संस्थान बंद करा दिए गए; इतना ही नहीं, मेडिकल स्टाफ की पूर्ति के लिए मेडिकल छात्रों की भरती करनी पड़ी। रेस्त्राँ-बार सब बंद कर देने पड़े। वायु प्रदूषण के कारण चीन तथा भारत में भी कोरोना संक्रमण तेजी से बढ़ने लगा था।

नवंबर महीना आते-आते कोरोना पुनः पूरी दुनिया में पैर पसारता चला गया। विश्व स्वास्थ्य संगठन के 65 कर्मचारी भी इसकी चपेट में आ गए। भारत में त्योहारों का महीना होने के चलते देश की राजधानी दिल्ली में कोरोना संक्रमण का महा विस्फोट हो गया था। कब्रिस्तान तथा श्मशान में जगह कम पड़ गई थी, दिल्ली सरकार की लचर व्यवस्था को देखते हुए केंद्र सरकार को हस्तक्षेप करना पड़ा। कड़े नियम बनाए गए; शादी-विवाह समारोह में पचास से ज्यादा लोग इकट्ठा नहीं हो सकते; सोशल डिस्टेंसिंग का सख्ती से पालन करते हुए मास्क न लगाए जाने पर दो हजार रुपए का जुरमाना, कहीं भी थूकने पर दो हजार जुर्माने के साथ-साथ दिल्ली के सभी बॉर्डरों पर दिल्ली आने वालों की कोरोना जाँच अनिवार्य कर दी गई; दिल्ली के सभी अस्पतालों में ओपीडी में भी कोरोना की जाँच किए बिना प्रवेश रोक दिया गया। दिल्ली की आबादी में घूम-घूमकर कोरोना संक्रमण की जाँच कराई गई; घर-घर जाकर कोरोना जाँच की व्यवस्था करनी पड़ी। आप को याद हो तो 2021 के गणतंत्र समारोह में ब्रिटेन के प्रधानमंत्री बोरिस जानसन मुख्य अतिथि के रूप में भारत आने वाले थे, बढ़ते कोरोना संक्रमण के चलते उन्हें अपनी भारत-यात्रा रद्द करनी पड़ी।

उम्मीद की जा रही थी कि वर्ष 2020 समाप्त होते-होते कोरोना का नामोनिशान मिट जाएगा, साथ ही कोरोना की बहुत सी वैक्सीन भी बाजार में आ जाएँगी। लेकिन ऐसा नहीं हुआ, दिल्ली की सरकार तथा दिल्ली के बासिंदों की लापरवाही के चलते दिल्ली भारत ही नहीं, दुनिया में सबसे बदतर स्थिति में पहुँच गई थी। रोजाना सौ से

ऊपर लोगों की मौत कोरोना संक्रमण से हो रही थी; श्मशानों में शव दहन भट्ठियाँ बढ़ानी पड़ीं, श्मशानों में लाशें अपनी बारी का इंतजार कर रही थीं। दिल्ली के मजदूर पुनः गाँवों की ओर भागने लगे। दिल्ली सरकार के सब साधन कोरोना रोक पाने में बौने साबित हो रहे थे। बेतहाशा बढ़ते कोरोना के मरीजों के कारण दिल्ली के अस्पतालों के डॉक्टरों के होश फाख्ता हो रहे थे।

वर्ष 2020 के शुरुआत में जैसे-जैसे कोरोना का डेल्टा वेरियंट दुनिया भर में तांडव मचा रहा था तो इससे छुटकारा पाने के प्रयास भी शुरू हो गए थे। दुनिया के नब्बे देशों की 110 दवा-कंपनियों ने कोरोना वैक्सीन बनाने के प्रयास भी तेज कर दिए थे; लेकिन 10-12 महीने की मशक्कत के बाद मात्र 5-7 वैक्सीन ही क्लीनिकल टेस्ट में पास हो सकीं। रूस में 'स्पुतनिक वी' नामक वैक्सीन आने के साथ ही यह परिणामों को लेकर विवादों में फँस गई। फाइजर तथा मॉडर्ना की वैक्सीन दौड़ में सबसे आगे रहीं। चीन ने कोरोना वैक्सीन बना लेने का दावा किया; परंतु भारत के चिकित्सा वैज्ञानिक भी पीछे नहीं रहे। सीरम इंस्टीट्यूट तथा भारत बायोटेक ने बेहद कारगर और सस्ती स्वदेशी दो वैक्सीन 'कोवैक्सीन' तथा 'कोविशील्ड' बनाईं। सस्ती तथा रखरखाव में आसान होने के कारण पूरी दुनिया में इसकी माँग बढ़ गई।

गाँव अभी ढंग से बसा नहीं था कि चोर चहुँओर मँडराने लगे। मध्य प्रदेश की साइबर सेल ने लोगों को सचेत किया कि कुछ धोखेबाज कोरोना की वैक्सीन के नाम पर ऑनलाइन लोगों को ठग रहे हैं। पाँच सौ रुपया जमा करके टीका बुक कराएँ, ऐसी फर्जी कॉल करके लोगों को चूना लगाने में लगे हैं। यह ध्यान में रखने की बात है कि कोरोना की वैक्सीन ऑनलाइन या खुदरा बाजार में उपलब्ध नहीं है। कितने ही लोग इस ठगी का शिकार हो गए थे। विश्व के कई देशों में टीकाकरण दिसंबर-20 में ही शुरू हो गया था। लेकिन कोरोना भी कम चालाक नहीं; नई साल के यानी 2021 के जनवरी के पहले ही सप्ताह में कोरोना पुराना-चोला छोड़ 'नए स्ट्रेन' का चोला पहन, सब उपायों को धत्ता बता, दूनी ताकत से ब्रिटेन पर टूट पड़ा। पूरे ब्रिटेन में फिर से त्राहि-त्राहि मच गई। कोरोना कमजोर होने के बजाय सुपर फास्ट स्पीड लेकर लौटा। डॉक्टर डाल-डाल, कोरोना पात-पात!

□

कोरोना महामारी से लंबे चले युद्ध में सैकड़ों-हजारों कोरोना योद्धाओं ने मानवता की रक्षा के लिए अपने प्राणों की आहुति दी। चीन में जब कोरोना की शुरुआत हुई, तब यहीं के चौंतीस वर्षीय डॉ. ली वेनलियांग ने सबसे पहले कोरोना महामारी के बारे में चेतावनी दी थी; अपनी सरकार को चेताया; लेकिन डॉ. ली की एक न सुनी गई। कोरोना से लड़ते हुए उनकी दर्दनाक मौत दुनिया भुला नहीं पाई है। भारतीय मूल के दाँतों के

डॉक्टर वासुदेव राव विगत पंद्रह वर्षों से कुवैत में अपनी सेवाएँ दे रहे थे। इलाज करते हुए वे कोरोना संक्रमित हो गए। वे देश के दूसरे स्वास्थ्यकर्मी थे, जो कोरोना की भेंट चढ़ गए। जब इटली में कोरोना संक्रमण भयंकर रूप से फैल गया था, तब रॉबर्टो स्टेला चिकित्सा उपकरणों की कमी के बावजूद मरीजों की सेवा में लगे रहे, सेवा करते हुए ही वे कोरोना संक्रमित हो गए; और 67 वर्ष की उम्र में इस दुनिया से कुच कर गए। जीन जैक्स फ्रांस के पहले डॉक्टर थे, जिन्होंने कोरोना मरीजों का इलाज करते हुए अपनी जान गँवाई। 68 साल के जीन बेचारे तो रिटायर होने के बाद भी कोरोना संक्रमितों का इलाज करने स्वेच्छा से आ पहुँचे थे। पाकिस्तान के डॉ. ओसामा रियाज ने मात्र 26 साल की उम्र में दूसरे रोगियों को बचाते हुए अपनी जान कुरबान कर दी। पीपीई किट जैसी सुविधाएँ भी न मिल पाने के बावजूद वे मरीजों को बचाने जुटे रहे थे।

भारीतय मूल की डॉ. माधवी अमरीका में कोरोना संक्रमितों के इलाज में अपना घर-बार छोड़कर जी-जान से जुटी रहीं। मरीजों के बीच रहकर खुद संक्रमित हो कोरोना का ग्रास बन गईं। अपने घर न जाकर वे अपने परिजनों से फोन पर ही बात कर लिया करती थीं। चीन के 29 वर्षीय डॉ. पेंग यिन हुआ कोरोना मरीजों की सेवा में इस कदर जुटे थे कि उन्होंने अपनी शादी भी टाल दी थी। परंतु मरीजों का इलाज करते हुए वे खुद ही चल बसे। डॉ. इजरायल बैक्टोल फिलीपींस के ऐसे पहले डॉक्टर थे, जो वहाँ कोरोना संक्रमण की भेंट चढ़ गए। फ्रैंक गैब्रिन अमरीका के पहले डॉक्टर थे, जिन्होंने चिकित्सा सुविधाएँ पर्याप्त न होने के बारे में चेताया था, परंतु मरीजों का इलाज करते हुए वे खुद कोरोना के शिकार बन गए।

कैरेबियाई द्वाप डोमिनिका की रहनेवाली स्टाफ नर्स हन्ना जैक्सन सन् 2019 में ब्रिटेन में सेवा करने आई थीं। मरीजों की सेवा के दौरान वे स्वयं भी कोरोना की चपेट में आ गईं और वहीं पर इस दुनिया को अलविदा कह गईं। ब्रिटेन के ही जोसालिटो हबाब फ्रंट लाइन पर रहकर कोरोना से जूझ रहे मरीजों के बीच रहकर खुद को बचा नहीं पाए; संक्रमित होकर कोरोना के शिकार बन गए। फिलीपींस के मर्सिडिज में बतौर सहायक नर्स के रूप में काम करते हुए युवा लड़की कोरोना की चपेट में आईं और इस संसार को अलविदा कह गई। डॉ. आदिल अल तायर यू.के. के पहले डॉक्टर थे, जो कोरोना से फ्रंट लाइन पर लड़ते हुए शहीद हुए। फियोना एंडरसन इंग्लैंड के ग्रिंडन लेन प्राइमरी केयर सेंटर में स्टाफ नर्स के रूप में सेवा करते हुए कोरोना का निबाला बन गईं।

लारेंस एंडरसेन विगत बारह वर्षों से लूसियाना के न्यू ऑरलियंस में नर्स थीं; मरीजों की सेवा करते हुए खुद कोरोना की शिकार बन गईं। मार्लिनों कैग्स अमरीका के न्यूयॉर्क शहर के हार्लेम अस्पताल में मेडिकल स्टाफ थे; मरीजों के बीच रहते हुए खुद को कोरोना के खूनी पंजे से नहीं बचा पाए। सीरिया के डॉ. अब्देल सत्तार तो पाँच वर्ष

पहले ही रिटायर हो गए थे; लेकिन महामारी के मुश्किल दौर में दोबारा से सेवा में आ जुटे और कोरोना संक्रमित होकर अपनी जान गँवा बैठे। भारतीय मूल की डॉ. पूर्णिमा नैयर इंग्लैंड में अपनी सेवाएँ दे रही थीं; उसी दौरान कोरोना संक्रमित हो गईं और इलाज के बावजूद उनको बचाया नहीं जा सका। भारतीय मूल के ही डॉ. कृष्णन सुब्रमण्यन बड़े ही कर्तव्यपरायण और समर्पित डॉक्टर थे। कोरोना मरीजों की सेवा करते-करते अपने को न बचा सके।

मिस्र के रहनेवाले डॉ. अशरफ आब्दो न्यूयॉर्क के अस्पताल में सामान्य चिकित्सक के रूप में अपनी सेवाएँ दे रहे थे; परंतु कोरोना संक्रमण से अपने आप को बचा नहीं पाए। एरिका मैक्डू लॉस एंजेल्स की पहली सीनियर डिटैंशन ऑफिसर थीं, जिन्होंने कोरोना से जान गँवाई। कैरोल रायर अमरीका के ब्रोंक्स में ट्रैफिक एनफोर्समेंट एजेंट थे। वे लॉकडाउन में भी अपनी सेवा दे रहे थे, कोरोना का संक्रमण उन्हें भी लील गया। कैप्टन मोहम्मद रहमान न्यूयॉर्क की पुलिस की ऑक्स यूनिट में तैनात थे; लॉकडाउन में भी मुस्तैदी से ड्यूटी दे रहे थे, वे भी कोरोना की चपेट में आ गए और कोरोना ने उन्हें अपना शिकार बना लिया। डॉ. सना फातिमा लाहौर के अस्पताल में कोरोना संक्रमितों की सेवा करते हुए कोरोना की चपेट में आकर अपनी जान गँवा बैठीं।

भारत में भी कितने ही अनमोल रत्न कोरोना महामारी की भेंट चढ़ गए। भारत में पूर्ण लॉकडाउन के दौरान आई.जी. विनोद कुमार पूर्णिया (बिहार) में सड़कों पर उतरकर लोगों को घरों में रहने की सीख दे रहे थे। लगातार ड्यूटी देते हुए वे खुद कोरोना से संक्रमित हो गए, अंततः कोरोना उन्हें लील गया। डॉ. चितरंजन भावे ने गंभीर रूप से बीमार कोरोना मरीज की सर्जरी की थी, जिसके बाद वे खुद कोरोना संक्रमित हो गए। हाय रे दुर्भाग्य, वह मरीज तो ठीक हो गया, लेकिन डॉ. भावे नहीं बच सके। दक्षिणी दिल्ली नगर निगम के सफाई कर्मचारी विनोद कुमार लॉकडाउन के दौरान अपना फर्ज निभाते हुए सड़कों से कूड़ा उठाते रहे। इसी दौरान वे कोरोना संक्रमित हो गए और कोरोना ने उनकी जान ले ली। लुधियाना में लॉकडाउन को सफल बनाने के लिए एसीपी अनिल कोहली स्वयं सड़कों पर घूमे। इसी दौरान ड्यूटी करते हुए कोरोना संक्रमित हुए और इलाज के दौरान ही दुनिया से कूच कर गए।

मुंबई जब सबसे बुरी हालत में थी। डॉ. मिलिंद वैरागी बंबई के एक बड़े कोरोना हॉट-स्पोट इलाके में कोरोना मरीजों का इलाज कर रहे थे; इलाज के दौरान वे खुद भी संक्रमित हो गए, और फिर उन्हें बचाया नहीं जा सका। डॉ. शौकत अली मुंबई में 108 एंबुलेंस सेवा दे रहे थे, इसी दौरान वे भी कोरोना की चपेट में आ गए। उन्हें पर्याप्त इलाज न मिल पाने के कारण उनकी मौत हो गई। डॉ. विप्लब कांति दास गुप्ता कलकत्ता के पहले डॉक्टर थे, जो कोरोना राक्षस का निवाला बन गए। डॉ. मोहम्मद अशरफ मीर ने

कश्मीर में चार महीने दिन-रात एक कर कितने ही मरीजों को स्वस्थ किया, पर कोरोना संक्रमित होकर खुद को न बचा सके। डॉ. असीम गुप्ता ने दिल्ली के अस्पताल में अपनी सेवा के कितने ही कोरोना संक्रमितों को स्वस्थ कर घर भेजा; पर मरीजों को बचाते-बचाते खुद भी संक्रमित हो गए और अपनी जान बचा पाने में नाकामयाब हो गए।

डॉ. जोगेंद्र सिंह चौधरी दिल्ली के अस्पतालों में कोरोना मरीजों का इलाज करते हुए खुद भी संक्रमित हुए। उनका काफी इलाज चला। कोरोना से लंबी लड़ाई के बाद वे हार गए। डॉ. जायसवाल छत्तीसगढ़ के जिला अस्पताल में मरीजों की सेवा में मुस्तैदी से लगे रहे, यहीं पर वे कोरोना संक्रमित हो गए और राक्षस कोरोना ने उन्हें लील लिया। डॉ. विकास सोलंकी झज्जर में पाँच महीनों तक कोरोना मरीजों के बीच रहकर उनका इलाज करते रहे। पूरी सावधानी बरतने के बाद वे स्वयं भी कोरोना पीड़ित हो गए। एम्स में भरती कर उन्हें बचाने की पुरजोर कोशिश की गई। इलाज के दौरान ही वे हम सबको छोड़कर चले गए। डॉ. संतोष ग्रोवर अपना परिवार छोड़कर फरीदाबाद में कोरोना मरीजों का इलाज कर रही थीं; वहीं पर खुद भी कोरोना की पकड़ में आ गईं और घर-परिवार को रोता-बिलखता छोड़ गईं। अंबाला शहर के एंबुलेस चालक कुलविंद्र कुमार कोरोना संक्रमित मरीजों को अस्पताल पहुँचाते-पहुँचाते खुद भी संक्रमित हो गए। इलाज के बावजूद उन्हें बचाया नहीं जा सका।

एएसआई अमोल कुलकर्णी मुंबई के कोरोना कंटोनमेंट धारावी इलाके में अपनी ड्यूटी कर रहे थे। यह इलाका सबसे बड़ा कोरोना हॉट स्पॉट रहा था, यहीं पर वे कोरोना संक्रमित हो गए और कोविड-19 के शिकार बने। इंस्पेक्टर संजय शर्मा दिल्ली पुलिस की पीसीआर में ड्यूटी करते हुए क्रूर कोरोना की चपेट में आकर अपने प्राण गँवा बैठे। उदय शंकर बनर्जी बंगाल में असिस्टेंट पुलिस कमिश्नर रैंक के अधिकारी थे। अपनी ड्यूटी के दौरान ही कोरोना पीड़ित हो गए। खुद अस्पताल के बेड पर कोरोना से महीने भर तक लड़ने के बाद हार गए। डॉ. एम.बी. प्रणेश कोयंबटूर में न्यूरोलॉजिस्ट थे; उन्होंने खुद एक हजार डॉक्टरों को प्रशिक्षित किया था। वे भी कोरोना से लड़ाई में हार गए। डॉ. शील कुमार त्रिपाठी अयोध्या में उस समय कोरोना संक्रमित हो गए, जब वे आई सी यू में भरती कोरोना मरीजों का इलाज कर रहे थे; कितने ही मरीजों को जीवन दान देने वाले त्रिपाठी अपने प्राण बचाने में कामयाब न हो सके।

डॉ. जावेद अली दिल्ली में राष्ट्रीय स्वास्थ्य मिशन के लिए काम कर रहे थे; उसी दौरान वे कोरोना की पकड़ में आ गए और फिर खूब अच्छे इलाज के बाद भी उन्हें बचाया नहीं जा सका। डॉ. मार्सेलो नताली ने इटली के अस्पतालों में सबसे पहले स्वास्थ्य सेवाओं में कमी को उजागर किया था। मरीजों का इलाज करते हुए वे खुद कोरोना पॉजिटिव हो गए; उन्हें वेंटिलेटर की सख्त जरूरत थी, लेकिन उन्होंने अपना

वेंटिलेटर दूसरे कोरोना मरीज को देने का हौसला दिखाया। उनकी हालत बिगड़ती चली गई और फिर कोरोना ने उनकी जान ले ली। ईरान की बड़ी हिम्मतवाली डॉ. शिरीन रुहानी खुद बीमार थीं। अपने हाथ में ड्रिप लगी होने के बावजूद वे मरीजों का इलाज और देखभाल करती रहीं। ऐसे में वे खुद भी कोरोना संक्रमित हो गईं और दुनिया को अलविदा कह गईं। उन्होंने अपनी परवाह न करते हुए मरीजों की देखभाल करना ज्यादा जरूरी समझा।

कोरोना महामारी का ऐसा भयानक दौर जब लोग घरों से निकलने में भी डर रहे थे, तब दिल्ली में एंबुलेंस ड्राइवर 54 वर्षीय आरिफ खान ने 200 से ज्यादा लावारिश लाशों का अंतिम संस्कार किया; उन्होंने सैकड़ों कोरोना संक्रमितों को अस्पताल पहुँचाया। इसी दौरान वे खुद भी कोरोना की चपेट आ गए और अपने प्राणों की आहुति दे दी। महाराष्ट्र की बत्तीस वर्षीय डॉ. प्रतीक्षा बाल्देकर सात महीने की गर्भवती होने के बावजूद अमरावती के अस्पताल में अपनी सेवा दे रही थीं, ड्यूटी पर ही वे कोरोना संक्रमित हो गईं। इलाज के बावजूद डॉ. प्रतीक्षा की हालत बिगड़ गई और उनके बच्चे ने कोख में ही दम तोड़ दिया। पाँच दिन लगातार जूझते रहने के बाद डॉ. प्रतीक्षा कोरोना से जंग हार गईं। उनकी दर्दनाक मौत ने पूरे स्टाफ को हिलाकर रख दिया। क्रूर कोरोना ने दो-दो जानें लील लीं। अमरीका में एक ऐसे भारतीय परिवार, जिसमें पाँच डॉक्टर थे। 13 अप्रैल को बेटी डॉ. प्रिया खन्ना तथा आठ दिन बाद पिता डॉ. सत्येंद्र देव खन्ना कोरोना की भेंट चढ़ गए। फिर भी डॉ. सत्येंद्र की पत्नी डॉ. कमलेश खन्ना, उनकी दो बेटियाँ डॉ. सुगंध खन्ना और डॉ. अनीशा खन्ना ने हिम्मत नहीं हारी। कोरोना मरीजों का इलाज करती रहीं। घर के दो सदस्यों को खोने के बावजूद उन्होंने सेवा जारी रखी; वे कोरोना से दो-दो हाथ करती रहीं।

मध्य प्रदेश के उज्जैन के नीलगंगा थाने में यशवंत पाल ट्रैफिक इंस्पैक्टर के रूप में तैनात थे। कंटेनमेंट जॉन में ड्यूटी के दौरान वे कोरोना की चपेट में आए, बारह दिनों तक अस्पताल में रहे, परंतु हालत बिगड़ती चली गई। परिवार को उनसे मिलने की इजाजत नहीं थी। उनकी नन्हीं बिटिया वीडियो कॉल पर उनसे बात कर लेती थी, परंतु जाँबाज इंस्पैक्टर जीवित घर नहीं लौट पाए। दुनिया भर में लाखों और भी कोरोना योद्धा जरूर होंगे, मेरी संवेदना उन तमाम लोगों के साथ है, जिन्होंने हमारे लिए अपना जीवन बलिदान कर दिया। दुनिया की हिफाजत के लिए जिन्होंने अपनी जान की बाजी लगा दी; उनके जज्बे और बुलंद हौसले की बदौलत मानवता फिर से जीने की ओर अग्रसर होने लगी।

इन सबके बावजूद वर्ष के अंत तक कोरोना का कहर कभी कम तो कभी ज्यादा चलता ही रहा था। जनवरी 2020 से जनवरी 2021 के अंतिम सप्ताह तक पूरी दुनिया में करीब नौ करोड़ नब्बे लाख उनचास हजार चार सौ सत्तासी लोग कोरोना से संक्रमित हुए और करीब 21,23,566 लोग कोरोना की भेंट चढ़ गए थे। भारत की बात करें तो

उन दिनों तक हमारे यहाँ एक करोड़ छह लाख चौवन हजार सात सौ चौवालीस लोग कोरोना वायरस की चपेट में आए और विशाल जनसंख्या के बावजूद 1,53,365 लोग ही कोरोना के ग्रास बने थे। करीब एक करोड़ इकतीस लाख चार हजार सात सौ अड़तीस लोग कोरोना संक्रमित होकर भी स्वस्थ हो गए थे।

लॉकडाउन के दिनों में लोग अपने घरों में बंद थे। बैंक में रुपया था, पर ज्यादातर लोगों की जेबों में नकदी नहीं थी, लोग जैसे-तैसे अपना जीवन गुजार हरे थे, ऐसे विपत्ति काल में मानवता के शत्रु घोटालेबाज और फ्राडियों ने देश के 196 बैंकों पर कहर बरपा दिया था। वर्ष 2020 में घपलेबाजों ने विभिन्न बैंकों के करीब 67319.40 करोड़ रुपए लूट लिए थे। इन घोटालों में 27 मामले तो ऐसे थे, जिनमें 500-500 करोड़ से भी ज्यादा रुपयों की ठगी कर ली गई थी। करीब 47 मामले तो 100 से लेकर 500 करोड़ रुपए तक के फ्रॉड वाले थे।

कोरोना के लंबे कालखंड ने लोगों की जिंदगी में बहुत सारे बदलाव ला दिए थे, इनमें से कुछ ने तो जीवनचर्या में स्थायी रूप ले लिया था। फेस-मास्क लोगों की जिंदगी का हिस्सा बन गया। साड़ी, सूट के रंग के मैचिंग वाले नए-नए डिजाइन के मास्क बाजार में आ गए; इतना ही नहीं, भारत दुनिया का दूसरा सबसे बड़ा मास्क निर्माता बन गया; यहाँ तक कि भारत सरकार ने अमरीका को एन-95 अठारह लाख मास्क दान कर दिए। ऑफिसों में काम करने का तरीका बदल गया; बड़ी संख्या में कर्मचारी अपने घरों से ऑफिस का काम करते रहे और आगे भी करते रहेंगे, कंपनियों को यह नया विकल्प मिला। स्कूल-कॉलेज बंद हो जाने के चलते ऑनलाइन शिक्षा की व्यवस्था सामने आई; छात्र-छात्राओं को घर पर ऑनलाइन होमवर्क मिलता रहा। आगे स्कूलों में इस माध्यम से भी शिक्षा का मार्ग खुल गया। उन दिनों ऑनलाइन शिक्षा के कारोबार में कई गुना वृद्धि हुई थी। कोरोना काल में लोगों के स्वभाव तथा आदतों में परिवर्तन आया। लोगों को यह समझ आया कि व्यक्ति के लिए समाज कितना जरूरी है। लोगों ने कम खर्च और कम सुविधाओं में जीवन बसर करना सीख लिया। नौकरों-नौकरानियों पर आश्रित संभ्रात परिवारों और सेलिब्रिटीज ने सीखा—अपना हाथ जगन्नाथ। कोरोना काल में कैशलेस ट्रांजेक्शन को भारी बढ़ावा मिला; डिजिटल पेमेंट सिस्टम का प्रचलन तेजी से बढ़ा।

कोरोना प्रकोप के चलते दूरगामी परिणाम भी देखने में आए। वर्ष 2021 की गणतंत्र परेड को छोटा कर नेशनल स्टेडियम तक सीमित करना पड़ा; जबकि यह परेड लाल किला तक जाया करती थी। कोरोना के कारण इस बार की गणतंत्र-परेड का कोई मुख्य अतिथि भी नहीं था। ब्रिटेन के प्रधानमंत्री वोरिस का हमारी परेड में मुख्य अतिथि के रूप में आना तय था; ब्रिटेन में कोरोना बेकाबू हो जाने के कारण उन्होंने भारत की यात्रा

स्थगित कर दी। इसी दिन आंदोलन कर रहे किसान नेताओं ने तिरंगे तथा लाल किले का अपमान कर पूरे देश को शर्मसार कर दिया था।

इतना ही नहीं, कोरोना की वजह से तिहत्तर साल में पहली बार केंद्रीय आम बजट छापा नहीं जा सका। सांसदों को इसकी सॉफ्ट कॉपी दी गई। बजट की छपाई पर होने वाली 'हलवा सेरेमनी' भी नहीं हो सकी। बजट को चमड़े के शानदार बैग में संसद् में ले जाने की परंपरा देश के पहले वित्तमंत्री आर.के. षडमुखम् चेट्टी ने शुरू की थी; परंतु वर्ष 2019 में यह परंपरा तब बदल गई, जब केंद्रीय वित्तमंत्री निर्मला सीतारमण लाल रंग के परंपरागत बही-खाते में बजट लेकर आईं।

16 जनवरी, 2021 को भारत में कोरोना के विरुद्ध दुनिया का सबसे बड़ा टीकाकरण शुरू हुआ। वैक्सीन को लेकर जब राज्यों के मुख्यमंत्री राजनीति करने लगे तो प्रधानमंत्री मोदी ने समस्त देशवासियों के लिए कोरोना वैक्सीन मुफ्त उपलब्ध कराई। फिर भी छलिया करोना नाना रूप बदलकर मानव जाति पर धावा बोलता रहा, कभी लैंबडा वैरियंट के रूप में, कभी डेल्टा तो कभी ऑमिक्रोन के रूप में। भारत की कोविशील्ड तथा कोवैक्सीन दुनिया की सबसे सफल वैक्सीन साबित हुईं। भारत ने अपने पड़ोसियों तथा गरीब देशों को भी वैक्सीन उपलब्ध कराई। निश्चित अंतराल पर भारत की जनसंख्या को वैक्सीन की दूसरी डोज भी लगाई गई, इससे कोरोना का खौफ काफी हद तक कम हो गया। लेकिन कोरोना की दूसरी लहर की प्रचंडता ऐसी थी कि लोग मच्छर की तरह मर रहे थे, अस्पतालों में बेड उपलब्ध नहीं, मरीज अस्पतालों के बाहर पड़े दम तोड़ रहे थे। वेंटिलेटर उपलब्ध नहीं हो पा रहे थे, ऑक्सीजन सिलेंडरों की चोरबाजारी धड़ल्ले से हो रही थी। हर शहर, कस्बे में मौत का तांडव हो रहा था, श्मशान में लाशों के नंबर लगाने पड़ रहे थे। परंतु केंद्र सरकार की मुस्तैदी से धीरे-धीरे स्थिति सामान्य हो गई, पर कोरोना ने जो जानें लील लीं, उनकी भरपाई कभी नहीं हो पाएगी।

कोरोना का वह दौर ऐसा ही डरावना था, जब खौफ और डर का कोई ओर-छोर नजर नहीं आ रहा था, उन दिनों को याद करने पर आज भी शरीर में सिहरन दौड़ जाती है। कोरोना काल के वे भयावह दिन कभी भी भुलाए नहीं जा सकेंगे। अमीर-गरीब, पढ़ा-बेपढ़ा कोई भी इसके दुष्प्रभाव से नहीं बच पाया था, किसी न किसी तरह कोरोना ने सभी को, पूरे जनमानस को प्रभावित किया था।

पूज्य माँ-पिताजी
जिनके कारण मेरा अस्तित्व है

व्यक्ति के जीवन में माता-पिता से बढ़कर कुछ भी नहीं, वे हमारे प्रत्यक्ष देवता हैं। वही हमें इस संसार में लेकर आते हैं, जीवन का प्रारंभिक ज्ञान वही देते हैं। वे कभी भुलाए नहीं जा सकते हैं, उनसे कभी उऋण नहीं हुआ जा सकता है।

'गीता' में भगवान् कृष्ण ने बतलाया है कि जो इस संसार में आया है, उसका यहाँ से जाना भी सुनिश्चित है। यह संसार नाशवान है। हमें चहुँओर जो भी दिखाई पड़ता है, वह एक दिन विनष्ट होना है। परिवर्तन सृष्टि का नियम है, जब तक विध्वंश नहीं होगा, तब तक नव सृजन नहीं हो सकता है। जैसे पुराने कपड़े जीर्ण-शीर्ण हो जाने पर नए वस्त्र धारण किए जाते हैं, वैसे ही जीवात्मा बूढ़ा-जर्जर शरीर त्यागकर नया शरीर धारण कर लेता है। इसे मृत्यु न कहकर जीव की नवयात्रा ही कहना चाहिए। 15 दिसंबर, 2021 को मेरे पिताजी के जीवात्मा ने भी अपना बूढ़ा-बीमार शरीर त्याग दिया। विशेष बात यह कि पिताजी ने अपने जीवन में गीता के कर्मयोग को जिया और एक ऐसा उदाहरण पेश किया कि घोर गरीबी से लड़ते हुए, कठोर परिश्रम करते हुए ईमानदारी से विनम्र जीवन कैसे जिया जा सकता है। एक कर्मयोगी के पास परनिंदा के लिए समय ही कहाँ होता है, सो पिताजी के पास भी नहीं था।

अब पिताजी भौतिक रूप में हमारे बीच नहीं हैं, अशरीरी हो गए हैं, लेकिन हमारी स्मृतियों में सदा-सर्वदा रहेंगे ही। माता-पिता की यादें बहुत संबल देती हैं। जब मैं इस संसार में कुछ जानने-समझने लायक हुआ, तब से पिता को कभी आराम करते हुए नहीं देखा। मुझे अच्छी तरह याद है, जब हम बच्चा लोग घर के कामों में थोड़ी टालमटोल किया करते, तब माँ का यह तकियाकलाम हमें बहुत डरा देता था, वहाँ (मतलब दिल्ली) बाप दिनभर सूली पर चढ़ा रहता है, यहाँ तुम इतना-सा काम नहीं कर सकते। वे तुम्हारे लिए एड़ी से चोटी तक का पसीना बहा रहे हैं···। तब मैं ज्यादा बड़ा नहीं था, इतना तो अवश्य जानता था कि पिताजी पैसा कमाने के लिए दिल्ली गए हैं, पर माँ से

सूली शब्द सुनकर लगता था कि पिताजी को बहुत कष्ट से बहुत ऊपर चढ़ना पड़ता होगा, वह भी हमारे कारण। तब हम भाई-बहन फौरन माँ के कामों में हाथ बँटा दिया करते थे। पर वास्तव में सूली क्या होती है, तब मैं नहीं जानता था।

माँ के मुख से मैंने अनेक बार सुना कि पिताजी ने छोटी उम्र से ही कड़ी मेहनत की। मैंने अपनी छोटी दादी के मुख से भी सुना था कि पिताजी अपने बचपन से ही घर की जिम्मेदारियाँ उठाने लगे थे। मेरे दादाजी निपट आलसी और आरामपरस्त जीव थे, सो घर का बड़ा बेटा होने के नाते पिताजी को सब भार अपने कंधों पर उठाना पड़ा। हाँ, दादी मेहनती थीं; दिनभर खेती और गाय-भैंस के कार्यों में व्यस्त रहतीं। घर पर उन्हीं का हुक्म चलता था। दादी तो जब-तब दादाजी को भी लताड़ती थीं, पर दादाजी को किताबें पढ़ना और आराम करना ही सुहाता था।

मेरे पिताजी जीवन-पर्यंत गजब के मातृ-पितृभक्त रहे। शुरू में घर में माँ के साथ कितना-कितना बुरा बरताव होता था, उस ओर कभी ध्यान नहीं दिया। घोर गरीबी के उस दौर में माँ को दर्जनभर बच्चों को जनमने का दंश झेलना पड़ा। कुछ संतानें कुपोषण से मरीं, कुछ बीमारियों से, अंत में बचे हम तीन भाई, दो बहन। माँ ने बच्चे तो जने, पर उन्हें घी-दूध की कौन कहे, भरपेट खाना भी नसीब न होता था। ऐसा नहीं था कि घर में भुखमरी थी; घी-दूध घर में होता ही था, घर के सब लोग खाते-पीते थे, बस माँ के हिस्से में ही कुछ न था, उनके हिस्से में अगर कुछ था, तो दिनभर का कमरतोड़ काम। उस जमाने का दस्तूर था, सास है तो वह अत्याचार करेगी ही, बहू है तो वह अत्याचार सहेगी ही।

उन दिनों पिताजी ने हमारी माँ के कष्टों की ओर ध्यान क्यों न दिया! समझ नहीं आता, क्योंकि पूरे घर के लिए कमाकर तो पिता ही लाते थे; परिवार को खाना देने के लिए कोल्हू के बैल की तरह तो पिता ही खटते थे; फिर भी माँ की तकलीफों-पीड़ा से क्यों अनजान रहे? इसका नतीजा क्या हुआ, माँ जीवनपर्यंत के लिए बीमारियों की गिरफ्त में आ गईं; वक्त से पहले ही बूढ़ी और जर्जर हो गईं; शारीरिक कमजोरी के चलते नाना रोगों का ठिकाना बन गईं। इसका कुछ दंश पिता को भी झेलना पड़ा। वर्षों पूर्व पिताजी ने अपने मालिक को यह कहते हुए काम को तिलांजलि दी थी—बहुत कर लिया काम, बहुत कमा लिया, अब मैं उनकी (माँ की) सेवा-टहल करूँगा, उनके पास ही रहूँगा। कई वर्षों तक माँ की सेवा-टहल करते हुए पिताजी फिर माँ को उनके हाल पर छोड़ भगवान् के पास चले गए। कितना चाहती रहीं माँ पिता को; उनके दु:ख-दर्द को उनसे ज्यादा महसूसती रहीं।

□

परिवार की गाड़ी खींचने में माँ ने अपना कंधा कभी कमजोर न पड़ने दिया। आज परिवार जिस हालत में है, वह काफी हद तक माँ के त्याग के कारण। उन्होंने परिवार के

लिए अपने अरमानों को, अपने आप को होम कर दिया। पिताजी भले ही घर के बाहर कड़ी मेहनत कर रुपया कमाकर लाए, पर उस रुपए को रोटी में बदला माँ ने, उस रुपए को बिस्तर-बिछौने में बदला माँ ने, उस रुपए को शिक्षा-संस्कार में बदला माँ ने।

माँ बताया करती थीं, जब मेरा जन्म हुआ, पिताजी भिवानी के कपड़ा मिल में अपना खून-पसीना बहा रहे थे। पुत्र-प्राप्ति की खुश-खबरी भी उनको कई महीनों बाद मिली। मैं नहीं जानता, पिताजी को कैसा अनुभव हुआ होगा। आरामपरस्त पिता और भाइयों के चलते घर को स्थिर रखने के लिए पिता को वह नौकरी भी तो जल्दी ही छोड़ देनी पड़ी। और परदेस में नौकरी भी तो पिता इसलिए ही कर रहे थे, ताकि माँ-बाप का कर्ज उतार सकें। अगर पिता थोड़े खुदगर्ज रहे होते तो बहुत अच्छा रहता।

साझे परिवार का बहुत सारा कर्ज का बोझ पिता के सिर पर रख दादी ने माँ का चौका अलग कर दिया था, साथ ही दादी यह कहना नहीं भूली थीं—न्यारा पूत पड़ोसी दाखिल होता है। माँ को दहेज में मिला एक बरतन भी दादी ने माँ को नहीं दिया था, फिर भी पिता के संबल से माँ ने छोटी-सी कोठरी में अपनी गृहस्थी को कुशलता से सँभाल लिया था; हम बहन-भाइयों को पालने-पोसने, संस्कार देने, बुरी आदतों से बचाए रखने का भारी जिम्मा अपने कमजोर कंधों पर उठा लिया था। जब हम बहुत छोटे थे, तब माँ हमें संस्कार दिया करतीं—झूठ बोलना पाप होता है, जो झूठ बोलता है, उसके बिस्तर में रात को साँप आ जाता है। हम भाई-बहन हमेशा सजग रहकर कोशिश करते कि कोई झूठ न बोलें, नहीं तो साँप जरूर काट लेगा। माँ ने कहा है, माँ कभी झूठ नहीं बोलती। माँ के ऐसे ही टोटकों ने हम सब भाई-बहनों को ईमानदार और सदाचारी बनाए रखा।

गरीबी के चलते भले पिताजी ज्यादा न पढ़ सके थे, पर हमारी पढ़ाई के प्रति वे बहुत सचेत रहे। मुझे आज भी अच्छी तरह याद है, मैं जब प्राइमरी शाला का विद्यार्थी था, तब अपने संगी-साथियों के साथ रास्ते में ही खेलता रह जाता था; जब पिताजी दिल्ली से कमाकर गाँव लौटे थे, तब माँ ने मेरे स्कूल न जाने की उनसे मेरी शिकायत की थी। पिताजी मुझे बाँह पकड़ घसीटते हुए स्कूल तक ले गए थे; भले मैं रो रहा था, पिताजी ने दो-चार चाँटे भी मुझे लगाए थे, घिसटने से मेरी निक्कर भी फट गई थी। हाँ, उस दिन की उनकी निष्ठुरता काम कर गई; वह पिटाई रंग लाई थी; मैंने फिर कभी स्कूल से मुख नहीं मोड़ा, पढ़ाई से कभी नहीं भागा। पढ़ाई के मामले में माँ को फिर पिता से कभी शिकायत नहीं करनी पड़ी और पिता को भी कभी मुझे फिर से डाँटने की नौबत नहीं आई। उस दिन की पिता की निष्ठुरता, उस दिन की पिटाई ने मेरे ज्ञानचक्षु खोल दिए थे। बच्चों की पढ़ाई के प्रति हर माता-पिता को इसी प्रकार कठोर बन जाना चाहिए। मैं आभारी हूँ पिता का, उस दिन लाड़-प्यार, पुत्र-मोह को दरकिनार कर उन्होंने मुझे पीटा न होता तो आज मैं जो हूँ, वह कैसे बन पाता!

मेहनत-परिश्रम करने में पिता का कोई सानी नहीं था, ऐसा घर-परिवार के सब लोग मानते हैं। जीवन का एक पल भी पिताजी ने बेकार नहीं गँवाया। जीवन में जो कुछ भी अर्जित किया, सब अपनी ईमानदारी और मेहनत के बल पर। जब पिताजी दिल्ली से गाँव लौट आते थे, तो हमारा बचपन भी लौट आता था, तब हमें घर के कामों से छुट्टी मिल जाती थी। पिताजी कहा करते थे, मेहनत करे बिना कुछ हासिल नहीं होता; गुजर गया वक्त कभी वापस नहीं आता! पिता ने वक्त की कीमत को समझा; उस पर अमल किया और एक आदर्श जीवन का महल खड़ा किया।

□

मुझे याद है, जब मैं उच्च शिक्षा के लिए दिल्ली आया, तब पिताजी-चाचा फुटपाथ पर ही रहा करते थे, वहीं पर बनाते-खाते और सोते थे। मुझे भी वहाँ रहने तथा वैसा जीवन जीने में कोई शर्म महसूस नहीं हुई। पिता नित्य पंद्रह घंटे कठोर परिश्रम करते; देर रात के मेहनत-मजदूरी के दूसरे काम पकड़ लिया करते, तब पिता को इस हाल में देखकर मुझे असह्य पीड़ा होती थी। मैं हमेशा यही सोचा करता कि पिताजी की पीड़ा कैसे कम करूँ? मैं कॉलेज में पढ़ रहा था; पिताजी से बस के ऑल रूट पास के साढ़े बारह रुपए माँगने में भी मुझे कितनी ग्लानि होती थी, कितनी शर्म महसूस होती थी, सो कैसे कहूँ! इसीलिए तो मैं कॉलेज की पढ़ाई के साथ-साथ रात को प्रिंटिंग प्रेस, यानी कांशीरामजी के बहुजन टाइम्स में रात को काम करने लगा था, तब पिता को कभी पता नहीं चला कि उनका बेटा दिनभर में केवल एक बार ही खाकर रह जाता था, रात को फाका करता था। क्या बताऊँ, भूख तो लगती थी, जब मैं रात को दूकान से वहाँ के कंपोजीटरों के लिए डबल रोटी लेने जाता था, तो नीचे का मोटा पीस खुद ही हथिया लेता था; चाय और ब्रेड पीस से अपनी क्षुधा शांत करता रहा एक दिन नहीं, एक सप्ताह नहीं···वर्ष भर!

यह मेहनत-मशक्कत करने की ताकत मुझे पिताजी से ही तो मिलती थी! भले मैंने कैसा भी सुविधाविहीन जीवन जिया, पर मुझे कोई शिकायत कभी नहीं रही। कभी छुट्टी के दिन फुरसत में मैं वहाँ के दुकानदारों के पास बैठता, तो वे पूछा करते—तू कॉलेज जाता है, अपने बाप से कितना पॉकेटमनी लेता है रे! यार-दोस्तों में बैठता है कि नहीं? यह सुनकर मैं उनके मुख की ओर देखता—पॉकेटमनी क्या होता है, लालाजी? वे समझाते—अरे, हमारे बच्चे, जो स्कूल-कॉलेज जाते हैं, हर महीने जेबखर्च लेते हैं, क्या तू नहीं लेता? मेरा जबाव होता—उसकी मुझे क्या जरूरत! वह तो खाते-पीते घरों के बच्चों का शौक है, मुझे तो जरूरत भर मिल जाए, वही बहुत। आखिर घर की हालत मेरे से छिपी तो न थी, पाँच-छह भाई-बहनों की पढ़ाई-लिखाई, खाना-कपड़ा, बीमारियाँ और पीछे से बराबर चला आता कर्ज! ऐसे में पॉकेटमनी के बारे में मैं सोच भी कैसे

सकता था। पर अपनी मेहतन के बल पर पिताजी ने गृहस्थ की गाड़ी को कभी पटरी से उतरने नहीं दिया।

□

अब माता-पिता नहीं हैं, मैं अपना एक गुनाह कुबूल कर रहा हूँ। माँ-पिताजी ने जब मुझे विवाह-बंधन में बाँधने की तैयारी कर ली; मेरा लगन-टीका हो चुका था, अप्रैल माह में दिल्ली में मेरा टायफायड भयंकर रूप से बिगड़ गया, तो मुझे गाँव भागना पड़ा। उन दिनों घर की हालत बड़ी खस्ता थी। मेरे इलाज के लिए बराबर कर्ज लेना पड़ रहा था। मेरा टायफाइड इस कदर बिगड़ गया कि मैं मरणासन्न हो गया। मोतीझाला के दाने रुक जाने से मेरी हालत बेहद नाजुक हो गई और मैं मौत के करीब पहुँच गया था। बुखार की तीव्रता में रातभर कराहता था। माँ रातभर जागकर पंखा झलती और तमाम देवी-देवताओं की मनौतियाँ माँगती कि मेरा बेटा ठीक हो जाए। एक रात मुझे लगा कि मैं बचूँगा नहीं, मेरा अंत निकट ही है, मृत्यु मेरा आलिंगन करना ही चाहती है। सो मध्य रात्रि में मैंने लगभग बेहोशी की हालत में माँ से मंद स्वर में अनुनय की—माँ, मेरा एक काम करोगी! माँ विह्वल होकर बोलीं, बता भैया, करूँगी। माँ, जहाँ मेरी शादी तय हुई है, उनसे रिश्ता तोड़ लो, उनका सामान उन्हें वापस कर दो। माँ बोली—भैया, तू कहता है तो मैं कल ही खबर भिजवा दूँगी। तू चिंता मत कर। मेरे मन पर भारी बोझ था, मैं सोचता था कि मैं ऐसे ही मर गया, तो उस लड़की की शादी में बड़ी दिक्कतें आएँगी। वह निर्दोष मुफ्त में बदनाम होकर डायन कहलाएगी और मुझे कभी माफ न कर सकेगी।

माँ ने अगले ही दिन दिल्ली मेरी बुआ को खबर भिजवा दी और बुआ ने मेरी होने वाली ससुराल। मेरे होने वाले सास-ससुर लगन-टीका में दिया सामान लेने तो नहीं आए, पर बेटी के लिए दूसरा वर ढूँढ़ने लगे। मेरी होने वाली पत्नी छोटेपन से ही शिव उपासना करती थी। उसकी बड़ी बहन ने उसे एक दिन बता दिया कि तेरे लिए जो लड़का देखा है, वह बेहद बीमार है और बचने की हालत में नहीं है। बाबूजी दूसरा लड़का देखने जाते हैं। बस फिर क्या था, एक दिन मेरी होने वाली पत्नी अपने माता-पिता के सामने खड़ी हो गई और बोली, बाबूजी, आप मेरे लिए कितने लड़के ढूँढ़ोगे? जिसको आपने एक बार दामाद मान लिया, अब वही मेरा पति है, वह चाहे जितने दिन जिए, पर मेरी शादी उसी के साथ होगी। तब से वह शिव उपासना में और भी तल्लीन रहने लगी, कठिन उपवास करने लगी।

मैं लगभग सात महीने बिस्तर में रहा, तो हड्डियों का ढाँचा मात्र रह गया था। न जाने किसके भाग्य से, न जाने माँ की सेवा-टहल और मन्नतों से या वैद्यजी की दवा-दारू से या होने वाली पत्नी की तपस्या से मैं बच तो गया था, पर कमजोरी के कारण एक नई बीमारी ने तुरंत ही मुझे ग्रस लिया था, मेरे फेफड़ों में पानी उतर आया था, इसका इलाज

भी अब छह महीने चलना था। घर के आर्थिक हालात को देखते हुए मैंने आत्महत्या करने की सोची। मैं नहीं चाहता था कि मेरे कारण मेरे भाई-बहनों की परवरिश और पढ़ाई-लिखाई में बाधा पड़े।

नित्य प्रात: मैं धीरे-धीरे बैठ-बैठकर शौचादि के लिए बंबा पर जाया करता था। एक दिन बहुत कुछ सोचता-विचारता मैं काफी देर तक बंबा (छोटी नहर) के किनारे पर बैठा जल के तीव्र प्रवाह को देखता रहा, मैं इसमें कूदने की हिम्मत जुटा ही रहा था कि अचानक छोटे भाई को साथ ले घबराई-हताश माँ वहाँ उपस्थित हो गई और खुद रोती-सुबकती हुई कंधे से पकड़कर मुझे घर ले आई थी। मैं माँ के सामने गिड़गिड़ाया था, माँ मुझे किसी सरकारी अस्पताल में भरती करवा दो, मैं वहाँ रह लूँगा। इतना सुनते ही माँ तड़फ उठी थीं, ना-ना, तू हमारी पहली कमाई है, चाहे सबकुछ बिक जाए, मैं तेरा इलाज जरूर करवाऊँगी। और मेरे पिताजी ने फिर से मेरे इस इलाज का भारी बोझ भी अपने कंधों पर उठा लिया था।

मैंने देखा, पिताजी ने जीवनपर्यंत धैर्य का दामन पकड़े रखा; पर हाँ, एक बार वे जरूर विचलित हुए थे; हम भाई-बहन तो तब छोटे ही थे। खानदान की एक दादी, जिनका अपना कोई न था, बुढ़ापे में उन्हें कोई सदस्य आश्रय देने को तैयार न था, तब पिताजी ने बड़े सेवाभाव से दादी को अपने घर में आश्रय दिया था। माँ-पिताजी की सेवा-टहल से खुश होकर दादी ने अपने घर की छोटी-सी जमीन पिताजी के नाम कर दी थी; लेकिन खानदान के ही कुछ विघ्न-संतोषियों, जो दादी की जमीन हड़पना चाहते थे, को यह बात अच्छी नहीं लगी थी। उन्होंने खूब झगड़ा-फसाद किया था और बाहर के लोगों के साथ मिलकर पिताजी के खून के प्यासे हो गए थे; तब पिता हताश-निराश होकर गाँव छोड़ देने के लिए तैयार हो गए थे और यह सोचने लगे थे कि ऐसे लोगों के बीच मेरे बच्चे, यानी हम लोग कैसे जी सकेंगे? तब दादाजी ने मेरे पिताजी को बहुत तरह से समझाया था, हौसला दिया था। दादी ने भी समझाया था, तब पिता ने अपना फैसला मुल्तवी कर दिया था। पिताजी हमारे लिए कितने चिंतित रहते थे, जो अपनी जन्मभूमि को तिलांजलि देने को भी तैयार हो गए थे। इस घटना की परछाईं पिताजी के मन के किसी कोने में जरूर रह गई थी, इसीलिए तो बाद में, कूबत न होने के बावजूद पिताजी ने दिल्ली में एक प्लाट खरीदा और हमें गाँव से शहर के स्वच्छंद वातावरण में ले आए थे। आर्थिक परिस्थितियों को देखते हुए तो यह उनका दुस्साहस ही ठहरा। मेरे पिताजी अपने परिवार के लिए बेहद फिक्रमंद रहते थे!

□

गरीबी से जूझते हुए जीवन में सारे काम पिताजी ने कर्ज लेकर ही किए थे, पर किसी को कानोकान खबर न होती थी। लेने-देने के मामले में पिता कहा करते थे कि

दायाँ हाथ दे, तो बाएँ हाथ को पता नहीं चलना चाहिए। वचन के पक्के पिताजी ने कभी अपना वचन भंग न होने दिया, भले एक कर्ज चुकाने के लिए दूसरा कर्ज लिया। मुझे तो यह भी पता चला कि मेरे दादा-दादी भी पिता की जरूरत के समय दूसरे का रुपया बताकर उनको सूद पर कर्ज दिया करते थे। इस बात का भंडाफोड़ हो जाने पर पिताजी ने भी बड़े सहज भाव से कह दिया करते थे कि मुझे तो बाहर भी ब्याज देना ही था, सो घर में ही सही। हाय-हाय पिता, कोई माँ-बाप अपने ऐसे सपूत से छल कैसे कर सकते हैं, जो बचपन से जवानी तक कड़ी मेहनत-मशक्कत कर कमाया रुपया बिना आगा-पीछा सोचे माँ-बाप की झोली में डालता रहा हो! इस मामले में पिताजी बेहद उदार थे।

माँ से मुझे यह भी पता चला कि जब पिताजी ने दिल्ली में प्लॉट लेने की हिम्मत जुटाई; पूरे खानदान में एक नया और बड़े हौसले वाला काम किया, तो दादी ने खुश होकर, घर के अन्य लोगों से छुपाकर, पाँच सौ रुपए से पिताजी की मदद की थी। ये रुपए लौटाने नहीं थे, पर दादी की तेरहवीं के साथ ही पिताजी ने अपने अनुजों के सामने यह रहस्य उजागर कर दिया था, तो पिता के मझले भाई ने इन रुपयों को साझी संपत्ति घोषित कर तुरंत हिसाब में जुड़वा दिया था। पिताजी ने भी तो इसी उद्देश्य से बता दिया था, न बताते तो किसको पता चलने वाला था, कोई भी क्या कर सकता था। मेरे पिता अपना दामन कितना साफ रखते थे! अपनी माँ द्वारा शाबाशी के साथ दिए गए पाँच सौ रुपए भी वे पचा नहीं पाए। पिताजी की ईमानदारी जग-जाहिर थी।

पिताजी और माँ जीवनपर्यंत अतिथी-सेवा कर धन्य होते रहे और नाते-रिश्तेदार उनका आतिथ्य पाकर। मैंने जब से होश सँभाला, गाँव में हमारा घर 'परले घर' के नाम से मशहूर था। इतने बड़े खानदान में रिश्तेदार किसी का भी आए, उसका पहला डेरा हमारे घर पर ही होता था। चाहे शादी-समारोह किसी के भी घर में हो, कड़ाही हमारे ही घर में चढ़ा करती थी। अतिथी-सेवा और नाते-रिश्तेदारों का मान-सम्मान कर, जो उच्च स्थान और सम्मान मेरी माँ ने हासिल किया, वैसा मान-सम्मान खानदान की कोई महिला नहीं प्राप्त कर सकी। दिल्ली में पिताजी सड़क पार रहते हुए भी गाँव से आने वाला कोई व्यक्ति हो अथवा रिश्तेदार, सबको अपने हाथों से रोटी बनाकर खिलाया करते थे। भले कोई कितनी भी जल्दी में हो, पिताजी की मनुहार को कभी टाल नहीं सकता था। घर पर आया व्यक्ति चाय-नाश्ता के बिना जा नहीं सकता था। पिताजी अतिथी-सेवा को गृहस्थ का पहला कर्तव्य मानते थे। उन्होंने अतिथि देवो भव के कर्तव्य को जीवनपर्यंत निभाया।

पिता की अतिथि-परायणता को ध्यान में रखकर ही तो पिता की तेरहवीं के ब्रह्मभोज में उन सब नाते-रिश्तेदार, मित्र-संबंधियों को बुलाया था, जिनका वर्षों से आना-जाना नहीं हो रहा था और एक फोन की कॉल पर उनके लिए सब नातेदार आ जुटे; हाय पिता! स्नेही-बंधुजनों का ऐसा भारी जमघट अब कभी न जुट पाएगा। ताज्जुब

होता है, इतने सारे लोगों के दिलों में पिताजी अपना स्थान कैसे बना सके! सबको अपने स्नेह-सूत्र में कैसे बाँध सके!

□

पिताजी ऐसे थे कि कभी अपनी प्रसन्नता व्यक्त नहीं करते थे। मेरी इतनी सारी पुस्तकें प्रकाशित हुईं। जब भी मेरी पुस्तक प्रकाशित होती, मैं एक प्रति पिताजी को जरूर दिया करता था। इन पुस्तकों को पढ़ते हुए उनको यदा-कदा देखा जरूर था, पर उन्होंने कभी नहीं बताया कि पुस्तक कैसी लगी, न ही कभी प्रसन्नता ही व्यक्त की। हाँ, जब मैं उनको पुस्तक भेंट करता था, तब वे मस्तक से जरूर लगाते थे। यह रहस्य तो पिता के जाने के बाद ही खुला! जिस दुकान पर कभी पिता काम किया करते थे, उन मालिक के बेटे पिता के परलोक गमन के तीसरे दिन उनका हालचाल लेने घर पर आए थे; उन्हें तो यहाँ आकर पता चला कि मेरे पिता अपने वंशीवाले के पास चले भी गए। उन्होंने मुझे बताया था, प्रेमपाल भाई, पंडितजी तो हमारे घर के सदस्य ही थे। हमारे घर में उनका बड़ा अदब था। तुम्हारी एक-एक पुस्तक पढ़ने के बाद मुझे ले जाकर देते हुए खुश होकर कहते थे—देखो, हमारे प्रेमपाल की एक और पुस्तक छपकर आई है, बहुत अच्छा लिखता है, तुम इसे पढ़ना। हाय पिता! खुशी व्यक्त करने में इतनी कंजूसी! मैं तो यही समझता रहा कि पिताजी मेरी पुस्तकें न जाने कहा फेंक देते हैं। पर पिताजी तो मेरी उपलब्धियों पर गर्वित होते थे!

बुढ़ापे में बुजुर्गों को न तो अच्छा खाने की दरकार होती है और न अच्छा पहनने की। केवल एक ही इच्छा होती कि घर के लोग उनकी उपेक्षा न करें, बल्कि उनके पास बैठें, उनकी बातें सुनें। इस बात को ध्यान में रखकर वर्षों पहले ही मैंने सायं को आठ बजे माता-पिता की सेवा में रहने का नियम बना लिया था। उनको भी मेरा बेसब्री से इंतजार रहता था। बिस्तर में पड़े-पड़े कभी-कभी बीमार माँ की झपकी लग जाया करती तो मुझे देखते ही पिताजी कह उठते थे—'लो, आ गया प्रेमपाल, उठकर बैठी जाओ'; और माँ तुरंत ही कराहती हुई उठकर बैठ जातीं। माँ अपना सब दुख भूल दिनभर के सारे हाल-समाचार सामने रख देतीं; पिताजी ध्यान से हमारी बातें सुनते रहते, बीच-बीच में कुछ बोल भी देते। कभी मुझे आने में देर हो जाने पर तुरंत ही फोन खड़का दिया करते—'कहाँ रह गया लाला, तेरी माँ याद कर रही हैं, तू ठीक तो है ?' दोनों ही मेरे लिए कितने फिक्रमंद रहते थे!

पिछले वर्ष कोरोना वैक्सीन लगवाने के बाद पिताजी को बुखार आया था। लंबे चले बुखार में उनके संगी-साथियों ने कह दिया था कि पंडितजी, आपको वैक्सीन नहीं लगवानी चाहिए थी, वह रिएक्शन कर गई है, अब आप बचेंगे नहीं···और पिताजी ने भी उनकी बातों को सच मान खाना-पीना तक छोड़ दिया था। अब तो पिताजी बिस्तर में

बिना हिले-डुले लेटे कमरे की छत को ताकते रहते। माँ भी उन दिनों बेहद बीमार थीं, ऐसा लगता था कि जल्दी ही मुझे माँ-पिता का वियोग सहना पड़ेगा। एक दिन रात को ग्यारह बजे पिताजी ने मुझे अपने पास बुलाया था और निष्चेष्ट-निर्विकार चेहरे से मेरी ओर देखते हुए दुखित मन से कहा था—'बेटा, अब मेरा अंत समय आ गया है। मैंने तो सोचा था, तेरी माँ जाने वाली हैं, सो तुलसी का एक सूखा पौधा ऊपर टिन के नीचे रख छोड़ा था, अब तो लगता है, वह मेरे ही काम आएगा। अरथी के साथ वह लकड़ी ले जाना मत भूलना। बेटा, अंतिम बार अपने हाथ से दवा पिला दे।'

तब मैंने पिताजी को दो ढक्कन दवा पिलाई थी। थोड़ा रुककर उन्होंने मुझे बताया था कि कितना रुपया कहाँ रखा है। पिताजी ने कहा था, वह सब तू अपने पास रखना, अपनी माँ का खयाल रखना, रखेगा तू ही, मुझे पता है। मैंने दुखी मन से पिताजी को समझाने की कोशिश की थी—'पिताजी, आप इतने हताश क्यों हो रहे हैं, आप अच्छे हो जाएँगे, आपको कुछ नहीं हुआ है।' और अगले ही दिन मैंने दूसरी लहर के घोर लॉकडाउन में भी पिताजी के सारे टेस्ट कराए थे। पिताजी इन टेस्ट में बिल्कुल नीरोग निकले थे, फोन पर डॉक्टर ने उनको समझाया था। मैंने चाचाजी को भी बुलाया था, उन्होंने भी अपने भाई यानी पिताजी को समझाया था तो वे चार दिनों में ही पूर्णत: स्वस्थ हो घूमने-फिरने लगे थे।

उस दिन, यानी तीन दिसंबर को, जब मैं और मेरा अनुज पिताजी को राम मनोहर लोहिया अस्पताल लेकर गए थे। मैं और पिताजी जब अस्पताल के बाहर बेंच पर बैठे थे, तब पिता ने मुझे फिर से समझाया था कि कितना रुपया कौन से बैंक में है। पिताजी बैंक से रुपया निकालने के लिए बहुत बेचैन थे। मैंने उनको समझाया था—'पिताजी, आप चिंता मत करो, आपका रुपया कहीं नहीं जाएगा।' पर उस समय मैं समझ नहीं पाया था, उनकी चिंता दूसरी ही थी। शरीर छोड़ने से चार-पाँच दिन पहले जब वे बिस्तर से उतर भी नहीं पाते थे, उन्होंने रात को अचानक पूछा था—क्या समय हो गया? मेरी छोटी बहन ने बताया था—पिताजी, बारह बज रहे हैं। पिताजी तुरंत बोले थे—अरे, जल्दी चले जाओ, नहीं तो बैंक बंद हो जाएगा। मेरी बहन ने पुन: बताया था—पिताजी, रात के बारह बजे हैं, दिन के नहीं। कुछ देर शांत रहकर वे अचानक कपड़े हटा उठ बैठे और उत्तेजना में बोले थे—अरे, तुम लोग नहीं जाओगे, लो मुझे ही जाना पड़ेगा। मुझे क्या करना है रुपयों का। मेरे बाद बैंक वाले तुम्हें दस बार दौड़ाएँगे, परचे-फारम पर यहाँ-वहाँ दसखत करवाएँगे, तुम्हें परेशान करेंगे। मैं तो सोचता हूँ, मेरे रहते ही बैंक से रुपए निकाल लो! वास्तव में उनकी मृत्यु के बाद हमें इन सब परेशानियों से दो-चार होना पड़ा। पर हाय रे विधाता, पिताजी अंत समय में भी हमें इन सब झंझटों से बचाना चाहते थे!

□

पिताजी के अंतिम दिनों में जब उनका गला घिर आया और उनका घातक रोग (कैंसर) बढ़ता ही जा रहा था, तब उनका बोलना-चालना निरंतर कम और अस्पष्ट होता जा रहा था, तब बीमार-बेचैन माँ कुछ तसल्ली पाने के लिए उनके ऊपर झुककर बराबर पूछती रहीं—'प्रेमपाल के पिताजी, सुनते हो, तुम मुझे पहचानते हो, मैं कौन हूँ?' उठने की सामर्थ्य भी खो बैठे पिता विह्वल हो, रुक-रुककर एक ही जबाव देते रहे—'तुम··प्रेमपाल की··माँ··।' माँ फिर पूछती—'औरों की नहीं?' पिता ठहर-ठहरकर बड़े कष्ट से कहते—'हो तो··सबकी··प्रेमपाल की माँ।' माँ के हर रोज इस प्रकार पूछने पर पिता का एक ही उत्तर होता—तुम प्रेमपाल की माँ··हो··। पिता को कितना सघन भरोसा था मेरे ऊपर।

बड़े-से-बड़ा कष्ट सह लेना पिताजी की पुरानी आदत ठहरी। कभी अपनी परेशानी का इजहार नहीं करते थे। छोटी-मोटी बीमारी या कष्ट में स्वयं ही घरेलू चिकित्सा कर लिया करते या फिर सरकारी डिस्पेंसरी में चले जाया करते। वे तो अपने पूरे जीवन में अस्पताल एक बार ही गए, वह भी अंतिम वेला में, पर दूसरों की तीमारदारी में उन्होंने कितने-कितने दिन अस्पतालों में बिताए थे। दरअसल पिताजी के ब्रेन में एक नहीं, तीन ट्यूमर थे, पीड़ा तो जरूर होती होगी, कैंसर का दंश होता ही पीड़ादायी है। बिस्तर में लेटे जब पिताजी अपने दोनों हाथ सिर पर रख लेते, तब हम उनसे पूछते—पिताजी, दर्द हो रहा है क्या? पिताजी 'ना' कहकर टाल जाते और तुरंत सिर पर से अपने हाथ हटा लेते। पिताजी दर्द में चीखते-चिल्लाते नहीं थे, बस 'ओ माँ' कहकर रह जाते। कितने कष्ट-सहिष्णु थे मेरे पिता!

अस्पताल के डॉक्टरों ने कैंसर की लाइलाज अवस्था बताकर पिताजी को घर ले जाने की सलाह दी थी और यह हिदायत भी दी थी कि बीमारी के बारे में मरीज को न बताएँ। माँ को भी पिता के रोग के बारे में नहीं बताया गया था। पिताजी बिस्तर में पड़े थे, न कोई दवा, न कोई इंजेक्शन। तब उनके मन में यह आना स्वाभाविक ही था कि हम उन्हें लेकर अस्पताल या डॉक्टर के पास नहीं जा रहे; उनका इलाज नहीं करवा रहे हैं। पिता तो हर रोज गुरुनानक अस्पताल में अपनी आँख दिखाने के लिए कहते थे। पिताजी को तो इतना ही मालूम था कि उनकी आँख में इंफेक्शन है, जबकि ब्रेन का एक ट्यूमर फूटकर आँख के रास्ते बाहर निकल आया था। और एक दिन उन्होंने मेरी छोटी बहन से शिकायती लहजे में कह ही दिया था कि मेरा पैसा बैंक में पड़ा है, इसलिए तेरे भाई इलाज नहीं करा रहे हैं, मुझे कहीं अस्पताल लेकर नहीं जा रहे हैं।

तब एक रात हम तीनों भाइयों ने विचार करके पिताजी को उनकी बीमारी के बारे में बता देना ही उचित समझा। हमें लगा कि पिताजी यह दुःख-क्लेश साथ लेकर जाएँगे

कि मेरी औलाद बड़ी नालायक निकली, रुपए की खातिर मेरा इलाज भी नहीं कराया। हाय, ऐसी दुश्चिंता में उनके शरीर छोड़ने के पाँच दिन पहले, मध्य रात्रि के बाद मेरे अनुज ने सहमे-सहमे उनको बता ही दिया था—पिताजी, आप तैयारी कीजिए, भगवान् में ध्यान लगाइए, आपकी बीमारी ही ऐसी है, जो आपको ज्यादा समय नहीं देगी। पिता सुनकर सन्न रह गए थे, फिर कुछ क्षण बाद बोले थे, 'बंशीवाले की जैसी इच्छा!' फिर पिताजी ने कैसी भी कोई शिकायत नहीं की। बड़े धैर्य से आसन्न मौत का सामना करते रहे। गजब की जीवटता वाले थे मेरे पिता!

माँ की बीमारी के चलते कई वर्षों पूर्व जब पिताजी ने काम को तिलांजलि दी, तब यहाँ हमारी कॉलोनी में उनका ज्यादा परिचय नहीं था, इस कारण दिनभर का लंबा समय बिताने की विकट समस्या उपस्थित हो गई थी। पिता तो कमाने के लिए सुबह ही निकल जाते और देर रात को लौटते थे। पिता ताश-पत्ते नहीं खेलते थे, न ही कुतर्की गप्पबाजी ही करते थे। विज्ञान का एक नियम है कि समान गुणधर्म वाले अणु एक-दूसरे के प्रति आकर्षित होते हैं; यह नियम इनसानों पर भी लागू होता है। सो प्रातः भ्रमण के दौरान कुछ महीनों में ही पिताजी का सत्संगी, धार्मिक और रामायण-प्रेमी लोगों से अच्छा भाईचारा बन गया था। पिताजी की आदत और गुण वाले लोग उनको मिल गए थे, तब से उनका ज्यादातर समय सत्संग सुनने, भजन याद करने-गाने और रामायण बाँचने में ही व्यतीत होने लगा था, तब उनको भोजन की भी सुध न रहती थी। बाद के वर्षों में तो उनका रामायण-प्रेम ऐसा परवान चढ़ा कि लॉकडाउन में भी दो-तीन सत्संगियों के यहाँ रामायण बाँचने जाया करते, घर में भी रात को जोर-जोर से रामायण पढ़ते न अघाते थे। राधा-कृष्ण भक्ति के भजन इतने तन्मय और विह्वल होकर गाते थे कि सबकुछ भूल जाया करते। सत्संग तो था ही, कहीं भी सभा-सोसाइटी, मांगलिक कार्यक्रमों में मौका मिलता, तो आग्रह करके वे भजन जरूर सुनाने लगते। माँ हमेशा दुःखी होती रहतीं—दिनभर रामायण बाँच-बाँचकर मगज खाली कर लेते हैं, जरा सी देर घर में नहीं टिकते! निश्चित ही पिता की कृष्णभक्ति ने उनको मरण-कष्टों से उबार लिया।

□

पहले मेरे पिताजी गजब के किस्सागो थे, पर अब पूरी तरह कृष्णभक्ति में रम गए थे। त्योहार तो पिताजी सभी बड़े प्रेम से मनाते थे, पर दीपावली के बाद होने वाली गोवर्धन-पूजा की बात ही निराली थी। गोवर्धन-पूजा करते हुए जब पिताजी जोर-जोर से, झूम-झूमकर, ताली बजाते हुए, मगन हो ब्रजभाषा के भजन गाया करते, तब आस-पास की छतों से स्त्री-पुरुष अपनी मुँडेरों पर झुक आया करते। पहले तो घर के सब लोग भी जोर-जोर से उनके पीछे-पीछे गाया करते, पर जब पिताजी एक के बाद एक भजन गाते

जाते, तब हम लोग अनिच्छा से ही उनके पीछे-पीछे दोहराते थे। अंततः पूजा के बाद गोवर्धन-परिक्रमा करने के लिए घर के सब छोटे-बड़े रेल के डिब्बों की तरह पिताजी के पीछे जुड़ जाते और वे कलश से थोड़ा-थोड़ा जल छोड़ते हुए जोर-जोर से 'गिरिराज महाराज की जय' के नारे लगाते जाते थे। इसके बाद हम सब उनके चरण-स्पर्श कर उनका आशीर्वाद लेते! सच, कितना आनंद और उल्लास होता था! ब्रज संस्कृति पर वे कितना गर्व करते थे। पिताजी चले गए; हाय, ऐसी गोवर्धन-पूजा अब कभी न मनाई जाएगी!

मेरे पिताजी बड़े ही परदुखकातर थे, हमेशा दूसरों के बारे में ही सोचा करते, यह टेब उनकी मरते दम तक न छूटी! अपने अंतिम दिनों में जब वे न तो बिस्तर से उठ पा रहे थे, न देखने में ही समर्थ थे, सुनना भी बहुत कम हो गया था, वाणी भी उनका साथ छोड़ती जा रही थी। रात-दिन का कोई भान न होते हुए भी वे न जाने कैसे प्रातः पाँच बजे ही रात भर उनकी तीमारदारी में रह रहे हम दोनों भाइयों को कहना न भूलते थे—'लगता है, दिन निकल आया, तुम अपने काम पर चले जाओ भैया!' कितनी फिक्र रहती थी उनको हमारी!···पंद्रह दिसंबर की वह आखिरी सुबह! आज पिताजी ने ऐसा कुछ नहीं बोला। रात से ही वे एक-एक श्वास के लिए जद्दोजेहद कर रहे थे; मौत से जूझ रहे थे, सो हमें 'ड्यूटी जाओ' कहने का मौका ही कहाँ था उनके पास। नित्य की तरह अनुज राजकुमार प्रातः पाँच बजे निकल गया था, मैं साढ़े छह बजे। अभी घंटा भर ही तो हुआ था। हाय-हाय! पिताजी मौत से हार गए। छोटे भाई के फोन पर सूचित करते ही मैं दौड़कर आया था; उनके पूरे बदन को टटोला था, जीवन के लक्षण कहीं दिखाई नहीं दिए। मन नहीं माना, तो डॉक्टर को बुलाया था, उसी ने इशारे से बताया—हंस उड़ चुका है। कुल बारह दिन के महासमर में मोहपाश को तोड़ पिताजी ने परमपिता की शरण गही। जय बंशीवाले की रटते-रटते उनका जीवन बीता, बंशीवाले ने भी उनको निराश नहीं किया! समझ में नहीं आता, पिताजी भगवान् कृष्ण का कर्मयोग और भक्तियोग साथ-साथ न जाने कैसे निभा सके!

पिताजी तो जीवनभर सादा जीवन के कायल रहे, फिजूलखर्ची तथा लोक-दिखावे से कोसों दूर। लेकिन पिताजी के द्वादशा पर उनकी संतानों ने कैसा लोक-दिखावा किया, कहीं-न-कहीं से उन्होंने जरूर देखा होगा। सेवा तो दूर की बात, जिस संतान ने जीते जी उनकी खबर नहीं ली, बीमारी में भी हमेशा फोन पर उनका स्वास्थ्य पूछ अपने कर्तव्य की इतिश्री कर ली, बार-बार बुलाने पर भी उनके पास नहीं फटकी, उस संतान ने मृत्योपरांत उनको देशी घी का ब्रह्मभोज खिलाया, दशगात्र और गौदान किया, ताकि पिताजी वैतरिणी पार कर सकें। पिताजी का परलोक यशस्वी हो, इसलिए गौशाला में दान किया। उनकी सद्गति सुनिश्चित करने के लिए गरुड़ पुराण का पाठ भी कराया। इतना

ही नहीं! चूँकि पिता पितरलोक की यात्रा पर थे, उनकी सुगम यात्रा के लिए भोजन-पानी के साथ-साथ शैया, गद्दा-रजाई एवं अन्य सब सुविधाएँ जुटा दी गईं; यहीं से सैकड़ों दीपक जला उनका अँधेरा पथ भी आलोकित कर दिया गया। भले यहाँ जीते जी उनके लिए कुछ न किया, पर उनके जीवात्मा को कोई कष्ट न हो, उसके लिए सब सरंजाम जुटाया। अब यह सब उन तक पहुँचा या नहीं, वे खुश हुए या नाराज, पता नहीं; पर यहाँ यह सब देखकर माँ तो बड़ी आहत हुई। जब पिता थे, तब किसी मसले पर कभी उन्होंने बोलना जरूरी नहीं समझा, और अब तो बोलने की कोई जरूरत ही नहीं; चूँकि वे कहा करते थे, जो जैसा कर्म करता है, वैसा ही फल पाता है।

□

वर्षों से बीमार चल रही माँ भी पिताजी का वियोग न सह सकीं, वे भी कुछ महीने बाद, यानी 17 सितंबर, 2022 को उनकी अनुगामिनी बनीं, इस नश्वर संसार को अलविदा कह गईं। माँ के बताए अनुसार ही मैंने मृत्योपरांत के सारे उपचार किए—लोक दिखावे के बिना! विगत पाँच वर्षों से माँ बेहद बीमार थीं, मैं हर रोज सायं को उनकी सेवा में रहता था, उनको भी मेरा बेचैनी से इंतजार रहा करता था। माँ-पिता तो मुझे छोटा बच्चा ही समझते थे। दिनभर में प्रसाद या मिष्ठान कहीं से कुछ भी मिलता, उसमें से मेरे लिए जरूर रख लेते। अपने हिस्से का कुछ दूध मुझे पिलाए बिना चैन न पाते। माता-पिता का प्यार-दुलार, स्नेह-विश्वास जितना मैंने पाया, उतना मेरा कोई बहन-भाई न पा सका। मेरे ऊपर दोनों का विश्वास अडोल बना रहा। ईश्वर की कृपा दृष्टि होती है, तब ही माता-पिता का आशीर्वाद मिलता है, इस मामले में मैं कुबेर ठहरा।

माता-पिता तो सजीव देवता हैं, माता-पिता प्रत्यक्ष तीर्थ हैं। इन्होंने हमें शरीर रूपी साधन दिया, जिससे हम संसार के सारे कर्मों का निर्वहन करते हैं। इस कर्म-संसार में हम इस शरीर से जो कुछ भी अर्जित करते हैं, वह माता-पिता का तो पहले ही हो जाता है, अतः हम कितना भी कुछ कर लें, माता-पिता के ऋण से उऋण नहीं हो सकते हैं। पद्मपुराण में कहा गया है—

नास्ति मातृसमं तीर्थं पुत्राणां च पितुः समम्।
तारणाय हितायैव इहैव च परत्र च।।
वेदैरपि च किं विप्र पिता येन न पूजितः।
माता न पूजिता येन तस्य वेदा निरर्थकाः।।
एष पुत्रस्य वै धर्मस्तथा तीर्थं नरेष्विह।
एष पुत्रस्य वै मोक्षस्तथा जन्मफलं शुभम्।।

(प.पु., भूमिखंड, 6314,19,21)

अर्थात्, जो पुत्र इस लोक और परलोक में अपना कल्याण चाहते हैं, उनके लिए माता-पिता से बढ़कर कोई तीर्थ नहीं है। जिसने माता-पिता का वंदन नहीं किया, उनका वेद पढ़ना भी बेकार ही है। पुत्रों के लिए तो माता-पिता का पूजन ही सबसे बड़ा धर्म है, वही सबसे बड़ा तीर्थ है, वही मोक्ष-प्राप्ति का साधन और वही जीवन का शुभ फल है।

पूज्य माँ-पिताजी के आशीर्वचन और उनकी स्मृतियाँ ही मेरी थाती हैं। वे मेरे से कभी विमुख नहीं हो सकते, उनका आसन मेरे मन-मंदिर में अडोल है। आप हमेशा देते ही रहे हैं। अब भी आप मुझे हमेशा विनीत और विनम्र बने रहने का आशीर्वाद दीजिए। आप मेरे हृदय में, मेरे कर्म में, मेरी नीयत में हमेशा वास करें, बस इतना ही। आपके श्रीचरणों में प्रणाम निवेदित करता हूँ।

सफाई कर्मचारी भाई जयकिशन

संग-साथ की वे लुभावनी यादें

वैश्विक महामारी कोरोना के चलते पूरे देश में लॉकडाउन था, सो ज्यादातर ऑफिसों में वर्क फ्रॉम होम चल रहा था। हर रोज की तरह मैं भी अपने घर की छत के बगीचे में बैठा ऑफिस का काम निपटा रहा था कि मेरा मोबाइल बज उठा। मैंने फोन उठाया, उधर से आवाज थी—सरजी, मैं जयकिशन बोल रहा हूँ, आपका सफाई-कर्मचारी! आपने पहचाना?

"अरे भाई जयकिशन, तुम कोई भुलानेवाली चीज थोड़ा ही हो।"

"पंडितजी, पा लागूँ, आप कैसे हैं?"

"मैं बिल्कुल ठीक हूँ जयकिशन भाई!"

"सरजी, घर-परिवार में सब ठीक हैं न?"

"हाँ भई, सब ठीक हैं फिलहाल। तुम सुनाओ, कैसे हो? बहुत लंबे समय के बाद बात हो रही है।"

"सरजी, क्या बताऊँ, पिछले दिनों मैं भारी मुसीबत में फँस गया था, अभी भी बस जैसे-तैसे जिंदा हूँ।"

"अरे...रे, ऐसा क्या हुआ?"

"पंडितजी, आपसे क्या छिपाना, आप तो मेरी जिंदगी का सब हाल जानते हैं, हमेशा मदद भी करते रहे। मेरी मति मारी गई थी, जो पहले आपकी याद न आई। मेरी तो सोचने-समझने की शक्ति ही चली गई थी। दिन-रात उधेड़बुन में रहता था कि मुसीबत का फंदा कैसे गले से बाहर निकले।"

"आखिर ऐसा क्या हुआ भाई, बच्चे तो ठीक-ठाक हैं न?" मैं कोरोना में हुई मौतों की आशंका से डर सा गया कि कहीं जयकिशन का कोई अपना इसकी चपेट में तो नहीं आ गया। मेरा मन आशंकित हो उठा।

"सरजी, आपको तो पता ही है, पिछले साल मैंने अपने दोनों लड़के एक ही घर में ब्याह दिए थे...।"

''हाँ-हाँ...शायद मथुरा से, मुझे भी तो निमंत्रण दिया था, पर उसी दिन मेरी ममेरी बहन की भी शादी थी, सो मैं नहीं आ पाया था तुम्हारे यहाँ। तो क्या उनसे झगड़ा-फसाद हो गया?''

''नहीं सरजी, मुझे तो बताने में भी शर्म आ रही है; मैंने लड़के नहीं ब्याहे, आफत ही मोल ले ली।''

...और जयकिशन ने जो अपनी व्यथा-कथा मुझे बताई, उसका सार-संक्षेप यह कि छोटी पुत्रवधु घर का सब जेवर, रुपया-कौड़ी लेकर घर से चंपत हो गई। पुलिस में गुमशुदी की रिपोर्ट दर्ज करवाई; जयकिशन ने खुद ही सारी भागा-दौड़ी की, पता चला कि लड़की लखनऊ में रह रही है। पुलिस तथा लड़की के बाप को साथ लेकर वहाँ गया। लड़की मिल तो गई, पर उसने लौटने से साफ इनकार कर दिया। बोली, मैं यहाँ पढ़ने आई हूँ, मैं अब तुम लोगों के साथ नहीं रहूँगी। मुझे उस घर में अब नहीं जाना, मुझे तुम लोगों से कोई वास्ता नहीं। तुम लोग जब चाहोगे तो मैं तलाक के पेपर पर साइन करने जहाँ बुलाएँगे, वहाँ आ जाऊँगी। इस पर भी जयकिशन ने बहू के बहुत निहोरे किए, ऊँच-नीच समझाई, पर बहू टस से मस न हुई।

पुलिस भी जबरदस्ती नहीं कर सकती थी, सो उसके बयान कलमबद्ध कर दिल्ली लौट आई। लुटे-पिटे जयकिशन को इस आवाजाही में कई हजार की चपत लगी। दरअसल, जयकिशन का समधी यहाँ की झुग्गी-बस्ती का ठेकेदार, पुलिस का मुखबिर, खाने-पीने वाला दबंग आदमी ठहरा। इधर बेचारा जयकिशन सीधा-सादा, मेहनती, ईमानदार और एक राह का चलनेवाला। जमाने के सब छल-छंदों से कोसों दूर। कमाऊ बच्चे देखकर इस तथाकथित समधी ने जयकिशन को अपने झूठे प्यार और हमदर्दी के जाल में फँसाया। अपनी दो लड़कियों को ब्याहने के लिए स्वयं जयकिशन से रिश्ता जोड़ने के लिए उसकी झुग्गी पर चलकर आया था। और सीधे-सादे जयकिशन ने भी अपने भाग्य को सराहा था कि इतना बड़ा आदमी मेरा रिश्तेदार बनना चाहता है। एक लालच यह भी रहा कि दबंग के संरक्षण में परिवार को भरपूर सुरक्षा मिलेगी। होनेवाले समधी ने शुरू में इतना सम्मान और अपनापन दिखाया कि जयकिशन पूरी तरह यह भूल ही गया कि रिश्तेदारी और दुश्मनी बराबर वालों में ही करनी चाहिए। भंडा तो इस घटना के बाद फूटा कि छोटी लड़की उसकी अपनी पैदाइश नहीं, बल्कि उसकी साली की पैदाइश है, जिसे समधी ने पाला-पोसा और बाप का नाम दिया।

इस आफत के बाद जयकिशन और उसकी घरवाली का खाना-पीना हराम हो गया। सुख-चैन जाता रहा। दोनों पति-पत्नी गहरे अवसाद में चले गए। अपने बेटे की पीड़ा भी उनसे देखी नहीं जाती थी, सो उसे उसकी मौसी के घर भेज दिया। मैं समझ गया कि सीधा-सादा जयकिशन बुरी तरह दुष्ट आदमी के चंगुल में फँस गया

है। समधी और उसकी जी-हुजूरी करनेवालों के व्यंग्य-बाणों से आहत जयकिशन की हालत अर्ध-विक्षिप्त जैसी हो गई। घर से बाहर निकलते और अपने काम पर से लौटते समय झुग्गी-बस्ती के लोग उसे छेड़ते कि 'अब तो जयकिशन भैया, पोता लेकर आएगी तेरी बहू। बुढ़ापे में उसके साथ खूब खेलना।' कोई कहता, 'अरे भैया, स्त्रीजात ठहरी, कभी भी आ धमकेगी। पढ़ाई का खर्चा माँगेगी और तुम्हें देना पड़ेगा। आज के जमाने में तो औरत की ही चलती है, आदमी ससुरे को कौन पूछता है।' सुनकर जयकिशन तिलमिला जाता, भुनभुनाता, गालियाँ बकता, लोग उसे और भी चिढ़ाते और अपना भरपूर मनोरंजन करते।

जयकिशन पहले जिन लोगों को अपना हितैषी समझता था; मानसिक राहत पाने के लिए वह जब-जब उनके पास गया, पता चलता, समधी वहाँ पहले ही पहुँच गया था। वे लोग जयकिशन की कुछ भी मदद करने में असमर्थता व्यक्त कर देते। जयकिशन की बूढ़ी माँ उसे हौसला देने की असफल कोशिश करती—'बेटा, गाँव होता तो मैं दो-चार नंबरदार, धनी-गनी लोगों को लाकर खड़ा कर देती, वे तेरे साथ अन्याय न होने देते, पर इस शहर की तो रीत निराली है, सब लोग दबंग का ही साथ देते हैं, कमजोर की हिमायत कोई नहीं करता। ईमानदारी-न्याय की बात कोई नहीं करता, सब ठकुरसुहाती कहते हैं। सबर कर बेटा, भगवान् सब देखता है, वो सबका न्याय करता है।'

जयकिशन का फोन चालू था, "पंडितजी, हम पति-पत्नी तो दिन-रात इसी सोच में डूबे हैं, भगवान हमारे साथ यह अन्याय क्यों हो रहा है; हमने तो कभी किसी का बुरा नहीं चाहा। खाना हलक से नीचे नहीं उतरता, सरजी। मेरा समधी बड़ा शातिर है। पुलिसवाले सब उसकी जान-पहचान के हैं। ऊपर से धौंस यह कि 'समधीजी, मैं तो तुम्हारे साथ हूँ। वा लड़की ने बड़ौ बुरो करो है, तुम कानूनी कारवाई करो, तलाक-बलाक की सोचो; कोई वकील-शकील ते मिलो, जा टंटा कूँ जल्दी काटो।' सरजी, जब मैं उनसे मिलने को कहता हूँ—तो वे कहते हैं—आज मैं मथुरा जा रहा हूँ, कि मैं खाली नहीं हूँ। साफ टाल जाते हैं। अपने लोगों से खबरें भिजवाते हैं कि 'ना छोरी की माँ से बात कर लेओ, वा ते पूछो, वो का चाहतिए?'''

जयकिशन की सारी व्यथा-कथा सुनकर मैं इस नतीजे पर पहुँचा कि कहानी का असली विलेन जयकिशन का समधी है। शातिर दिमाग समधी ने अपनी खास बेटी को तो जासूस की तरह जयकिशन के घर में सेट कर दिया; साली की लड़की को अपनी शतरंज का मोहरा बनाया है। जयकिशन को डरा-डराकर उससे धन ऐंठना चाहता है। कानूनी पचड़ों में फँसाकर कमाई के इस धंधे को स्थायी बनाना चाहता है। सो मैंने उसे समझाया—"भाई जयकिशन, इन सारे घटनाक्रमों के पीछे तुम्हारा समधी ही है। वह तुम्हारे साथ होने का दिखावा कर रहा है; परंतु जो कुछ हो रहा है, सब उसी का

किया-धरा है और उसी के इशारे पर हो रहा है। अगर वह लड़की वापस आए तो क्या तुम उसे अपने घर में रखना चाहोगे?''

''सरजी, एक से लाख तक नहीं, अब उसका विश्वास कैसे करें कि फिर घर से न भागेगी। मैंने इतना खर्चा किया, गाड़ी करके लखनऊ गया, सब खर्चा मुझे ही करना पड़ा, उसके पैरों पड़ा, पर वो न मानी। मेरी जगहँसाई भई सो अलग; सब इज्जत मट्टी में मिल गई। मेरे पास तो कुछ ना बचा, न पैसा, न इज्जत!''

''ठीक है, तो ऐसा करो, अब तुम सचेत रहो। कोई कुछ भी कहे, चाहे तुम्हारा समधी, चाहे उसके चमचे, तुम कुछ जवाब मत देना, उत्तेजित मत होना, अपने मन की कोई बात उनके सामने मत प्रकट होने देना, वे सब अपने आप ठंडे पड़ जाएँगे। तुम पति-पत्नी थोड़ा धीरज रखो, खाना खाओ।'' मैंने अपनेपन से उसे समझाया—''भाई, हमेशा सज्जन लोगों को ही दुःख झेलने पड़ते हैं। तुम एक राह के चलनेवाले व्यक्ति ठहरे, कभी पुलिस, कोर्ट-कचहरी के चक्करों में नहीं पड़े, सो यह सब तुम्हें जानलेवा लगता है। देखो भाई, कोई किसी की मदद नहीं करता; तुम्हें ही अपने आपको मजबूत करना पड़ेगा। तुमको ही हौसला दिखाना पड़ेगा, जब तुम ही जार-जार रोओगे तो बच्चों का क्या हाल होगा। बच्चों को धैर्य बँधाओ। बेटा कुछ उल्टा-सीधा न सोचने लगे। उसका ध्यान भी तो रखना है। बुरा समय हमेशा नहीं रहता, दुःख-सुख का चक्र बराबर घूमता रहता है, और भाई जयकिशन, मुसीबत में तो धैर्य से ही बात बनती है, वही दुःख से उबारता है।''

बड़े धैर्य के साथ मेरी बातें सुनकर जयकिशन बोला, ''सरजी, आप ठीक कह रहे हैं, मैं वैसा ही करूँगा। पर आपसे एक विनती है, मैं जब फोन करूँ तो मेरा फोन जरूर उठा लीजिए।''

''हाँ-हाँ, जयकिशन, मेरा फोन कभी बंद नहीं रहता है, तुम जब चाहो, फोन कर सकते हो।'' और इस तरह जयकिशन मुझे अपना हितैषी जान रोज फोन करने लगा। शायद मेरी बातों से उसे कुछ सांत्वना जरूर मिली। उसने अपनी पत्नी को भी समझाया। उसे भी थोड़ी राहत मिली। मुंशी प्रेमचंद ने अपने एक उपन्यास में कहा है कि दुखियारे को सांत्वना के दो बोल भी कम प्यारे नहीं होते हैं। मेरी बातों ने जयकिशन के घायल मन पर मलहम का काम किया। डूबते को तिनके का सहारा मिल गया। दुःखों के घोर अँधेरे में उसे रोशनी की एक किरण दिखाई दी। उसका समधी जो-जो चालें चलता, जयकिशन फौरन फोन पर मुझे अवगत करा देता, मैं उसे चाल की काट समझाता। इस तरह दिन पर दिन जयकिशन के विरोधी पस्त होने लगे। जयकिशन के घर में रंजोगम कुछ कम होकर जिंदगी पटरी पर लौटने लगी। उसने अपने बेटों को भी मेरा फोन नंबर नोट करवा दिया, ताकि वक्त-जरूरत में मेरे से बात कर सकें।

एक दिन जयकिशन ने फोन पर मुझे सूचना दी कि बहू ने बेटे से फोन पर संपर्क करने की कोशिश की, पर लड़के ने उससे कोई बात नहीं की। मैंने उसे समझाया—जयकिशन भाई, अपने लड़के का फोन बदलवा दो। उसने बताया कि सरजी, फोन तो पहले ही बदलवा दिया था। पर बड़ी बहू ने नया फोन नंबर भी वहाँ पहुँचा दिया। मैंने उसे चेताया—जयकिशन भाई, लड़के को कहना, जब भी उसकी बहुरिया का फोन आए तो उससे बात न करे। अगर बात की तो यह प्रमाणित हो जाएगा कि बहुरिया की आपसे बराबर बात होती रहती है और वह चोरी करके नहीं भागी, बल्कि तुम्हारी सहमति से वहाँ रह रही है।

ऐसे ही जब-तब जयकिशन का फोन आता रहा। जैसे ही कोई अफवाह उसके कानों में पड़ती, वह घबरा जाता, तुरंत मुझे फोन करता; मैं उसे समझाकर धैर्य बँधा देता। ऐसे ही दीपावली से एक दिन पहले जयकिशन का फोन आया। वह बड़ा घबराया हुआ था। बोला, ''सरजी, पक्की खबर है, वह लड़की दिल्ली आई हुई है, सुना है, घर में जबरदस्ती घुसेगी। हम कैसे उसे रोक पाएँगे। सरजी, वह आएगी जरूर।'' मैंने उसे समझाया, ''जयकिशन, ये सब अफवाहें हैं, तुम्हारे समधी ने ही फैलाई हैं। उसकी क्या हिम्मत, जो इतना बड़ा कांड करके जबरदस्ती तुम्हारे घर में घुसे। चोर के पाँव बड़े कमजोर होते हैं, वह भले दिल्ली में अपनी माँ के पास आए, पर तुम्हारे यहाँ हर्गिज न आएगी। तुम डरो मत, कुछ नहीं होगा।''

''सरजी, हमें तो बड़ा डर लग रहा है, जब से यह खबर सुनी है, तब से खाना-पीना भी हराम हो गया है। सरजी, वो घर में जबरिया आएगी तो हम उसे भगा देंगे। बेटा भी कह रहा है कि यहाँ क्या करने आएगी अब ?''

''भाई, जयकिशन, वैसे तो वह आएगी नहीं, पर यदि आ ही जाए तो अपनी घरवाली को आगे कर देना, वह निबट लेगी उससे। लड़का और तुम तो दूर ही रहना। झगड़ा-फसाद होगा, तो तुम्हारी घरवाली से ही होगा, तुम दोनों बचे रहोगे, कानूनी लपेटे में भी नहीं आओगे, सास-बहू का झगड़ा ही माना जाएगा।''

''पर सरजी, खबर पक्की है, वह आएगी जरूर, त्योहार खराब होएगा, ऐसा लग रहा है। सरजी, आपसे विनती है, रात को जब मैं फोन करूँ तो मेरा फोन जरूर उठा लेना। मुझे तो आपका ही सहारा है। मेरी तो सच में मति ही मारी गई थी, जो तभी आपसे बात न कर ली। कई महीना रोते-रोते ही बीत गए, अब थोड़ा सुकून मिला था, सो वो फिर आ रही है हमारे सुख-चैन में आग लगाने।'' जयकिशन काफी देर तक कलपता रहा।

दीपावली के साथ भैया दूज भी शांति से बीत गई। न वह आई न उसका भूत। हाँ, सायं को जयकिशन का फोन जरूर आ गया। छूटते ही बोला, सरजी, बला आई ना, हम तो बहुत डरे हुए थे। आपकी सब बातें अब तक सच साबित हुई हैं। आप तो

कह ही रहे थे कि एक से लाख तक न आएगी। सरजी, आपकी सलाह और हौसला न मिला होता तो हम मियाँ-बीबी में से एक तो जरूर भगवान् के पास चला गया होता। आपकी सलाह बड़ी काम आई। आपको बहुत अनुभव है। सरजी, आपने हमें बचा लिया। हमने भगवान् तो ना देखा, पर आप हमारे भगवान् जरूर हैं सरजी; मेरी घरवाली भी कहती है, मुसीबत के दिनों में कोई हमसे बोलता भी नहीं था, पंडितजी ने बड़ो भलो करो है हमारो, हम उनको एहसान कैसे चुकाँगे।''

भई जयकिशन, सुनो! मुझे तुमसे बड़ा लगाव है, एहसान की तो कोई बात ही नहीं। मैंने कुछ भी तो नहीं किया तुम्हारे लिए। तुम बस अपना ध्यान रखो, इन अफवाहों पर ज्यादा ध्यान मत दिया करो। अपने काम-धंधे पर ध्यान दो, बाकी समय अपने घर में रहो। जमाना बड़ा खराब है। लोग रोकर मन की बात पूछ लेते हैं और फिर हँसकर उड़ा देते हैं। समझ गए न, मत मिलो किसी से, मत बैठो किसी के पास।'' जयकिशन ने बार-बार पालागन करते हुए फोन बंद कर दिया। इधर मैं अतीत के पन्ने उलटने लगा तो सबकुछ चलचित्र सा साफ-साफ दिखाई देने लगा।

दो दशक से अधिक समय हुआ, मैंने दिल्ली के एक नामी प्रकाशन संस्थान में जॉब शुरू किया था। उन दिनों जयकिशन वहाँ पर सफाई कर्मचारी था। दुबला-पतला, गौर वर्ण का जयकिशन बेहद मेहनती, ड्यूटी का पाबंद, जी-हुजूरी में हर क्षण तैयार रहता। सर्दी हो या गरमी, वह प्रातः सात बजे अपनी ड्यूटी पर पहुँच ऑफिस में कर्मचारियों के आने से पहले ही ऊपर-नीचे के शौचालय, मूत्रालय, फर्श आदि की साफ-सफाई से फारिग होकर स्नान करता और फिर दूसरे साफ कपड़े पहनकर दिनभर के लिए अपने सफाई के मोर्चे पर तैनात हो जाता। किताबों की पैकिंग से होनेवाले कूड़े को हाथोहाथ साफ करता रहता। कहीं यदि चाय बिखर गई तो जयकिशन की पुकार, कहीं कॉकरोच निकला तो जयकिशन की पुकार...। जब तक वह संस्थान में रहता, उसे जरा भी चैन न मिलता। इतना सब वह खुशी-खुशी करता, चेहरे पर शिकन लाए बिना। कई दर्जन आँखें उसके काम की निगरानी करतीं। फिर भी कुछ एक चमचे तो ऐसे कि उसे डाँटने के मौके खोज निकालते या ईजाद कर लेते थे।

यहाँ अपने जिले के हम तीन ही कर्मचारी थे—मैं, जयकिशन और देवराज। अब तक जयकिशन मेरे से काफी हिलमिल गया था। हम दोनों आपस में घर-गाँव की बातें कर लिया करते थे। इस संस्थान का वातावरण ऐसा था कि कोई छोटा या बड़ा आपस में एक-दूसरे को तू नहीं बोल सकता था, नाम के पीछे जी लगाकर पुकारा जाता था। समय गुजरने के साथ अब कर्मचारियों की संख्या में भी वृद्धि हो गई थी, सो रसोई/कैंटीन का भार कम करने के लिए मालिकों ने चाय-कॉफी की मशीन लगवा दी थी। अब कोई भी कर्मचारी मशीन से कितनी भी चाय-कॉफी निकालकर पी सकता था। अब

इस चाय-कॉफी की 'गाय' के पास लगातार रौनक बनी रहती थी। एक दिन मैं रोज की तरह अपनी बोतल में पीने का पानी भरने निकला। रसोई की ओर जानेवाले रास्ते के बीच ही यह चाय की मशीन स्थित थी। चाय की मशीन के पास खड़े जयकिशन ने मुझे देखते ही बड़े अपनेपन से कहा, 'पंडितजी, जरा हमें चाय निकाल दो।' मेरे लिए यह अप्रत्याशित था। मैंने भी मजाक में ही कहा, 'तेरे हाथों में क्या मेहँदी लगी है?' जयकिशन हँसते हुए बोला, 'सरजी, आप रहने दो। मैं किसी और से निकलवा लूँगा।' मैं यह नहीं समझ पा रहा था कि यह खुद चाय क्यों नहीं निकाल रहा है?

मैंने जयकिशन से पूछा, 'क्या हुआ?'

'कुछ नहीं सरजी, आप जाओ, मैंने बेकार ही आपसे कहा।'

'बेकार क्यों? तू खुद चाय क्यों नहीं निकाल रहा?'

'आप जाओ सरजी, अब मैं चाय नहीं पी रहा।' और वह वहाँ से जाने लगा।

मैंने तुरत कहा, 'अब तो पीनी पड़ेगी जयकिशन।' अब मैं सारा माजरा समझ चुका था कि छुआछूत के चलते ही जयकिशन चाय मशीन को नहीं छू रहा है। महीनों से ऐसा ही चल रहा था, मुझे इस बुराई का भान तक नहीं था। मैं सोच भी नहीं सकता था कि इस संस्थान में छुआछूत की बीमारी भी गहरे तक फैली हुई है। मेरे जबरदस्ती किए जाने पर जयकिशन रोने को हो आया और गिड़गिड़ाते हुए बोला, 'सरजी, मेरी नौकरी चली जाएगी। रहने दो, लोग बुरा मानते हैं।'

'मैं देखता हूँ, कैसे तेरी नौकरी जाती है। अब तू मेरे सामने ही मशीन से चाय निकाल।' मैं भी अड़ गया और फिर मैंने उसका हाथ पकड़ लिया, 'जयकिशन, अब तू भाग नहीं सकता; तुझे चाय निकालनी पड़ेगी।' इस झंझट को देख-सुन कुछ कर्मचारी उस ओर झुक आए, कुछ छिपकर हम दोनों का टंटा देखने लगे। जयकिशन रोते हुए बोला, 'सरजी, मैंने बेकार ही आपसे कहा, मैं कहीं का नहीं रहूँगा, मेरी नौकरी चली जाएगी, आपके पाँव पड़ता हूँ, मुझे छोड़ दो।'

जरा भी नरम न पड़ते हुए मैंने उसकी उँगली पकड़ मशीन का बटन दबा दिया और गरमागरम चाय से कागज का गिलास भर गया। जयकिशन बड़े असमंजस में फँसा, न तो चाय का गिलास उठाते बन रहा था, न छोड़ते। मौके की नजाकत को देखते हुए और सबको सुनाते हुए मैंने कहा, 'जो भी शख्स जयकिशन को चाय लेने से रोकेगा या इसके साथ छुआछूत करेगा, वो अच्छी तरह समझ ले, इसे थाने ले जाकर एफ आई आर लिखवाऊँगा, जब हरिजन ऐक्ट लगेगा तो सब छुआछूत करना भूल जाओगे। अब मैं देखता हूँ, कौन इसके साथ छुआछात करता है। और सुन रे जयकिशन, आज से तू खुद ही अपने लिए चाय निकालेगा। अगर मैंने किसी दूसरे से चाय निकलवाते तुझे देख लिया तो फिर तेरी भी खैर नहीं।' इतना कह मैं अपनी बोतल में पानी भरने चला गया।

इस घटना के बाद पीछे-पीछे कानाफूसी तो बहुत हुई; कुछ तथाकथित वैष्णवों ने तो बहुत मुँह ऐंठा, पर खुले तौर पर कोई कुछ न बोला—न तो जूनियर, न ही सीनियर। अगले दिन मुझे यह भी पता चला कि छुआछात के चलते जयकिशन अपना खाना हॉटकेस में नहीं रखता था। वह बेचारा तो ठंडा खाना खाने का आदी हो गया था। कैसी विडंबना थी, पूरे संस्थान में केवल जयकिशन ही गरमागरम खाने के स्वाद से वंचित था, जबकि लोग सोकर भी नहीं उठते थे, तब तक जयकिशन अपनी ड्यूटी पर पहुँच जाता था। अगले दिन मैंने यह कहते हुए जयकिशन का खाना हॉटकेस में रखवाया कि 'किसी का खाना हॉटकेस में रखा जाए या न रखा जाए, पर जयकिशन का खाना जरूर रखा जाएगा। आज से जयकिशन भी गरमागरम खाना खाएगा। मैं निबटूँगा इन छुआछात वालों से।'

मेरा गुस्सा शांत नहीं हो पा रहा था, मैंने सब कर्मचारियों को सुनाते हुए जोर-जोर से ललकारकर कहा, 'जो इनसान दिनभर हमारी सेवा करता है; एक आवाज पर निकट दौड़ा चला आता है, दिनभर हम जो गंदगी करते हैं, उसे समेटता है, साफ करता है। उसके साथ ऐसी नाइनसाफी मेरे रहते नहीं हो सकती। क्या तुम लोग अपनी शौच अपने आप नहीं धोते हो। क्या तुम भी जमादार नहीं हो? कम करो या ज्यादा, तुम भी तो सुबह उठते ही वह काम करते हो, जिसे जयकिशन दिनभर करता है। अगर यह सब काम करने से जयकिशन अछूत है तो आप भी अछूत हुए, फिर एक अछूत दूसरे अछूत से छुआछात कैसे कर सकता है! इस तरह से तो हम सब अछूत हैं।'

इस बार तो तथाकथित वैष्णवों में जोरदार प्रतिक्रिया हुई, पर कर भी क्या सकते थे, कर्मजलों ने आपस में ही एक-दूसरे के आँसू पोंछे। कुछ कर्मचारियों ने दो-चार दिन हॉटकेस में अपना खाना ही नहीं रखा—इस उम्मीद में कि यह बात मालिकों तक पहुँचाई जाएगी। बात मालिकों तक पहुँची या नहीं, पर मालिकों का खाना हमेशा की तरह हॉटकेस में रखा जाता रहा। खुले तौर पर इसकी किसी कर्मचारी ने मुखालफत नहीं की, न मेरे से, न जयकिशन से। हाँ, अब जयकिशन को डाँट-फटकार के अवसर ज्यादा खोजे जाने लगे।

एक दिन दोपहर के बाद का समय रहा होगा। हाथ में झाड़ू लिये जयकिशन कुछ क्षणों के लिए अपना हाथ रोक पाया था कि मालिकों के मुँहलगे और अपने आपको बदमाश बतानेवाले देवराज ने जयकिशन को गालियों से नवाजना शुरू कर दिया, उसकी माँ-बहिन से तरह-तरह के रिश्ते बनाने लगा। पैकिंग कर रहे बाकी लोग दाँत फाड़ने लगे, उनका मुफ्त ही में मनोरंजन हो रहा था, पर मेरे लिए यह असह्य था। कुछ देर बाद ही देवराज वॉशरूम की ओर गया। मैं भी दबे पाँव उसके पीछे चला गया और वॉशरूम में पहुँचते ही मैंने बिना किसी भूमिका के उसे ताबड़तोड़ भारी-भरकम गालियों

से नवाजा। इतनी सारी गालियाँ खाकर बेशर्म की तरह देवराज उसका जातिसूचक नाम लेकर बोला कि शर्माजी, आप उसको सिर पर चढ़ा रहे हो। यह बहुत कामचोरी करता है। इस नीच जात की आप पक्ष ले रहे हो। यह अच्छा नहीं कर रहे हो।'

मेरा तो पारा ही चढ़ गया, मैं उसे उसकी औकात बताते हुए बोला, 'ओ चोर की औलाद! तेरे बड़े-बूढ़े तो चोरियाँ-डाका डालते हुए ही मर गए, तू बड़ा शाह बन रहा है। मैंने सुना है, तू बहुत बड़ा बदमाश है। जानता है, मैं भी उसी इलाके का हूँ, जहाँ का तू है। मैं तुम लोगों की नस-नस पहचानता हूँ। तू क्या यहाँ का ठेकेदार है? मैंने तेरे जैसा कमीना नहीं देखा, अपने ही इलाके के व्यक्ति को सताता है। इतनी व्यस्त दिनचर्या, जहाँ दर्जनों आँखें इसकी निगरानी रखती हैं, इसके बावजूद यह दो-चार मिनट आराम कर भी लेता है तो तेरा क्या जाता है रे?' वह बेशर्म की तरह फिर बोला, 'शर्माजी, आप इसको बिगाड़ रहे हैं।'

मैंने गुस्से में ही उसे चेतावनी देते हुए कहा, 'देवराज, आज के बाद अगर तूने इसको कुछ भी कहा तो तेरी खैर नहीं। ऑफिस के बाहर मैं तेरी बदमाशी जरूर निकालूँगा; तू समझ ले, मैं तुझे छोडूँगा नहीं। परदेश में अपने जिले का व्यक्ति भी सगे बंधु जैसा होता है। पर तू...।' उसे ठंडा करके मैं अपनी टेबल पर लौट काम करने लगा। आखिर इस धमकी का असर हुआ। देखा गया, देवराज ने फिर कभी जयकिशन को नहीं सताया। बाकी दूसरे कर्मचारियों की तो बिसात ही क्या थी, जो जयकिशन को कुछ कहते, वे सब के सब तो अपने आप ही समझ गए। बुराई धीरे-धीरे खत्म हो रही थी।

□

उन दिनों सब लोग भोजनावकाश में फर्श पर चटाई बिछाकर समूह में भोजन किया करते थे। अलग-अलग समूहों की अलग-अलग चटाइयाँ बिछा करती थीं। पर हाँ, हमारा समूह निरंतर बढ़ता जा रहा था। इसका एक कारण तो यह था कि नया आया कर्मचारी अन्य समूहों में स्थान न पाता तो हमारे समूह में बेरोकटोक बैठ सकता था। इस समूह में सभी विभागों के कर्मचारी भोजन करने के लिए साथ साथ बैठते थे, और आपस में उनकी खूब पटती थी। सब लोग आपस में सब्जियाँ और मिष्टान्न मिल-बाँटकर खाते थे। जब किसी दिन मेरे पास सब्जी नहीं होती थी तो मैं पतीलेवाले छोले मँगवाया करता था। जब भी ऐसा मौका आता, लंच के समय मैं जयकिशन को ही पुकारा करता—'अरे जयकिशनवा, कहाँ है रे!' (मैं हमेशा उसे ऐसे ही पुकारता था) वह हाथ बाँधे तुरत हाजिर हो जाता—'जी सरजी, हुक्म।' मैं कहता—'अरे भाई जयकिशन, आज तो हमारे पास सब्जी नहीं है, जा दस रुपए के छोले तो ला दे।' वह रिरिआता—'अरे बाबूजी, ऐसा क्यों कर रहे हो; मेरे हाथ के छोले...।' मैं बनावटी गुस्से में कहता—'तुझे लाकर देने हैं या नहीं?' वह फिर गिड़गिड़ाता—'सरजी, मैं किसी से

मँगवाए देता हूँ।' मैं गरजता—'मुझे दूसरे से मँगवाने होते तो तेरे से क्यों कहता! चल, मत ला, रहने दे, नखरे करता है।'

इतना सुनते ही वह बिजली की गति से बाजार की ओर दौड़ जाता और कुछ ही मिनटों में छोले का दोना थामे हाजिर हो जाता—'सरजी, मैं छोले ले आया।' मैं इशारे से छोले का दोना चटाई के बीच रखवा देता, तब जयकिशन के चेहरे की प्रसन्नता देखने लायक होती थी। फिर मैं भोजन कर रहे अपने सब साथियों से कहता—'भाइयो, जो अपने आपको वैष्णव समझता हो, वह छोले न खाए; पता है, छोले जयकिशन लाया है।' मेरे साथी बोलते तो कुछ नहीं थे, एक-दूसरे की ओर देखकर छोलों का भोग जरूर लगाते थे, अन्यथा उन्हें पता था कि छुआछात पर मैं उनकी कैसी खबर लूँगा।

कुछ कारणों से भोजन के बाद रसोई की चाय संपादकीय विभाग को ही मिलती थी। रसोई का कर्ता-धर्ता जयकिशन से चिढ़ गया था; वह छुआछात में विश्वास करता था, साथ ही मेरे से डरता भी था। मिन्नत करने पर वह जयकिशन को चाय नहीं देता था, तब मैंने एक उपाय सोचा, जयकिशन को ध्यान में रख में दो कप चाय रखवा लेता, तब जयकिशन अपना अकबरी गिलास लेकर हाजिर हो जाता और मैं उसे एक्स्ट्रा चाय दे दिया करता। मजे की बात है कि जयकिशन तो वर्षों पहले संस्थान छोड़कर चला गया, पर आज भी चायवाला मेरी टेबल पर चाय के दो कप ही रखकर जाता है। इस तरह का अपनापा मेरा जयकिशन से रहा। जयकिशन की भाषा-बोली से कोई नहीं कह सकता था कि वह सफाई कर्मचारी है। उसकी जुबान से शुद्ध हिंदी के मधुपगे शब्द ही झरा करते थे। उसमें गजब की तहजीब और सलीका था, जो अच्छे पढ़े-लिखों को आईना दिखाता था।

उन दिनों मुझे डाक टिकटें इकट्ठा करने का शौक चर्राया था। जयकिशन कूड़ेदानों से खोज-खोजकर मेरे लिए डाक टिकटें सहेजकर लाया करता। जब मेरी पुस्तक छपी, तब उसमें जयकिशन का नाम छापकर मैंने उसका आभार व्यक्त किया। वैसे तो जयकिशन मेरे उस संस्थान में जाने के बहुत पहले से वहाँ नौकरी कर रहा था, पर अचानक उसे दिल्ली के एक महाविद्यालय में नौकरी का अवसर मिला तो मालिकों की खुशामद के बावजूद उसने नौकरी छोड़ दी थी। इससे हम दोनों के बीच संवादहीनता आ गई। लंबे अरसे के बाद अब इस विपदा में उसका फोन मेरे पास आया था। समय गुजरने के साथ उसका वह संकट भी दूर हो गया; लड़की ने तलाक ले लिया, वह भी दोनों परिवारों ने राजी-राजी तय कर लिया। पर हाँ, इतने लंबे कालखंड में न तो जयकिशन मुझे भूला था और न ही मैं जयकिशन को। अब तो उसको भुला पाना और भी कठिन है, वह हर रोज सुबह-सुबह मेरे फोन में मैसेज बनकर घुस आता है—'पंडितजी, पालागूँ, आपका सफाई कर्मचारी।'